我不认识你

中国法学会法制文学研究会 ◎ 选编

2014年度法治文学精选（小说卷）

代表本年度中国法治文学最高创作水平

一年一度的中国法治文学盛宴

群众出版社·北京

图书在版编目（CIP）数据

我不认识你／中国法学会法制文学研究会编．—北京：群众出版社，2015.6
（2014年度中国法治文学精选）
ISBN 978-7-5014-5368-9

Ⅰ.①我… Ⅱ.①中… Ⅲ.①中篇小说—小说集—中国—当代②短篇小说—小说集—中国—当代 Ⅳ.①I247.7
中国版本图书馆CIP数据核字（2015）第130735号

我不认识你
中国法学会法制文学研究会　选编

出版发行：	群众出版社	
地　　址：	北京市丰台区方庄芳星园三区15号楼	
邮政编码：	100078	
经　　销：	新华书店	
印　　刷：	北京通天印刷有限责任公司	
版　　次：	2015年6月第1版	
印　　次：	2015年6月第1次	
印　　张：	10.5	
开　　本：	880毫米×1230毫米　1/32	
字　　数：	287千字	
书　　号：	ISBN 978-7-5014-5368-9	
定　　价：	33.00元	
网　　址：	www.qzcbs.com	
电子邮箱：	qzcbs@sohu.com	

营销中心电话：010-83903254
读者服务部电话（门市）：010-83903257
警官读者俱乐部电话（网购、邮购）：010-83903253
文艺分社电话：010-83903973

本社图书出现印装质量问题，由本社负责退换
版权所有　侵权必究

出版说明

为了深入贯彻党的十八届四中全会精神和习近平总书记在 2014 年 10 月文艺座谈会上的重要讲话精神,切实担当起法治文化建设的重任,以文学艺术形式为建设法治中国服务;根据中国法学会研究会工作座谈会会议和中国法学会领导有关指示精神,中国法学会法制文学研究会研究决定,自 2014 年 11 月 25 日起,正式开展"2014 年度中国法治文学精选"征集编选活动。通过征集评选、编辑出版,推出代表本年度法治文学创作最高水准的作品。

经各地政法部门、新闻出版单位和全国著名文学评论家、作家、编辑、专家学者积极推荐,编委会认真审阅评选,现结果已揭晓，入选作品全部收入"2014年度中国法治文学精选"丛书，由群众出版社正式出版。"2014年度中国法治文学精选"丛书共计二卷，即小说卷《我不认识你》、纪实文学卷《打造再生之门的人》。

这是中国法治文坛第一次主办全国年度法治文学作品精选征集编选活动。此活动以后每年度举办一次。其宗旨是用文学艺术的生动形象，在全社会普及法治思维、法治方法，树立法治信仰，推出更多法治题材优秀文学作品，发现和培养法治文学创作人才，推动法治文化的大发展大繁荣，为法治中国建设作出贡献。

"年度中国法治文学精选"编委会办公室
2015年5月18日

目 录

我不认识你 / 杨少衡 ……………………………… 1

与子同袍 / 张　蓉 ……………………………… 56

太阳为谁升起 / 于怀岸 ……………………………… 72

佛爷 / 李治邦 ……………………………… 115

非常审问 / 凡一平 ……………………………… 136

皆大欢喜 / 闵凡利 ……………………………… 178

讨债人 / 哲　贵 ……………………………… 233

人罪 / 王十月 ……………………………… 283

我不认识你

杨少衡

1

孟奇看到那几个人匆匆往这边跑来,他感觉不对:"怎么搬来个花瓶?"

身边没人敢吭声。

他们找来一个年轻女子上阵应急,该女子除了称得上花瓶,也还有些特点:身材高挑、苗条,留长发,穿西装套裙,收拾得整齐洁净;举手投足气质不错,表情平静,不卑不亢。她的身份是金城开发公司总经理助理,大名叫作郑涵。

孟奇问:"她能管事吗?"

该助理其实管不了事。金城开发公司是民营

企业,老板叫安再厚,安老板一个人说了算。郑涵是安再厚手下三个助理之一,三个助理都是挂个名而已,只听安老板差遣,并不掌握实权。为什么他们把这位郑涵带来?因为仅从名片上看,此刻该公司数她最大,其他的阿猫阿狗与安再厚距离更远,派不上用场。

陈胜利个别汇报情况。陈胜利是副区长,奉代区长孟奇之命率队前去金城公司找人,他搬来个花瓶,需要略加说明。他向孟奇报告说:"这个郑助理跟安老板比较靠近。"

孟奇问:"有多近?"

陈胜利讲得白:"贴身。"

"让她过来。"

郑涵被带到孟奇面前,该助理见官并不紧张,落落大方。

孟奇问:"你们老板昨晚在哪里睡?"

她反问:"领导什么意思?"

"我问你呢。"

她很平静:"我不知道。"

这时现场"哄"地一片喧哗,传出一阵骚动,周边黑压压一大堆人的脑袋应声上仰,全都朝向半空,看着水塔塔顶。有一个汉子坐在那上边,光着头,穿件夹克,胸前挂张纸牌,身边没有任何防护。这个光头汉子及其纸牌是现场焦点,此刻聚在这里的所有人,包括在消防车、急救车边跑来跑去有如打仗的警察们都因他而来。人群中突然爆起的喧哗与骚动,是因为光头汉子在塔顶换了个坐姿,动作幅度略大,下边围观者以为他受不了,要跳塔了,一时气氛异常紧张。

孟奇问:"郑助理看到上边那个人没有?"

郑涵说:"我不认识他。"

"如果他掉下来摔死了,我要追究你知情不报。"

"领导不必吓唬我,那跟我没关系。"她回答。

郑涵很沉着,她知道中国刑法里并没有知情不报罪,就算领导把这条罪名加进去,那也够不着她,因为她不是老板,她也不知道安老板在哪里。

"假话。"

"领导说话要有依据。"

"依据在这里。"孟奇举起右手指指自己的眼睛,"我一眼看穿。"

郑涵不吭声。孟奇命信访局局长把她带到一旁,让她去回忆安老板昨晚在哪里睡觉。如能及时回忆起来,天大的事情与她无关。如果有意隐瞒导致严重后果,必痛加追究。

孟奇把郑涵丢下,与陈胜利和公安分局局长等人商量应急办法。那时起了风,地面上冷,水塔上一定更冷,塔顶上的汉子虽身强力壮,穿有厚衣服,但在寒风中却难支撑太久,他的光头在风中晃动,远远看去格外醒目,寒意凛凛。

这个众目睽睽中的水塔位于区政府院内小广场一角,此刻除了水塔上的汉子,区政府大门外还聚集着百十号上访人员,他们是一拨的,身份都是农民工。当天上午他们到区政府集体上访,声称被公司老板安再厚拖欠工资,无钱回家过年,请求政府主持公道。区信访局人员与上访农民工代表会谈之际,光头汉子从大门潜入,跑到小广场一角自来水塔边,攀越铁架爬到水塔顶端,坐在水塔顶檐不下来。爬塔者脖子上的厚纸牌写有"讨薪"字样,声称不给钱就从水塔顶跳下去,情绪非常激动。

当天上午孟奇在区政府会议室开会,接到农民工爬水塔告急后,他把会议停了,带着管信访的副区长陈胜利等人赶到现场。他们到达时,小广场上人头晃动,已经集中了大批人员,有应急工作队伍,也有围观者。这些人于孟奇几乎都是陌生人,因为孟奇两星期前才从省城下派本区任职,目前为代区长,要等一个多月后区人大召开时才能选为区长。这个时间点很敏感,不能出事,特别不能出大事,只不巧年关临近总是事多,眼睁睁就看见水塔顶爬上个人。孟奇在现场得知塔顶的光头汉子绰号"大北杠",河北人,三十多岁,未婚,脾气很躁,在江滨旧城改造工地当粗工,干了一年苦力,被欠工资近万,讨要多次无果,曾放话要拿砖头拍死老板安再厚。以此人性情,敢爬上去就敢跳下来,那就要出人命,事情就大了。所谓"解铃还要系铃人",欠民工血汗工钱,逼人家上访爬塔,事主是金城开发公司老总安再厚,但是事发之际却找不到他来"解铃"。安再厚手机关机,办公室电话没人接。打通其家里电话,安再厚的老婆只知道丈夫昨晚没在家住,说是有事。他干什么去了?此刻在哪里?安妻茫然不知。

孟奇问:"难道跑路了?"

目前无从确定。

俗话说"跑得了和尚跑不了庙",安再厚掌管着一家相当规模的企业,即使他本人玩儿失踪搞隐身,也不可能让家人和公司瞬间蒸发。孟奇命陈胜利立刻前往金城公司,找个管事的过来,老大不在叫老二,老二不在叫老三,务必要有个人前来配合处理事态。

却不料陈胜利搬来个不顶用的花瓶。

此刻人命关天,一旦光头汉子跳塔,或者不慎掉下来,必死无疑。一旦死人,聚集在区政府门外的百余上访农民工很可能情绪失控,酿出更大事端。孟奇让区公安分局局长赶紧安排警察在水塔下拉网铺垫,以防最坏可能。这时信访局局长忽然跑了过来。

"区长!那女的请求您单独接见。"他报告。

"她想起什么了?"孟奇问。

局长答不出来,因为人家没跟他说。孟奇让信访局局长把郑涵领到急救车边,就在那里接见。这位助理果然想起一些情况了,该情况比较敏感,需要向领导单独报告。

"安老板在市公安局拘留所。"她说,"昨天半夜进去的,现在还在那里。"

孟奇查问:"是什么事?"

她不吭声。

孟奇不再追问。此刻的关键问题是安再厚在哪里,下落有了,原因不难了解。

孟奇把公安分局局长叫过来,让他速与市局核实情况。如果安再厚真在市局手上,无论犯的是什么事,请求上级给予支持,哪怕把人先押到现场露一下面也好。分局局长一听安再厚不是跑路了,而是在自己警察手里,一时挺郁闷。其实这种情况也非异常,市公安局是分局的上级单位,市局职能部门直接办的案子,有的无须分局介入。几分钟后消息得到证实:昨晚市公安局治安科组织一次突击整治行动,安再厚在行动中落网,被关进拘留所,目前尚未处置。安再厚被拘事出意外,却与农民工讨薪直接有关:这批农民工曾屡次与安交涉,要求发放拖欠工资,安一拖再拖,最后答应三天后解决。今天恰是第三天,农民工代表再次找安老板,请求其兑现承诺,却发现老板找不到了。农民工们误以为老板赖账跑路,情急之下集体上访,求告于政府。

分局局长迅速把情况报告给孟奇。

"市局领导已经批准,人正在送过来。"他说。

十几分钟后一辆警车开到现场,安再厚被警察带到孟奇面前。安再厚身着皮衣,脚上穿一双皮鞋,头发理得很短,表现张扬,被推下警车时并不慌张,似乎还挺享受,居然当众举起双手,示意大家看他戴的手铐。

孟奇吩咐警察打开安再厚的手铐,问他:"认识我吗?"

"刚听说,是新来的区长。"安再厚回答。

"拘留所好玩儿吗?"

他笑笑:"老样子,以前玩儿过。"

孟奇指着水塔顶问:"认识他吗?"

安再厚点头:"这个人疯了,说要拿砖头拍死我。"

"怎么办?你去把他弄下来?"

安再厚问:"谁把我弄下来?"

"什么意思?"

安再厚说,此刻大家眼睛里是"大北杠"爬在水塔顶上,他站在水塔下边。其实他比谁都冤枉,已经让一条绳子吊在塔顶晃荡,眼看变成吊死鬼了。他宁愿蹲拘留所,也不愿被放出来。现在把他弄到这里也没用,只有那句老话:要钱没有,要命一条。

"赖人工钱还有理?"孟奇问。

"因为不怪我。"

"难道怪我?"

"区长说得对。"

安再厚居然理直气壮。他承认拖欠农民工工资,加起来数额近百万。但不是他故意拖欠,是因为他自己被拖欠的款项远超此数。谁拖欠他?区政府是第一大欠债户。几年前他的公司中标建设区医院门诊大楼,区财政没钱,让他垫资建设,现在大楼已经启用,工程款却没有结清。他屡屡请求区政府还钱,至今无果。

"那是我欠你吗?"孟奇问。

"现在你是区长,我不找你找谁?"

"道理咱们慢慢说,现在先把人弄下来。"

"区长让我怎么弄?"

那时消防官兵已经在水塔下方拉开一张救护网,四周铺有防护垫。但这些救护措施不过是聊胜于无,如果人家执意往下跳,哪怕看准了网和垫子,依然很可能落到一旁的水泥地面摔个粉身碎骨。场上最可能派上用场的救援设施是一辆云梯车,该云梯伸展开来有三十几米,云梯前端有一个护栏小平台,可以把救护人员送到水塔顶端下方。但是消防队员不能贸然行事,水塔上那个人情绪极不稳定,如果他拒不合作,云梯伸过去并不能把他弄下来,反而可能刺激他铤而走险。

孟奇说:"安老板上去劝劝他。"

"我没那本事。"

上云梯不比爬楼梯,不能要求非专业人士冒险。现场消防队员很专业,可堪重用,孟奇却盯住安再厚不放,要求安再厚亲自出马。旁人听来以为他只是随口说说而已,其实不然,他来真的,硬把安再厚往云梯上赶。

"你在下边欠他工钱,去上边还他。这样公道。"孟奇说。

安再厚反驳:"我的公道找谁要?"

"找我。我给你。"

安再厚刚被摘掉手铐,却明摆着没把孟代区长当回事。孟奇并不因此发火,他跟安再厚谈话声调平缓,不慌不忙,但是句句紧逼。他警告说,"大北杠"要是掉下来摔死了,至少可以拿两条追究安再厚:一是拖欠工资引发事件;二是见死不救,没有积极配合政府妥善处理事态。恶性事件最后一定要有人兜底,安再厚难逃法律制裁。

"我哪里见死不救?"安再厚不服。

"那就上云梯。"

"要是我摔死了呢?"

"你摔死我兜底。"孟奇毫不含糊。

郑涵在一旁不紧不慢插了句嘴:"我们老板恐高,区长不能逼人太甚。"

孟奇声称恐高不是问题,可以治,只要一根绳子。他会命人用绳子把安再厚绑在护栏上,拘留所的手铐也能派上用场,还可以加派消防队员护送。

安再厚气恼:"区长今天非要我死吗?"

"我要一个公道。"

安再厚往地上一坐:"真公道假公道随便。我不上去。"

孟奇说:"人命关天,现在由不得你。"

孟奇吩咐陈胜利用一只手提喇叭向水塔顶喊话,劝说"大北杠"冷静,告诉他代区长孟奇与公司老板安再厚都到了现场,安再厚保证足额发还所欠工资,一分钱不会少。为了表示说话算数,安老板会亲自登云梯上去劝说。

陈胜利喊话,连喊数遍。

孟奇问围在身旁的区干部:"谁带钱了?"

区信访局局长准备有若干应急现款,不多,只有几千元。

孟奇说:"有多少算多少,借安老板用。"

安再厚再次拒绝:"几千块钱不顶事。区长把工程欠款还给我,一切问题我解决。"

"先去把人弄下来。"

安再厚不吭气。

"不讲道理?"孟奇问,"非要我替你擦屁股?"

安再厚还是不吭气，孟奇随即招手把公安分局局长叫过来。孟奇说，安再厚拒绝配合，事情不能再拖，他决定代替安老板，亲自上云梯劝说"大北杠"下塔。等他上去之后，警察可以把安再厚送回拘留所，建议办案部门依法严厉处罚，狠狠办他。

郑涵在一旁冷不丁插嘴："区长不怕逼出人命？"

孟奇问："你看我像是说着玩儿的吗？"

陈胜利一把将安再厚从地上拖起来："你还等什么！"

安再厚叫唤："真是要我死啊！"

孟奇喝道："快上！趁着人还没掉下来。"

安再厚终于被逼上云梯，由消防队员护送，抓着一沓钞票升上了半空。这一招居然奏效了，半小时后，"大北杠"被接下水塔，安然无恙。

孟奇看似随和，其实强硬，他强迫安再厚上云梯，似有逼人太甚之嫌，却是当时最有效的措施。老板向农民工服输，拿着钱上来发还欠款，"大北杠"比较容易接受。这个时候老板比区长管用，农民工认识老板，未必认识区长。

水塔危机解除后，围在区政府门外的讨薪农民工也被劝走。孟奇向农民工代表表态，保证采取有效措施，让他们在一星期内拿到工资回家过年。安再厚被迫也表了态，承诺按孟代区长的要求办，同时请求政府给予帮助。

风波平息，安再厚被带回拘留所前，再次向孟奇提出要求。

"请区长把工程款还给我，我才有钱付给农民工。"他说。

孟奇给了一个态度：他初来乍到，所谓"屁股还没坐热"，目前只是代区长，有些事还不能处理。到了合适的时候他自会清理旧账，欠债还钱，不会让安再厚吃亏。他愿意出面帮安再厚一个忙，请求市公安局迅速结案放人，让安再厚去搞钱发薪。这笔钱安再厚必须自己先设法解决，他的企业已有相当规模，不会没有这点儿办法。无论有多少理由，安再厚拖欠的工资必须按承诺补发到位，不得少一分钱，拖一分钟。

安再厚不服："区长这是讲理吗？"

"我最讲道理。"

安再厚要求孟奇给个字据,或者一个批示,以表明政府尽快归还工程欠款的诚意。

"难道怕我口说无凭?"孟奇问。

安再厚称自己早有凭证,手中收藏有几张还款批示,孟奇之前的两位区长都留有手谕,一张张写得非常好听,都像唱歌一样,但是无一兑现。事情一直拖到现在,轮到孟区长了,前任区长的批示已经不顶屁用,只能指望孟区长写一个。

孟奇说:"可以给你一个凭证。"

他随手从口袋里掏出一张叠成方块的纸头交给安再厚,声称该纸头就算凭证,到时候凭此找他要钱。安再厚当即打开纸头,一眼看去眼花缭乱:是一纸天书,满满一张 A4 纸上全是数字和符号,土老板哪里看得懂。

一星期后,安再厚设法搞到了一笔钱发给农民工,欠薪风波终告平息。

不久,区两会召开,孟奇在人大会上当选为区长。而后孟奇动用省里关系争取到一笔钱,再从区财政盘子里挤一点儿,凑起来理旧账。以往历届区政府欠账数额很大,一次理不完,只能分批解决,金城开发公司的工程欠款被列在优先解决的几家里。

安再厚给孟奇打电话表示感谢,说孟区长做事果然公道,自己有眼不识泰山,冒犯了,现在才知道孟区长不得了,高人一个,树大根深。

孟奇问:"你是谁?"

"我安再厚啊!区长没听出来?"

孟奇回答干脆:"我不认识你。"

2

孟奇为人行事有风格,常有意外之语,总是独树一帜,往往出奇制胜,不似时下人所多见的庸常之辈。安再厚骂自己有眼不识泰山，说来也是，安再厚于本地土生土长，企业做得再大，还是土老板一个。土老板事多，民工讨薪事件之后，因为一个开发用地招标事项，安再厚与林东华较上劲，事情又闹到了孟奇那里。

林东华非土老板可比，人家是本省企业界一大风云人物，管着一家公司叫东华国际集团，总部设在省城。林氏企业起家于机电产品进出口，而后进军家电卖场，再扩展到房地产业。林东华本人四十出头，长得一表人才，出头露脸牛哄哄，颇有些不可一世。知道底细的人都清楚这人行事高调缘于其显赫背景：他虽号称民营企业家，却是一个官二代。他的父亲是本省老领导，退休前为省人大主任。林家兄弟姐妹个个能干，出了一个市长、一个厅长，还有一个大学党委副书记。林东华是家中的小儿子，他没走哥哥姐姐为官从政那条路，决意经商做企业，结果把自己做成了大老板。林氏企业近年攻城略地，扩张迅猛，本市为后发地区，发展空间巨大，被林东华列为重点扩张区域。

孟奇所在区有一个开发地块挂牌招标，这个地块比较热，开发商趋之若鹜。安再厚的金城开发公司等几家本地企业摩拳擦掌进行竞争，林东华闻讯而至参与竞标，来势汹汹且志在必得。林东华对竞争对手先礼后兵，请出一个很有分量的中间人出面做工作，俗称"协调"。这位中间人是市建设局退下来的前副局长，与本地企业都熟悉，他分别找了几家老板喝茶，包括安再厚。中间人建议大家都退一步，不要跟林东华相争。林东华靠山硬，关系多，实力强，初到本市搞项目，想要个好彩头，他看中的地块别人不要争，争也未必争得过，大家听从安排，彼此做个朋友，林东华自有回报，不会让大家吃亏。在中间人的有力"协调"之下，参加竞标的几家本地企业主都知难而退，表示愿意听从，只有安再厚例外。

安再厚骂娘："这小子才几根毛，到这里充老大？"

中间人说："安老板，此人可不敢小看。"

安再厚知道林东华背后有人，却不甘因此屈服。他认为林东华太过头了，初来乍到就想把人都踩在脚下，以后还让不让人活？所谓强龙不压地头蛇，安再厚经过风浪，见过世面，林东华吓唬得了别人，吓唬不了他。

　　安再厚与林东华较上了劲，他认定林东华会从上层施加影响，他不能将自己置于被动境地，因此专程找到区政府，直接向孟奇告状，指控林东华使用不正当手段诱逼竞争对手，凭借权势压人，强烈要求区长主持公道。

　　孟奇问："那块地不给他，给你，这就公道了？"

　　"那当然。"

　　"你长了六根指头，还是三只耳朵？"

　　安再厚答不出来，孟奇其实也不要他回答。孟奇说这块地给谁才公道很简单，谁中标给谁，谁都不必多说，他不认识安再厚，也不认识林东华。

　　安再厚问："孟区长真的不认识他？"

　　"我认识你吗？"

　　"那么区长认识谁？"

　　"我认识自己。"

　　安再厚悻悻而返。

　　安再厚有所不知，在他找上门之前，林东华已经找过孟奇，请孟奇支持他拿地。林东华的姐姐林姗还就此给孟奇打过电话，请"阿孟"帮"小四"一把。她嘴里的"阿孟"就是孟奇，"小四"则是林东华，他在林家排行老四。孟奇与林家有渊源，牵扯两辈人。林东华的父亲是个高官，孟奇之父也不逊色多少，当年林父在省人大当主任，孟父是副主任，彼此共事，两家人互相知根知底。孟奇大学毕业后到省水利厅工作，有人给他介绍一个女朋友，是一所大学里的团干，一见面双方不觉都笑了，原来与林家老三林姗碰到一起了。孟奇和林姗来往大约半年，最终散伙。在他俩交往的那段时间里，小四林东华在外地上大学，与孟奇见过几面，尔后再无来往。十多年一晃而过，此刻林东华成了"东华国际集团"老板，林姗已经贵为大学党委副书记，她对小四特别尽心，亲自出面给"阿孟"打电话。林家老三一向拿得起放得下，当年该分手就分手，眼下该认识还认识，并不感觉尴尬。

孟奇对登门拜访的林东华客气周到，按重点客商规格设宴款待。林东华不同于安再厚，孟区长再牛，不可能"不认识"林家姐弟。在与林姗通话以及接待林东华时，孟奇态度一致，表示自己一定关注相应开发地块事项，尽量想办法帮忙，但关键还要看招标结果。这话差不多等于没说。

孟奇果然对招标事项予以重视，他亲自过问把关，反复强调该地块招标社会关注度很高，相关部门务必格外认真，强化监督，确保公正，绝对不能发生问题。

结果安再厚的公司中了标。

安再厚找孟奇表示感谢，说："孟区长最公道。这件事只有孟区长敢这么做。"

孟奇问："我认识你吗？"

公道是有后果的，林东华从此耿耿于怀。小四在阿孟处没拿到便宜，在本市其他地方则大有斩获。然而所有得手都不如一次失手让他记忆深刻，他对孟奇大为不爽，与安再厚结成冤家对头，数年内这对冤家冲突一再发生，事态屡屡波及孟奇，这是后话。

招标那件事过后不久，有一个双休日，孟奇回到省城家中。孟奇家住省直机关宿舍小区，该小区有十多幢住宅楼，其中一幢主楼号称"省长楼"，住户都是原任与现任省级领导，其中有一套分给了孟奇之父。孟奇是家中唯一的儿子，他和妻儿一直与父母一起生活。孟奇父亲身体有病，当时在省立医院高干病房养病，孟奇一回家就到医院陪伴。那一天刚从医院回来，家里电话铃响了，是一位旧日同事找孟奇。

"孟区长亲自在家啊。"同事打趣。

孟奇问："有事吗？"

同事打算上门拜访。该同事与孟奇住同一小区，与他家就是几步路远。他与孟奇熟，孟奇在水利厅当处长时，他是副处长，孟奇下派交流后他接了处长。

几分钟后门铃响了，孟奇过去开门。上门拜访者除了打电话的处长，还有一位不速之客，竟是安再厚，手里提着两袋茶叶。

孟奇板起一张脸："这是什么人？"

处长问："你们不认识？"

"我不认识他。"

处长哈哈大笑："一字不差！"

这是怎么回事？原来安再厚与该处长相识，安到处长家小坐，两人提起孟奇，安自称与孟奇熟，想上门拜见，请处长带路认个门。处长表示需要先打电话看孟奇在家与否，且愿不愿意见客。安再厚建议处长在电话里不要提到他，因为一提就不好玩儿了。安再厚请处长验证两句话，说一旦上门，孟奇第一句话会明知故问："这是什么人？"第二句会说："我不认识他。"不信可以试试。

结果真是一字不差，所以处长大笑。孟奇问明究竟不禁也笑了。

"你上他当了。"孟奇说，"这个姓安的非常狡猾。"

处长说："那么禁止他进门，我把他带走。"

孟奇说："来了就留下，我有事问他。"

处长带路任务完成，门都没进，告辞先走。安再厚进了孟家客厅，在那里接受孟奇的盘问，审查了近半个小时。孟奇先检查安再厚与该处长的关系，安再厚承认两人结识时间不长，结识目的只在孟奇。安再厚四处打听谁跟孟区长说得上话，有人提到这位处长，于是安再厚通过关系请该处长吃饭结识，并借此打上孟奇家门。孟奇又追查安再厚与该处长通过哪条关系拉线，安声称饭局是助理安排的，具体细节他不甚清楚。

"哪个助理？郑涵？"孟奇问。

安再厚抱怨："区长不认识我，认识她。"

"你们不是一窝的吗？"

安再厚笑："我就是那点儿毛病。"

孟奇问："挖空心思跑到我这里，想干什么？"

安再厚表示别无所求，绝不给区长出难题。孟区长到任之后理了他的欠账，秉公办事让他中标拿地，没喝他一口茶，想来不好意思。加之听说区长的父亲孟老领导住院了，他觉得自己应当上门表示表示。

孟奇问:"你拿什么表示?"

安再厚指指沙发边两个茶叶袋:"算个见面礼吧。"

"这个见面礼很一般。"孟奇说。

安再厚拎起袋子交给孟奇:"请区长检查。"

孟奇拿手掂了掂分量。

"不是茶叶,是什么?"他问。

安再厚直截了当说明,两个茶叶袋都是外包装而已,里边没有茶叶,是人民币,权当见面礼,对孟老领导表示慰问,对中标拿地表示感谢。

"见面礼慰问金感谢费,一钱三用,安老板足够小气。"孟奇问,"一共多少?"

"两个袋子,每袋十万元,一共二十万。"

"孟区长只值二十万吗?"

"不是那个意思。"

"你们的行情呢?"

所谓行情指的是中标拿地。这么一个规模的标,行内通行做法,该拿出多大比例的感谢费?安再厚回答说行情也不一定,要看情况。

"我这个情况怎么看?"

安再厚说,如果确实要按行情,目前这个情况下,加一倍差不多。

"我有数了。"孟奇说,"这二十万你先带回去吧。"

安再厚当然不会带回去,孟奇也不强求,于是就留了下来。

双休日过后,孟奇把两袋茶叶放进轿车的后备厢,从省城家中带到他的区长办公室。孟奇把它们交给本区分管教育的副区长,捐进正在募捐的区"春苗助学基金会",该基金会为慈善性质,吸纳社会捐助以资助城乡困难家庭学生上学。孟奇说二十万现金为金城公司老板安再厚捐给基金会的,他还准备加一倍,另捐二十万,请基金会直接与他联系,让他尽快交齐,交齐后可以给他发一个荣誉证书。几天后，安再厚的助理郑涵给孟奇打了一个电话，报告说第二笔二十万捐款已经打到"春苗助学基金会"的账上，并说安老板感谢孟区长，荣誉证书他不需要。

"安老板自己为什么不打电话？"孟奇问。

"老板说你不认识他。"

"他在那里骂娘？"

郑涵说："老板其实是一番好意。"

孟奇让安再厚当晚到区长办公室来，不必背后骂娘。孟区长能一眼看穿，耳朵也很管用，安再厚在墙角旮旯骂些什么他都听得见。助学基金会荣誉证书一定得给，安再厚不能不要，孟区长决定今晚亲自为安老板颁发，同时谈一谈话。

当晚安再厚没到，郑涵自己来了。郑涵说不是安老板不听话，是她没把区长的命令报告给老板。老板正在气头上，认为孟区长不够意思，收拾人这么狠，让他热脸贴到冷屁股，割了两块肉，花了冤枉钱，还丢了面子。安老板那种脾气，这个时候来见区长肯定得吵，万一说出什么难听话，日后还怎么见面？所以她自作主张，自己来找区长，替安老板领证，等安老板冷静下来以后再交给他。

"这些话谁教你说的？安再厚？"孟奇问。

"他真的不知道。"

"你敢自作主张？"

"老板请我当助理，我必须为老板考虑。"

"你总是这么自作主张？"

"区长不要欺负我，我其实什么都不是。"

那天天气比较热，郑涵却穿得挺正式，深色西装套裙在她身上显得相当雅致，很衬托气质。孟奇注意到她化了妆，唇红齿白，面如桃花，一双大眼睛在黑眼眶里直勾勾盯着孟奇，眼神相当大胆。

这位郑涵挺复杂。她不是本地人，讲一口纯正的普通话，做老板的"贴身"有如风尘女郎，究其底细竟然来历不凡，也曾是"官二代"，其大起大落相当传奇。郑涵老家在东北，父亲当年身任要职，为地方实权官员，官至县委书记，后不幸于任上犯案，被查出受贿金额千余万。郑母也是个官,当过局长,为郑父一案共犯,随夫落马。郑父判了死刑,郑母获刑十年,两年后保外就医,不久因癌症病故。郑涵是家中独女,从出生到上大学,一路顺风顺水,前程金光灿烂,父母案发时她还在北京一所著名高校读大二,命运就此彻底改变。由于无法接受突如其来的打击,不能忍受身边的异样目光,她退学离校,独自远走南方谋生,干过传销,应聘过媒体单位,都没干长。两年前她机缘巧合来到本市,进安再厚的公司做了公关,旋即成了助理。金城公司内外有很多关于她的趣闻与事件,最火爆的故事是安再厚老婆因她与丈夫大闹,要死要活逼安再厚把她赶出公司,并为此遭安暴打住院。结果一切照旧,安再厚没有休妻另娶,安妻忍气吞声,郑涵则继续当安的助理。如此结局的主要原因是郑涵愿意陪老板睡觉,却无意取其妻而代之。

可能因为经历独特,这位郑涵与众不同,怪异出格的事敢做,却又很显淡定。外界关于她与安再厚的诸多传闻中,最新奇的莫过于早先那起农民工讨薪风波。当时到处找不到安再厚,后来才知道他犯了"治安"案被关在拘留所,安再厚犯的是什么呢?嫖娼。安老板好色,到处拈花惹草,因嫖娼被拘不奇怪,奇怪的是那一次嫖娼居然是与郑涵同往。安再厚的老婆妒忌心强,郑涵却很放手,允许甚至纵容安再厚乱嫖。当年市区新开了一家洗浴中心,明里经营桑拿,暗中靠色情招揽生意。安再厚听说后跃跃欲试,郑涵帮助老板做了安排,自己陪同前去洗浴。不巧那家桑拿被警察盯上了,当晚突击行动,拘留了一伙暗娼嫖客,包括他们三人。办案警察提审郑涵,郑涵声明自己不是卖淫女,当晚陪老板去洗浴中心消费,没有拿谁钱,也没有与任何人发生性关系,她愿意就此接受法医鉴定。警察很怀疑,郑涵是安再厚的情妇,怎么可能如此大度,舍己为娼?警察又提审其他人员,包括安再厚和当事卖淫女,居然得以证实。郑涵对此的解释是老板身强力壮总是要,而她对那事儿感觉厌倦。由于郑涵查无卖淫事实,警察很快放了她,她回公司取钱替安再厚交罚款,恰逢区信访局局长前来找人,就把她带到了农民工上访现场。

郑涵给孟奇的印象很特别，有如安再厚抱怨的"孟区长不认识我，只认识她"。这天晚上郑涵独自前来，声称是自作主张替安再厚领荣誉证书，孟奇不相信，断定该女另有来意。一盘问，其果然供认不讳，说是有意要来向孟奇举报一个人，请领导日后多加提防。她举报的人竟是她的老板安再厚，称其在公司里骂娘，指名道姓骂孟奇假惺惺，把他送的钱拿到什么基金会去，还要加倍认捐，简直就是抢钱。

孟奇说："这个骂很一般，没特点。"

也有不一般的。安再厚说孟奇这种人要不是祖坟找得对，生在大官家里，轮不着到这里玩儿，别说人五人六当个区长，只怕连个点头哈腰的科长都混不上。他不信孟奇刀枪不入，只要是官就有办法对付，安老板见过的大官小官多了去了，有的是办法。

孟奇问："他的办法就是你吗？"

郑涵供认不讳。安再厚认为郑涵可以派上用场，因为孟奇不认识安再厚，却认识她。安再厚命郑涵"研究"一下孟奇，需要的话可以"深入研究"。因此今晚她借机到孟奇的办公室开展"研究"。她猜想区长办公室应当是个套间，办公室里间会有一个小休息室，里边会有一张床，供区长累了休息。现在一看，果然这里有一扇小门，后边应当就是休息室。问区长能让她参观一下里边的床吗，或者干脆陪她"深入研究"一下？

孟奇问："安再厚不可能这样布置任务吧？"

"如果说是我自愿，区长感觉会好一点儿？"

孟奇问："你自己什么感觉？给我形容一下。"

郑涵看着孟奇，一时答不上话。好一会儿，她承认走进孟奇办公室心里很不是滋味，父亲死后，她看到场面上的大小官员都会心生忌恨。

"这么说区长不会生气吧？"她问。

她认为每一个人都有弱点，只要用心，任何严密的防护都可以找到缝隙。她感觉孟奇疑心重，防护尤其严密，与其让孟奇心存怀疑，加倍防范，不如直截了当，将自己的意图全盘托出，让孟奇加深印象，把她记住。

"听说让孟区长记住不容易，孟区长不认识人出了名啦！"她说。

孟奇问："不认识人不好吗？"

"人总得认识一些什么，比如权势、钞票、女人，等等。"

"如果都不认识呢？"

"孟区长真的只认识自己？"

"我不是还认识你吗？"

她表示自己受宠若惊。以她的感觉，一个人不可能只认识自己，或者说只认识自己心里的那个东西。如果真是那样，到头来也许他会连自己都不认识。

孟奇说："这个问题以后可以深入研究。"

她一听就明白，当即站起身问："我是不是得告辞了？"

"走吧。"

她抬眼往办公桌上看了看。孟奇的办公桌收拾得井井有条，文件夹码成一摞，桌面上放着几张纸，上边写得密密麻麻。

"孟区长又解高数？"她忽然问。

"为什么是高数？"孟奇随即追问。

她笑笑，称自己大学肄业，能看懂。上回民工闹事，安再厚向孟奇讨要工程欠款，孟奇给安再厚一张纸头为凭，上边密密麻麻的数字和符号安再厚看不懂，交给她研究。她发觉上边写的是高等数学题。此刻看到孟奇办公桌上的纸张好像也一样。

孟奇说："青菜萝卜各有所好，工作之余有人打扑克，有人唱歌。"

"做题能帮助孟区长放松？"

"非要问出个究竟吗？"

她表示道歉，眼下当面研究领导的机会不多，所以情不自禁打听不止。她这种人总是会给领导找麻烦，拜托领导多解几道题，别跟她计较。

这个郑涵很聪明，智商不低，性情偏怪，可能因其遭际。孟奇感觉她跟安再厚的关系相当微妙,她话里有话,似乎还在暗示什么。

半个月后安再厚突然出事,被市纪委办案人员从公司带往指定地点交代问题。

安再厚是民营企业老板,并非党员领导干部,怎么也给"双规"了?因为他涉嫌贿赂,在一个官员职务腐败案中扮演了角色。这个案子中的腐败官员却是孟奇的副手,副区长陈胜利。陈胜利在区政府班子里分管信访,也管安全。前些时候安再厚的工地发生一起安全事故,一名民工从空中坠楼死亡,事故调查期间工地停工。安再厚给陈胜利送了八万元,在陈胜利的干预下调查草草收场,让工地可以继续赶工。市纪委掌握了这一情况,以此入手对陈胜利立案调查,调查中又发现了新线索,涉及其他几家企业老板,最后以五十多万受贿总额把陈胜利送进了监牢。

这个案子由市纪委直接办,孟奇够不着,安再厚与陈胜利相继被带走,孟奇都是在事后才得到情况通报。土老板平日里诈诈唬唬,财大气粗,像是敢想敢为,拿得起放得下,其实上不了台面,要紧的时候吃不住劲儿,办案人员稍微使点儿力气,他就投降了,一五一十什么都说,除了陈胜利那笔钱,阿猫阿狗还扯出一堆事,让怎么说就怎么说,以期赶紧脱身,被讥为"坦白模范"。虽说行贿与受贿一样有罪,时下行贿者却很少受到重处,坦白交代总能从宽,安再厚"进去"溜达一回,放出来还是人模狗样一个私企老板,陈胜利却进去就出不来了,直至收监服刑。

安再厚"出来"后,找了个双休日跑到省城见孟奇。他没像上次一样去了孟家,而是守在省立医院高干病房楼下,在孟奇看望父亲时拦住了他。

"区长,我可什么都没说。"他向孟奇报告。

孟奇问:"你是假模范?"

安再厚不显尴尬。他专程来向孟奇解释,同时报警,说那个案子的目标不只是陈胜利,也想搞孟奇,办案人员曾多方查问,追究安再厚是否给孟奇送钱,以感谢孟奇帮他中标拿地。安再厚矢口否认。办案人员了解四十万助学捐款的情况,安再厚则咬定其与感谢费无关,是孟区长动员他拿出来做善事的。他心里有谱,这些事打死了都不会乱说。

孟奇问:"事情本来不是这样吗?"

安再厚说:"他们追得让人受不了,但是这件事我死活没松口。"

"我得感谢你吗?"

安再厚说:"都是林东华搞的鬼。"

"你没有份儿吗?"

安再厚咬牙切齿:"是我瞎了。我饶不了这对狗男女。"

安再厚给陈胜利行贿的内情,除了他们两个当事人,只有郑涵知道。郑涵奉安再厚之命送去那笔钱,送钱的同时她还把自己送给了陈副区长,两人在陈胜利办公室休息间的床上"深入研究"了一回。该"研究"留下了一个物证,是一条女内裤。陈胜利起初拒绝承认受贿,直到办案人员出示该物证才彻底崩溃。这个案子抓了陈胜利,败坏了安再厚,也敲山震虎警告了孟奇,其发案始于知情人郑涵举报。郑涵本人于安再厚被办案人员带走之际从金城公司消失,不知去向,不久就有消息传来:她去了省城,在东华国际集团得到了一个位子。

原来林东华是幕后推手,小四擅长记仇,睚眦必报。

3

孟奇当区长的第三年,父亲因癌症医治无效,于省立医院高干病房去世。

那段时间孟奇心情郁闷,一来因为父亲病情迅速恶化,眼见时日不多;二来也因为个人事情不顺,让他很难面对父亲。父亲去世前夜,人已陷入昏迷,孟奇于病床前彻夜守候。半夜里,父亲回光返照,忽然醒过来,意识非常清楚。他问了孟奇一句话:"你的事怎么样?"孟奇告诉他一切如旧,没有新变化。父亲又问:"究竟怎么回事?"孟奇说没什么特别的,估计快了。父亲不再追问。

几小时后他停止了呼吸。

孟奇没跟父亲说实话，不想给将死之人徒增烦恼。事实上父亲念念不忘，临终之际还在关心的那件事不是"快了"，而是已经"没了"。

这件事说来话长。孟奇出道早，得益于父亲的人脉，加上自身的努力，当年一路顺遂，大学毕业到了水利厅，搞过几年业务，升副处长后去省城郊县挂职当副书记，而后又回到厅里当了三年处长，成为本厅最年轻且资格深的后备干部，上升指日可待。当时恰逢省里物色优秀年轻干部下基层任职，作为干部培养的一大举措，孟奇被挑选上，派下来当区长。以孟奇的资格和后备身份，本可以直接担任区委书记，上边考虑他没有主管过基层经济工作，不如小步快跑，先在政府任职，补一课再上，却不料他下来后一小步跑了三年，一直没有变动。这里边原因很多，没有碰到机会是一个因素，孟奇本人的个性也造成一些问题，加上他父亲患病住院，上层影响减弱，都对他不利。前些时候机会终于到了：孟奇那个区的书记升职，位子腾出，该轮到孟奇了，却不料忽然有人出来打横炮，闹出一些声音，最终孟奇给搁在一边，原地不动，省政府办公厅一位处长下来当了书记，该同志的资格与能耐都远不如孟奇。

孟家父子都从政，从政者没有谁对升迁不敏感，孟奇发展不顺，他自己难免郁闷，只是不愿意在重病的父亲面前流露。孟父对儿子这件事一直很关注，病重之际依然念念不忘，除了向儿子过问，也一再向前来探病的省领导提起，相关省领导无不表示关心，无奈这种事没那么简单，直至孟父病逝，一无结果。

孟父出殡那天，孟奇在遗体告别仪式上见到了林姗。林姗受父亲委托，代表林家出场吊唁。林孟两家长辈共事多年，送葬这种时候不能缺席，只是林姗父亲近日身体也不好，住在医院里，只能由林姗前来代表。告别仪式的最后一个程序是吊唁者排队与死者亲属握手告别，林姗与孟奇握手时说了句话："阿孟节哀。"

孟奇说："帮我传句话给小四。"

"什么？"

"告诉他,别把我惹火了。"

林姗表情有异:"怎么说?"

孟奇不跟她细说,转身与后边的吊唁者握手。

办完父亲的丧事,孟奇回区里上班。几天后林姗突然从省城下来,找上孟奇的办公室,还把她弟弟林东华带了过来。

她说:"阿孟,你跟小四恐怕是误会了。"

孟奇问:"这里谁是傻帽儿?"

林姗不快:"你不要这样。"

他们都清楚这里边并无误会。林家小四林东华号称大老板,年轻气盛,牛哄哄,却心胸狭窄,报复心极强。林东华招标失手败于安再厚,那以后就跟他过不去,同时也记恨孟奇。除了插手陈胜利案,林东华还盯着孟奇。前些时候外界传闻孟奇要当书记,马上有人反映孟奇帮助安再厚拿地,安再厚按"行情"给孟奇送感谢费,有关部门因此产生顾忌,孟奇失去一大机会。孟奇自有渠道,知道是林东华在兴风作浪,所以他让林姗传话敲打小四,引来姐弟俩上门"消除误会"。

那天他们在孟奇办公室聊了一个多钟头,当晚一起吃饭,三人喝掉了两瓶人头马,饭是东道主孟奇请客,酒是林家姐弟带来的。

林姗说:"说到底,咱们是自己人。"

林东华也说:"阿孟不要听信安再厚,他不是自己人。"

孟奇说:"什么安再厚,我不认识他。"

林姗即追究:"那你还向着他?"

孟奇称自己不向着谁,只向着道理。谁有道理向谁,不管认识不认识。

林姗摇头:"这么多年了,一点儿没变。"

林东华说:"变不变都是自己人,安再厚算个屁。"

林东华抓住一切机会不依不饶地损安再厚,他说土老板最不是东西,需要的时候送钱送礼送小老婆,特别肝胆;待到被纪委找去,不需要多问,他自己交代个底朝天,一点儿不剩全部讨回来。吃他拿他的官一个个栽进去,他拍拍屁股放出来继续当老板。

孟奇说:"小四记住,轮到你被纪委叫去的时候,今天这两瓶人头马不要交代。"

林姗说:"阿孟,别拿这开玩笑。"

林东华说:"纪委是自己人,不怕。"

孟奇对林家姐弟直言不讳,主张凡事不能过分,无论是自己人还是非自己人,过犹不及,都一样。安再厚固然有其不对,林东华对人伤害也深。例如,从安再厚身边拉走郑涵,让她变成一把刀去刺安再厚,眼前很解恨,长远看并不好。

林姗当即认同:"说得对,阿孟是为小四好。"

林东华却不接受:"安再厚算个屁,他玩儿不动郑涵。"

孟奇问:"你把她藏起来了?"

林东华承认郑涵在他那里,但并不是金屋藏娇,是为了安全。郑涵被他策反后,安再厚声称死活不放过她,郑涵要求他提供保护,他安排她到省城,目前暂不要露面,时候到了自会让她现身。这个郑涵不寻常,对他有用。

林姗明确不赞成:"这女的不好,小四要听阿孟的。"

林家姐弟频频劝酒。他们拿出两瓶洋酒,并不是因为伤害了自己人而心存内疚,其急于"消除误会"还是出于利益。当时林东华正在投资开发温泉谷,该项目离市区有一点儿距离,地界属于下边一个县,却与孟奇所在区的南部乡镇相邻。林东华考虑从他的温泉谷修一条新通道,接通本区的县级公路,创造便捷交通,有助项目成功。这条通道涉及本区地界,能否实现要看孟奇的态度,林东华绕不过去。林东华自以为强势,不一定把阿孟放在眼里,林姗却知道不能惹恼孟奇,因此出面协调修补关系。

借与孟奇"消除误会"之机,林姗还主动示好,对孟奇的处境表示关切。她听说孟奇没当上书记,为他感到不平,说自己有途径,愿意为孟奇说说话。

孟奇问:"我自己没有途径吗?"

"你都干什么了?"

孟奇称自己什么都不干,一动不动。实话说,父亲遗憾离开,当儿子的有失期待，他心里很不是滋味。他认为自己受到的对待不公道，感觉很不好。他这人一向谁都不认识，只认识自己心里那个道理，难道现在要变个样，连自己都不认识才行？

"你就是放不下。"林姗批评，"现在谁像你这样？"

她追问孟奇真是一动不动，没干些什么，就知道躲在办公室里做算术题？孟奇承认心情不好的时候需要找点儿事做，那不是算术，是高数。

"还是这个毛病。"林姗说。

"要是没这毛病，当年咱们就成了。"

林姗不说话了。

当年他们俩其实互相有感觉，彼此挺般配，只是性情有差异。林姗争强好胜，孟奇却显清高，林姗热衷的很多事情孟奇看不上眼，林姗则批评孟奇有毛病，骨子里自命不凡，只认一加一等于二，不讲人情，不懂变通。当年林姗最不能理解的是孟奇闲来拿支笔做"算术"，还像学生在准备考试。孟奇称做题能让他放松，让他有成就感，而且触类旁通能有所感悟。例如，数学讲究规则，一把尺子量到底，与世间的道理相通。林姗则不以为然。他们两人性情有别，说来却能互补，但是双方家长对结亲并不热心，孟父与林父共事多年，却始终保持距离，认为林为官行事多靠手腕，德行不好。林父则对孟奇不满意，说小孟跟老孟像，不合群，有点儿怪。双方家长都施加了影响，亲事最终未成。后来林姗嫁给了本校一位体育老师，该老师出身一般，竞技状态却好，无论追女朋友还是在教研室争个小组长，都像参加比赛，千方百计要搞到手，这一点很对林姗胃口。该婚姻最终并不如意，林姗现已离婚，当年的体育老师跑到美国教武术，娶了个洋婆子。孟奇自己婚姻平稳，孟夫人是个儿科医生，她从不干涉丈夫做"算术"，因为她父亲就是孟奇的高中数学老师，该老师曾夸奖孟奇有数学天赋，孟奇在他的影响下曾梦想当个数学家，只是后来未能如愿，命运另有安排。由于以往这些故事，林家姐弟与孟奇确实应当算自己人，无论孟奇嘴上认不认。自己人免不了也会发生误会，哪怕拳打脚踢，过后还可以是自己人,特别是在需要的时候。此刻林家小四需要孟奇,因为那个温泉谷。

林姗说:"阿孟不要只顾做算术,关心一下我们家小四。"

孟奇问:"怎么会想去盖澡堂?"

林东华反问:"阿孟不洗澡吗?"

孟奇表示自己洗不洗澡是另一回事,林东华投资洗澡一定有其理由,旁人不必多管闲事。他当即表态,只要项目合理合法,他这边没有问题。修一条路除了有利于温泉谷开发,对本区边远乡镇也有好处,依理应当支持,他这个人只认道理。

林姗说:"那就一言为定。"

几天后省里开表彰会,表彰上年全省经济发展十强县和十佳县,本区名列十佳之中,孟奇披红挂彩,上台领走了那面奖牌。那天给孟奇授牌的是黄从文,他与孟奇握手时随口打趣:"父母官怎么样?"孟奇笑笑:"不怎么样。"黄从文摇头:"听起来不太好。"孟奇问:"领导能安排时间听我汇报吗?"黄从文很干脆:"下午去我办公室。"

这位黄从文是省委秘书长、常委,与省委书记最靠近,说得上话。孟奇父亲住院期间,他代表书记数次到医院探望过,孟父曾拜托他关心孟奇的任用,他满口答应。黄从文总是开玩笑管孟奇叫"父母官",因为黄从文在省里当领导,老家却在本市,其父母至今居住于本市市区,就在孟奇管辖的地盘上。

当天下午孟奇去了黄从文办公室汇报工作,谈自己的情况。虽然号称"一动不动",逮住合适机会他还是不吐不快。孟奇强调自己工作努力,业绩突出,这一次因为若干不实反映给搁在一边,失之不公,让他难以接受。黄从文表示理解,表扬有加,同时要求孟奇想开一点儿,这一次没能用上,以后还有机会。

黄从文把孟奇叫到办公室,除了劝抚"父母官"之外,也有具体事情。他问孟奇是否认识安再厚,孟奇能说不认识吗,当然得据实报告。黄从文其实是明知故问,这一次绊住孟奇的所谓"不实反映",反映的就是孟与安勾结,他们哪里可能互不相识。

黄从文拿出一封信交给孟奇："这件事跟安再厚有关系,拜托你帮助处理。"

这是一封群众来信,涉及拆迁补偿事项。写信者称自己在本区旧城某街某号居住多年,旧城拆迁改造中,开发商提供的赔偿方案不合理,请求上级领导帮助解决。写信者所在区域的开发商正是安再厚的金城开发公司。

孟奇心知这件事不太寻常。时下拆迁中的补偿纠纷多见,类似纠纷闹到高层之前,通常会在基层闹上一段时间。黄从文转来的这一封信却属例外,孟奇从未听说过,不知道此人此事。黄从文亲自交办,却不在信件上直接批示,也显得非常特别。

孟奇回到区里,通知安再厚到他办公室。安再厚看了信,点点头:"这事我知道。"

孟奇想了解具体情况,安再厚却不多说,只问:"孟区长发个话,是不是该办?"

孟奇问:"可以办吗?"

"只看区长态度。"

孟奇说明是上边领导转下来处理的。如果不能办,别说区长,省长也不能强求。

安再厚问:"是哪位大领导交代的?"

"这个不要问。"

安再厚表示其实他不在乎是谁,不管什么领导都一样。他只认一个人,就是孟区长。以往孟区长没要他办过什么事,今天是第一次,再怎么难也得当回事。

"大话不说,咱们该什么是什么。"孟奇说。

安再厚说:"对我尽管放心,别人有事,孟区长没事。"

"什么意思?"

安再厚再次表白说,林东华到处拿他"坦白模范"搅屎,好像他安再厚专门挖坑让各位领导跳,大家都得提防,其实根本不是那回事。他也不是全都坦白,陈胜利又贪又色,弄一点儿小权,什么都要,混蛋一个,送钱给这种人心里实在不痛快,有朝一日坦白交代,配合纪委查办,真是何乐不为。但是也有领导确实好,无论人家有什么事,砍脑袋他也不会去说。

孟奇指着安再厚的头:"给我找把刀,先把这个脑袋砍了。"

安再厚表示无所谓,砍脑袋也要把区长的事办妥。他还问了一个敏感问题:"这件事能帮孟区长升上去吗?"

"为什么问这个?"

安再厚称眼下他最关心孟奇升不升。前些时候传说孟奇要转书记,当本区第一把手,他特别高兴,没想到来了别人。孟奇虽然不认识人,却真有本事,最讲道理,早就该升,可惜孟老领导过世了,没人相帮。如今没人帮可升不上去,他安再厚愿意出一点儿小力气,一来算是回报,二来也算投资,孟奇升得越高,权力越大,就越能帮他。

孟奇当即制止:"咱们桥归桥路归路。"

无论安再厚怎么表白,孟奇心里有数。安再厚对黄从文交办的事情答应得如此爽快,让孟奇有些意外,他觉得里边可能有些背景,因为事涉高层,他也不想多了解。既然安再厚能够处理,孟奇也得以向黄从文交差了事。

也就半个月不到,安再厚给孟奇打来电话,说交代的事情已经办妥,请领导放心。

孟奇问:"怎么办的?"

"领导别管了,我会处理。"安再厚说,"我对领导有个小请求。"

安再厚的请求其实不小:他希望得到回报,过几天找个机会,他想跟相关省领导合一张影,把那张照片放大了挂在公司里。

孟奇问:"这是为什么?"

"就当门神用吧,驱鬼辟邪。"

"闹鬼这种事领导管不了,不如去找一个道士。"孟奇说。

安再厚解释说道士不管用,还是需要领导。林东华王八蛋仗着有靠山,牛哄哄,安再厚得找一位大领导以示抗衡。

"念念不忘林东华?我听了不像。"

安再厚承认除了林东华也还有郑涵。他四处打听郑涵下落,并不是念念不忘，是牙根发痒，恨不得把该小婊子从林东华手里抓回来，洗一洗煮了吃掉。

"好大的胃口，嘴巴里长了几颗钢牙？"

安再厚叹气："领导就不能让我嘴巴上痛快一下？"

孟奇说："记住我警告过你。"

安再厚请孟奇放心，他保证不会乱来，不会为一个小婊子去坐牢吃枪子儿。他想得开，小婊子满世界都有，郑涵身上的东西他用过了，送给林东华接着去用。对他来说赚钱最重要，他考虑在公司安一尊门神驱鬼辟邪，吓唬不了林东华，至少也能抵挡工商税务找碴儿。搞企业说到底是做生意，付出总是想得到回报，帮黄秘书长办了这么一件事，要一张照片做回报，不算过分吧？

孟奇追问："谁跟你说了什么黄秘书长？"

安再厚笑："这还要谁说？我不搞清楚能行吗？"

安再厚表面大大咧咧，人却精明，显然他了然来龙去脉，知道孟奇交办的事情从何而起，知道黄从文是什么人，他的父母在哪里，也知道黄从文过年过节要回家探望父母，因此打起自己的算盘。他表示拿领导去当门神只是开玩笑，不过有的人确实只可以拿去挂在门面上，有的人却不一样，可以放在心里，例如孟区长。

孟奇问："我该相信吗？"

"孟区长不必相信，帮忙就成。"

安老板需要一点儿回报，理由不难理解，能否做到却不是孟奇可以决定的。孟奇没有贸然答应，只说看情况吧。

国庆节长假的第四天，孟奇从省城回到区政府值班，安再厚突然给他打来一个电话，报称黄从文秘书长回来度假，住在父母那里。

孟奇问："你怎么知道？"

"我盯着呢。"

安再厚希望利用这次机会见面，他身份太低，够不着黄从文，只能请孟奇帮助。

孟奇当即拒绝："领导回来探亲，不好打扰他。"

安再厚说:"也许他愿意呢?求区长试一试。"

孟奇不松口,一来黄从文返乡不声不响,下属贸然打扰并不合适;二来孟奇不能容土老板随意操纵自己。安再厚却一再坚持,锲而不舍,在电话里强调这件事对他很重要。他抱怨说,只要求他付出,不给点儿回报不公道,可以指派他办事情,需要时也应该帮他一把,否则太不够意思。孟区长忘了他做过什么吗?已经不需要他了吗?

这句话把孟奇惹恼了。

"你是谁啊?"他问。

"又不认识了!"

孟奇把电话挂断。

安再厚紧接着给孟奇连打两次电话,孟奇不予理睬,任电话铃响,始终不接。待安再厚死心,电话铃归为安静之后,孟奇才抬起手,拿起了话筒。但是他没有马上打电话,右手举着话筒,眼睛看着按键,好一阵一动不动。这个电话于他相当困难。

最后他还是打了,直拨黄从文手机。

黄从文果然回到了家乡,电话里一听是孟奇,他很高兴。

"父母官啊,有什么交代?"他问。

孟奇请求领导对本区工作予以关心,想请领导抽时间看几个家乡项目,检查指导。

黄从文问:"准备让我看些什么?"

孟奇报了几个项目,其中包括旧城改造工地。

"是安再厚那个项目?"黄从文问。

"是他。"

黄从文说:"这个安老板还能办事。"

黄从文爽快答应孟奇,要求不惊动其他领导,由孟奇陪他走走就可以。

孟奇命区政府办主任紧急安排,通知各相关单位做好准备,该"相关单位"自然也包括安再厚。安再厚突然接到通知,喜出望外,马上给孟奇打电话表示感谢。

"土老板不知轻重冒犯了，孟区长大人大量，别放在心上。"他道歉。

孟奇不吭声。

"我知道孟区长总归不认识我。"

孟奇说："孟区长好像不认识自己了。"

当天下午孟奇陪着黄从文视察了三小时，于四点半钟左右到达旧城改造工地。时逢太阳西下，光线正好，非常柔和，适宜照相。安再厚守在工地上，陪着黄从文和孟奇参观，他请的两个摄影师赶前追后，不停地拍照。黄从文兴致很高，在工地上东看西看，左问右问，了解得很详细，却绝口不提曾经让安再厚处理过的那件事情。

安再厚请黄从文到工棚喝茶，黄从文欣然应允。该工棚早有准备，烧水沏茶用具一应俱全。安再厚亲自沏茶，黄从文只喝一口就有感觉，表扬道："安老板懂茶。"

安再厚连称不过是自家土茶，见笑了。喝茶期间安再厚起身跑到外头去，好一会儿才跑回来，孟奇批评道："跑什么？好好向领导介绍情况。"

安再厚说："行行，都安排妥当了。"

黄从文问："你安排什么？"

安再厚说是按照孟区长吩咐，给领导安排一点儿土茶，领导表扬他的茶，他很高兴。茶叶已经放进秘书长轿车的后备厢了。

黄从文表示推辞："那不行。"

安再厚称自己很抱歉，一心要给领导增加一点儿负担。他很为自己老家产的茶叶打抱不平，这些土茶比外头的高价茶好多了，只可惜没牌子，卖不出好价钱，眼下特别需要请大领导品尝，扩大影响。这件事孟区长很重视，亲自做了交代。

孟奇声明："这是安再厚自作主张，我没交代。"

安再厚说："孟区长不承认不要紧，我都担了。领导要是喝了不行，只管骂我，不能骂孟区长。领导要是喝了高兴，那就表扬孟区长，不要表扬我。"

黄从文哈哈笑道:"你们这么肝胆啊?"

安再厚表示只是他跟孟区长肝胆,孟区长始终不认识他,但是他甘愿。孟区长这种好领导应当重用,黄秘书长多关照孟区长,家乡人民都会非常感激。

孟奇喝止:"安再厚,别多嘴。"

安再厚抗议:"大领导在这里,孟区长不能不让我说话。"

黄从文笑笑:"走吧。"

视察圆满结束。几天后黄从文视察工地的大幅照片挂进了金城开发公司的办公楼里。照片里,孟奇和安再厚陪同在黄从文身边,三人的表情都很生动,黄从文满面笑容,安再厚眉飞色舞,孟奇的笑容则显得勉强。两个月后,孟奇被免去区长职务,调市政府任市长助理。这个安排出人意料,既意味着机会,又带着变数。

黄从文亲自给孟奇打来电话,交代说:"目前只能先这样,我会继续关心。"

孟奇说:"感谢领导。"

孟奇当了半年市长助理,机会到了,一位副市长调动工作,孟奇被确定为接替人选,经市人大常委会选举为副市长。孟奇早是水利厅领导后备人选,当区长几年政绩不俗,市长助理又有就近之便,加上有分量的领导帮忙说话,上升顺理成章。

孟奇给安再厚打电话,问起安再厚公司里的照片。安再厚报称照片还挂在老地方,领导依旧笑容满面。请出领导当门神真是管用,驱鬼辟邪,保驾护航,这些日子里生产安全,生意兴隆,感谢领导关照。

孟奇说:"那个照片我要,拿下来送给我吧。"

"为什么?"

"可以让你放在心里,不要再挂出去。"

"领导已经荣升了,怕什么?"

"要我派人去收吗?"

安再厚抗议:"一阔脸就变,这不可以!"

"为什么不可以?"

安再厚请求孟奇安排时间听他汇报,有些事他必须说,现在是时候了。

"我不需要。"

孟奇称自己知道安再厚想告诉他什么,他早就一眼看穿,不需要再听,多此一举。无论安再厚想说什么,先要记住面对的是个什么人。

"孟市长从来都不认识我,只认识自己吗?"安再厚问。

"说得不错。"

4

安再厚与林东华再次相争,为的是林东华的温泉谷项目。

林东华的温泉谷堪称大手笔,内容很丰富,绝不仅仅是盖澡堂供人洗澡那么寻常。该温泉谷位于一处地质断层边缘,热水丰沛,具备建设大型温泉洗浴中心的条件,如玩笑称"可供很多人洗澡",而且周边环境更具可开发性,那里是丘陵缓坡地带,山地林木茂密。林东华准备从开发温泉入手,进而利用周边缓坡,建设一个大型综合休闲服务设施,包括一家五星级酒店、一个高档会所和一个高尔夫球场。该球场将成为本省最大的高尔夫运动中心,吸引高端客户,主要是日本、韩国以及港澳台的富人前来打球,再借周边交通、商贸环境改善,发展为顶级高尔夫俱乐部,吸引全球顶尖富豪进入,举办国际高尔夫赛事。这样一个宏大设想需要强大财力支撑,更需要关系与人脉。高尔夫球场建设属于严控范围,以相关条文衡量,项目几乎没有获批可能,然而林东华却不担心审批问题,因为他有特殊途径,别人办不成的事情,他可以办成,他有本事在相关规定和实际操作中找到缝隙。目前该项目已经以"运动休闲中心"为名,作为本市一个重点旅游休闲服务项目开建。

林东华在乡下修澡堂,安再厚在城里盖房子,两人似乎并不搭界,为什么还有争执?原因比较特别:林东华的澡堂修的不是地方,淹了安再厚的鞋跟。

安再厚在成为土老板之前，当过建筑队包工头，起家于老家乡间。安再厚的老家位于市郊东南山区一个小村，村民多姓安，村南两个小山头之外就是温泉谷，那附近有安氏村民的一些水田和茶园。早年间村民们春耕犁地，收工时常把牛赶到山谷下的水塘洗热水澡，那是当地最早的温泉开发。数十年前行政区调整，安氏村庄划归区里，温泉谷则归属邻县。林东华在温泉谷修澡堂之初，所征土地主要在温泉周边，属于人家那边的事情，与安氏村民无涉。后来项目扩展，矛盾忽然发生，安氏村民高调反对林东华项目，原因是林东华新征山地中有一块本村飞地，飞地上有安氏村民的祖坟。

事实上那几个所谓祖坟只是山间的几个老坟头，此前默默无闻，从不为人注意。老坟头所在地确属本村飞地，坟里确实埋着安氏村民的先人，但由于年代久远，埋的是哪一代祖上已经没人说得清楚。老坟头年久失修，早已荒草丛生，坟堆不太明显，不要多久就会消失得无处寻觅，林东华修澡堂才使它们突然冒出草丛，沸沸扬扬。由于辖区归属不同，安氏村民无法有效跨界相争，他们便把争执往上闹，直接上访市政府，声称不解决还要闹到省政府去。市政府李副市长出面协调，双方互不相让。现今各种项目建设遇到类似事项，通常以补偿迁坟方式解决，可安氏村民坚决不接受迁坟，无论如何要求林东华改变设计方案，留下那几个老坟头相伴未来的"国际运动休闲中心"，这于林东华根本不可能。根据相关部门掌握的背景情况，安氏村民之所以如此强硬，关键是后边有个安再厚，安老板身居灯红酒绿，心系荒山老坟，为闹事村民出谋划策，撒钱花销，一味作梗，造成风波难平。

孟奇在市政府里主管工业，与林东华的项目不沾边，信访这一块事务也不归他管，市长却看准他了。市长问他："林东华、安再厚两人你都熟吧？"

孟奇说："在区里工作时打过交道。"

"都怎么样？"

孟奇评价："都不是好鸟。"

市长当即指派："孟副支援一下李副，找安再厚谈一谈，不允许这样闹。"

　　孟奇心里清楚，市长派他去"谈一谈"不会是临时动议。孟奇"不认识"安再厚的故事多为人知，特别是孟奇还曾陪同黄从文为安再厚当门神，留下过一段佳话。此刻市长需要尽快平息事态，孟奇无可推托。

　　孟奇把安再厚请到办公室谈话。安再厚一听为的是那几个老坟头，马上表示："这件事请孟市长不要管，我死活跟狗男女奉陪到底。"

　　原来这几个老坟头还牵扯到郑涵。郑涵投靠林东华后去了省城，销声匿迹，前些时候忽又冒出头脸，由林东华带回本市。她被林东华委任为公关专员，负责与地方各部门官员打交道，被笑称是"服务领导洗澡"。郑涵杀个回马枪，公然在本地招摇晃荡，明摆着没把安再厚当回事，让安再厚面子上放不下。郑涵回来不久，安家老坟就被划入迁移范围，安再厚认定是郑林合谋冲他而来。这里边有一个旁人不了解的背景因素：当年郑涵曾随同安再厚回过老家，一起给这几个老坟头烧过香。安再厚告诉郑涵，算命先生说他乡下小子能成为大老板，根子就在这几个老坟头。眼下尚不可张扬，待来日大发迹，光宗耀祖之后，才好大张旗鼓，重修祖坟。郑涵记住了这些话，没等安再厚光宗耀祖就下手挖他祖坟，意在破他发迹，毁他脸面。孟奇问："这里边是谁在编故事？"

　　安再厚发誓没编故事，说的全是实话。

　　孟奇认为安再厚可信，但是确实有人在编故事，是算命先生。安再厚眼下及未来的发迹要靠天时地利人和，与那几个老坟头无关，算命先生的话不可信，摆不上台面。

　　安再厚说："孟市长不信，可我信。不管信不信，孟市长应当帮我。"

　　孟奇说："你给我找一条理由。凭什么别家的坟可以迁，你们家不行？"

　　"让林东华和小婊子作践我、踩我是什么理由？"

　　孟奇强调应当看谁更有道理。林东华的项目已经获批，具有合法性，安再厚拿老坟头作梗不占理。如今城乡建设动了多少老坟？要是都学安氏村民，建设还搞不搞？安再厚可以提出合理条件，协调解决老坟迁建事项，不该策动组织村民闹事。

安再厚反对："孟市长不应该说他们的话，跟他们一起踩我。"

孟奇问："为什么我应该说你的话？"

"孟市长心里明白。"

孟奇当即变脸："我该明白什么？"

安再厚拂袖而去。

他拒绝听从劝告，坚持捍卫老坟头。市里开会研究，相关部门多主张不容无理取闹，应当下杀手锏来硬的。孟奇虽对安再厚非常恼火，却还是主张缓一缓，再做工作。

有一个人突然前来孟奇办公室，声称是专程"上访"，这人却是郑涵。

很多日子不见了，郑涵小姐依旧挺拔高挑，唇红齿白，一如既往地淡定，穿得很正式，面容很平静，眼光里藏着寒意。她给孟奇送来一份报告，代表其企业指控安再厚聚众闹事，破坏重点项目建设和社会稳定，要求领导主持公道，依法制裁。

孟奇说："这件事请找李副市长。"

她知道相关事务由李副市长负责，他们已经找过了。孟副市长曾出面过问此事，所以她也上门送材料并口头汇报。这份材料同时还送给了书记、市长两位主要领导。送材料其实是走个形式，省领导已经分别给市里打了电话，领导们态度很明确，安再厚要是不听劝阻，一味无理取闹，煽动群众闹事，破坏重点项目建设，一定依法严惩。

孟奇问："为什么跟我说这个？"

"林总请求孟市长秉持公道。"她特别强调，"他问候孟市长。"

孟奇问了一个情况："是谁想挖人老坟？你，还是林东华？"

郑涵直言不讳，承认自己是始作俑者。她去省城后进了林东华的公司，老板对她不错。是她自己提出回来搞这个项目的。为什么？一来这边有基础，认识不少人，项目前景很好，于她发展空间更大；二来也因为安再厚。安再厚对她恨之入骨，放言说无论她藏在哪里，早晚把她找出来打死。安再厚算什么东西？土老板，癞蛤蟆，一堆屎，她早把他看入骨髓。安再厚敢说大话，她就回来让他试试，看他怎么打？运动休闲中心扩张方案本来主打温泉谷西南边的几个山头，后来改向西北，改变的建议是她向林东华提出的，因为她曾经陪安再厚去烧过香，对老坟头周边山坡的印象很深，觉得地形更好。林东华去看过现场，感觉与她一样，所以才改过来。

"你故意隐瞒老坟头的底细，诱使老安和小四去大掐一场？"孟奇追问。

情况恰好相反。她把林东华领到老坟头边，据实报告。林东华一听它们姓安，不禁大笑，随即决定改变方案，买这一片山头，挖他个底朝天。

"两人合谋啊。"孟奇问，"老师没教你们做人要厚道吗？"

她问："孟市长认为安再厚有多厚道？"

她告诉孟奇，安再厚本来并不把那几个老坟头当回事，只是听信了算命先生的话。算命先生骗了安再厚不少钱，投安再厚所好，吹得神乎其神，除了说几个老坟头能让安再厚变成大老板，还说也主官运，能给他一个显耀官职。安再厚心动不已，让郑涵分析会是什么官职？郑涵泼冷水，认为最多是个市政协委员或者常委。安再厚不同意，因为那都不算官职，市政协副主席才可以算。他猜想也许算命先生说的"大发迹"就是这个？要是真能弄个副主席当，他一定大兴土木，把老坟头修成皇帝陵一般。

"孟市长听来好笑吗？"郑涵问。

孟奇说："原来安老板还有远大理想。"

"痴人做梦，也不看看自己什么德行。"郑涵一脸不屑。

她深入解释，说那几个老坟头让她印象深刻，老坟头一旁的小树林更让她难以忘却。那一次进山烧香，安再厚分外亢奋，上完坟后忽然按捺不住，蠢蠢欲动，抓着她胳膊把她拉进老坟边的小树林，非在那里要不可，跟牲口一样。她在那时一抬头，看到天上有一片云朵飘过，感觉她父母似乎都在云端看着呢，止不住心里一阵阵发狠。

孟奇把手一摆，没让她再说下去。

"这些事于此不宜多讲，免了。"他说，"咱们没那么亲切。"

她笑笑："只是让孟市长加深理解。"

孟奇表示已经有了足够理解。他请郑涵转告林东华，凡事要讲道理，占理也不应把事做绝，激化矛盾会有后果，不是上策。

郑涵把手中的报告递给孟奇："孟市长的重要指示请在这里批示，我转交林总。"

孟奇把报告收进文件夹，顺手从里边取出一张A4纸，签上名字交给郑涵。

"这个批示小四能懂。"他说。

这是什么批示？"算术"题。郑涵并无异议，她知道孟市长的风格，这一批示已足够表明孟奇听过汇报，收到了"秉持公道"的要求，这应该是林东华给她的核心任务。

几天后孟奇去省里开会，到会当天午夜，于省城宾馆接到市长一个紧急电话。市长告诉孟奇，安再厚老家百余群众搭乘四辆租来的大巴，准备连夜出发前往省政府上访。当地县、乡干部紧急上路拦车劝返，群众不听，双方僵持。已经知道此次群众上访是安再厚直接策动并资助，安本人躲在幕后没有露面。市里负责人员紧急联络安再厚，责成他出来帮助控制局面，但安再厚不接电话，不知去向。事态比较严重，必须尽快找到安再厚，掌握住，晓以利害，让他把自己放的火收回去。市长要求孟奇出面做工作，安再厚不接别人的电话，孟奇的电话他不会不接。孟奇声明："我跟这位安老板并没有特殊关系。"

"孟副不要多心，劳驾了，情况严重。"市长说。

孟奇当即起床打电话。孟奇有安再厚两个手机号码，其中一个关闭，一个开着，处于通话状态，但是怎么打都没人接听。孟奇隔一会儿就拨一个电话，一直折腾到天亮。

早饭时王兴维奉市长之命打来电话报告情况，王是市政府办主任，负责协调处置此事。他在电话里告诉孟奇：安氏上访村民还滞留于途中，所乘车辆停靠于道路边不进不退，村民情绪极不稳定，现场做工作的当地干部担心出事。安再厚始终没有冒头，事态越来越具危险性。

"我找不到安再厚。"孟奇问王兴维，"他会不会又给关在哪里？"

当年农民工上访讨薪时，孟奇曾经找不到安再厚，后来才知道他因嫖娼被拘。这一幕并没有重演，市里相关部门已经紧急筛查了各种可能，做了多方了解，确认安再厚没有被关在本市任何一级公安看守所或拘留室内，也不在本市所有医院的急诊室以及任何一家流浪人员收容所里，意外事故身份不明死者中同样查无与他特征相符者。

"现在怀疑他有可能跑到了省城。"王兴维报告。

安再厚有理由跑到省城。如果村民顺利到达省城上访，他可以就近暗中掌控；如果村民没闹成，他也可以表明自己远去省城办事，村民上访与他无关。此刻孟奇恰在省城开会，如果安再厚真的跑来了，就地处置之责非孟奇莫属。

孟奇问："他会钻到哪个地洞里？"

王兴维他们正在排查线索。省城不比本市，此间地广人众，又是别家地盘，市里鞭长莫及，要迅速找出安再厚只怕不容易，偏偏现在又急如星火，必须尽快找到他。

孟奇说："我来想个办法。"

他的办法很另类，不找亲朋找冤家。俗话说不是冤家不聚头，有时候冤家比亲朋更留心，更知道底细，更有办法协助寻找。

孟奇给林东华打了电话。小四一听问的是安再厚的下落，大为惊奇。

"这事找我？太不靠谱吧？"他表示。

孟奇问："你说我该去找谁？"

林东华声称不知道也不关心安再厚的动向。孟奇断言不对，因为老坟头之争此刻正如火如荼。如果林东华真不知道，他也有渠道知道，这点儿小事不过小菜一碟。

"我就当是帮阿孟一个忙？"林东华问。

"难道不是帮你自己？"

只过了半小时，孟奇在会场上接到王兴维的电话。王报称找到安再厚下落了，果然是在省城，竟是在省立医院重症监护室，由警方控制着。

孟奇问："哪个渠道的消息？"

王兴维紧急组织市里几大部门全力投入搜索，未曾找到线索，谁料忽然有一个匿名知情人打来电话爆料，报料者是个大舌头，严重口吃，所报情况居然准确无误。

孟奇心里有数。林东华果然神通广大，且不露痕迹。

王兴维告诉孟奇，安再厚是狗改不了吃屎，于策动村民上访之百忙中不忘抽空找乐。昨日下午他到了省城，悄悄住进酒店，当晚由其司机送到一家按摩院去。他交代司机在附近停车场，关掉手机等他。他在按摩院嫖娼，凌晨时步行离开，在外边一条小巷口与人发生纠纷、打斗，遭对方木棒猛击，打得人事不省。有路人报案，警察赶到现场，叫来120救护车把他送进医院。经医生检查，他头骨骨裂，肋骨断了三根，几根手指骨骨折，胸部腹部多处撕裂伤。由于他被发现时处于昏迷状态，身上没有身份证明，手机在打斗中掉落下水道毁坏，警察无从认定其来历，直到本市公安部门接爆料后紧急联络核实，才知道此人是谁。根据发案情况，警察初步判断是一起嫖客斗殴事件。

孟奇悄悄离开会场，立刻赶往医院。

安再厚躺在重症病房的病床上，头上包着纱布，身上插着管子，像是从战场上抬下来的伤兵。病房里外都有警察看管。一眼看到孟奇，安再厚立即开始哭泣。

"他们要我死啊。"他哭诉。

孟奇问："他们是谁？"

打安再厚的是两个陌生人，小巷口光线昏暗，看不清模样。当时安再厚压根儿没留意，对方迎面过来，拿肩膀撞安再厚。安再厚随口骂一句："不长眼啊？"没料人家抽出短木棍当头一棍，当下就把他打昏倒地。

"他们暗算我,求孟市长为我做主!"安再厚叫唤。

"凭什么是暗算?"孟奇问。

安再厚在按摩院并未与其他嫖客发生纠纷,不可能受哪个嫖客挟嫌袭击,也不会只因一句粗口酿出这么大事端。打手备有凶器,目标明确,手法老到,肯定是黑社会人员。显然他们对他有数,知道他玩儿过了会从后门离开,所以守在那条小巷口。

"你跟哪个黑社会结仇了?"孟奇问。

"是有人买我骨头!"

"谁?"

他咬牙切齿:"那对狗男女……"

"告诉我证据。"

安再厚没有任何证据,却深信自己遭到林东华暗算。从安再厚所说的情况看,打手很可能确为黑社会人员,他们没把安再厚打死并非手下留情,只因为事主打算教训安再厚,给点儿皮肉之苦,却没想弄死他。事主未必不想安再厚死,但是需要掂量轻重,一旦打死人,案子做大不容易摆平,最后可能祸及自身,得不偿失。林东华与安再厚的矛盾已经白热化,安再厚怀疑林东华不奇怪。孟奇请林东华协寻之后,安再厚下落立出,很可能因为黑打正是林东华一手策划,也可能他仅是手眼通天有渠道迅速掌握情况而已。如果安再厚所挨黑打与黑社会相关,事件性质顿显严重,但仅凭迹象和怀疑却不能认定,必须找到证据。案件发生在省城,管辖权在省城公安部门那里,别人够不着。

孟奇不跟安再厚多说,只强调案子让警察去管,现在另有要事马上要安再厚办。

"领导!我都快给打死了!"

孟奇不管他叫唤,一定要他先打一个电话。孟奇说,他从会场专程赶到这里,不是来探望慰问伤员的,是要解决一起严重的群体性事件。现在安氏村民还滞留在上访途中,事态危险,安再厚必须立刻打电话劝阻,孟奇要亲自旁听,看安再厚态度如何。安再厚大叫:"我差点儿让他们打死!还要我把祖坟交出去让他们挖!"

孟奇说:"打你的人跑不了,该你做的必须做。"

他警告安再厚,安氏村民上访一旦失控,安再厚必受严惩。安再厚策动村民上访的证据已经被掌握,抵赖推脱就是自己找死。

"这不公道!谁管我公道?"

"你打电话,你的公道我管。"

"孟市长不要逼我!"

"现在你不听不行。"

安再厚最终抵抗不过,躺在重症室病床上,极不情愿地含泪打了电话。十几分钟后,王兴维从现场打电话报告孟奇,安氏村民已经全部上车返村。

孟奇起身离开病房之际,安再厚突然放声大哭。

孟奇问:"哭什么?"

他不回答,只是痛哭。哭声有如号叫,夹杂着委屈、愤怒、强烈的不服与怨恨。

孟奇不再理会,径直走出病房。

安再厚在省城医院住了一星期,伤情趋向稳定,经省城警方批准离开省立医院,转回本市治疗。他在市医院又住了一个来月,出院回家继续疗伤,直到身体基本康复。省城警方未能突破安再厚遇袭一案,打手与案件背景未曾明朗,案子还是疑为嫖客纠纷。沸沸扬扬闹出数场的老坟头大戏最终落幕,安再厚迫于重重压力,因伤退缩,停止挑头作梗。失去主谋与金主的安氏村民在当地政府协调下迅速同林东华的代表达成协议,领走补偿,几个老坟头被挖开推平,不复存在。

当年年底,市委统战部来了两个人,拿了一份名单给孟奇看。市人大、政协将于来年年初换届,新一届政协委员里需要安排若干非公企业代表人物,由统战部负责提名,其中有安再厚。由于安再厚曾因嫖娼被警察拘留,还曾策动老家村民为老坟头闹事,对是否安排他有不同看法。市长要求统战部就此征求一下孟奇的意见。

孟奇明确表态:"我看安排为好。"

孟奇告诉来人,安再厚对挨打迁坟至今耿耿于怀,在许多场合公开表示不满,迁怒市领导,怪罪孟奇偏袒对方,表现狭隘。但是也应看到他的企业具有相当规模,是纳税大户,经营尚能守法,在本市民营企业家中有一定代表性和影响。村民闹事要记安再厚一笔账,但也应念及情有可原,关键时刻安再厚虽极不情愿,但还能听从劝告,抱伤含泪打电话,帮助平息了风波。安再厚嫖娼是既往问题,应当监督他改正错误。可以警告他,类似行为有损形象,日后一旦再出问题,除了受法律惩处,还将被公开罢免政协委员身份,让他颜面扫地。这或许会促使成他加强自我约束,更有积极效果。

虽然孟奇取支持态度,但毕竟安再厚名声不佳,且林东华不依不饶,最终安没有当上政协委员。安再厚曾听信算命先生,以为几个老坟头将助他"大发迹",有个显耀官职,而今老坟头不存,风水告破,远大理想难遂,他之愤愤不平可以想见。

那一天市政府召开民营企业家座谈会,孟奇出席,安再厚与会。当晚会议招待大家吃饭,按规定不上酒。安再厚从自己轿车后备厢拿出一瓶茅台,提着酒瓶跑到领导席敬酒。敬孟奇时他拿喝啤酒的口杯喝白酒,倒了满满一杯。

"我知道谁为我说了公道话。"他说。

孟奇问:"你是谁?"

"我还知道谁在不停地踩我,保证他恶有恶报。"

他扬脸喝酒,一整杯白酒一饮而尽。

5

那天上午孟奇在办公室开会,与几个下属部门头头商量事情。王兴维突然从市医院打来一个电话,直接拨的孟奇的手机。王兴维去医院找医生补牙齿,在那里意外听说120急救车刚送来几个重伤员,一个个血淋淋的,是从车祸现场拖出来的。伤员中有一个大老板刚从香港飞来本市办事,却一头钻到大卡车的轮子下边。王兴维一听出事老板的名字是林东华,顿时头大,顾不上补牙齿,赶紧给孟奇打电话。

"人还在手术室抢救。"王兴维报告,"听说很严重,很严重。"

孟奇下令:"你看住他,不要离开。"

他把电话放下。抬头看看,屋子里坐着的四五个人都拿眼睛瞅他。

"诸位,这个道理怎么讲?"孟奇问。

没人回答。大家知道孟副市长不需要回答,他这么问只是习惯。

"死活的道理大。"孟奇说,"咱们好歹还活着。"

于是会议中止,大家作鸟兽散。孟奇吩咐叫车,匆匆离开办公室。

孟奇的轿车刚开到医院门外,王兴维的电话又到了。是报丧,人没救了。

孟奇问:"为什么不等我一下?"

王兴维一时口吃:"他,他已经推出来了。"

准确点儿说,是林东华的尸体已经从手术室里被推了出来。

几分钟后孟奇来到手术室。医院院长、负责主刀的医院外科主任、王兴维、两个交警站在手术室外等候。林东华本人也在场,他躺在墙边一张手推床上,身子盖着白被单,被单一直拉到头上,整张脸都蒙在被单里。

孟奇走过去,掀起林东华脸上的被单。林东华双目紧闭,脸色死白,脸形似乎有点儿变,但是可以确认无误,不是哪个冒名顶替者,正是小四,走得很着急。

外科主任在一旁说:"没有办法,回天无力。"

林东华在车祸中遭到猛烈冲击,脊椎骨折,肝脏、脾脏破裂,内部大出血,腹腔如鼓。根据以往经验,伤成这样已经不可能生还,但医院还是派了最好的医生,用了一切可以用的手段全力抢救,也算尽一点儿人道。林东华在车祸当时已经人事不省,送医院时只有微弱呼吸,没有意识,整个抢救过程中都处于昏迷状态,一声不吭,有如一段木头,直到最后忽然"哼"了一声,就此气绝。

孟奇问:"他想说些什么?"

这个问题无解。

"他有话要说。"孟奇道。

院长报告说,急救车一共送来三名车祸受伤人员,其中一位年轻男子送达之前已经死亡,该男子可能是轿车司机。另外有一位年轻女子伤情与林东华相仿,入院时还有一口气,马上给推进另一手术室抢救,同样无救,先于林东华死在手术台上。

"这女的姓郑?"孟奇问。

果然不错,办案交警通过遗物已经确定死者名字,她叫郑涵。

"现场有什么问题?"孟奇询问。

办案民警报告说,现场调查正在进行,事故原因还不能确定。从现有情况看,比较可能是一起意外车祸。

"比较可能是什么意思?"孟奇问。

民警发蒙:"领导有什么指示?"

"没有指示。该怎么办就怎么办。"

接下来有一系列事情需要处理,车祸原因,责任认定,死者暂存,通知死者家人安排后事,通报相关部门,等等。这些事情自有人管,不必孟奇亲自处置。

孟奇离开手术室,坐上轿车返回。轿车开出医院大楼时,一辆宝马车从医院外大马路左转拐进大门,与孟奇的车擦身而过。孟奇隔着车玻璃看了一眼宝马车,没吭声。

几分钟后,一个电话打到孟奇手机上。

"领导,是我。"

孟奇说:"我不认识你。"

对方称不认识不要紧,打电话没别的事,刚在医院门口两车交会,一眼看见车牌,发现是领导的车,感觉不好意思,赶紧补问声好。

孟奇即查问:"去医院问谁好?"

"一个朋友住院了,看看他。"

孟奇冷笑:"只怕是去看个死人?"

对方笑:"领导拿死人吓唬小孩啊?"

"笑得很开心?"

"领导说个明白,是谁死了?"

孟奇问对方此刻是否还在宝马车上,穿着西装,坐在后排位子上打电话?也许司机还在停车场找位子停车?如果真是这样,那么不要在电话里瞎扯,不许下车,叫司机不要停车,马上掉头离开医院。

"这这这是怎么啦?"

孟奇不答,收了电话。十几分钟后他回到办公室,电话再至,还是那个人,安再厚。

"孟副市长,他真的死了?"安再厚问。

"谁死了?"孟奇反问。

安再厚在电话里哈哈大笑,乐不可支。

"报应啊!老天有眼!"

孟奇立刻警告:"你是不是也快了?"

安再厚表示自己很好,没事儿。他不折不扣听领导的,刚才在医院停车场,司机已经找到停车位了,孟奇一下令,安再厚在车里动都没动一下,收了电话立刻命司机开车走人。离开医院后他心里纳闷,不知道孟奇为什么不让他在那里露面。于是赶紧拿电话打听,这才知道原来是林东华车祸重伤,死于手术台上。

"于是你就幸灾乐祸?"孟奇问。

"我恨不得在地上翻跟头,把全城的鞭炮全买下来放。"

孟奇追问:"只是幸灾乐祸吗?"

安再厚很敏感,当即声明自己很可惜,对这场车祸没有贡献,正想着上哪儿去买通厉鬼索要人命,林东华就死翘翘了。他非常高兴,这场车祸是天意,绝对公道。

孟奇问:"你还管公道?"

"那是领导管的,我够不着。"

"你很可疑。"孟奇说。

两天后,本市东郊物流园举办开工奠基仪式,孟奇与安再厚在现场见了一面。该奠基仪式有一个铲土项目,主铲嘉宾有六七人,包括孟奇和安再厚。孟奇代表市政府,安再厚是项目开发商,两人在那个场合各有一把铁锹。

铲土仪式正式开始前,孟奇接到王兴维从医院打来的电话,报称客人已经离开。这天上午王兴维代表市政府办,在医院协调有关方面进行交接,所交接的是林东华的遗体。通常死于本市医院者遗体应送殡仪馆就地火化,由于东华集团本部在省城,林的家人也在省城,其丧事必须在省城办理,有关方面同意按照特殊情况,通过相关手续,把林东华的遗体移交其家人和公司代表送回省城。由于林东华身份比较特殊,市政府办公室牵头安排其遗体交接,由王兴维具体负责。对方来了两位公司副总,林的太太没有到场,由林东华的姐姐林姗代表家人。林姗让王兴维代问孟奇好,她听说孟奇在抢救的第一时间赶到医院,特地表示感谢。

孟奇问:"提了什么要求吗?"

对方强烈要求给个说法,车祸原因究竟是什么?责任如何认定?肇事者如何处置?务必迅速搞清。市公安局一位副局长参加了交接协调,表态将查明情况,依法处置。

孟奇说:"这个人物很特殊,格外小心。"

孟奇收了电话参加铲土仪式。铲土完毕,安再厚凑到孟奇面前,接过他的铁锹。

"领导辛苦了。"安再厚说。

孟奇问:"你好像是谁?"

安再厚说:"这个世界没有谁可以跟孟市长玩儿心眼儿。"

他承认了一件事:林东华死亡那天,孟奇说他"很可疑",的确没有完全冤枉他。那天上午他们两辆轿车在医院大门口相逢,并非事出偶然。本来他在公司大楼里与客商谈一单生意,有人打电话告诉他出车祸了,林东华不省人事给送到医院抢救。他一听来了劲头,扔下生意上车就往医院跑。他心里琢磨,林东华命硬,几把手术刀不一定弄得死,这时候也许他能助一臂之力。他在医院周围晃一晃,恶狠狠就近诅咒几句,没准就把这小子咒死在手术台上。

"可惜没帮上忙,人家死前头了。"安再厚说。

"只有这些吗？"孟奇追问。

安再厚表示确实没有其他情况。他知道跟谁都可以玩儿心眼儿，唯独不能跟孟奇玩儿，因为孟领导奇了怪了，最了不得，真的假的，一眼看穿。

"说得不错。"孟奇道，"我要跟你商量件事。"

孟奇提到本次车祸现场一共拖出三具尸体，除了林东华，还有一个司机死了，该遗体自有人料理，不需要为之操心。第三具是个女的，生前叫作郑涵，目前仍在医院太平间里。郑涵身份复杂，东华国际集团已否认她属于旗下任何部门，不承认其所谓"公关专员"的身份，林东华的夫人下令任何人不得接管该尸体。这个人怎么办？

安再厚不吭声。

孟奇也不说话，直盯着安再厚。

安再厚说："她活该。"

"活不活该不是你说的。"

孟奇要安再厚负责料理郑涵后事。安再厚可以不出面，但必须出人出钱。

"孟领导管那么宽干什么！"安再厚有意见。

孟奇说："我想管就管。"

"林东华搞死的女人，我去收尸？不公道！"

"公道在哪里？"

孟奇指着天空问安再厚。安再厚抬头看看，说他没看到。孟奇又指了指自己。

"在这里。"孟奇说，"我说公道就是公道。"

安再厚不再吭声。

林东华的葬礼在遗体送回省城的第三天办毕。那天是星期天，孟奇回省城，以个人身份前去吊唁。林东华葬礼举办前，省城以及本市报纸都刊过讣告，称林"因车祸不幸去世"。就此而言，小四似已盖棺论定，包括他的死亡，原因单纯而明确。

孟奇却有疑问。他向市交警支队的领导了解车祸的调查情况，询问其结论。孟奇不分管政法，只能以了解情况为名过问，以免涉嫌越权。交警领导报称林东华车祸发生于飞龙岭隧道附近，飞龙岭隧道位于国道，离市区二十余公里，前往温泉谷必经该隧道。当天林东华偕郑涵从香港办事归来，由公司的奔驰轿车从机场送往温泉谷。轿车穿越飞龙岭隧道后快速下坡，那里坡陡弯急，为事故多发地段。下坡途中，林的奔驰车被一辆大货车挡了道，司机超车之际，迎面一辆奥迪轿车飞快上行，一眨眼扑上来，奔驰车躲避右靠，撞到右边大货车车身，而后甩出去撞到奥迪车的尾部，当即旋转倾覆，顺坡翻滚而下，碰撞的巨大冲击力将车头车身彻底撞毁，夺走车中三人性命。交警初步认定这是一起交通意外，奔驰车是主要责任方。由于林家人有所异议，交警部门格外谨慎，车祸结论尚未正式做出，目前已联系省城专家来对车祸做进一步核实。

几天后的一个晚上，安再厚没有打招呼，直接跑到市政府大楼找孟奇，报告一个爆炸性消息：林东华可能死于人为，而非意外，似乎有人在林的奔驰车上做了手脚。

"谁说的？"孟奇当即追问。

安再厚没有提供消息来源，只说从可靠内线得知。据安再厚了解，疑点起自车祸中奥迪轿车司机的供词，当时该司机驾车从隧道下方爬坡而上，与超车而出的奔驰车迎面相撞，奥迪司机反应还算快，撞击后迅速闪开，车撞坏了，人却没事，奇迹般只受了点儿皮肉伤。事后他向办案交警提供证词，说当时奔驰车驾驶员像是傻了，车飞一般冲出来，左闪右避，竟然没有减速，也没有刹车。

这一供词被事故处理警员注意到了，他们分析情况，推测为林东华的驾驶员心理素质有问题，临场慌张，手忙脚乱，没有做出应有动作。但是死者家人掌握该供词后提出异议，认为是重大疑点。为此省里派专家到本市参加办案。专家把已经变成一堆废铁的奔驰车拆解细查，在电路系统那里发现了可疑痕迹，怀疑有人用一种强酸液体腐蚀了里边的一根控制电缆。车祸发生之际，驾驶员紧急制动时，被腐蚀的电缆失灵，造成车辆失控。作案者非常专业，所做处理一般人很难发现，特别是车祸造成车辆严重损毁，作案痕迹几乎被全部抹除。只因为省里来的专家经验丰富，见多识广，曾在一份国外资料里看到过类似案例，因此才发现了问题。

"是让人做掉的，活该啊。"安再厚说。

孟奇看着安再厚："为什么这么熟悉作案细节？"

安再厚笑："孟市长放心，不是我。"

"为什么不是？"

安再厚承认自己做梦都想为林东华送终，但是没有机会也没那本事。

"为什么四处打听？吃饱撑的？"

安再厚承认自己确实热衷打听，知道得越多，感觉越好。

"为什么不是做贼心虚？"

"老天在上！领导可别冤枉我。"

孟奇说："离这件事远一点儿。"

安再厚的消息很快得到证实，林东华车祸案转由刑事警察接管，案件性质和侦查方向发生了根本改变。林东华之死令其父悲愤难平，老主任已经不能自主行动，他坐在轮椅上，由林姗推着在省委办公大楼穿梭，找省主要领导诉请，林的两位重量级哥哥也都向办案部门表达了强烈关注。林东华车祸中的疑点引发高度重视，几位领导相继做出批示，要求有关负责部门尽快组织力量侦破此案。此时全省正在进行打黑专项整治，林东华车祸案因发现涉黑线索，被列为本省打黑重点案件，限期侦破。

那天上午，几个办案警察来到孟奇办公室，为首的一位姓张，是处长，他们找孟奇核实林东华死亡时的具体情况，因为孟奇是第一时间赶到医院的领导。交谈中，孟奇发觉他们真正想了解的是安再厚的情况。他们知道林东华死亡时安再厚的宝马车在医院，而后迅速离开；他们知道安再厚为车祸现场死者之一的郑涵收尸，且安与林、郑有积怨，骂林、郑是"狗男女"，曾放话要让他们死无葬身之地；他们还听说安再厚在省城一黄色场所外的小巷挨过一次黑打，安认定是林东华买通黑社会收拾他，并利用影响阻挠省城警方办案，让案子无法告破；安再厚还认为林东华阻止他当政协委员，说没人为他主持公道,他就自己替天行道,早晚让对方知道厉害。

"孟市长听说过这些情况吗?"他们问。

孟奇说:"基本都是事实。安再厚嫌疑很大,你们的推断符合逻辑。"

"孟市长能提供一点儿线索吗?"

孟奇说:"有时候表现最明显的反而最不可能。"

"孟市长认为不是安再厚?"

孟奇告诉他们,林东华死亡时,是他命安再厚立刻离开医院,不要在那里抛头露脸。安再厚为郑涵收尸也是听他之命。安再厚与林东华之间积怨很深,出于怨恨,安再厚什么狠话都敢说,他长了个大嘴巴,并不表明他真的敢做。安再厚听到林车祸丧生,一时兴高采烈,喜不自禁,说明他不是良善之辈,但是恰也表明他不是下手之人。如此分析当然也是推理,不能代替事实,到底是不是,关键还在证据。

张处长说:"我们已经掌握了一点儿证据。"

办案人员在一家汽车4S店锁定了一名嫌犯,林东华出事前,奔驰司机曾把车开到那里做三清,怀疑是店里一个修理工对该车做了手脚。这个修理工有前科,坐过牢,与黑社会有瓜葛,目前这人已经不知去向。根据掌握的情况,他与安再厚相识。孟奇说:"相识有种种可能,太明显有时可能是假象。"

"孟市长提醒得好。"张处长忽然问,"安再厚最近找过孟市长吗?"

孟奇告诉他们,安再厚无事不登三宝殿,有事叽叽喳喳,没事静悄悄。最近一段时间安再厚倒还安静,没见人,也没有电话。

"他失踪了。"张处长说。

孟奇惊讶:"为什么?"

安再厚失踪已经三天。三天前他在公司里露面,安排了若干事务,而后即销声匿迹,无声无息。根据情况分析,他可能是感觉风声吃紧,仓皇跑路了。办案人员正在四处寻找安再厚,已经准备对他发布通缉。

"如果不是做贼心虚,他何必逃跑?"张处长说。

孟奇说:"安再厚玩儿失踪已经不是第一次了。"

他认为不能仅根据跑路就断定安再厚是罪犯,因为他有可能是出于害怕。安再厚对林东华的死因热心过度,通过一些特殊渠道四处打听,可能听到了一些足以令他害怕的风声。安再厚仗着口袋里有几个钱,好说大话,装得像个硬汉,其实底气不足,并不坚强。这个人一向机会主义,好汉不吃眼前亏,不在乎什么原则。这一回情况分外严重,摊上一个杀人大案,这么多疑点摆在那里,百口莫辩,一旦给警察逮住,不承认吃不消,承认了就是自己送命,于是趁着祸端未及,三十六计走为上,先躲风头。究竟是不是这个原因,找到安再厚才能弄明白。

张处长一行在孟奇办公室待了一下午,问了许多情况和细节,孟奇尽自己所知如数奉告,自始至终他没有改口,断言安再厚最可疑,但是又最不可能。他觉得应当把这一看法说出来供办案人员参考,让他们多一个考虑问题的角度。

张处长一行告辞,孟奇把客人送出门,转身回到办公室。他的手机忽然响起,屏幕上显示的是一个陌生号码,那一瞬间孟奇心有所动。

电话那头竟是安再厚。

"孟市长,是我。"

孟奇没吭声。

"是我,是我。"

"喂,我说,"孟奇顿了一下,"我不认识你。"

他把电话挂断。

孟奇被这个电话推入险境。安再厚作为林东华案主要嫌疑人已被严密监控,安再厚给孟奇打电话前,先给其妻打了电话,该通话即被警方截获,其后与孟奇的通话亦被记录在案。经查安再厚是在云南一边境城市打的公用电话,通话后他彻底消失,再也没有露面,最大可能是偷渡国境,负案潜逃了。作为潜逃前的最后一次联络,安再厚与孟奇的通话成为最大疑点。安再厚这个电话肯定是要打探风声，孟奇只一句话就把电话挂断，向安再厚传递了什么信息？孟奇怎么可能不认识安再厚？他知道安是最大嫌疑人并将受到通缉，这时故意"不认识"安再厚，以示撇清干系，难道不是向安暗示大事不好？显然安再厚心领神会，不再心存侥幸，下决心以最快速度一跑了之。

林东华一案被列为涉黑要案，受到高度关注，主嫌安再厚潜逃引发严重关切，他给孟奇打的这个电话以及彼此间的过往故事让孟奇在劫难逃。外界盛传安再厚重贿孟奇，孟当了安的保护伞，要紧关头孟奇有意泄露天机放安跑路，如此孟奇自己才得安全，他从安手里拿的钱将无从查证，落袋为安。类似传言合情合理，许多人深信不疑。那段时间全市上下都在密切关注孟奇的动静，关于他"进去"了的消息几乎每天都有，然而没过几天，他又总是在电视报纸的某个地方冒将出来。人们不由得想起他的父亲，孟老领导生前曾为高官，死有余荫，难道他还在保护孟奇逍遥法外？人们清楚孟奇这个级别的官员很难说查就查，没有足够的证据和把握，上级不会轻易做出决定。关键证据和证人已经逃逸，是不是只要安再厚始终藏匿不出，孟奇就不会有事，直至时间把所有的隐秘销蚀殆尽？

这种状态维持了几个月，当传言渐渐疲软，似乎风头将过之际，案子突然峰回路转。有一天办案人员走进孟奇办公室，对他宣布了上级决定。孟奇被带走，正式入案。

此时安再厚依然无影无踪，但是有一位大人物意外出了事，他就是黄从文，因涉嫌严重违纪被中纪委调查。黄从文供认了大量索贿受贿、买官卖官情节，其中有一件涉及孟奇。根据交代，孟奇为了当副市长，通过安再厚给黄从文行贿，贿物是一套住宅。该住宅以一位年轻女子名义索要，那是黄从文的一个情妇。另外还有一笔贿金，总计六十万元人民币，放在两个大茶叶盒里，在一次精心准备的"视察"中，由安再厚以家乡土茶之名放进黄从文轿车的后备厢，当时孟奇在场。后来黄从文关照孟奇升了官。

孟奇接受讯问，矢口否认买官，称自己从未授意安再厚贿赂黄从文，如果确有行贿一事，那也是安再厚自作主张，他本人当时不知情，事后也没听安再厚讲。他不知道那套房子，也不知道茶叶袋里装有那么多钱。

"你真以为那是茶叶，没有一眼看穿？"办案人员追问。

孟奇一向能把人问住，这一次被人问住了。

后来他如实承认：安再厚以他的名义把两袋茶叶送给黄从文，当时他确实有点儿感觉，因为安用茶叶掩护送钱不是第一次。房子那件事他也不能说没有感觉，当时确实心存疑问，但是两件事他都没有深究，只当没看见。后来安再厚曾表示有事情要告诉他，他知道安想说什么，清楚安迟早要拿它来要求些什么，他不愿被要挟，坚决不听。这些事他宁愿不知道，因为也牵扯到黄从文，知道太多对自己并没有好处。

"只是明哲保身吗？"

孟奇承认不仅仅是明哲保身，确实也出于个人升迁考虑。他像其他人一样希望得到机会，黄从文的支持对他很重要。如今一些官员为了升迁可以不择手段，他一向耻于仿效，但是有一段时间他也曾沮丧迷失，感觉连自己都不认识自己了。

"你是稀里糊涂授意安再厚替你买官？"

孟奇否认曾经授意。他承认既然对安再厚行贿有所感觉，本该问明情况，及时制止，按照一贯以来的自我认知行事，却因个人困惑，没有表示反对，因此他自感愧疚，责任无以推卸，后果必须承担。但是他要说明，安再厚行贿确是出于其个人盘算，假冒他的名义，非常愚蠢，埋下祸根，酿成恶果，从头到尾都是安自行其是。

"安再厚跑了，你就把事情推给他？你帮他逃跑的目的就是这个？"

孟奇坚称与安再厚逃亡无涉。他依然认为安再厚不可能谋杀林东华，安之逃跑更可能是出于胆怯，担心得不到公道。他与安再厚不是一路人，安对他不算什么，但是他认为任何人都有权要求公道，安再厚也不例外。对于安再厚逃亡途中打来的那个电话，他解释说当时本能地不想跟安说话。"我不认识你"只是一句口头禅，并无暗示。

办案人员给孟奇回放那个电话录音，当时孟奇说"我不认识你"时有所停顿,略显迟疑。办案人员查问这是怎么回事?欲言又止,孟奇是想说些什么?

"想劝他回来投案。"孟奇说,"跑不是办法,投案说清情况,才能洗清罪责。"

"这是你唯一应当做的。为什么不做?"

孟奇回忆说,那一瞬间他非常犹豫,最终把话咬住了。他心知安再厚打电话的目的除了打探动静,应当也想向他讨主意,如果他力劝安再厚回来投案,安可能会听从。但是他心里隐隐约约有一个担忧:安再厚是林东华一案的头号嫌疑人,安再厚之靠不住人所共知,如果办案人员迫于各种压力,求胜心切,急于向上级表功,只要用上足够手段,安再厚就会崩溃,那么将自掘坟墓,制造出一大冤案,以林东华的特殊背景,安再厚难逃一死,同时蒙冤的也不会只有安再厚一个人。

"因此你就暗示他跑路?"

孟奇坚持并无暗示,只是未加劝说,由安自行选择。他认为这件事安再厚无辜,他曾答应给安一个公道,他不可能做到,至少可以表达出自己的看法,哪怕于己不利。他相信安再厚失踪只是暂时的,不会永远潜逃,案情终有水落石出的时候。

"是你的真实想法吗?"

孟奇说,他这种人终究还会认识自己。

6

孟奇被免去副市长职务,根据本人意愿,调回原单位工作。

孟奇一案曾非常危险,涉嫌受贿,安再厚替孟奇买官的钱本可视为孟奇所受贿赂。但由于孟奇坚称自己不知情,加上安再厚在逃,难以证实,暂时不能确认。而黄从文所供收受安再厚重贿,而后帮助孟奇提升的情节,当时在场的工地负责人、黄从文的司机以及孟奇本人都有旁证,即便安再厚在逃,仍可认定。既然确定为买官卖官性质,孟奇头上的帽子不可能保留,必须拿掉。至于孟奇向安再厚泄密致其逃亡等情节须待安再厚到案后核准,如果认定为事实,到时候孟奇难逃法律惩处。

孟奇的家人均在省城,他请求念其父亲病故,母亲年迈,妻儿需要,准许他打道回府。出于以人为本精神,也顾及抱憾九泉的孟老领导,上级同意孟奇返回省水利厅。由于其案子未了,不能再当处长,职务先挂起来,日后结案再定。原单位领导对前孟副市长还很关照,给了他一间小办公室,宣布让他做些政策研究工作,事实上他什么都不用干。经历了一番风浪,孟奇很平静,每天上班坐在办公桌后边做研究,闲来就在一沓 A4 打印纸上做习题,有时算得起兴,竟至下班不归,通宵达旦。

过了半年,省城警方捣毁了一个黑社会团伙,意外发现该团伙与林东华之死有涉。黑团伙头目公开身份是餐饮业老板,曾着意结交林东华,林东华与安再厚相争老坟头时,黑老板派人在按摩院外黑打安再厚,以示好林东华。不料后来黑老板与林东华因利益纠纷翻脸,林生性强硬,仗势欺人,寸步不让,逼得黑老板无路可行,终于铤而走险,派人在林东华的奔驰车上做手脚,并有意安排线索,把警方的怀疑引向了安再厚。

事实证明孟奇确曾一眼看穿,但是案件告破对他本人已经没有太大意义了。

那天上午,孟奇上班走到办公室门外,一旁突然冲出一个人,提着大袋礼品,扑通一下在他脚边跪倒。孟奇一看竟是安再厚,风波已过,跑路的人回来了。

"孟市长!领导,是我!"安再厚喊叫。

孟奇说:"我不认识你。"

此刻无须多言,一句足矣。

(原载《新华文摘》2014 年第 9 期)

与子同袍

张蓉

张莫染吭哧吭哧搬着一树绿萝进来的时候,我正对着窗外的雨幕发呆,想象着任免通知下发之后第一次与他单独会面时的情景。

这是6月一个普通的上午,我来刑侦支队上任的第二天。在前一天,我已经收到数个礼物:一桩命案,分派任务时那帮侦查员们嘴巴里不说、面孔上写着的抵触,以及在食堂吃饭时的被孤立和冷落。

若不是眼下的芥蒂,张莫染倒是我愿意喜欢的那种类型的男子,魁岸、厚钝、恰当的落拓感……与他本不相熟,仅是局里开大会时的点头之交。会场禁止吸烟,派出所、交警队、刑队这些散在外面的单位平时见面不容易,于是会议未开始时，会场外的门厅里，相互散烟，合伙抽烟，好像要把接下来一两个小时的烟预先抽掉。开会照例要穿制服，一群穿着制服、抽着烟的人当中，第一个跳入你眼帘的，总会是张莫染，那个人尽皆知的刑队队长。早年的一次抓捕行动落下的腿伤使他行走间有不易觉察的点闪，若在别人，可能会有碍观感，但在他，却使他魁岸的身躯平添了沧桑，亦衬出那身藏蓝色制服骨子里应该有的刚毅。他还有一个特征是眯眯眼，笑起来杀伤力很强。我只不过是机关一个舞文弄墨的科长，若非他队里出事，和他，我大约不会有这个交集。

见是他，我忙奔上前，欲搭手接住那盆绿萝。不等我碰到，他已经将绿萝放在靠墙的地方，然后喘着气眯着眼笑着看着我说，卑职以为，我们亲爱的梅队站在窗前，优雅得跟马一样。

一句话，让人不知道该笑还是该恼。首先他自称卑职，让我有点儿不舒服。不过，我后来才知道，他在想调节气氛时，一般会自称卑职。一本正经时，这个词绝对不会被使用。还有，如果没有昨天的经历，马这个比喻我会生气，至少会摸不着头脑。最初是我去文印室，一个侦查员要同事给他印资料，对方大约有些慢，于是他说，你这人，磨蹭得像马一样。我听了一耳朵，对这个说法很是不解：这算个比喻句吧，但显然马是作为喻体来比喻磨蹭的，可是，马磨蹭吗？接着，我很快又在食堂听到这个词，不过这次是作为馋的喻体，我端着盘子走过时，一个侦查员对另一个说，你这鸟人，怎么嘴巴刁得跟马一样？我又纳闷，马成天吃草，嘴巴刁吗？仅仅一个下午，我又听到很多这样的话，你快得跟马一样、你矫情得跟马一样、你丑得跟马一样、你帅得跟马一样……细想，似乎都能搭上。同为马，个体之间也是差异蛮大的，有的快、有的慢、有的俊、有的丑……且慢，难道，刑队时兴以马为喻体？他们相互用马来比喻、来描述他们之中任何一种行为或者状态。但没有人将它用在我身上。这可以理解为他们与我还不熟悉，礼貌，也可能是疏远。对此，我在第一天就产生了轻轻浅浅的嫉妒。但是，现在，在我来这个地方任职的次日，张莫染就将它轻易地送给了我，他还真没打算拿我当外人。

　　此刻，站在这间本来是他的、现在是我的办公室里，他这个时候的笑，很容易让人误解。他的笑容，看不出嫉恨、怨怼甚至不快。是城府太深、太善于伪装，还是真的不介怀？按照我有点儿卑鄙色调的想法，他这个时候，应该是平整着脸的，或者至少是那种高深莫测、看不出表情的表情。

　　公安局的基层所队，沿用部队的做法，配的都是双正职，队长或者所长，教导员或者指导员。这两个岗位上的人，常常被戏称为夫妻，所长或者队长为夫，教导员或者指导员为妻。这种夫妻是组织包办的，不能挑，不能拣，碰到谁是谁。虽曰双正职，但总是有先有后，比如张莫染，本来是先的那个，因一个月前有个嫌疑对象在被带出去辨认作案地点时戴铐脱逃，虽说没过夜人就抓回来了，但毕竟逃出去过，他这个领导责任要负的，于是被记过，同时改任成后的那个，而我取代他，成为先的那个。更为尴尬的是，他是男人，我是女人。这个夫妻档着实有点儿逆天……虽说坊间传闻公安局拿女人当男人使，拿男人当牲口使，但一个女人到了刑队这个男人堆里取代他们拥戴的那个男人做队长，还是显得无比荒谬。

　　硬装斧头柄，把我装到刑队队长的位置上，天晓得干部部门怎么想的？是EXCEL表格看错行了，还是成心要我梅某人好看？那天政委和分管副局长送我到刑队并宣布任职决定时，很多侦查员阴阳怪气的样子我不是看不懂。还有，昨天中饭，明明我近旁有好几个位置，可那些人宁可端着盘子到处找地方，也将这几个位置自动忽略。任职时间到了我自会离开的，一天也不会多留，你们张队长会官复原职的，放心。假设这话能说，我愿意说出来。我其实知道干部部门的想法，我不过是来刑队镀镀金的。按照公安机关的任职规定，没有在下一个层级两个不同岗位上任过职，是不能提任的。当时所有岗位都是满的，张莫染队里出的事给了我这个机会。前面那些抱怨，或曰借口，只不过是别人祝贺我时矫情矫情而已。

　　哦，马优雅吗？我明知故问地反问他。

　　有的优雅，卑职是说，你就像那些优雅的马一样优雅。张莫染眨眨眼,一副狡猾的样子说。不过……他摸出一支烟,问我,可以吗?得到我的允许后,他边点烟边说,不过,接下来,怕是没有时间像马一样优雅了,得像马一样屁颠儿屁颠儿地忙了。

说到工作,张莫染脸上的笑容敛去,眉头也皱了起来,他说,说正事,亲爱的梅队,我觉得昨天那个命案,侦查方向可能得做些调整。

刑队到底不比机关。刚进机关时,领导就告诉我,机关的关键词之一是严谨,包括做事、说话、与领导和同事相处。可刑队,在我还迷茫得像马一样时,这位张莫染同志却自作主张将我称作亲爱的梅队。

可是,亲爱的张教导,教导员抓队伍,大队长抓业务,老兄,难道你……梦里不知身是客?我心里这样想。再说,定性为盗窃转化为抢劫,被害人之死,不过是抢劫的副产品,这个在案情分析会上大家都是一致认可的。还有,如何称呼他,一开始令我犹豫了很长时间。现在他把亲爱的连同职务一起称呼,如同抛出了一个规则,你想不遵守也不行。再说,称呼他教导员,也是一个变相提醒:谁是大队长,谁是教导员,谁抓业务,谁管队伍。换句话说,谁是 Number 1,谁是 Number 2。

于是我说,哦,是吗?怎么调整,讲讲我听,亲爱的张教导。不过,我嘴巴里出来的亲爱的张教导六个字,怎么听都比他叫我亲爱的梅队来得虚伪和矫饰。看来,有些事只能慢慢来了。

首先,死者是在没有抵抗的情况下被杀死的,也就是说,他并没有和对象有正面遭遇。如果对象是为了财,你觉得他有必要杀这个人吗?透过缕缕烟雾,他眯着眼看着我说。

这些人,本来就不是正常的人,我们能用正常人的逻辑去推想他吗?我反问——既然他用反问句,那我也将反问还给他。我继续说,再者,对象穿袜子、戴手套作案,这个手法和前面几个夜窃案子的手法相似,不是正在串并吗?

是,但目前还只是相似,可惜没有过硬的条件。还有,如果一个人只是为了财,只是想偷东西,他会带那么长的刀吗?法医说,从伤口的形状和深浅看，刀最少有三十厘米长。他把烟咬在唇间，腾出双手比划刀的长短。三十厘米长，热天衣服单薄，直戳戳地，装哪里呢？

也许他身边正好有这么长一把刀呢？我侧着脑袋反问他，对面文件柜的玻璃上映出我的头像，像一只好斗的小鸟。新官上任三板斧，即使无心恋战，这第一板斧也得砍出个样子。其实我是盗窃转化为抢劫观点的主要持有者，我提出这个观点后，案情分析会上多数人是赞同的——很多日子之后，我将会想到，当时多数人对此观点的附和，与其说是赞同，毋宁说是懒得反驳，甚至有看我梅某人笑话的意思。张莫染当然看得很清楚，只是当着众人给我面子而已。而他在次日一早就来找我，是为了跟我私下沟通，不至于使案子的侦查方向发生偏离。

从犯罪心理上讲，便利性需要让位于安全性，除非是激情犯罪。他抬起双眼直直地看着我，然后继续沿着自己的思路讲：也就是说，如果是预谋犯罪，对象首先需要考量的是安全性，其次才是便利性。这间屋子一直住着被害人和他老婆，偏偏事发这天他老婆去女儿家住了。前面已经查过，被害人老婆极少在外过夜，案发那天她不在家，除了被害人，其女儿、女婿之外，没人知道。所以，应该是事先踩过点儿，有人一直盯着的。否则，你进去作案，房间里两个人，万一惊动了，跑都不好跑。还有，被害人家里有被翻动的痕迹，但只拿掉立橱第二个抽屉里的九百多块钱，被害人老婆的金银首饰在最下面一层，很容易可以翻到，他反而没拿，也就是说，被害人家里的重要财物都没有损失。所以，亲爱的梅队，你看我们是不是可以得出一个结论，对象的目标是人，而不是财？说罢，他再次直直地看着我。

我不能不承认，他这笋剥得有一些道理，但案子没破时，什么可能性都有，我怎么能轻易地低头呢？如果低头，我作为一队之长的权威性从何而来？于是我说，那也可能是他进门后担心惊醒死者弄出更大的声响，索性干掉他，杀人后才想起来这里的主要目的是钱，拿钱时又慌了，认为逃命要紧，所以拿了那点儿钱就跑了……

这些话其实是案情分析会上的老调，我不过复述一遍而已。但现在讲出来，自己听听都有点儿强词夺理的意味。

总之，感觉不对。张莫染不再反驳我，这最后一句像是自言自语。感觉。他用了一个据说是侦查员最常用的词。茫茫人海，他们有本事感觉某个人有问题，马路弄堂交错纵横，他们有本事感觉对象是朝某个方向跑，没有理由，只是感觉，第六感。所以，在他说出这个词之后，我不便再接这个茬。这个地方是我的软肋，破案的能耐我最少差他三四条横马路，但按照职务序列，他得听我的。于是我变被动为主动，问他，既然你说对象的目标是杀人，那他杀一个六十岁的老头子做什么？情杀，仇杀，还是财杀？据我所知，目前调查下来，老头子一辈子老实谨慎，没得罪过什么人，也没什么乱七八糟的社会关系。

没错，正是这个问题，目前我还没有想清楚。张莫染深深地吸了最后一口烟，然后将烟蒂捏灭。

对张莫染，我无疑是怀有妒意的，尽管对于刑队，我不是归人，只是过客。我尽量不让这种情绪泄露出来，但傻子都能看出来那些侦查员看我和看他时不同的目光，他破过的那些年年能在803精品案评比中榜上有名的案子，加上局长、分管副局长在业务上对他的倚重，还有那些侦查员马一样长、马一样短地和他没大没小……正好，我也无心恋战，不出意外的话，时间一到，我拍拍屁股走人，他的处分期也差不多到了，刑侦队长依旧姓张。

在我来到这个分局时，张莫染已经很有名了，据说每一次大案，局长听完各路人马的汇报后，总会问，张莫染，你怎么看。张莫染，你说说。张莫染，你的意见呢。据说最传奇的，是一次草地上有一具浑身是血的男尸，疑是凶案。张莫染到现场后反复看反复看，然后皱着眉头问边上的民警，怎么发现的尸体？发现尸体之前发生了什么事情？民警指着不远处一家公司说，是那家公司门卫报的案，门卫说1点他出门时草地上啥啥都没有，到1点10分就见躺了个人。检查过了，尸体身上啥啥证件都没有，没法判断身份，看样子这里应该是抛尸现场。这朋友摊摊手看着他们的队长。张莫染绕着尸体转了几圈，看看鞋底，又在扩大半径再转了几圈，然后郑重宣布，这人是走过来死掉的。现场所有人都马一样仰着头诧异地看着他。不过，顺着他手指的方向，大家很快发现有死者脚上鞋子走过的痕迹。就算是吧，可是大白天光天化日的，他浑身是血怎么解释？他扫了眼众人，说，去问问，附近是不是有个交通事故？"摊手朋友"联络指挥中心后，果然有，在12点45分，有两辆摩托车相撞，但出警民警到现场后，啥啥都没有，打报警人的电话，打不通，只当是有人恶作剧。交通事故报警地点离这里有多远？张莫染问。民警说有一千米左右，在前面那条大马路的对面车道上。那好，张莫染下令，大家散出去，以这里为圆心，半径一千米，找一辆被碰坏的摩托车。大家虽不明就里，但还是照他说的去做了。果然，在离尸体五六百米的一块绿地的斜坡上，发现了一辆被撞坏的摩托车。张莫染说摩托车肯定是死者的，马上根据牌照找人。这简单，系统一查人就清楚了，打电话到这人家里，家属说是骑摩托车外出了。家属前来辨认，正是这位老兄。但大家心里的疑惑依旧未解：既然是交通事故，那死者是怎么来的这个地方？交通事故的另外一方又在哪里？张莫染不多言，让大家分头去附近的医院找，看1点钟后有没有人因为交通事故住院的。这好办，不一会儿，信息回来了，附近医院有一个脚被撞伤的。问下来，这人说，的确刚刚他骑摩托车被另一个骑摩托车的撞了，跟他吵，那人发动车就朝反方向逃了，车子开得很快，其穿什么衣服、什么发型、什么年龄，跟死者一模一样。张莫染带着大家沿这人说的肇事摩托车逃跑的方向找撞击的痕迹，结果在一根电线杆上找到了。而在这电线杆到摩托车倒地的地方之间的路上，他们还找到了摩托车因为惯性形成的痕迹。这时，张莫染用手点点那个"摊手朋友"，请他给大家还原事发经过。"摊手朋友"脸红了，他看了看张莫染，又看了看正在幸灾乐祸地围着他的数位同事，然后以无辜的样子说：这确实是抛尸现场……不过，他狡黠地环视了一圈被他这话弄得目瞪口呆的同事，然后得意地看着张莫染说，我是说他自己抛自己的，摩托车撞到电线杆后，他挣扎着朝有人的方向跑，想去求救，结果伤势太重，自己把自己抛在这个地方了……

尽管有诸如此类的传说垫底，但要出风头他出吧，我还是稳妥一点儿。这是我走马上任后的第一个大案，案子要趁热乎时破，时间越久难度越高，即使我不过是菜鸟一只，也得在大领导面前有所交代不是吗？少壮要努力，老大才满意。我可不能因为他一个奇思妙想就把最佳破案时机给延误了，现在我是队长，肩膀是我担。但他的面子不能不顾及，也许大概可能 Maybe 呢？案子不破，什么可能性都存在。案子破掉是硬道理。于是我说，亲爱的张教导，案子影响恶劣，上面盯得紧，我建议主体侦查方向还是放在盗窃抢劫类的前科对象上，顺带摸排被害人有矛盾点的社会关系，你看怎么样？

张莫染笑笑，眯眯小眼睛。他说，卑职遵命，亲爱的梅队。那没什么事的话，现场去看看？他最后这话没有主语，我听不出是他自己要去现场看，还是邀请我同去。但这话对我倒是个提醒，一直坐机关，习惯看材料、听情况，说得再严重些，纸上谈兵，去现场是有这个必要，于是我拿起了包。

两个人一辆车，他开车，我坐副驾驶。为避免沉默或者不得不没话找话的尴尬，我打开了收音机，101.7，正在播邓丽君的歌：

> 如果没有遇见你
> 我将会是在哪里
> 日子过得怎么样
> 人生是否要珍惜
> ……

梅队，你的文章，有文有章，我挺佩服的。张莫染看着前方，对我说。

哦，应景之作而已。我说。他倒还知道文章两个字可以分开来说的。不过，那你的意思是我破案不行了？我一个女人，破案不行不坍台，但组织既然安排我到这个位子上，我也得不那么不行，优秀不了，平庸也没什么。毕竟，这个世界上，平庸的人多了去了，又不少我梅某人一个。

我是说除了那些应景之作之外。没想到他接着说。

他怎么会知道我还写什么？我是在写，给本市一家著名报纸的副刊。一是技痒，二是混点儿碎银子，但出名我没想过，毕竟在机关里做，不能让领导觉得你气太盛，尾巴还是要夹紧的，所以这些文章用的都是笔名。曾经在一次笔会中，我即兴讲了几个道听途说的案子，一位很知名的作家听到后，鼓动我写侦探小说，还说你们公安里有个叫草头张的侦探小说写得非常棒，走的是松本清张的路子，社会派推理。在我正准备找草头张的东西来照猫画虎时，却突然被安排到刑队任职。

看来张莫染研究过我。我不能反问他为什么知道。毕竟他是传说中一等一的破案高手，研究个我还不简单？但我也没有否认，只是笑笑说，鸡零狗杂，不值一提，不过，还是谢谢张教导员的关心。

以你的功底，完全写得出更值得一提的东西。张莫染没有放过这个话题的意思。我有点儿恼了，我只是谦辞而已，难道在这个城市最著名的报纸副刊上经常露脸的，真的是不值一提吗？我不再应答，装作继续听邓丽君：

如果有那么一天
你说即将要离去
我会迷失我自己
走入无边人海里
……

我是说，以你的才华，完全可以试着写些更值得记住的东西。好不识相的家伙，还在说。我恼了，难道那些我经常拿出来顾影自媚、窥镜自怜、回眸自赏的东西，在他看来是不值得记住的东西？算了，秀才遇到兵……不对，他的这些话也挺秀才……算了，两年很快就过去了，我很快平顺了自己的情绪，不再接他的话，而是专心看窗外的风景：蔷薇热烈、栀子莹白、夹竹桃狂野……

现场很快到了，是一片洋房区，上海人称作外国弄堂的地方，建于20世纪40年代，有五六十幢，奶油色的拉毛外墙，褐色的屋顶。外国弄堂最早住的是外国侨民或者买办阶级，每户一幢。到了后来，每幢洋房差不多都有十几户人家，连汽车间也住上了人。走进去，楼层的标志也很有意思，延续英国人的做派，底楼是G，二楼才是第一层。

案发地点是其中一幢房子底楼楼梯边上的一间，二十多个平方，两组木门靠窗隔出一个卫生区域，马桶、台盆和浴缸都极具年代感，尤其是浴缸，斑驳的瓷面、褪色的狮爪立脚、铜锈的龙头和花洒，再外面是两组窄长的木质窗户，窗外是草地和数株野李子树，树上一嘟噜一嘟噜深紫色的野李子。

转回身看见张莫染皱着眉头站在屋子中央，我再次感叹应该是他而不是我来做这个刑队队长。上帝造人的时候，就将人造得如此不同。用他们的话来说，有的人马一样感性，有的人马一样理性……

突然，只见张莫染朝马桶快步走去，然后蹲下身子，又像在看宝物一样左看右看，接着摸出手机打给技术员。

当技术员马一样喘着粗气奔到现场后，张莫染并不直接提工作要求，而是问他，一个人杀了人，他会怎么样？

紧张，肯定紧张。这朋友扑闪着眼睛看着张莫染说。

紧张的话会干什么？张莫染问他。

喝水或者抽烟。这朋友又回答说。

那好，你想想，使劲儿想想，什么地方还找得到我们要的东西？

这朋友眼睛一亮，戴上乳胶手套，直奔卫生间，掀开马桶盖子，里面并没有想象的烟蒂，可是掀的这个动作瞬间启发了他。他欢天喜地地蹲在地上开始刷指纹，嘴巴里念叨：嘿，我怎么就没想到，有谁尿尿的时候还会戴那该死的手套握持着老二，既然尿尿的时候没戴，那么最可能在摁抽水马桶按钮时也没戴……

指纹是刷到了，但库里并没有记载，案子还是无法突破。正如我所说，各路侦查员把死者的社会关系掘地三尺，也找不出足以要杀他的人，于是，盗窃转化为抢劫的观点又占了上风，但串并工作并不顺利，袜子和手套留下的细小纤维不具有唯一性，其他那些盗窃案的现场，并没有提取到指纹或者 DNA 这样的排他性证据。

张莫染迷信现场，无解之时，他又拖了我去现场。出事那间屋子，已被重新装修过，在招租。没有一点儿原来的样子。但张莫染不甘心，不舍得走。

徜徉在那片外国弄堂里，我觉得自己像个旧式的寻欢客，常常会忘掉刑队队长这个身份，而把关注点放在谁在这儿住过，哪个著名历史事件发生在这里，也难怪，这座城市这个街区的掌故太多……待我扯着自己头发回到自己的身份时，却发现张莫染靠在对面一幢同样是奶黄色的洋房外墙上，蜷缩起那条受过伤的腿，抽着香烟，看着发案的这幢楼发呆。夕阳余晖洒在肩头，使他的样子顿时诗性起来。

卑职以为，诗性有时候能当饭吃的，当然，有时候也不能，亲爱的梅队。在回去的车上，我说到他发呆时的样子，张莫染回身看着副驾驶上的我，眯眯着眼睛笑道。我笑笑，未作回答。

这天，食堂里烧的是咸菜黑鱼、白切门腔、蒜茸米苋，我依旧一个人占一张台子。正吃着，对面黑过一个影子，抬头，是张莫染。他坐我对面，刚坐下，便喊住一个端着盘子路过的家伙说，靠，你想进步吗？想进步的话得往领导跟前凑，得让领导知道你是谁的人。那家伙眨眨眼说，领导们谈正事，我坐到跟前不是找死吗？张莫染撸了他一把，放过了他。

为什么英国人会把一楼叫 G，二楼叫 The First Floor？正大嚼大咽时，张莫染问我。

这个……G 大概是 ground 吧，我来百度一下吧，还真没认真想过这个问题。

我琢磨，这个对象是不是把人给杀错了？张莫染皱着眉头说。

啊，杀错了！我正在嚼的一块黑鱼差点儿掉下来。此话怎讲？

见我急了，他开始卖关子：亲爱的梅队，你是文学家，文学最重要的是什么？

靠，我是什么文学家。不过虽不是文学家，但这个问题我可以回答。想象力。我说。

破案也一样需要它。他说。我说杀人杀错了，没有为什么，就是想象。

不过，亲爱的张教导员，你一会儿英式楼层标志，一会儿杀错人，一会儿想象力，请别把我像马一样蒙在鼓里好吗？虽然说这些话的时候，我还有点儿不明所以，但等这些语词一一被我说出口，我突然发现自己仿佛明白了什么。

结果调查的重点放在了案发现场正头顶上的一间屋子，结果是这家男主人的社会关系极为混乱，离过两次婚，还四处拈花惹草吃软饭，被人记上了恨上了。雇主交代任务时，说的是105室，也就是楼梯左手边第一间那对夫妻中的男子，杀手却杀了G05室也是楼梯左手边第一间那对夫妻中的男子。这哥们儿在完成任务之后，去雇主那里讨要剩下的一半劳务费，雇主发现自己要杀的人还活着，给杀手开出条件，要么退还原先已经付过的一半劳务费，要么再杀一次，将任务彻底完成。

人抓到后，局领导要听汇报。谁去汇报？我纠结了很长时间。按照职务，应该是我。况且这是我的第一板斧。可是天下人用脚后跟都想得出，那个巨大的跳跃性的思维，源头是张莫染。我做主汇报，服得了众吗？服得了服不了，刑队队长这个位置谁坐谁汇报，天经地义。天经地义吗？是我认为的，还是那些嘴巴里马来马去的人认为的？

就在我心里乱得跟墙角那盆绿萝交交错错层层叠叠的叶子时，张莫染魁岸的身材挡住我办公室门口的光线，只听得他说：亲爱的梅队，怎么又站在窗前，又优雅得马一样？怎么样，在优雅什么呢？我被他的绕口令逗笑了，反问他：只能优雅着优雅，还能优雅什么？

卑职想象，你汇报案子时一定会更加优雅，我相信刑队的兄弟们也都希望看到他们美女队长优雅的身姿。喏，他从身后拿出一沓稿子，案件的汇报材料草稿，劳烦亲爱的梅队长润色及审核。

人很奇怪，在对方做出让步后，自己反倒也要去让步。局长听汇报那天,我撒了小小的谎,说不舒服要请一天假,最终是张莫染做主汇报的。

刑队有上百双眼睛,没有什么是他们看不透的。这件事情之后,他们也开始拿马跟我说事:梅队,你昨天是不是在锦绣路上中环的,看到你开车子,帅得跟马一样。梅队,你评评理,昨天那个谁谁,糗得跟马一样,还好意思说自己人品好……我知道,这意味着我渐渐被他们接纳。可就在芥蒂渐渐变小之时,突然发生一件事情,让我与刚刚熟悉起来的张莫染和刑侦队又变得陌生起来。

案子我是知道的,派出所突击检查几个洗浴场所,结果一嫖客猝死,队里介入调查,梳理与猝死嫖客发生性交易的那个妓女的关系网,发现这位阿姐常年为两位重要人物提供性服务,也因此在圈子里她被称为"赛金花"。一听到这个案子我就兴奋了,好素材——原谅我,我的第一反应仍是一个写作者的反应,而不是一个侦查员的反应。可是我发觉张莫染和两个副队长研究案子、调查案子时总避开我,这让我心里极不舒服。不过是依旧拿我当外人,或者想早点儿赶我走,甚至可能有什么见不得天日的交易。组织派我来的,我可没那么容易被赶走,我得找机会把这个意思表达清楚。

结果没等我有机会把这个意思表达出来,有一天纪委突然派人来了。我是行政领导,首先问的当然是我,正是这个案子,除了天下人都知道的那点儿事,我一问三不知。我一直在机关里做,跟纪委那些牛哄哄的家伙抬头不见低头见,本想探点儿口风,他们却跟真的一样。谈话都是背靠背的,我只知道在和两个副队长谈话结束之后,张莫染就被请去局里喝咖啡了。

我立即找两个副队长了解情况。两个副队长耷拉着脑袋走进来。他们说查到两个重要人物时阻力很大,首先他们之间已经串过了,绝对不承认认识这个妓女,至于妓女为何要供出他们,谁知道呢,你们警察诱供,狗急了乱咬。至于妓女为何有他们的电话号码,这个更加冤枉,他们发过不知道多少名片,随便谁都可以存进自己的手机。妓女也是讲身价的,所以编出几个重量级的人物是自己的恩客,一点儿也不奇怪。反正一百个不承认。再者,有很多电话打过来，请我们枪口抬高一点点，得饶人处且饶人，别人有路走，你也有路走。不给别人留路，就是不给自己留路。张队……教导员一概没有理睬。他对我俩说，这个案子太复杂，最好不要让梅队介入，她单纯，要走的路还很长，这浑水她还是不蹚得好。

他说的？仿佛为了确认，我盯着墙角那盆绿萝问。绿萝顶上抽出不少新叶子，下面也枯掉不少老叶子。时间真快，转眼我来刑侦队快一年了。两年为期。他和我心里都明白……

他的原话。两位副队长同时说。他们接着说，这回纪委调查的是除了这个案子的办案过程，还有刑队赃财物管理方面的问题，据说有人指控刑队赃财物管理混乱，说有侦查员把缴获的毒品交给线人卖出去，在吸贩毒的人交易时再缴获回来，既完成了打击指标，也生了财。张教导员对此睁一只眼闭一只眼。

有这事吗？我问。

组织上结论没出来，但我们可以拍着胸脯说保证没有。张教导员带队伍，别看侦查员和他都没大没小马来马去的，但不该含糊的地方绝不含糊。

张莫染喝了三天咖啡，我这三天像热锅上的蚂蚁似的，刑队在我任上出事，一岗双责，即使我不知情，这个领导责任也是一定要负的，但又不能去打听，只好像困兽一样等着。

三天之后，下午快下班时，我手机响了，是张莫染。他像没事人一样对我说，亲爱的梅队，是我，张莫染，怎么样，有辰光请卑职吃杯茶吗？

我问了他的位置，然后约了见面的地方，飞一样地开车奔了过去。到了茶室，我点好一壶普洱，刷着微信等他。可等得茶水都凉了，还不见他的人。打电话，一直是有铃声没人接，后来干脆关机了。就在我坐卧不宁时，副队长的电话进来了。梅队，快来医院，张教导员……

去医院的路上，副队长说张莫染给我打完电话后，又接了一个电话，是分局信访办打的，说昨天两个侦查员追一个两抢对象，追到一片绿化带时，对象不见了，两个人不甘心，在周围搜寻了好一阵，还是不见，结果今天一早，在绿化带再过去一点儿的河里漂起来一具男尸，正是昨天那个两抢对象，现在家属抬着尸体闹到局里去了。他是政工领导，队伍上出问题，首先找他。张莫染一听急了，车子开到分局没停稳就奔下来，那条本来就不得劲儿的腿绊倒在一块道沿石上，后脑勺着地，人仍在昏迷中。

我的心一下被一只巨手揪住了，痛得要死，连呼吸都急促起来。进了病房，只见张莫染周身插了数不清的管子，口鼻部盖着一个透明的罩，罩面里部一层雾气。我眼泪差点儿流出来，上前抓住他的手，他感觉到了，眯起眼睛无力地笑笑，吃力地说，梅队，你是不是在……骂我，张莫染……真没用？我用力握住他的手，不等他说完，我便忍不住背过身去。

当晚，我一直在办公室一个人枯坐，等他的消息。夜格外静谧，我却疑心办公室门一直哗啦哗啦响，那盆绿萝也一直簌簌在动。去看了好几遍，一切没有异常。但等我坐下，又开始响动。

天亮时分，我接到电话，张莫染走了。

走了？怎么可能？那个令我嫉妒的、暗生仰慕的、像马一样帅、一样智慧、一样宽厚的张莫染，怎么可能？生命如此脆弱，一个传奇般的张莫染，就在旦夕之间离去了。生命如此荒谬，一块普通的道沿石，就能将一个活生生的人带走。生命又如此无常，有谁知道自己将在哪一天以什么样的方式离开人世？

是我帮他穿衣服的，一套簇新的蓝色制服。我模仿看过无数遍的日本电影《入殓师》里的动作，轻柔而尊重地为他擦身揩面，衣袖是先套在自己手臂上再反向套在他手臂上，裤腿也是。我一直忍住眼泪。整个穿衣过程漫长而忧伤。在这个漫长而忧伤的过程中，我脑子里一直回响着那首《我只在乎你》：

如果有那么一天
你说即将要离去
我会迷失我自己
走入无边人海里

……

当我俯下身子为他做最后的整理时,我突然发现自己身上的制服和他身上的制服几乎融为一体,冷静,理智,深沉。我忍不住亲吻他的额头,那曾经生动的额头却像石头一样坚硬,冰凉,遥远。

那之后,我办公室的门和那株绿萝莫名其妙响动了好几天,刑队一楼大厅的玻璃门也一样。我说给一个朋友听,朋友说张莫染舍不得走,你带炷香烧烧,送送他。宁可信其有。我照朋友说的做了。

袅袅香火中,张莫染一身制服站在我眼前,无言而忧伤地看着我。你不舍得走,不舍得这幢房子,不舍得房子里的百十号人,不舍得这身制服……可是,人生寄一世,奄忽若飙尘,无论是谁,都难以逃脱疾速如同卷在暴风中的尘埃一样的命运,能够与它对抗的,唯有卑微却倔强的思想,脆弱却顽强的坚守……我以与你同处一个战壕同披一样的战袍为幸,我不做逃兵,我保证。

这天之后,再也没人听到过异常的响动。

数月后的一天,内勤送来一封信,写的是刑侦队队长收,拆开,是一个侦探小说研讨会。是不是搞错了?侦探小说,我并没有开始写。照着会务组留下的电话打过去,对方很确定,是你们这个分局的刑侦队队长,笔名草头张。草头张?不就是有次我开笔会时有位知名作家向我推荐的公安里面的一位吗?草头张?会是……莫字是草字头,姓张。难道……是张莫染?很快,我找到了进一步的证据,侦探小说研讨会主办方的网站上,上一届研讨会与会作者的合影中露出一个脑袋的张莫染。我呆立在办公室那株绿萝前,仿佛张莫染就在眼前,正眯着双眼笑着看着我,看我能猜透他多少。一个有着无限种可能的人。

后来,我留在了刑队,我知道自己将不会离开,无论是否还是队长。

(原载《东方剑》2014年第12期)

太阳为谁升起

于怀岸

一

就从那个冬日凛冽的清晨开始说起吧。

那天清晨七点多钟,太阳同往常一样从不远处的海平面上冉冉升起时,我爬上一栋快要竣工的大楼的脚手架,拿起瓦刀准备开工,回望了一眼几里之遥的大海,海平面上一大堆灰白色的铅云正托起一轮蛋黄似的红日,云层浓密、低沉,红日的霞光黯然,但也异常壮丽。只看了一眼,我就回头专心地贴瓷砖。时令已到腊月初,工头李发民说:"完成这幢楼的工程,结账后兄弟们就可以回家过年了。"他要大家都专心一些,早完工早回家，完不了工谁也别想回家过年。兄弟们大多是拖家带口的外省人，每天都早早起床，赶来工地上干活。出来一年了，谁不想早点儿回家呢？就在我第一刀挑起水泥浆刮在瓷砖背沿上时，别在腰间的手机突突地震动起来，我被吓了一大跳，全身像遭电击似的抖动了起来，脚下的竹垫也跟着一颤一颤地晃荡不止。幸好我一手抓住了竹木撑杆，才稳住身形，没有栽下去。楼层不高，我在顶层五楼的窗边，但还是吓出了一头虚汗，也幸好这块竹垫上就我一个人，没晃着别人。我朝旁边看了看，工友们都在忙自己手上的活，没人注意我。李发民三番五次交代过，高空作业最好不要开手机，更不能调成震动，他说人在注意力集中时手机突然响起来就跟黑夜里猛然蹿出个人影一样，容易出事。去年我们工程队在市内承包一栋大楼的外装修时，一个小工就是因为手机震动失足从八楼摔下来，摔在二楼时被围网托住，命算是保住了，但大腿手臂多处骨折，花了李发民好几万元医药费不说，那人还弄了个残废。我不是那种不爱惜生命的人，上有老下有小，每天苦死累活地爬上爬下拼命挣钱，不就是为了一家人过得好一点儿吗？而且我以前根本就不用手机，这几天之所以把老婆的手机别在腰上，实在是因为家里这段时间事多。

定了一下神，我伸手掏出手机。

果然是娘打来的。

跟昨晚接电话时不同的是，这次电话那头没有嘈杂的争吵声，挺安静的，但娘的声音却一点儿也不平静，而是极度紧张。隔着一千多公里的距离，我依然能清晰地听到娘喉咙里呼噜呼噜的喘气声，娘压低嘶哑的嗓子说："小晨，你快回来吧！"

前天我刚刚才从家里回来，一听娘说这句话，我的心一下子提得比这幢楼还高。

娘接着说："你爹和向老三要打起来了。昨晚向老三硬是要抱走然然，你爹不让，他们差一点儿就动手了……今天要是向老三还来闹，来抢然然的话，你爹说是要跟他拼老命……我劝不住他……"

我对着电话一下子不知道说什么。

电话那头传来了孩子的哭声。我听出来是我女儿笑虹和二姐的女儿向然然的哭声，家里的电话放在堂屋里，两个孩子在里屋里刚刚醒过来吧？这个时候我们猫庄的天还没完全亮明，房间里应该一团漆黑，两岁半的笑虹和一岁半的向然然醒来找不到爷爷奶奶（外公外婆），哇哇号啕。娘说："不跟你讲了，两个小家伙醒了，那个'瘟神'昨夜闹了半宿，她们都没睡好……"

接着就是"啪"的一声挂机的声音。

我也愣怔在脚手架上好半天，回过神后，我马上从没装玻璃的窗口翻进去，穿过没门的房间，在空旷的楼道里跑动起来。我跑得很快，旋风似的下了楼。我必须尽快回家一趟，把父母和孩子们接过来。我知道娘不是危言耸听，爹的怒火已经积压得太久了，很可能会爆发的。像爹这样一辈子老实巴交的人，一旦爆发，是不会考虑后果的。

四天前，我从猫庄回广东时，就想把他们都接过来，但爹娘不肯，他们说到城里住不惯。我说我现在住的地方也不是城市，就是一个小镇，租房、伙食等开支都不算高，住一年半载我们还是负担得起的，而且广东的冬天比我们猫庄暖和多了，可他们就是不肯来。我知道他们是放心不下二姐，怕出门打工不久的二姐突然回来，找不到家里人会心慌的。

工头李发民是我老婆李天梅的四叔，也是我们猫庄本乡本土人。最初，我跟他在我们县城里干小工，就此认识了李天梅，后由他老婆做媒，我娶了李天梅。婚后不久，他到广东发展，把我也带了出来。李天梅生了笑虹后，他又动员我把她接过来，给工友们做饭，每月一千六百块钱。虽然赶不上在工地上挑砖、粉墙的女工工资多，但也少了一些累，更不用日晒雨淋的。李天梅体质弱，干不了重活，这活儿是她叔李发民照顾她的。我找到李发民说要请假回去，他说："才出来的，怎么又要回去？"我说："等下让天梅给你说吧，我马上得走，现在快八点了，到广州要两三个小时，我还要赶下午两点半的火车回猫庄。"

不等他答应,我就朝工棚方向跑去。只听见李发民在身后喊:"快去快回啊,这幢楼的外装修拖得太久,春节前完不了工,要被罚款的。"

李天梅在厨房里择菜,见我回来,很惊讶地问:"落下了什么没带?"我说我得回去一趟。她的脸马上变阴沉了,显然知道是怎么回事,赶忙撩起围裙从裤兜里掏钱出来。我接过她递过来的一卷油腻腻的钱,边收拾行李边交代她:"我把他们接过来住一年半载,你去找个房子租下来。"然后,连衣服都没换,便出了门。一会儿,李天梅撵上来,将一件羽绒服递给我说:"家里那边天凉了,你带上。"

我匆匆忙忙地赶去了火车站。

还好,等我赶到时,回猫庄的那趟火车离发车时间还有一个半钟头。火车站广场上人头攒动,拥挤不堪,但幸亏离春运还有十多天,我很快就买到了火车票,而且是一张坐票。进了候车室,不一会儿就上了火车。

火车驶出广州站时,透过玻璃窗,我看到天空下起了淅淅沥沥的小雨,很快就把露在雨棚外的站台和铁轨打湿。这是一辆绿皮车,没有空调,冷风从车厢接合处的缝隙里灌进来,我感到浑身发冷,赶紧穿上羽绒服,把身子紧裹起来。

二

一周内,我连续两次千里迢迢地往家乡猫庄赶,这全是因为二姐离婚惹出来的事。

是个很大的麻烦事。

我们家只有我们两姐弟——二姐和我。本来二姐上面还有个大姐的,可三四岁时夭折了。我二姐叫赵小霞。哦,忘记说我自己的名字了,我叫赵小晨。二姐长我两岁,她今年三十一,我二十九,二姐虽然比我大两岁,但我却比她先一年结婚,我是先一年冬月结的婚,她则是第二年十月才结的婚。我结婚的时候二姐在家,但她结婚的时候我不在家,那时我跟着李发民的工程队在另一个市里做工程,其实,主要是我不晓得二姐结婚,家里没人告诉我。那时我虽然没有手机,但李发民是有手机的,而且我们猫庄也安装程控电话了,李天梅要找我肯定找得着,我知道消息了也肯定会回去,但父母和二姐都不让她告诉我,李天梅也怕我回来后会不开心。因为不知道二姐结婚的日期,所以我就没回去。

父母不让李天梅告诉我二姐结婚的原因很简单,因为我一直极力反对二姐的这门亲事。二姐的男人叫向老三,这是诨名,按家里的排行叫的,至于他的大号,直到现在我都不知道;直到现在,我也就只跟他见过两次面。这个人是我们猫庄邻村芭茅寨的,比二姐大五岁,结婚那年都三十三岁了。芭茅寨离我们猫庄也不算远,五六里路,两个村常有往来,但我以前并不认识向老三。我第一次见到他时,心里就很反感这个人。我记得第一次见到这个人时,是我跟李天梅结婚一个月后的某天,他来我家里认亲。到了下午,请来帮忙的人都走了,我们没事,便四个人围坐一桌打升级牌,就我、二姐、李天梅、他。我和李天梅一家,二姐和他一家,牌打到第三轮,我们一路升到"五"时,他们还在打"三"。这圈出第三张牌时,我用"十分"出主,他又丢了"十分",李天梅用了"主七",但二姐没有出"大小王",我们一下就捡了二十分。当时我们都不知道二姐是有"大王"的,到最后,二姐那个"大王"被干死了,她在李天梅的"大王"后面,没捞到底牌分,于是我们顺利地升到"六"了。就在二姐亮出"大王"时,向老三突然把桌上的牌一把抓起,天女散花似的扔了出去,冲着二姐指责:"打什么牌,会不会打,有'大王'开始怎么不捡那二十分?"

二姐委屈地说:"我想捞底嘛。"

向老三气冲冲地说:"捞什么底呀,捡了那二十分早就过了。"

二姐有些尴尬地说:"又不输钱,那么认真做什么嘛。"

向老三愤愤地转身离开时,还不忘骂一句二姐:"脑壳里像装了一坨石头一样。"

说完,他就去堂屋里拿了自己的背笼,也不跟正在灶屋里做晚饭的父母打声招呼，便头也不回地走了。

第一次相亲，就为出错了一张牌，他竟然冲着二姐发这么大火，而且当着我们的面大声责骂二姐，骂完了还拂袖而去。当时我和李天梅都愣怔了，好半天还张口结舌，说不出一句话。看着他走下坪场，李天梅才愤然地骂了一句："什么人啊，没一点儿教养！"

向老三听到了，回过头，瞪了李天梅一眼，歪背着背笼，摇摇晃晃地回了芭茅寨。

等他走远一些了，二姐却向着他说："他就那脾气，发过火就好了。"

说完，她就去追赶向老三。

二姐的语言和行动让我和李天梅错愕不已，面面相觑。

二姐和向老三其实并不熟识。芭茅寨跟我们猫庄虽然相距才五六里，但隶属于两个不同的乡，两个村子里的人往来也不多，所以两人以前根本不认识。向老三比二姐大五岁，二姐小学都没毕业，也不可能跟他在乡镇上是同学。后来我才知道，他们是媒人介绍认识的，相亲之前，他们也只见过两次面，而且都是在媒人家。媒人是我娘的堂妹，我们叫她四姨。这个四姨是我们猫庄方圆几十里的一个专业媒婆，是那种能把死人说得活、活人说得死的角色。从小到大，我一直不喜欢她，也好像从来就没信任过她，因为我总是从她嘴里听到一口牛皮话、假话。我跟李天梅自由恋爱前，她曾很热心地给我做过几次媒，跟我父母一个劲地吹嘘女方家的背景、家势、财产，称赞女方的相貌和贤惠。我因此跟她去过两次，发现与她说的完全风马牛不相及，不过都是一些普普通通的乡里人家，普普通通的乡下女孩，至于她说的女方家的叔伯或者舅姨在城里做什么官，完全都是远亲，要清族谱才搭得上关系。就是这么一个满嘴胡言乱语的人，她在我们乡里还很吃得开，有很多人信她，她到处做媒，还做成了不少。她跟我父母和二姐说，向老三的爹是他们那个乡粮店的退休干部，说他两个哥哥一个在省里当局长，一个在县里当科长，说他爹在县城里给他买了房，以后结婚后就住县城里去，说向老三本人和他母亲都说过，以后在县城里盘家店子，搞个小超市什么的，保证不会让二姐在芭茅寨务农。

父母和二姐就对她的话深信不疑。

那天向老三回去后，晚上我们一家人吃饭时，我跟父母和二姐说："这门婚事要慎重考虑一下，向老三这个人素质太差，一点儿教养也没有，二姐嫁过去恐怕会很难跟他相处。"

爹正在夹菜，伸出的筷子碰在碗沿上，不以为然地说："乡下的男人不都这样吗？你以为都像你上过高中，到外面打过工、见过世面？只要你二姐喜欢，凑合着过日子吧。"

娘也帮腔说："你二姐也不是什么有文化的人，难道还能嫁个大学生，嫁个城里的干部吗？你二姐都快三十了，不嫁出去，当老姑娘吗？"

在我们猫庄，无论是儿子还是女儿，到了二十四五岁还没结婚，就是一桩让父母很头疼的事了，况且二姐都二十七八岁了，要是别的父母，早就急疯了。我父母在对待孩子的婚姻大事上还算是开明的，这从我们姐弟俩都快三十岁才结婚也看得出来。特别是我爹，常说的一句话就是："我不压你们，你们自己看准了就行，往后别怨我和你娘就是了。"以前我跟李天梅自由恋爱，他们都没有说一句干涉的话，现在他们也准备这样对待二姐的婚事。

李天梅问二姐："你真的喜欢他，他比你大五岁呢？"

二姐说："还行吧，哪里还有更好的，你给我介绍一个吧。"

李天梅被二姐呛一鼻子灰，便低头吃饭，不再作声了。

我又问父母："四姨说的那些情况你们调查了一下吗，四姨那张嘴靠谱过吗？"

二姐马上接过去说："她说的都是真的，他爹是退休干部，是有个哥哥在省里，另一个哥哥在县里。"

娘不高兴地说："你四姨哄谁也不会哄我们家，他们家那些情况很多人都晓得，芭茅寨离猫庄也没几里地，怎么会有假呢！"

爹也说："他爹向大左原来是乡粮站的站长，我认识，他有两个有出息的儿子，一个考上大学了，一个参军了，这个假不了的。"

李天梅突然抬起头说："他家条件那么好，那怎么三十多岁了还找不到老婆,没有成家呢?"

二姐不耐烦地说:"四姨不是讲了吗,他这些年一直在外面打工,没回来,耽搁了。"

李天梅提的绝对是一个值得深思和去调查的问题,一个农村青年三十多岁了还没有成家,并不是一句"在外打工耽误了"就能搪塞得过去的。十多年没回来,为什么一打工就十多年不回家呢,打的是什么工?打工就不能谈恋爱娶媳妇吗?二姐撂下这么一句话后就不作声了,父母也不作声,他们都只埋头吃饭,没有人响应李天梅的话题,更没有去想那么多为什么。那顿饭爹是最先放碗的,二姐比李天梅先吃完,她一吃完,也不顾李天梅还在吃着,放了碗就收拾桌子,把所有的菜都收进了碗柜里。

爹叹了一口气,回房看电视去了,娘则轻声地对李天梅说:"她自己看上的,你就不要多说她了。她那脾气,怪,都是你爹惯的,谁也拧不过来了。"

爹确实一直很惯二姐,自我懂事时起,我就记得爹事事都由着二姐。小学上到五年级时,二姐不想读书了,爹说让她退学回家;二姐想去学裁缝,爹又送她去镇上学裁缝。猫庄别人家的女孩子一辍学就是半个劳动力,守牛、砍柴、扯猪草、煮饭、喂猪等活儿全包下来,长成半大姑娘栽秧打谷等农活也得干,但二姐直至我十九岁高中毕业回家时,她最多也只在农忙时在家煮饭和喂猪,山上的活儿她几乎全没干过。后来,我外出打工了,二姐也跟着村里的姐妹们在外打了几年工,但每次都只外出一年不到就回家了,在家歇一年半载后再跟人家出去,总共出去过三四次,最长一次出去过两年,那是她二十六岁那年,二十八岁时才回家。二姐每次外出打工,其实并没有赚到什么钱,甚至有时来回的车费都是家里倒贴的,但爹从不说一句抱怨的话。每次二姐说要跟某某某出去打工时,爹就预先两天给她准备好一笔足够她往返的盘缠,并总是交代她一句:"若是太苦太累就回来!"但爹对我却从来就不是这样,我上学时他要我拼命读书,记得有一年我不想上学,他就用一根山竹条一路抽打我,把我送到了学校;每年寒暑假,守牛、砍柴、烤烟的活儿我一样也不能少做，天天要去。我在外打工的那些年，爹每年都是要我给家里交钱的，说是帮我攒着娶媳妇用。我打了七八年工，给家里总共缴了两万多块钱，当然，爹真是帮我攒着的，在我娶李天梅过门时当了彩礼钱，一分钱也没克扣。猫庄人的眼睛是雪亮的，人人都晓得我爹有重女轻男的思想，把女儿当翡翠玛瑙捧着，把儿子当泥巴疙瘩摔打。

其实我对爹没有任何怨言，我知道爹溺爱二姐是有原因的。二姐小时候得过脑膜炎，大约是七八岁的样子，有一天二姐突然发烧和呕吐，娘让爹背二姐去乡卫生院看看，可当时是农忙季节，村里水渠里的水那天刚好分到我们家，爹坚持犁完了那丘大田，第二天清早才送二姐去乡卫生院。医生检查完后告诉他，二姐是感染了脑膜炎病菌，治愈后会留下后遗症；医生还告诉爹要是早几个小时把二姐送来就好了，及时治疗可能就不会有后遗症了。后来，二姐果然有脑膜炎后遗症，爹就一直因为此事后悔和自责。二姐的脑膜炎后遗症不是很严重，看上去跟常人无异，但跟人相处久了就会发现她的智力有点儿欠缺，明显的表现就是健忘，很多事记不住，前天跟她说的事，第二天就忘得干干净净。特别让人受不了的是她的"一根筋"，认死理，在很多事上转不过弯来，别人说的话，她都信；她要做的事，谁也拦不住。再加上爹一直惯着她、由着她，家里人的话，她几乎都是不听的，包括娘的话，更别说我的话了。以前我们两姐弟都在家里时，她就常常跟我唱反调，包括以前曾有人上门来求亲，我不管提什么意见，她一句也听不进去，还总是红着脸跟我吵。

二姐得过脑膜炎这种病，在猫庄，除了我们家里人，外面是没人晓得的。这一点我父母的保密工作做得特别好，他们除了不向外人透露半分，最初连二姐和我也都是瞒着的。有一年，我跟二姐吵架，明摆着是二姐不对，爹却向着她说话，气得我要离家出走。这时，娘才把二姐有脑膜炎后遗症的事告诉我，让我凡事让着她一些。而且娘还千叮万嘱地不准我说出去，就是连对二姐本人都不准说。直到现在，我老婆李天梅都还不知道这回事。那年，我跟二姐因为什么事吵架我不记得了，但我记得二姐从二十岁起就有很多媒人来家里给她提亲，对象都是附近寨子里年纪相当的小伙子。在我看来，最少有两三个跟二姐蛮合适的，都是老实巴交的人家，也都是勤劳踏实的小伙子，不仅跟我们家门当户对，也跟二姐般配。而且都是我们猫庄人，知根知底的，父母也没有意见，但二姐死活不愿意，她说看不上那几个人，要媒人别再来了。其实，我知道她真正的意思是嫌那几户人家穷，家底薄。二姐可能不好吃，但绝对是一个懒做的人，用娘的话说，她是想找一个养得起她的男人。但二姐的自身条件却相当有限，她不聪慧，不能干，又没文化，而且长相平平，就是一个普通村姑，家境特别好的人家也不会前来提亲，所以她的婚事就一直没着落，一转眼就拖成了二十七八岁的老姑娘。

我一直弄不清楚，在二姐的婚事上，爹和娘为什么就那么由着她，不仅没有给她丝毫的压力，甚至连起码的劝导也没有。如果他们当年在这件事上强硬一些的话，二姐就会嫁给我们猫庄的其中一个小伙子，不至于要嫁给向老三，那么后面的悲剧就不可能发生了。

二姐的婚事我不想管，也管不了，那是她自己的事，我怎么能强出头呢？那年元宵节后我就回了李发民的工程队打工，一直干到当年腊月底才回家。我出门时李天梅已有了三个月的身孕，她只能待在家里没出来，同年三月我们猫庄开通了程控电话，因此家里的消息通过李天梅会源源不断地传给我。关于二姐的也很多，譬如二姐又去了芭茅寨，或者向老三又来了我们家，譬如他们在我们家又吵架了，譬如他们已经正式订婚了，等等。再之后，李天梅生了小孩，从坐月子起，她每回给我打电话都只提我们的女儿笑虹，很少提到二姐的事了。至于父母，他们本来就很少跟我通电话，他们也早看出来我不太赞同二姐跟向老三订婚，因此更是绝口不提二姐的婚事。

大约是那年八月，我们工程队新来了一个泥瓦工，叫向大明，三十五六岁。有一天下大雨，不能开工，我们几个年轻人窝在工棚里打"三打哈",没打两圈,向大明就没钱了。然后大伙就不打了,散了,工棚里只剩下我俩。我们聊了几句天,他就告诉我他是离猫庄不远的芭茅寨人,于是我问他认不认识向老三,他问我哪一个向老三,我说你们村是不是有一个爹是从乡粮站退休的,大哥在省里当局长、二哥在县里当科长的向老三,现在还没结婚。他说:"你说他呀,他是我邻居,跟我从小长大的,我跟他爹平辈,还是没出五服的兄弟呢。"我便乘机打听了向老三家的底细。四姨的话果真是真假参半,向老三的爹确实是从乡粮站退休的,他也确实是有个哥哥在省城、有个哥哥在县城。但向大明说他的大哥并不是当什么局长,而是某中学的一个普通教师,他是当年考上省城的一所大专学校后留在省城的;至于在县城的二哥,当兵出去的,退伍后分到他们县烟厂保卫科,是个副科长。前年县烟厂倒闭,他二哥也下岗分流了,在城里开了一家杂货店糊口。

向大明说:"他们那一家牛皮哄哄的,特别是他妈,喜欢到处吹他的两个儿子怎么怎么样,我们芭茅寨没人喜欢他们家。"

我又问他:"向老三怎么三十多了还没结婚呢?他们家条件也不差。"

向大明说:"他以前结过婚,酒席都办了,只是没领证。那个女的没几个月就不跟他过了,因为跟他妈搞不好关系,天天吵架。向老三还动手打她,就跑了。"

我问:"那是什么时候的事?"

向大明说:"十多年前了吧。"

我又问:"怎么那么多年没再婚呢?"

向大明说:"他坐牢,当时判了十五年,坐了十一年,去年冬天才回来。"

我大吃一惊,忙问:"为什么事坐牢的?"

向大明说:"你记不记得十二三年前,我们两个乡的附近村寨很多耕牛被偷?那都是他干的。他偷了几年,才被发觉。有一次,他在邻乡偷了两头牛,赶了几十里路,因为太累,便把牛拴在一片树林里,他自己则睡着了,就这样被沿着牛蹄足迹找牛的人抓了个现形，当场打得他吐血，然后才送到派出所。据说，他跟派出所人交代他总共偷了五六十头牛，于是被判了十五年。"

我疑惑地问向大明："他家里的条件也不是很差，怎么会做贼？看他的个子，有那么高那么壮，在家种地也能养活一家人，更何况他爹还有退休金。"

向大明摇头说："他这人不但好吃懒做，还嗜赌成性，成年后基本上不在芭茅寨住，天天在城里跟一帮烂仔厮混，他二哥也管不了，最后被他嫂子撵了回来。听说他那时就欠了好几万元赌债了，这才去偷牛的。不过，我们芭茅寨谁也不敢给外人说他做过盗贼，坐过牢，她娘放出话来，要是听到谁说了，她就在谁家门口咒上个三天两夜的……"

没等向大明说完，我就气得不行了。这个四姨太缺德了，她给二姐介绍的完全就是一个流氓、烂仔、赌徒、盗贼和劳改犯。最可恶的是，她还帮向老三瞒着我们一家人。四姨自己就是芭茅寨的，她男人也跟向老三是本家亲戚，她不可能不晓得向老三的底细，包括他好赌、盗窃和坐牢。这完全是欺骗我父母和二姐，我想，向老三家肯定给四姨许下了重金酬谢的承诺吧，不然，作为亲戚，她不可能这么昧良心地帮着向家欺骗我父母和二姐。

我觉得这是一场骗局，当晚就给家里打电话，并特意让李天梅要爹接电话，跟他说了我知道的向老三的底细。一开始爹并不相信，他说："你四姨怎么会骗我们呢，坐过牢那么大的事，十里八村的也没听人说过啊！"我说："你们可以找芭茅寨的人去打听一下，不就清楚了。"爹就再没说什么，放了电话。第三天，我再打电话回去的时候，是娘接的。她告诉我，昨天她和我爹找到芭茅寨一个亲戚调查了一下，证实我说的都是真的，向老三是偷过牛、坐过牢，这事他家里瞒得好，我四姨也不知道。我说四姨怎么可能不知道，她就住芭茅寨，而且四姨父跟他们是亲戚，连告诉我的向大明都知道，他们不可能不知道，绝对是刻意隐瞒的。

接着，娘又问我："怎么办？"

我问她："你和爹是什么意思，你们是怎么想的？"

娘告诉我说爹很生气,昨天就在芭茅寨把你四姨狠狠地骂了一顿,说是要悔婚。娘又说这几天我二姐不在家,到舅舅家帮忙去了,等她回来了,就去芭茅寨把这门亲事退掉,把向家送来的彩礼如数退还。

我说:"万一二姐要是不肯悔亲呢?"

娘说:"你爹是铁了心了,向老三那么多劣迹,他要是早些知道,说什么也不会同意这门亲事的。你爹一辈子是个老实人,他才不想跟那种流氓强盗式的人打交道,更何况把自家女儿嫁给这种人。"

是的,我爹一辈子都是个老实人,既是一个从不得罪人的人,也是一个走路都怕踩死一只蚂蚁的人,更是一个自尊自爱的人。他一辈子勤扒苦做的,从没占过任何人一分钱的便宜,更是没跟任何一个人吵过一次架。听人说,爹年轻时,猫庄的历次政治运动,像斗地主、批四类分子、揪反革命这类事他从不参与,大队要他当生产队长他也不当,就老老实实地上工干活。分田单干后,村里有一片公共林,因为三个生产队都争,分不下去,于是家家户户都去偷伐,准备造新屋或者是卖钱,而我们家1983年造的新屋,连一根小檩子都是从自家树林里砍的,我们家树林里没有大树,所有的柱子全都是买来的。不仅花光了家里的所有积蓄,还欠了上百元的债,娘曾多次抱怨过他,说他没心机,没胆量。因为爹有一身好力气,他要真去公共林偷伐,那些木材他可以不要人帮忙自己就能扛回来。爹对娘只回敬了一句话:"我活大半辈子了,连根针都没拿过人家的,让我去偷树,不如让我去上吊还好一些。"

爹从心底里就瞧不起做贼这种事,哪怕是偷伐一棵产权不明的树。当然,他也更看不起做过贼的人,何况向老三是偷窃了五六十头牛、坐了十一年牢的人。我能想象爹得知向老三的底细后的震惊程度,我更相信爹坚决退亲的决心,爹是个爱面子的人,不可能容忍这么个人做他的女婿!

很遗憾,爹后来没有坚持到底,主要原因是他没能说服二姐,便没有逼她退婚。后来我听李天梅说,二姐那次去走亲戚去了十来天,但只在亲戚家待了三天。李天梅分析,还有好几天她肯定是跟向老三进了县城,或者进了省城也说不定。总之,她一回家,父母就跟她讲了向老三的底细,爹还马上要带着她到芭茅寨去退婚。可二姐说什么也不干,一个劲儿地哭。她甚至说,别说他是个盗窃犯,他哪怕就是个杀人犯她也愿意跟他。爹那天确实发了很大的火,见二姐不去,他和娘便亲自去了一趟芭茅寨,找到四姨,一起去向家协商退亲的事。向家不同意,不收爹折算后还给他们的礼品钱。见状,爹把钱丢给四姨后就拉着娘回猫庄了。李天梅说,当天晚上,向老三却跑到我们家来,给爹和娘磕头认错,说他在牢里蹲了十多年,已经改好了,以后不会再犯了。二姐也帮着为他说话,说一个人哪有不犯错的,知错能改就行了。她还威胁爹说,他们要是不准她嫁给向老三的话,她就喝农药,死了算了。说完,真就从怀里掏出一瓶不知从哪里弄来的甲胺磷。

爹和娘见这架势,就彻底地软了。

二姐都以死相胁了,他们也没辙了。

爹后来一直在自责自己的心软,他不止一次地说:"你二姐当时要是喝农药死了还好一些,省了好多事!"

我知道,爹说的不仅仅是气话。

三

火车一直向北奔驰,过了韶关,天也黑了下来。车厢里冷风飕飕,我裹着厚厚的羽绒服,依然浑身哆嗦,寒气透骨。车厢里很多人都喊冷,不断地传来大人的跺脚声、小孩子的哭声。我想外面肯定下雪了。上火车后,我给家里打了一个电话,没人接,我想父母可能带着笑虹去别人家玩去了,因为这几天向老三常来家里闹,他们可能早早就出门了,想避开他。我又拿出手机,拨通了家里的电话,可还是跟中午时一样,一片嘟嘟的忙音,都晚上八九点钟了,他们也应该回家了。我又给邻居四叔家拨,也是一片忙音。我把手机收进衣兜里,脸贴着后车窗往外看,看了很久,果然发现外面下大雪了，火车穿过一座亮着昏暗灯光的小站时，我看到站台上一片晃眼的白光，肯定是雪，而且是很厚的雪。

猫庄的光缆线是从山上扯进村里去的，若那里也下了大雪，树枝就会把电话线压断的。

整整大半个晚上，我一直睡不着，身上冷，跟家里通不了电话，心里也慌。我不知道爹和娘现在怎么样，不知道向老三今天有没有又来家里闹？一直到凌晨，我因为实在太困，便趴在座位前的茶几上眯了一小会儿，但随后就被冻醒了。睡着时我做了一个梦，在梦里，我一个人跋涉在雪地上，到处白茫茫的，我认不清是什么地方，也不知道走了多久，便来到一个山岭上，才认出下面的村子是我们猫庄。我跌跌撞撞地往家里跑去，村子里静悄悄的，没有一个人，也没有一只鸡狗，死一般的阒寂。我来到家门口，看到爹独自坐在阶沿上，他很沮丧地勾着头。他的头发全白了，比坪场上积的白雪还要白亮，他手里拿着一把榔锤，而且还穿着单衣单裤，一双脚也赤着，踩在雪地里。我上前去叫他："爹，你不冷吗，赶快回屋里去吧！"

他抬起头，看着我，语气平静地对我说："小晨，我不想活了。"

说完，他就把榔头朝自己的脑壳上砸去，我赶紧伸手阻止他。但我离他有好几步远，等我赶到他身边时，已经晚了，榔头已经砸在他的脑壳上了。他的头上冒出了鲜血，一会儿他满脸都是血水了⋯⋯

我一下子被吓醒了。

醒来后我感觉全身冰凉，手脚都麻木了。列车在哐当哐当地运行，车厢里只有落地小灯，一片昏暗，偶尔有一两声梦呓声，或者没睡着的人的叹息声。窗外模糊一片。我拿出手机看了一下时间，凌晨三点多，正是夜最深的时候！

我把手机紧紧地攥在手里，想往家里再拨一次电话，又怕突然通了吓着父母和孩子们，于是就趴在茶几上继续睡。一来是冷，二来脑子里乱哄哄的，再也睡不着了。

就在我趴下去不到半小时,我听到列车吱的一声减速了,同时车厢里的落地灯一下子全熄了,一片黑暗。大约一两分钟后,列车哐当一声停了下来。因为停得急,巨大的惯性使得它向前猛地一晃,很多人被一下子吓醒过来,有的人甚至头颅碰在了车壁上,发出一声声叫唤。中断了几个小时的孩子的哭声也跟着响了起来,孩子们肯定是受了惊吓。对面的一个大妈揉着被撞疼了的额头问我:"到哪儿了?"

我说:"没到站,不清楚是哪儿。"

列车开始减速时我也以为是到某个站了,停车后看到窗外已是一片朦胧的白亮,并没有闪亮的灯火,也没有站台,才知道是临时停车。

大妈说:"可能是错车吧?"

另一个年轻的女孩抱怨着说:"错车也应该开灯啊,黑漆漆的,出什么事故了吗?"

肯定不是错车。火车停下二十多分钟后,车厢依然没有亮灯,广播也没有播报为什么停车。又过了十多分钟,乘务员才哈欠连连地来车厢里说是临时停车,请旅客们不要惊慌。有人问为什么车厢里不开灯,她说列车断电了,什么原因她也不太清楚。至于为什么临时停车,要停多久,她更是语焉不详,支支吾吾地说不清楚。

这一停就停到了大天亮。

天亮后,我们下了车。这里确实是一个小站,三等小站,既没有候车室也没有站台,只有慢车和货运列车才会停靠一两分钟的那种小站。我十分惊奇地看到几百米外的高速公路上停着排成了一条长龙的汽车,起码逶迤好几公里,前不见头后不见尾,不下几十列火车那么长。放眼望去,远处的山川河流,银装素裹,一片雪白。我看到,脚下的雪起码有半尺厚。踩在积雪上,嚓嚓作响。那么厚的雪,踩上去只有一个浅浅的足印,仔细一瞧,积雪不是蓬松的,而是很紧实,若用手去抠,也很难抠出一大捧雪来。

冻上了!

上午八点,我给家里又拨了一次电话,还是忙音,不通。眼前的大雪已经证实了我昨晚的猜想，猫庄八成也遭遇了大雪，遭遇了冰冻。我不知道火车什么时候能开，看这阵势，还得继续趴窝下去啊！听人说，这里已经是湘西北某县的位置了，但离我们猫庄至少还有三四百公里。看样子，我只能等下去，换汽车也是不行的，遇到这天气汽车也趴窝了。就是汽车没趴窝，这前不着村后不着店的荒山野岭，到处被冰雪覆盖，又能到哪里去坐汽车呢？

正在我犹豫是否换汽车时，乘务员又招呼人们上车。停了六个小时的火车，终于又启动了。

四

向老三第一次来家里闹，是他跟二姐离婚后的第三个月，也是那一天，我父母才知道他们离婚了，之前二姐一直没说。三个月前，二姐突然把她的女儿向然然送回家来，让父母帮她带。她说她要去浙江打工，挣钱补贴家用。我们猫庄附近的年轻夫妻，大多跟未婚的一样，即使结婚有孩子了，也是把孩子丢在家里，小两口外出打工挣钱。这很正常，向老三的爹有病，娘又八十多岁了，带不好小孩子，所以爹并没生疑，毫不犹豫就答应下来。由于二姐只答应给她的孩子每月四百块钱生活费，而我们是每月八百块钱，娘怕我跟李天梅有意见，当夜就给我们打来了电话，问我们同不同意他们给二姐带孩子？

那时是晚上十点多钟，我们都睡下了，电话是我接的，我说不愿意，原因倒不是因为她出的钱少了，而是向老三那人喜怒无常，六亲不认，很难缠的。要是父母给他带孩子，万一那孩子摔着了、烫着了，出个什么意外，他会咒得你后半辈子不得安宁的。娘说她也是那样想的，但她说爹说了，向然然现在还小，才一岁多，走都走不太稳，能出什么意外呢，带她时用心一些就是了。娘又说，二姐跟他们说，她和向老三想在县城里买房子，所以他们都要去浙江打工，而向老三的爹常年有病，一年四季躺在床上，要他娘服侍，让他娘带然然实在是不放心，毕竟八十多岁的人了，自己行动都不方便，哪里能带好一岁多的小孩？只能让爹和娘辛苦了。

娘说："你二姐他们也辛苦，就帮他们带一两年吧，等向然然再大一点儿，就让他们自己带。"

这时，李天梅从我手里抢过了电话机，跟娘说："带就带吧，一个孩子是带，两个也是带，也不多向然然一个的。四百块钱就四百块钱，话说回来，她一分钱不寄回来，还不是一样得带。"

第二天，二姐就把向然然留在了家里，自己去浙江打工。父母和我们都认为她是跟向老三一起去的，其实不然，二姐骗了家里人，那时她已经离婚了。

二姐结婚后，一直和向老三住在县城里。他们的房子当然不像四姨说的那样由向老三父母买的，而是临时租的。那个房子李天梅去过一次，也就十来平方米，是老城区的一栋平房，连卫生间都没有，大小便还要跑到几十米远的巷子里的公共厕所去。李天梅说，还赶不上我们工棚方便呢。那时，二姐在一家超市里当导购员，向老三在一个小区里当保安。我们那个边远小城，公务员的工资都少得可怜，打工仔的工资更不用说了，二姐六百元一月，向老三也才八百元。没几个月工夫，二姐肚子就很大了，孩子生下来后又要带孩子，家里的收入基本上就靠向老三做保安的收入。向老三的爹是有退休金，但他自己有病，家里也要开支，钱又都是他娘管着的，除了二姐生孩子剖宫产前他们给过她两千块钱，平时基本上是一分钱不给的。但我听李天梅说，二姐家的伙食不差。二姐跟她说，向老三在吃的方面一点儿不抠，每天都是大鱼大肉；李天梅还跟我说，二姐生孩子后起码胖了十多斤，腰比水桶还圆了。

二姐结婚后我就再没见过她，对李天梅的话很是怀疑，他们那点儿工资，哪能天天大鱼大肉？

李天梅说："谁知道他们从哪儿来的钱。"

我说："二姐也不过问一下，向老三究竟在干些什么？"

李天梅说，二姐讲了，她只要有吃的就行了。又说，二姐还能管得到他吗，他别打骂二姐就烧高香了。二姐那个性格，有个肚儿圆就行了，也不会管他做什么得的钱。

二姐确实是那种大大咧咧、不刨根问底、自个儿肚儿圆就天下太平的性格，指望她管向老三，无异于让老鼠去管猫。父母也从没指望过她能管住向老三，只要她不受向老三欺负就好。

二姐婚后一段时间还算过得平静，不像我们猫庄有些女子，出嫁后常因为两口子吵架跑回娘家诉苦。她很平静地生了孩子，很平静地生活在我们县城西北角的一隅，至于有没有跟向老三闹矛盾、吵架，我们不得而知，包括爹和娘，他们也没有听到任何风言风语。二姐生下孩子后，父母也算真正放心了，有时给我打电话，爹还不无得意地对我说："你二姐现在不是好好的，农村人，成个家，有口饭吃就行了。"

因此，二姐把孩子送来让父母带时，他们没有丝毫的怀疑，直到三个月后向老三闹上门，父母才知道真相。

向老三来闹的那天傍晚，娘正在灶屋里给我女儿笑虹盛饭，爹则在堂屋给向然然喂米糊糊。向老三一脚跨进大门，声音很大地问爹："赵小霞呢，躲哪里去了？"

他的声音不仅大，而且语气也很蛮横，着实把屋里的两个小孩子吓得不轻，不约而同地哇哇大哭起来。

爹抬起头来，看到是向老三，很惊奇地：“她不是跟你一起去浙江打工了吗？我没见到她啊！”

爹有点儿耳背，没听出向老三的语气有什么不对劲。

向老三不顾两个小孩在哭，又提高嗓门儿说："你们把赵小霞藏到哪里去了？叫她出来！"接着他又高叫："赵小霞，你给老子出来！"

爹这次听出了向老三的语气有些不同，忙放下手里的小碗，站起来问："你是谁的老子？老子就在这里，你跟谁充老子？"

娘也从灶屋跑出来，问向老三："你们是不是吵架了？"

向老三也没给娘好脸色，说："我懒得跟你讲，你叫赵小霞出来。"

娘很生气，说："你自己去房里找，看她在不在？"

向老三在几间房里转了一圈，没有看到二姐，出来便问："她去哪里了？你们赶快让她回来。"

向老三高喉大嗓地吼叫，摆出一副誓把二姐找出来碎尸万段的架势，让爹和娘感到莫名其妙，也愤怒无比。娘说："她跟你一起去打工的，她回没回来你不清楚？你把她人弄到哪里去了，我们没问你要人就是好事了！"

向老三说："她到哪儿去关我屁事，我跟她早离婚了。她卷走了我六万块钱，我限你们三天时间找到她，让她把钱还给我。要不然，哼，有你们好看的。"

爹自然不相信，问："啥时离的？她没说呀，我们不知道啊！"

向老三说："三个月前就离了，离婚时她要去我六万块钱，你们让她退给我。三天后我来拿，不给我钱谁也别想好过！"

说完，他连哭泣着的女儿向然然也没看一眼，就扬长而去了。

爹和娘望着他走出我家坪场后一点一点消失的背影，惊愕不已。他们这是第一次看到向老三这副极端无赖的嘴脸，也为他说的他跟二姐已离婚的消息感到震惊。离婚的事，之前二姐一个字也没透露给他们，这让他们难以置信。

向老三走后，娘就给李天梅打电话。因为二姐一直没有手机，他们没办法联系上她，只好问天梅二姐有没有跟我们联系过，有没有说过她跟向老三离婚的事。李天梅说，二姐倒是几天前给她打了一次电话，只说她在宁波的一家制衣厂里上班，其他什么也没说。娘问李天梅能不能找到她的电话，让她打个电话回来？我爹娘为此急得连晚饭都没吃，他们想问问清楚，到底是怎么一回事？

李天梅在手机的"已接来电"里找那个她打来的号码，幸亏我们的电话不多，那个号码还在，而且还是一个手机号。李天梅打过去，是个老乡的手机，说是跟二姐在一个厂，但二姐出去了，不知道什么时候回来，因为今天她们厂里休息。李天梅告诉那个老乡，二姐回来后让她马上给家里打个电话，也给我们打个电话。

可那晚，二姐一直没给我们打电话。

第二天下午，我给家里打电话，才知道她给家里打过电话了。娘告诉我，二姐确实离婚了，三个月前就离了。二姐说没有告诉他们是怕他们担心。她说是向老三主动要离的,原因是他借了三十万元的赌债,都是高利贷,天天有人上门来讨债。向老三一直在赌博,直到债主上门讨债前,二姐都不知道。二姐一听他欠那么多的债,吓傻了,天天在家里哭。有一天,向老三对二姐说:"我们离婚吧,这样这几十万元的债就与你没关系了,人家也不会找你讨债了。"二姐哭着说:"我一个人怎么把孩子养得大?"向老三说:"我手里还有六万块钱的现金,我给你三万块当作孩子的抚养费,另外三万块我想做本再赌几把。能扳本,还得清账,我们就复婚;若再陷进去了,也与你无关。现在天天有人讨债,你也住不安生,孩子也不安生。等扳回本了,我们再复婚,到时再把赌博戒了,安安生生过日子。"二姐也没有其他办法,就同意了。第二天,她跟向老三去民政局协议离婚了。

娘说:"向然然归二姐抚养,那三万块钱是向老三给女儿的抚养费,协议上写得很清楚。你爹从你二姐的箱子里把协议拿出来看了。你二姐说只拿了他三万块钱,根本就不是六万。"

三天后,向老三再来家里找二姐要钱时,二姐的话得到了证实。这一次,不是他一个人来的,他还带来了两个债主。娘告诉向老三:"要钱得等小霞回来,你自己跟她要钱,你们怎么扯,不关我们做父母的事。"又说,明明给她的三万块钱是向然然的抚养费,却说赵小霞拿了他六万块钱,既然有那么多钱让她卷走,那屁股后面怎么还会跟着讨债的人?

向老三跟娘吵嚷着问二姐去哪里了,什么时候回来时,两个债主一个劲儿地在催他还钱的确切日期。看得出来,他是被债主逼得没法了,才带他们一起来的。

向老三当然也知道,二姐不在家,父母不可能拿钱给他的,他们也没那么多钱拿给他。于是,他就威胁父母说:"我不管赵小霞在哪里,我再限你们三天时间,她要是不回来,我就把然然接回去。"当着爹的面,他跟其中一个讨债人说:"再给我三天时间,三天还不了你们的钱,你把我女儿抱去抵押;再还不了,你找个人家把她卖掉都行!卖多少钱抵多少债。"

娘骂道:"你说这话你还是个人吗?"

那个讨债人说:"他本来就不是人了。他借我们十万块钱说是做生意,你老人家晓得吗,一个晚上就输掉了。我们的钱也是跟亲戚朋友借来的,也是被逼得没办法啊。"

二姐在电话里听娘说向老三要把向然然接走,有可能还要卖掉她后,马上从宁波赶回了猫庄。两天后,她到了家里,娘给我打来电话,问我这个事怎么处理?

我说:"爹和二姐是怎么想的呢?"

娘说:"你爹的意思是向老三被债主逼得紧,只想要回那三万块钱,把那些钱退还给他算了。你二姐说孩子她是一定要要的,不能让他带走,如果他带走,他娘带不好孩子,会嫌麻烦的。孩子没人带,他真有可能会卖掉。但是你二姐不同意把钱退还给他,说那是孩子的抚养费。"

这个考虑当然是对的,我的意思也是坚决不能把孩子交给他,向然然还这么小,怎么能跟着一个赌徒,一个没有一点儿责任心的爹生活在一起呢,那样会毁了她的一生。我说:"二姐不退她钱,他还会闹下去,要不你们报案,或者去打官司吧。哪有把孩子的抚养费要回去还赌债的道理?"

过了两天,我再打电话回家,才知道,二姐那三万块钱已经退还给了向老三。向老三在二姐回家后的第二天就又来我们家了,他问二姐要钱,一开口就要六万块钱。二姐说只拿了他三万块钱,若他硬要六万块钱的话,那她就报案,去派出所或者去法院作了断。向老三见她这样说,立刻就改口,说他只给了二姐三万块钱,但她若想要孩子的话,那就要给他六万块钱,不然他就把孩子也一起接走。二姐说,见过无赖,还真没见过像他这样的无赖!向老三说:"我怎么就是无赖了?孩子你带着,你要嫁人了,嫁到哪个我不知道的地方,我见都见不到一眼了,不是跟卖出去一样了吗?"

钱是爹坚决要二姐退的。爹的意思也是,孩子坚决不能给向老三,那样会害了她一生。他跟二姐说:"把钱退给他,你也能养活孩子。"他还对二姐说:"你自己打工赚钱,我和你娘身子骨还行,可以再帮你几年,哪怕你就是不再嫁人,咱们也能一起把孩子养大。我们家有那么多田地,养你们母女一点儿不成问题。"

爹今年已经六十五岁了,娘也六十三岁了,虽然身体都还算得上硬朗,但自从两年前李天梅把孩子让他们带后,他们就再没干过农活了。爹说到做到,他真的把我们家包给别人去种的田地收了回来,还去镇上买了锄头和犁耙,准备明年开春自己种。

爹对娘说:"我就不信,不要他那三万块钱,孩子就养不大了!"

钱是由二姐交给向老三的,爹因为怕向老三再纠缠,请了我们猫庄赵家和他们芭茅寨向家双方家族中的长辈作为见证人,并让向老三写了收条,签字画押后,才把钱给他。向老三也同意孩子然然由二姐抚养。

二姐在家只住了两天,就回浙江打工去了。她不可能带着一个两岁不到的孩子去打工,向然然留在我们家,还是由我父母带。

但这三万块钱,买来的仅仅只是三个月的平静。

五

七天前,我就是坐这趟火车回去的。从广州到我们州城要十九个小时,我还要从州城坐汽车到县城,再从县城转汽车到猫庄,还需要四个多小时才能到家。也就是说,如果不遭遇冰冻,火车正点到达我们州城,我最早也要下午两点之后才赶得到家里。

我回去的原因当然是向老三又来家里闹了。这一次比三个月前闹得更凶。一开始,他问我父母要二姐在浙江的电话和地址。二姐没用手机,其实地址父母也不知道,因为现在谁也没给家里写信的习惯,都是打电话回来的。父母给不了他,即使有,也不会给他。得不到二姐的信息,他就要父母退他跟二姐订婚时送给我家的礼嫁钱,他还列了一个清单,包括逢年过节的礼物,譬如一瓶酒,一袋糖、几斤苹果、梨子等,甚至连他那时给我家收了几天玉米和稻子都折成了工钱。娘不识字,爹看到这张清单肺都气炸了!后来我回到家里,爹跟我说:"他连给笑虹买的一角钱四颗的薄荷糖都记得清清楚楚。他肯定是跟你二姐第一次来我们家时就都记下了,一笔不落。那时候,他就想到了哪一天会跟你二姐合不来,好算后账的。"

大头当然是彩礼钱。当时,向老三给我家送了两万块钱做嫁礼,加上婚礼当日的酒水,两箱沱牌大曲,四箱青岛啤酒,若再加上向老三平时来往走动的礼物,总共三万多块钱。按猫庄娶亲嫁女的习惯,彩礼钱女方父母是完全可以收入囊中的,至于女方陪嫁的东西,是要男方家另送的。但我父母那时没要他家送陪嫁的礼品,陪嫁的电视机、影碟机、洗衣机、大组合衣柜、小组合电视柜和茶几等,二姐的嫁衣,甚至连向老三那套七百多的新郎装,都是用那个钱开支的。猫庄家家嫁女,做父母的只有赚钱,而我们家嫁二姐还倒贴了一万多块钱,这在猫庄附近村寨是人尽皆知的。就算这些钱当年没用在他跟二姐的婚事上,他也没有道理要回去。我们猫庄从来只有在女方悔亲的情况下才会退彩礼钱,从来没有过离婚后还要索回嫁礼钱的先例,况且他们还生了孩子。再说,那些钱完全都变成了东西摆在他家里了,二姐回我们家只提了一口皮箱,装了几件自己的衣服回来。

如果说向老三跟二姐要回那三万块钱已经让爹看清楚他是一个真正的无赖,一个毫无责任心不配做父亲的无赖,现在,他来要以前的彩礼钱,更让爹看清了,他是一个连起码的道德和良心都没有的流氓。爹对他说:"你既然连起码的羞耻都不要了,那好,我也给你算算账吧,那些钱都用到哪里去了。"他和娘就一样样地给向老三算电视机多少钱、洗衣机多少钱、大小组合柜多少钱、十二床被子多少钱……父母一口气就给他报出了四万多块钱的东西出来,然后说:"你自己凭良心说说,赵小霞跟你离婚后她带回了哪样东西?"

向老三说:"那些东西都被赵小霞卖掉了,钱也被她卷走了。所以你们得还我钱。"

娘大声质问他:"是你自己卖掉还赌债了吧,好意思赖到赵小霞的头上了。"

向老三说："就是她卖掉的，你们把她找来，当面对质。"

娘说："真是她卖的，卷走了钱，你去报案，让警察去抓她吧。"

向老三说："我报案了，派出所说找不到她人，让我先把人找到，他们再问她！"

爹说："那你去找吧，别赖在我家里。你给我滚出去！"

向老三不走，反而进了房里，找了把椅子在向然然骑着的学步车旁边坐了下来，并高声地说："我看我女儿不行呀，我有权天天来看我的女儿。赵小霞跟我离婚了，向然然就不是我的女儿了吗？"他边说边逗向然然玩儿。到了晚饭时，娘做好了饭，他又自己走到灶前端起饭碗就吃。

天黑了，他才回芭茅寨。

一连三天，天天如此。

娘给我打了几次电话，问我怎么办？他天天赖在家里，要二姐的地址。我问娘要不要我回来，娘说："你爹说他就是跟我们吵架、耍赖，你回来又能怎么样，跟他打架吗？"我告诉娘，去报案，让警察把他撵走。娘说没用，她报过案，警察也来过一次，向老三说他主要是来看孩子，顺便打听一下你二姐的下落。他跟警察说二姐是他前妻，他跟她有经济纠纷，找不到她人了。警察跟我和你爹说："向老三有权看他的孩子，至于你们的纠纷，是家务事，好好协商解决。"又跟向老三说，赵小霞若真卷走了他的钱，让他去法院打官司。向老三根本就是无中生有，他怎么会去打官司呢？

两天后，娘又给我打来电话，是李天梅接的。娘要她一定让我接，李天梅为此专门跑到工地上来让我接听电话。娘电话里的第一句话就是："小晨，你快回来一趟吧。"

我忙问："怎么啦？"

娘说："昨晚向老三差点儿跟你爹打起来了，他要抱走然然，你爹不让，只差打起来了。那个瘟神一晚上都赖在家里，我跟你爹、笑虹和向然然睡这头房里，那头房里的电视被他砸了，床单、被子、衣服也被他撕了，还有家里户口簿和一些证件都被他烧了。

唯一没摔坏的就是电话机。他半夜里在家里大喊大叫，癫了一样，说我们再不把你二姐叫回来，他就要弄死我们一家人，然后一把火烧了我们的房子。你爹要起来跟他打架，他那么大年纪了，哪里打得过他，被我拉住了。"

我问："你们报案了吗？"

娘说："清早就给派出所打电话了，他们还是说这是家务事，好好协商解决。都快中午了，警察仍没来，我估计他们不会来了才给你打电话，一二十里路，他们不愿意跑。"

娘说的放电视机和衣服被子的那屋是我和李天梅的房间，他砸坏和撕烂的都是我们的东西。我一听就怒火中烧，我给娘说，我马上就回来。挂了电话，我就跟李发民去请假，接着就往家里赶。

我回到家里时已是傍晚时分，那天是个阴天，五点多钟就暮烟四合，夜幕低垂。外面虽然有些光亮，但屋内已经一片漆黑。我拉亮自己那间房里的灯，看到里面一片狼藉，地板上到处都是衣服、被子、塑料壳和碎纸片，那台二十五英寸的电视机一头栽在墙角里，还有一只皮箱也被翻得乱七八糟。显然，娘是想等警察来勘查现场，因此没有收拾。那些衣服和被子有的被对半撕开，也有的被剪了一个个洞。衣服有我的，也有李天梅的，还有几件是二姐的，那口皮箱也是二姐的。一起被毁掉的还有我们家的户口簿，我的高中毕业证书，以及我和李天梅的结婚证书，等等。特别是那台电视机，我把它搬到电视机柜上时，看到屏幕那里有一个很大的洞，是用锤子或者是什么硬物砸的，然后再用脚踹下来的。我在房间里站了一会儿，紧攥双拳，恨不能立即暴打向老三一顿。一直等吃过晚饭，气消了大半我才回房收拾，然后睡觉。

因为太累，我睡得很沉。第二天清早，我被嘭嘭嘭的砸门声惊醒了。我睁开眼，发现窗外已经大亮了，便赶紧起床去开门。

打开大门，我看到一张扭曲的、充满愤怒的马脸，我一眼就认出了是向老三！难怪刚才的砸门声那么响，他是用脚踢的大门。他看到是我，一下子愣住了，但也就几秒钟时间吧，他马上脸上堆出了笑容，说："兄弟，你回来了。"

我拉下脸，说："谁是你兄弟，你来做什么？"

他脸上的笑僵了，说："我来看看然然，好多天没看到她了，可怜的孩子，爸妈都不在身边。"接着，他就冲着爹娘睡的那间房喊："然然，然然，你看谁来了，爸爸看你来喽。"他边喊边进了堂屋，想往父母那间屋里闯，我一把扯住他，说："你先到我这屋里来，你还好久没来了？你给我说清楚，我这屋里的东西是谁弄的，电视机是谁砸的，衣服被子是谁撕的？"

他使劲儿挣脱了我的手，高声说："我看我女儿不行吗？谁规定了我不准看我的女儿？我今天就是要把我女儿接回去，不行吗？"

这时娘起床了，站在她门口对我说："你看这个瘟神又来了，你屋里的那些东西都是他砸的。"

向老三说："谁砸东西了？我是来看我女儿的。你们不是报警了吗，砸你家东西他们还不抓我吗？"

娘很鄙夷地说："你算什么男子汉，敢做不敢当！"

向老三说："我不想跟你一个老太婆讲那么多，今天我是来接我女儿回去的。"说着，他又往我娘屋里闯，被我一把拉住，他转过身来怒视着我说："我接我女儿怎么啦，跟你有什么关系？"

我知道这种人跟他没什么好说理的，就说："出去，你给我出去。"

他跟我耍无赖似的说："我不出去怎么啦，你敢打老子吗？"

他的话未落音，脸上就挨了我一重拳，他不说敢打他吗还好，一说倒是提醒了我非得用武力不可，或许只有这样才撵得出去他。他跟跄地后退了好几步，等明白挨打了，转头向我扑过来，和我扭打在一起。娘见我们打了起来，大声地喊爹："他爹，你快出来，他们打起来了。"她自己顺手从屋角里拿了一把扫帚，高举着冲过来帮忙。

向老三根本不是我的对手，他个子虽比我高，但瘦不拉几的，又坐了那么些年牢，体质不好，而我常年在工地上干活，一身腱子肉，很快，我就把他打趴下了。娘和爹赶来不是帮忙，反而是拉劝，娘拉着我的胳膊一个劲儿地喊："住手，住手，小晨你别打死了他。"爹又抱住了我的后腰，努力把正骑在向老三身上的我拖开。

爹说："打死了他你抵命划不来！"

我下手当然知道轻重，这样不对等地打架，我只会打痛他，不会打坏他。我被父母拉开后，向老三还躺在地上哼哼，嘴里嘟哝着："赵小晨，有种你就打死我！你们一家人打我一个，有种你打死我，不敢打死我，医药费我都要弄穷你们家。你们把我打坏了，我起不来了！"

我还在气头上，正要提起脚去踹他。他看到我踢过来了，马上爬起来，跌跌撞撞地往外跳出了大门，一溜烟似的跑下了我家坪场。等我撵出屋，他已经跑出我家几百米远，边跑边对我家这边骂，骂些什么听不清了。

我在家里待了三天，他一次也没有再来过。他不来，当然是怕我揍他。但我不能一直待在家里，我到家的第二天，李发民就打来电话，要我赶紧处理完家里的事回工程队去，他说工期太紧，一时半会儿找不着替代的人。

我很担心，我一回广东，向老三再来纠缠我爹娘。我跟爹娘说，我想把他们和孩子们都接到广东去，一则省得向老三再来闹，二则广东那边冬天暖和一些，爹娘他们带两个孩子，大冬天里洗衣什么的都冷，而那边天气不冷，孩子们也不易感冒发烧。娘一开始同意跟我去，她也想到了我回了广东向老三再来闹怎么办，但她又担心他们都走了以后，向老三找不到人，会不会一把火烧了我们家房子。我说："这倒不必担心，我们猫庄的房子都在一条巷子里，左邻右舍又挨得近，屋檐搭屋檐。他要是敢放火，一烧就是十多栋房子，谅他也不敢！"我和娘商量的时候，爹一直不作声，娘问了他几次，他都闷声闷气地说："想去那儿就去呗！"

于是，我给李天梅打电话，让她在工地不远的地方找处两室一厅的出租房，把爹娘他们接过去住个一年半载，反正我们工程队在那个小镇上还有几个工程，我们最少得在那里待上一年多时间。李天梅没什么意见，晚上就回电话说房子找好了，爹娘他们来了就可以住。

娘当晚收拾好了行李,第二天清晨出门前爹却变卦了。他不去了!那时,我背着笑虹,娘抱着向然然,都提起大编织袋出了大门,在坪场上等着爹提着另外两个旅行包出来。可爹在堂屋里迟迟不出来,我和娘叫他快走,要赶车啊!爹却空手从堂屋里出来,语气迟疑地对娘说:"他娘,我们还是不能去。"

我和娘同时问:"怎么啦?"

爹说:"我们都走了,老二回来找不到我们会急疯的。"

我说:"家里的电话没人接了,她自然会打我的电话的。她就是不打我的电话,也会找村里其他人家的电话。他们会告诉她你们跟我去广东了,她就自然会联系我和李天梅的。"

二姐一直没用手机,她跟家里联系都是用公共电话的。昨天晚上我给她在宁波的同乡打了电话,那个老乡说她到了温州,没跟二姐在一起,因此我一时无法跟二姐联系上。

爹把娘叫到了一边,他们嘀嘀咕咕了好几分钟,然后娘就把她手里的编织袋提进了堂屋,对我说:"小晨,还是你自己去吧,我跟你爹不去了。"爹也说:"要不你把笑虹带过去,让李天梅自己带吧,我和你娘不能去,我们要给你二姐带然然。"

我说:"你们到了广州,不也是一样地带然然吗?"

爹说:"我想来想去,还是不行,我明年得在家种地啊!你二姐人不灵,本事不大,一个月打工也就挣个千把块钱,我要是不帮她做点儿事,她怎么养得大然然。再说,我们一家人都过去,得增加你们多少开支呀!你们两口子辛辛苦苦打工,可能连一个钱都存不下来了。"

娘也说:"我们到那边人生地不熟的,听人说,广东人讲话像鸟叫一样,根本听不懂。你和李天梅白天要上班,我跟你爹连买个菜都买不了,还是不方便。万一我们跟你和李天梅吵架生气了,想回来都回来不了了。"

我说:"你们不去,我不在家了,向老三再来闹怎么办?"

爹说:"他闹他的,他能把我和你妈怎么样,让你妈把两个孩子看好就是了。他来闹了这么多次,动手打人一次也没有。他不敢打人,不过就是想要钱,耍无赖而已。"

娘最后一句话才是爹不想跟我过去的真正原因,他是怕带着二姐的孩子招李天梅嫌弃。毕竟,二姐每月给孩子出的生活费不多,以二姐的能力,每个月四百块的生活费还不一定能保证呢。而且他们过去后,我们的开支无疑会加大,说不定还会入不敷出,万一他们要是跟李天梅吵架了,想回来,还真的很麻烦。当然,最主要的是爹想在家种地,帮二姐存一些钱,以供她们母女以后的生活,这个我也能理解。按娘的话说,二姐黄花闺女的时候都没嫁上一个好男人,现在又拖儿带女的,要想嫁个好男人,养她们母女,就更没希望了。至于爹还能种多少年地,帮她们存多少钱,那就要看天意了,毕竟爹也上岁数了。

爹不肯去,娘当然也不想去了。我若把女儿笑虹带过去,李天梅就做不了事,我只能把笑虹留给父母带,一个人回了广东。

果然,我一回广东,向老三又来家里胡闹了。

六

谁也没有想到,我们就这么背运地遭遇了南方百年不遇的极端天气——特大冰冻灾害。火车从那个湘北小站启动后,没运行多久就停了下来。此后,就是不断地运行,又不断地停下来,本来只有三四个小时的旅程,竟然足足运行了五十多个小时才到达终点站——猫庄所在的州城。

五十多个小时,整整两天三夜的时间啊!列车上一度断水断食,车在那个湘北小站停候的六个小时里,火车上的水就被用尽了,所有的食物也被抢购一空。后来停靠的也都是小站,水补充得不多,食物就更少。我们上千乘客忍饥挨饿,受冻受寒,熬在火车上。我还算好的,上车前李天梅硬塞给我一件厚羽绒服,而很多从广州站上车的年轻小伙子和姑娘穿的还是夹克或者丝袜裤,冻得瑟瑟地抖,脸都变紫了。最惨的是那些老人和小孩,又冷又饿,有的老人昏厥过数次,很多小孩子脸上、手上,特别是耳盘上都长了冻疮，疼痛难忍，哇哇哭叫。所幸的是，白天的时候，火车停靠的小站附近的村镇有不少商贩前来兜售食品和水，虽然价格是平日的五到十倍，也都被抢购一空。不时有当地政府送来少量免费的饭菜，可供老人和小孩子都不够，大多数人只能从小贩手里购买高价食品。火车停着时，白天还可以下车走走，活动活动，最难熬的是晚上，车厢外一片漆黑，只有玻璃窗上的冰花发出幽冷的光芒，整节车厢宛若一个大冰窖，寒冷无比。整夜都有老人痛楚的咳嗽声和小孩子凄厉的哭号声，不时还有年轻人焦虑的叹息声。

坐在我背后位置的是一对年轻的夫妻，一看就是一对打工的夫妇，都才三十岁左右，听口音也是我们湘西人。他们带着一男一女两个孩子，男孩子才三四岁，女孩子要大一些。那个男孩子第一个晚上就感冒了，他妈紧紧地将他搂在怀里。他妈本来就穿得不多，他爸把身上的厚夹克脱下来裹在儿子的身上，自己冻得上下腮帮骨打架，簌簌发抖。第二天，他自己也感冒了，不住地咳嗽。从第二天晚上起，小姑娘晚上睡觉一直是我抱着的，我把自己的厚羽绒服盖在她身上，从我的肩膀那里一直盖下来，小孩子身子暖和，总算安稳一些。

小姑娘叫刘思敏，今年才六岁，但长得比同龄孩子要高，很懂事的样子，看起来像八九岁的孩子。小姑娘活泼又可爱，第一天一直在过道里又唱又跳的，但到了晚上，她爸抱着她时却冻得睡不着，因为她爸的衣服盖住了弟弟，自己都冷得受不了，抱着她睡反而是从她小小的身子上吸收热量。于是，我就主动跟她爸说，我来抱她睡吧。

刘思敏冻得两腮通红，白天蹦蹦跳跳的她，夜里睡在我的怀里时不时会被冻醒。天实在是太寒冷了，隔着火车的玻璃窗，依然可以听到外面寒风呜呜地吹，鬼哭狼嚎似的让人心里发怵。刘思敏每次醒来，都先用她那双大眼睛静静地望着我，她的眼睛又大又亮，像两只小灯笼一样。然后，她就会问我："叔叔，我弟弟会不会冻坏呀？"

我说："怎么会呢，这里有医生！"

她又问:"叔叔,你说明天会出太阳吗?"

她爸爸告诉过她,只有出太阳了,冰雪才会融化掉,工人们才能抢修好电网线,才会通电。只有通电了,火车才能跑得动。她说:"出了太阳,我们就可以回家了。"出了太阳,不要半天,她和弟弟就可以回到家里,在大被窝里睡觉了。就可以在家里的火塘边烤火,可以看到爷爷奶奶外公外婆了!

她每次问我的时候,我都会回答她:"好好睡吧,明天你一睁眼,就会看到大太阳。"

她说:"我冷,睡不着,叔叔,我跟你一起等着太阳出来,好吗?"

我比刘思敏更着急到家,家里的电话一直打到我的手机彻底没电了还是无人接听。我想,这么天寒地冻的,也许向老三不会再来家里闹吧,从芭茅寨到猫庄也有好几里路,山路冰冻了会更难走,也许他会在家歇几天不来猫庄了,我只能尽量往好处想。

我和刘思敏一起等待太阳,从黑夜等到黎明,从黎明等到中午,从中午等到傍晚,再从黑夜等到黎明,可是太阳依然没有出现。

到第四天清晨,火车慢慢地驶进终点站。天地一片阴沉,寒冷无比。当我把刘思敏抱下车,交到她爸的手里时,刘思敏还问了我一句:"叔叔,今天的太阳会升起来吗?"

我说:"会的,等你到家时,天空中就会出现很大很大的太阳。"然后我就出了站,打了一辆的士,赶往汽车西站,去找回猫庄的车。

这天中午,我终于赶回了猫庄。家里只有娘和笑虹,娘的眼睛是红肿的,显然哭过。向然然的学步车在堂屋里,却没见人。见我回家了娘更是放声大哭。

她说:"小晨,你怎么这么久才回家啊?"

我问:"娘,怎么啦?我爹跟向然然呢,家里发生什么事了?"

娘哭得更凶,说:"你爹杀人了,他把那个瘟神杀了,人已经被关进县城的看守所了。"

我一下子愣住了。

七

就在火车停在湘北那个小站,我往家里不断地拨电话时,向老三又一次晃晃荡荡地出现在了我家的坪场上。这一次,他显然是有备而来的,他背了一个小背篓,威胁我父母说,再不给他退彩礼钱他就把向然然接走。向然然虽不到两岁,却被我父母养得白白胖胖的,差不多有二十多斤。从猫庄到芭茅寨路不近,向老三担心自己一路抱不动,便背个背篓来,同时表明他的决心。

向老三到我家时,家里只有爹一人在火塘边烤火,娘则带着笑虹和向然然到邻居二婶家串门烤火去了。因为向老三这一阵经常来闹事,每次都威胁要接走他的女儿,娘只好一吃完饭就把笑虹和向然然带出去避祸。二婶的老公叫赵二明,是我的堂叔,跟爹是堂兄弟,才四十来岁,长得五大三粗孔武有力,又是个炮筒子脾气,刚刚从温州打工回来。娘带孩子去他家里,向老三一般不敢去闹。第一次他来抱向然然时,娘立即把向然然抱进了二婶家,向老三撵过去,正好被二叔拦住,他警告向老三说:"你要敢一只脚踏进我家大门,我就打断你一条腿,敢两只脚进门,我就打断你两条腿,让你们芭茅寨人抬回去。"向老三见状,便不敢进他家门,只得在外面叫骂不休。以堂叔赵二明粗暴的脾气,那天便要揍得他腿断手折,但我父母不让他动粗惹祸。十年前,赵二明曾经在白沙乡场上跟外村人打过架,一个人打两个人,那两个人都被他打得住了院,其中一个断了三根肋骨,在医院住了三个月,赔了人家近万元的医药费。若是赵二明把向老三打了,哪怕就是轻伤,向老三这个无赖正好"癞子找着了蹭痒的地方",在医院里躺十天半月,那岂不是要讹赵二明几万块钱医药费?当然不会让二叔出钱,但闹起来还是我家吃亏。

父母一向胆小怕事,上次我打向老三他们反倒拉劝我,就是怕我打坏了他。

向老三不敢进二婶家门,但他在外面叫嚷得很凶。

这天，他见爹一个人在家里，知道娘又把孩子们带到二婶家里去了。因此他也不进屋，直接去了二婶家的坪场。他高声叫着我娘的名字，要她把向然然送出来，他要接孩子走。

可任凭他怎么骂，骂得再难听，娘在二婶家就是不露面，不作声。头天晚上下过一场大雪，天气出奇的冷，娘坐在二婶家火塘边往窗外看去，天空中飘着大朵大朵的雪花，雪下得着实不小。二叔也在家烤火，问我娘："那混蛋骂得太难听，我把他赶走吧。"

娘怕他们打架，就说："随便他，爱骂就骂，这么冷的天，看他能撑多久！"

二婶也说："冻死他就清静了！"

一会儿后，外面果然没有声音了。娘让二婶出去看一下，二婶回来说："走了。"娘也起身趴在窗户上看，此时坪场上已经积了很厚一层雪，白晃晃的，把向老三原先留在雪上的足印都掩盖得无影无踪了。

"瘟神回去了！"娘说。

其实向老三并没有回家。这时他已走进了我们猫庄村支书赵老满的家里。那天恰恰赵老满在家，向老三装作可怜巴巴的样儿跟他说，他想接女儿回家住几天。还告诉赵老满我父母不但不让他接走，连看都不给他看一眼。他们躲在赵二明家里不出来，赵二明又不准他进屋，他只能找村干部投诉。他又说，若村干部也不管的话，那他就要硬抢了，到时打坏了人别怪他没打过招呼。赵老满当村支书也有两三年了，他倒不是怕向老三威胁，而是自信自己能解决问题。他说："你看自己的女儿是应该的，他们没有道理不让你看。但我听说你天天到人家家里要退什么彩礼钱，孩子都生了，还要退彩礼钱，我长这么大还是第一次听说，男子汉大丈夫，离了就离了，怎么能干比娘们儿还娘们儿的事，不丢脸吗？赵老中那人我们猫庄谁不知道，当年你那彩礼钱他哪会要你一分，还不是都给你家陪过去了？"

向老三狡辩说："他们不让我看孩子，我才那样说的。"

赵老满说："不让你看孩子是他们不对，你是孩子的爹，凭什么不能看呢，应该可以看的。"

向老三说："就是，我的孩子，凭什么不让我看？赵书记，你能不能帮我讲一下公道话，让我把然然接回去住几天，我爹我娘想孙女想得很，我爹有病不能下床，要不是下雪天路滑，他们就亲自来接孙女了。"

赵老满说："接回去住几天那也是应该的。走，我帮你调解去。"

于是，他带着向老三往我家走去。刚刚走上我家坪场，正好碰到娘牵着笑虹、抱着向然然回家里去。娘看到向老三又来了，赶紧往二叔家跑，任凭支书赵老满在后面怎么叫她也不理。赵老满跟着进了二叔家里，向老三不敢进，在外面等。

赵老满问娘："大婶娘，向老三说他要接孩子去芭茅寨住几天，你不同意？"

娘说："我不同意，老满你不晓得，那个瘟神是个流氓无赖！他赌博输了几十万，屁股后面跟一大堆要账的人，孩子让他带回去不得。"

赵老满说："他欠账是他欠账，孩子又不欠账，要账的人难道会找这么小的孩子要账？"

娘说："他会把孩子卖掉的。"

赵老满说："怎么可能呢？孩子是他自己的骨肉，他怎么会舍得？"

娘说："这难讲呀，他被追债人逼急了，什么下作的事做不出来。"

赵老满说："这冰天雪地的，车子都不通，他就是想卖又去哪儿卖呢？向然然是他的女儿，他有权接回去住几天的。他说他爹娘想孙女，我看是真的，要不然，这么冷的天，他也不会天天跑到猫庄来。依我看，让他接回去住几天吧，他没空儿带孩子，或者孩子跟不惯他，天天闹，他自然会再送回来的。"

二婶也说："让他带两天，你也清闲两天。孩子这么小，又从没跟过他，他能带得好？带不好就会送回来的。省得他以后天天来闹。"

娘有些犹豫:"他万一要是把孩子卖了,或者藏起来了,那会要了我闺女的命,她回来我怎么交代呀!"

赵老满胸有成竹地说:"绝对不会的,我让他三天后送回来。他要是不送回来,我就陪你到芭茅寨走一趟。"

然后,他把向老三叫进屋里来,要他答应最多只能让向然然在他家待三天,三天后一定要送回来。向老三满口答应,并说他娘也没精力带孩子。然然住三天他不送回来,他娘也会让他送回来的。

娘还是很犹豫,说她要跟我爹商量一下。赵老满和向老三又跟娘去了我家。赵老满把对我娘说的话跟我爹说了一通,不想我爹却很爽快地答应了。我爹对赵老满说:"好的,他带去三天就带去三天,到时他不送回来,我天天到芭茅寨他家里去闹,我看看他爹娘受不受得了。"

既然我爹同意了,我娘就不好反对了,她就给向然然加了两件衣服,让她穿暖和一些,又把她的一些换洗衣裤,以及日常用品等装起来,打了一个包袱,让向老三一起带走。

向老三就这样把向然然抱回芭茅寨了。向老三抱走她的时候,她一直在哭,直到向老三的背影消失,向然然的哭声似乎还在不屈不挠地传来。

向然然走后,娘跟爹吃了午饭,看到飘了一阵的雪停住了,他们也都出了门。爹去鸡公山上看他的炭窑,他三天前在那里烧着一窑杂木炭,今天可以封窑了。娘则带着笑虹去了猫庄四里外诺里湖李天梅娘家,探望李天梅的娘病好些了没有,因为几天前我回家时去了一趟岳母家,她正在病中。她跟我说她很想外孙,让我跟娘说哪天有空儿带笑虹到家里坐坐。娘早就想过去看看她了,但爹一个人带不了两个孩子,她一个人又带不走两个孩子,今天刚好可以趁向然然不在家去一趟诺里湖。

娘在李天梅家待了半天,李天梅爹娘留她吃晚饭,她不吃。诺里湖离猫庄不远,又是平坦的机耕道,可等娘到家时天还是黑尽了。她一走上坪场,就听到屋里一片吵吵嚷嚷的声音,堂屋里也亮着明晃晃的电灯。这时,二婶从屋里出来,对我娘说:"嫂子你才回来呀?"

娘问她:"是不是那个瘟神又来闹了?"

二婶说:"大哥把他打死了!刚刚赵老满领着大哥去派出所投案了。"

娘大叫了一声:"啊?真打死了人啊!"一个趔趄,险些栽倒在地,吓得背在她背上的笑虹哇哇大哭起来。听到笑虹的哭声,娘一下子想起了向然然,忙问:"他没把然然送回来吗?别吓坏了孩子!"娘想到的是,向老三把然然接了回去,又回到我们家里来闹,然后跟爹发生了冲突……

二婶说:"然然也死了,冻死了!要不大哥也不会下狠手打死他了!下午一点多我听到他在门外叫你们,我说你们不在我家,谁会想到他把孩子放在你家阶沿上,自己却跑到别人家打麻将去了……"

原来,爹和娘出门不久,向老三就又来了。二婶说他是下午一点多钟来的,距他上午接走然然仅三四个小时。他很可能是把向然然背到了家里,但向然然一直哭,他哄不了她,他娘也哄不了她,他爹娘就生气了,责骂他:"她外婆带得好好的,你带回来谁给你带哟!"所以向老三决定把向然然送回去。于是他就再次到了我家。他敲门,没人应,他又来到二婶家坪场,喊我娘。二婶说不在她家里,早就回屋了。向老三就背着向然然又到了我家门前,拍门。这时他才发现大门是锁着的,但屋里却亮着灯。猫庄的电是前天晚上停的,父母睡觉时一直等着来电,没关开关,电是今天他们离开家后十二点多才来的,所以一直亮着,向老三就以为他们在家里,故意不应他。因为自从他来家里闹了几次后,父母就是在家也一直把大门锁着,从侧门进出,进后再插上,任凭他在外面叫嚷,就是不吭声,装作不在家的样子。这次,他又以为父母他们就在家里,不然他们就不会开电灯了,天色阴沉,房里暗,只有在家里才会开电灯。他用手拍了几次后又开始用脚踢门,见仍没有人理他,就冲着屋里喊:"我把然然送回来了,你们不应,我就把她放在这里。你们不要装死不出来,我女儿要是冻着了,感冒了,我再找你们麻烦。"

然后,他把向然然从背篓里抱出来。向然然因为一直哭了几个小时,很累了,加上背在背篓里一直晃荡,早就睡着了,向老三把她抱出来时她也没醒。虽然睡着了,她的小脸蛋被风吹得红彤彤的,向老三把她就那样平放在我家阶沿的石板上,把一包衣裤摆放在她的旁边,然后背起空背篓自己一个人离开了坪场。他根本就没再等一等,看看我家的侧门会不会打开,我父母有没有把向然然抱进屋里去,而是径直地去了猫庄彭文武家。后来据彭文武说,向老三送女儿来时从他家门前路过,他家有人烤火,说想打麻将,正好三缺一,于是邀了他。

爹是傍晚时分回到家里的。他一直在炭窑边等着封窑的最佳时机。封完窑,他才下山。爹一直守在炭窑边,热乎乎的,他下山时一路走得飞快,很快就到家了。到了家门口,他看屋里亮着灯,但大门是锁着的,以为我娘已经从诺里湖回来,就往侧门走去。他敲了几声门,又大声地叫我娘的名字,里面没有一点儿动静,才知道我娘还没有回来,又转身去开大门。

爹回家时天色已暗,真正的黄昏时刻,要黑不黑的。他眼睛不太好使,但还是看到了阶沿上有两团白影,一开始,他没有伸手去捡,以为是从晾衣竿上掉落的两件衣服而已。这时他又累又渴,想先进屋喝口水,当他把大门打开后,突然感觉躺在地上的那个东西不像是掉下来的衣服,而像是躺着一个小孩和一包衣服。他走近几步,弯下腰后才发现躺在地上的是向然然。他抱起向然然,发现她的脸色发白,嘴唇已经乌紫,双眼紧闭着。爹来不及细想向然然怎么会躺在这里的,但他知道她已经冻坏了。于是,他大声地喊她,摇她,向然然却一点儿反应都没有了。爹把手伸进向然然的心窝处,那里像一坨冰一样地寒冷。

向然然身上已经没有一点儿热气了。

爹又把手放在向然然的脉搏上,也没有一丁点儿的脉跳了。

爹使劲地掐向然然的人中,大声地喊她:"然然,你醒醒,醒醒呀!"

爹喊:"那个天杀的,把你丢在这里就不管了!天杀的,不晓得这是多冷的天啊……"

爹凄厉的喊声被正在灶屋里做饭的彭文武的老婆王桂花听到了,她对在屋里打牌的向老三说:"老中叔喊你家然然的声音好可怕,你快去看看,是不是出什么事了?"

向老三出了一张牌说:"能出什么事,我打完这圈牌再去。"

彭文武催他:"我好像也听到了喊声不对劲,你还是去看看吧。你要想扳本儿,等下过来吃晚饭,夜里再打几圈。"

向老三这才不情愿地起身,说:"晚饭我就在赵老中家吃,有我女儿吃的,他们敢不给我饭吃。"

向老三走进我家时,爹已经把向然然抱进堂屋放在她的摇篮里。之前,他解开自己的棉衣,把向然然捂在胸口里,但几分钟后,向然然依然没有一点儿反应,爹明白一切都于事无补了,向然然死了,她被活活冻死了!这时,他也想到了,肯定是向老三又把孩子送回来时,他和娘不在家,他就把孩子一丢走之,不管不顾了。爹颓然地坐在向然然的摇篮边。这天是我们猫庄多年来最冷的一天,可敞胸露怀的爹没感到一点儿寒意,他心里愤怒的火苗反而越烧越旺。他虽然坐在向然然的摇篮旁,眼睛却没看向然然,而是睨着放在他身边不远的背篓。背篓里有一把他砍杂木蔸的斧子,斧头在背篓里,但斧柄却翘出了背篓沿。

向老三一脚跨进大门,看到爹坐在那里,就问:"向然然呢,我女儿呢?她怎么啦?"

爹声音平静地说:"她不是让你接走了吗?"

向老三说:"我把他送回来了。"

爹说:"你送到谁的手里了?"

向老三说:"你们两个老东西在家里也锁着大门,喊死也不应,我就把她放在阶沿上了。"

爹站起身来,忍不住骂道:"你是人还是畜生,这么冷的天,把孩子放在地上,就连鸡婆也晓得把鸡崽子拢在翅膀里,向然然碰上你这种畜生做爹,也是她的命啊!"说完,爹又颓然地坐了下去。

向老三气急败坏地说:"我女儿呢?我告诉你,她要是冻坏了一根手指头,我跟你们没完,那就不是几万块钱能了的事,几十万你们也别想脱身。"

爹说:"在摇篮里,你自己去看看吧。"

堂屋没有开灯,光线更暗,差不多是黑的,向老三走上前,看到然然在睡觉,转过身来对爹说:"你个老东西,这么冷的天,你连被窝也不给她盖啊。"

爹说:"你再看看,她还有没有必要盖被子。"

向老三"啊"了一声,说:"她怎么啦,她的脸怎么像死人一样白,她不是……你个老东西,你们害死了我女儿。"他说着就朝爹扑去,一下子就把爹推倒在地,随同爹一起倒地的还有他的背篓。

爹倒地后,向老三又踹了他两脚,一脚踹在左肋上,另一脚踹在脸上。看到爹的鼻孔流血了,他才转身去摇篮边抱向然然。他很可能是想再看看向然然到底怎么样了,确定她是不是真的死了。就在他弯腰想去抱起女儿时,爹从地上爬了起来,并顺手捡起了露出背篓的斧头,攥紧,举起,朝向老三的后脑勺砸去……

八

爹在看守所里待了整整半年。法院开庭前,我们猫庄全村男女老少近三百人写了联名信上书法院。信上说向老三经常来我家欺负父母,说爹一辈子是个老实人,不得已才杀死了向老三,说是向老三自己害死了女儿向然然,说向老三毫无人性,畜生不如,不死倒是一个祸害,要求法院从轻判决。开庭前,我也花光了几万块钱积蓄,给爹请了一位有名的律师。最终,不知是因村民们的求情,还是律师的作用,或是法院宽大了爹(父亲自首后做过伤型鉴定,他确实被向老三踢断了鼻梁骨和一根肋骨),他因防卫过当罪被判处有期徒刑三年、缓期五年执行。这是最好的结果,因为他不用去坐牢了。

去看守所接爹出来的那天是六月上旬的一天，娘、李天梅、女儿笑虹和我，我们一家人一起去接他的。那天是个很好的晴天，我们九点多就到了，站在看守所大门外的空地上，等着爹出来。说十点能出来的，但我们一直等到快十二点，看守所的大门还一直紧闭着，天上日头毒，晒得人头昏脑涨，皮燥心焦，汗珠子吧嗒吧嗒地往下掉。这一天在我的眼里无疑是半年来最阳光明媚的一天，我相信在娘和李天梅的眼里也是。半年来，我们一家人一直生活在那个冰冻天的寒冷和阴霾里，尤其是我自己，我老是禁不住想，若没有那场冰冻的话，我就能顺利地到家，也许，我回来时刚好可以看到向然然躺在我家的阶沿上，那么向然然就不会冻死，爹也就不会杀人，更不会坐牢了，向老三也不会死，二姐更不会……爹现在可以出狱了，向然然却永远地回不来了。

那是多么可爱的一个孩子呀！我记得她死去的前几天，也就是我回家的那几天，她是那么讨人喜欢，在学步车里吐字不清地叫我"大舅"。她长得很漂亮，我甚至觉得她比笑虹一岁多时长得还漂亮、还可爱……这时，抱在李天梅怀里的笑虹拍着我的肩膀说："爸爸，看，爷爷出来了！"

我抬起头，看到看守所的大门打开了，爹从里面走了出来。爹没穿半个月前庭审时的囚衣，而是一套深色的旧衣裤。他的头被剃成了光头，短得不能再短的头发在阳光下熠熠闪光，腰也佝偻了。庭审那天我去了，我没发现爹的头发白了，腰也没那么弯，他仿佛是这几天才苍老了似的。我的眼泪一下就出来了。

我们一家人迎上去，娘笑着对爹说："他爹，我们回家！"

李天梅和我也异口同声道："爹，我们回家去！"

爹看着我们，当他看到笑虹时，李天梅要笑虹叫爷爷，笑虹不知道是不是好久没见爷爷了，认生，她别过头去了。爹突然说："小霞呢，我怎么没看到小霞。庭审那天我就没看到她。"

我马上说："她去浙江打工没回来。"

娘也说："过年时她回来过，我想她老留在家里，只会越来越伤心，便又劝她打工去了。打工伴儿多，热闹，可以让她忘记那件事，忘记然然。"

爹"哦"了一声，不再作声了。

其实，我和娘没有给爹说实话。两个月前，我和娘把二姐送进精神病院了。二姐没能熬过失去女儿的痛苦，她疯了。二姐是爹自首后第五天赶回家里的，她没能见到然然最后一面，连冰凉的尸体也没有见着。此后，二姐一直在家里，她每天早上一起床，就满屋找女儿然然，从这房里找到那房里。半夜里，只要她一听到笑虹的声音，就来拍我们的房门，问我然然是不是到我房里来了，问是不是然然在哭，是不是然然在找妈妈。

我们都以为过一段时间情况会好转，但一直没有，反而后来她只要一出屋，见到猫庄任何一个小女孩都要突然冲过去抱住人家不放，说是她的然然，吓得猫庄家家都不敢单独让小孩出来玩耍，哪怕就是在自己的家门口。我和娘商量后，决定把她送进州城精神病院治疗。医生说，二姐最快也要一年才能康复出院。

二姐神志清醒时常常会问我："小晨，那天要是不碰上冰冻，你就能赶到家里，然然就不会冻死了，是不是？"

我就给他回忆那几天在火车上的情景，我说我跟一个叫刘思敏的小女孩每天都眼巴巴地期待太阳升起来，但却天天都是阴霾天。

二姐就很认真地问我："小晨，你说太阳是为谁升起的，怎么到人命关天的时候它就躲起来了呢？"

这个问题我答不出来。

爹大步地往前走，像他以前在生产队上工一样。走到县城唯一一个十字路口时，他突然往左拐去。汽车站在右边，我撵上去，扯住他的胳膊说："爹，车站往那边走，我们一家人到前面馆子里吃个中饭，就坐车回家。"

爹瓮声瓮气地说："我晓得车站在那边，你以为你爹被关愚了吗？我先去一趟农贸市场。"

我心里一惊，问他："去农贸市场你要买什么？"

他说："我去买把锄头，这日头黄黄的，回去不薅草，你二姐哪天回来了哪有饭吃啊！"

我呆住了,这半年里我一直陪着母亲和二姐,没有外出打工,在家里种地,种了七八亩的苞谷、黄豆和花生,谁也没跟爹说过,他怎么知道的呢?

我愣怔地看着爹往前走去。

此时是正午,日头最毒的候,阳光从头顶上泼洒下来,人走在路上,连影子都不显露一丁点儿。

(原载《啄木鸟》2014 年第 8 期)

佛 爷

李治邦

一

在这一带对扒手的称呼为"佛",称高级扒手为"佛爷"。

张一鸣是佛爷,但知道他的人极少。

他大学时,学的是金融管理,毕业后没有找到工作。在苦闷的半年中,他找到了失散多年的舅舅。这个舅舅就是佛爷,因为这个佛爷,张一鸣的母亲在很早的时候就断绝了和弟弟的关系,她要培养儿子走正道。

张一鸣找到了舅舅,开口就对舅舅说,您教我吧,把您的本事都教给我,反正您半身不遂也偷不了东西了。舅舅笑了,说,你口袋里的钱包已经在我手里了。说着,他很费劲地把钱包递给了张一鸣,说,里边只有两百块钱,看来是走投无路了。张一鸣惊讶了,他进门没有碰舅舅,怎么就被舅舅把钱包偷走了呢,而且他看舅舅走路都歪歪斜斜的,半个膀子都在颤抖。舅舅说,我不能教你,教你,我就跟你妈妈彻底断绝了亲情。她是我唯一的姐姐,虽然不理睬我,但我得病的四年她每月都接济我,给我四百块。张一鸣低下头,说,我大学毕业找了这么多单位,没有收留我的,因为我上的大学是一个"三本"学校。您知道的,我父亲开公共汽车,母亲的纺织厂破产就给了两万块回家。家里只有两间十几平方的小房子,我跟父母挤在一起住。父母给我买房,贷款都贷不了,我不能这么活下去。舅舅摇着头说,那也比你被抓进去在牢里强,你母亲没有跟你说我被关了六年,然后出来再偷,被又关了五年?你看看我现在,老婆离婚了,闺女不理我,邻居都躲着我,我得了半身不遂就在家里干熬着,没有人伺候我,只有你母亲给我汇款。每月四百块,那就是你们家吃喝开支的三分之一。张一鸣拿出一把刀子横在脖子上说,您要不教我,我就死在您跟前。舅舅无动于衷,张一鸣拉开了脖子上的浅薄的肉皮,血在朝外溢。舅舅攥住了张一鸣手里那把明晃晃的刀,深深地叹了口气,教你可以,但不能对外说,你说了我就死!

八年过去了,张一鸣的舅舅去世了,他成了佛爷,但没有人知道他。

他给自己定了三条。不偷国家的东西,包括银行、文物、首饰店之类;不到任何人家里偷东西;不偷穷人的。他偷东西都在街上,或者在商场里边。一个私企的老板带着他的情人到海信商场去买项链,就在那儿被他偷了四万块,是银行的信用卡。老板结账时发现了,结果马上通知银行锁住卡号。这时,他手机里传来短信,四万块已经被取走。他跟这家商场的老板很熟悉,就调出摄像头的录像反复观看,没有看出任何破绽。但他知道就在那段时间被人偷了,那时从他身边走过的一共二十六个人,老板挨个儿观察,但找不到任何可疑人。他看见一个男人带着一个漂亮女人距离他最近,那男人长得很秀气，就在他身边伸开手搂住了那个漂亮女人，除此就再也看不到什么动作了。他指着这对男女对商场老板叮嘱着，以后再发现他们就是他们了。可商场再也没有发现这对男女，这个案子就这么完结了，私企老板连报警都没有，他羞于开口。

那个漂亮女人叫良子，是张一鸣的搭档。

张一鸣不喜欢良子，但没有办法，他需要一个女人配合他，而且这个女人必须是那种白领型的，一看就是有文化的，良子正合适。他和良子不经常在一起，遇到他想下手需要搭档的时候才找良子。他觉得良子太贪，看到金钱的目光太贪婪，这样早晚要出事。良子很委屈，她说，你张一鸣见到钱也是这么个眼神，怎么就抱怨我呢？良子不知道张一鸣住在哪儿，是不是就叫张一鸣，两个人有时候住在宾馆，良子看见张一鸣拿出不同版本的身份证。两个人偶尔会做爱，每次做爱前，张一鸣都叮嘱要避孕，但他从来不戴避孕套。他对良子说，只要你流过一次产，我们就分手。良子哽咽着答应了，她是喜欢张一鸣，但知道不会有任何结果。每次得手后，张一鸣都会分给她不少钱。那次在海信商场得到四万块后，张一鸣眉毛不抖地给了她两万块，都是新票子。

良子是舞蹈学校毕业的，毕业后跟了一个大款，这个大款带着她去逛商场被偷了六万块现金，因为那个大款就爱带现金，觉得拿出来比信用卡气派。结果大款打开包要拿六万块给良子买一件蓝宝石戒指，发现里边空空如也。大款蹲在地上哭，哭得昏天黑地，然后扇着自己嘴巴，心疼得要命。良子果断地离开他，在商场门口看见了张一鸣。张一鸣给了她三万块说，你离开那人，他不是有钱人。良子就说，我跟你吧。张一鸣使劲儿摇头。良子说，我在你旁边站着，你就不像扒手了，你就是有钱人。张一鸣想了想，笑了。良子说，真的，我站在哪个男人跟前，哪个男人就是有钱人，我有一种艺术范儿。

张一鸣对母亲说找到了一家海运公司，母亲很高兴，以为张一鸣有了出息。张一鸣每个月给家里五千块钱，他告诉母亲每月的薪金是六千块。于是母亲每个月都给他存着，说，你得有一间属于自己的房子，现在房子这么贵。春节了，张一鸣给母亲一万块，说是海运公司的分成。母亲陶醉了半年，但后来还是叹息地对儿子说，就这么存也得十年才能买到房子，你那么大岁数谁跟你呢。张一鸣安慰母亲，有一天我当上主管了，每月薪金就是两万多，您就耐心等着吧。父亲退休了，说要买一辆出租车给儿子挣钱。张一鸣怎么也拦不住，结果真的贷款买了，于是父亲就日日夜夜地在街上行驶着，他的动力就是给儿子挣房子钱。张一鸣不能告诉父母他已经有了两百六十万元，足够买房子了。

　　那天，母亲非要到公司来看他，逼得张一鸣找到了大学同学小高，这个小高就是海运公司的主管，真的每月薪金两万块。小高答应了。母亲来到了海运公司看到张一鸣坐在硕大的办公室里，透过窗户能看到整个城市。母亲悄悄对儿子说，我怕你骗我。张一鸣愕然地问母亲，我什么时候骗过您呀？母亲说，你说你上班了，我跟过你，看见你在街上来回地逛。张一鸣懵了，他不知道母亲竟然跟踪他。母亲说，你舅舅就是这么骗我的，结果把自己骗到大牢里。后来，张一鸣对小高说，我一个礼拜到你公司来一趟，你给我留一个你对面的办公桌。小高纳闷地问，那你天天干什么？我看你穿的都是名牌。张一鸣敷衍，我就是皮包公司，挣一个开口饭吃。

　　张一鸣决定要去一趟英国，良子很高兴，说自己最近花钱太冲，借机想补充自己。张一鸣说，我是去见世面，不是去偷东西。你要去就去，不想去可以不去。良子说去，我想看看白金汉宫，我还想跟你去威斯敏斯特大教堂，在那里我们办一个幻想的婚礼。张一鸣眨巴眼睛问道，什么叫幻想婚礼？良子吃吃笑着，你不想和我结婚，我就和你办一个幻想婚礼，你给我买一个戒指，我给你买一块手表，在那儿发发假誓，也很有意思的。张一鸣不理会，开始办理出国手续。良子就备课，英国都有什么好玩儿的，在哪儿住，怎么坐地铁，哪儿有好吃的，逛街哪儿最合适。

二

　　五月初了，春色还没有退去，夏天就急匆匆赶来了。城市像一口锅闷在那里，憋得人喘不过气。

　　良子给张一鸣报账，说去英国需要三千英镑，不包括来回飞机票，包括了就是四千多英镑。张一鸣不耐烦地问，就说多少人民币吧。良子说，两个人五万左右吧。张一鸣递给良子一张卡，说，里边六万够了吧。良子问，密码？张一鸣瞥了良子一眼，你生日。良子有些感动，想了想说，一个星期后从北京飞。明天咱们这儿有一个汽车交易会，是不是走之前去一趟顺点儿什么？张一鸣眯缝着眼睛，问，你想顺多少？良子调皮地笑了，就六万吧，不能花你国库的钱呀。

　　张一鸣没有说话，就在刚才，他住的小区民警小坡找到他，询问他，是不是半个月前去过市政府食堂吃饭。他跟小坡很熟悉，两个人都喜欢收集音乐老唱片，总在一起交换着听。他说，是啊。小坡说，你到市政府食堂吃饭干什么呀？张一鸣笑了，说，市政府食堂就不能让老百姓吃饭了？我大学同学在外事办叫于秀山。小坡松了一口气，但还是不放心地问，你找他干什么去了？张一鸣不悦地问，你什么意思？小坡瞪着眼睛说，我跟你说话，你先别问我。张一鸣一甩手走了，说，我不愿意搭理你。小坡紧跑了几步抓住张一鸣，那手劲很大，张一鸣觉得五个指头麻酥酥的。小坡说，你必须回答我。张一鸣说，你问于秀山，问我干什么。小坡说，我就问你，至于问不问于秀山跟你没有关系。张一鸣紫青着脸，说，要不是你是我哥们儿，我可以拒绝回答。我找于秀山是换英镑，他手里有，又不花，我要去英国找他帮忙，去银行换汇率高。小坡说，你找他换了多少？张一鸣绷着嘴唇，一千呀，是不是跟于秀山说的对上了？小坡松开手笑了，我就是奉命问问。张一鸣说，那我也问问，于秀山是不是被双规了？小坡狡黠地说，你想让他双规？张一鸣悻悻地说，你不说就算了，我现在就给于秀山这个王八蛋打电话，我找他换英镑怎么会惊动警方。说着掏出手机就要拨,小坡忙拦住,说,一个副市长在食堂丢了一张信用卡。张一鸣一愣,问,这跟我有什么关系?小坡说,录像上只有你一个是生人。张一鸣问,多少钱?小坡说,不知道,人家查出来你在我的管区,让我问问。张一鸣喊了起来,问你干什么?我跟于秀山在一张餐桌上吃饭,问于秀山就完了,至于问你这个派出所的吗!小坡突然很动情地说,哥们儿,你走错路时有人拽你一把就是救你,拽不到你了,你就完蛋了。

这个副市长叫董强三。十天前,张一鸣开车陪母亲去医院,母亲心脏不好,犯起病来就憋得满脸通红。在一个道口,一辆皇冠忽然逆行超过他,而且还刮了他的车镜。张一鸣生气地打开车窗喊了一句,对方忽然停下车,一个司机跳下来走过来狠狠拽住他的脖领子,说,你跟我喊什么!张一鸣别扭,说,你逆行开车刮了我的车镜,还问我怎么开车。那司机用手指戳着张一鸣的脑门儿,以后你开车长点儿眼,看清楚我什么车号!以后见我就躲得远远的,只要我听见你叨叨一句,你王八蛋就吃不了兜着走!张一鸣忍耐不住了,喊着,你凭什么就骂街呀,我要报警!那司机笑了,你报呀,你不报就不是男人。说着,把手机递给张一鸣,张一鸣没有接。那司机说完,开车走了。张一鸣的母亲气得直哆嗦,说,他是谁呀这么厉害,怎么这么不讲理呀?

张一鸣记住了那车号,回来仔细查找,知道那车是副市长董强三的。董强三是常务副市长,据说人十分霸道。张一鸣不知道董强三在不在车里,但他从司机那里看出来董强三不是个善茬儿。于是,张一鸣探听好后进了市政府食堂,打算跟于秀山吃饭聊天说换英镑的事情,因为于秀山说过他手里有一千英镑闲着,不如换一个高价出来。那天张一鸣给了于秀山一万五,等于一比十五换的,他说要到英国去玩儿,顺便就花了。他从网上已经把董强三查了一个底儿掉,他看到董强三吃饭是在里边的小食堂,他根本进不去,但厕所却是共用一个。他看董强三进了小食堂就没出来,下不了手。他就在食堂跟于秀山闲扯,但从来不会说别的,就问英国有什么好玩儿的，因为于秀山去过英国半年。终于看见董强三从小食堂出来了，旁边还有几个人说说笑笑。他去刷碗，就这么两三秒钟工夫，在人群里把董强三上衣口袋里的信用卡掏走了。董强三穿的是西服，掏西服口袋是张一鸣的绝活儿，也是他舅舅交给他的看家本事。掏完了信用卡，他漫不经心地跟于秀山告别，然后迅速在网上取走了六万元，他看到里边是三百六十万元。至于怎么取走的，密码是什么？这就是张一鸣的能耐了。

张一鸣和良子在汽车交易中心待了一个小时。开幕式是董强三主持的。张一鸣距离董强三很远，他知道不能让摄像镜头再看见自己。他拿着望远镜看着董强三，他忽然看见那个拽住他脖领子的司机就在后面站着，喝着水。良子问，下手不下手？张一鸣摇头，说，不是给你六万了吗？你怎么还想多拿呀。知道吗，是你的就是你的，不是你的一分也不要。张一鸣走了，良子跟着，在停车场看见了那辆皇冠。张一鸣对良子说，你过去给那辆车划一刀，深点儿。良子不屑地说，我不干这种下作的事。张一鸣笑了，我不让你干，你那么漂亮，镜头里第一个会看见你。你找一个愿意挣钱的干，给他两千。良子说，你想干什么？张一鸣说，我就是想泄泄气。

其实，张一鸣知道董强三在海运公司有交易。小高那公司是全市最大的海运公司，其中有十艘运输轮，就是董强三从中交易，卖给了一家私人公司四艘。小高说，里边有什么交易就不知道了。小高就这么一说，可张一鸣就觉得应该干一笔董强三。那次董强三的司机揪住他，他就把这种想法变成了现实。他知道自己有一个疤痕从来都不曾愈合，在心脏的某处位置隐藏着。就像一条老寒腿，每到变天的时候都会隐隐作痛。他不想当佛爷，他也想做一个正经事业。他知道如果不收手，早晚会被抓住。他要做完董强三这一单，然后再洗手不干，开一家老唱片交易公司，他手里已经有了一万张老唱片了。这样对父母也有个交代，他不忍心看见母亲流泪，见到自己被扭送上警车。偷了这么多钱，判个十多年是轻的。

在飞机上，张一鸣一直在睡觉，良子在旁边看电影。飞了十个小时到了英国的希思罗机场,出了关口,良子告诉张一鸣预约的出租车一会儿就到。

张一鸣有些新奇,第一次出国就到了英国,周边都是白皮肤高鼻子蓝眼睛的人。坐上出租车,发现车里大得能坐六个人,张一鸣舒服地伸开腿。良子告诉他,咱们住在一区,一区就是富人区,拐个弯儿就是火车站。出租车到了宾馆,良子给了司机七十英镑,回头心疼地说,这就是七百多块钱呀,赶上咱们那儿坐飞机的价了。宾馆不大,电梯只能站三个人。张一鸣喊着,怎么这么憋屈呀。良子笑着,住这样的小宾馆省钱,一个晚上也就是八十英镑。张一鸣也笑了,八百多块钱。良子说,你不是不计较钱吗,走时让你做一单你就是不做,后悔了吧。进了房间,一张双人床占据了大半个房间,卫生间也很逼仄,进去一个就不能再进人了。张一鸣躺在床上,觉得很疲乏就继续睡起来。

其实,在飞机上他就是佯装睡觉,一直盘算着在前排公务舱坐着的董强三。进机舱时他看见董强三在那儿坐着看报纸,他侧身过去的。说来,他就是跟于秀山聊天时偶然得知董强三率队去英国签一个意向合同,是什么不知道。董强三手下一个处长跟于秀山很熟悉,于秀山托他买其乐鞋,说国内的都是冒牌货。张一鸣就这么自然地知道了董强三什么时候走,坐哪个航班。他就觉得要跟上这条大鱼,他想在英国给他做了,能省去很多麻烦。更重要的是他也可以在外边逛逛,回来就可以彻底洗心革面。

三

在机场外边,他看见董强三一行六个人坐了一辆商务车,车牌号记住了,他知道后天他们要去牛津和湖区以及爱丁堡。他还知道是欧美佳旅行社做的服务。于是,他让良子也在这个旅行社报了名。他知道这是个只有十个人的高级旅游团,对外就是商务考察,三天的费用是每个人四百英镑,不含吃饭。这些都是在飞机上和董强三底下人聊天知道的。张一鸣对外的身份就是北京一家私企的老板,让对方不会联想到本地。张一鸣聊天的本事很厉害,都是对方喜欢的话题,或者都是对方的痒处。不知不觉就套出话来,然后就自然而然地离开,离开后对方会觉得对张一鸣没有什么印象,刚才说了什么也不记得了。

张一鸣的舅舅曾经教诲他,扒手的本事不在手上,而是在嘴上。嘴是吸引或者隐蔽自己的最后手段,真正要下手了就是瞬间,话到手到。舅舅还有一句话让张一鸣刻骨铭心,偷东西就跟男人做爱一样是有次数的,做够了就不要再做了。所以,张一鸣每个月做两到三单,一般小的不做,要做就是每单都是在一万以上。他主要是对男人下手,大款或者领导,他眼睛很敏锐,看到了就知道是不是自己要的,然后跟一阶段再下手。下手时一定会先找好出路,一定要周边都有人,一对一是最要命的,很能让对方警惕你提防你。有次他得手了十万块,真想挥霍,就是吃一顿奢侈的,或者买一件自己最喜欢的衣服。但他都控制住了。佛爷,那就是爷了。如果连欲望都不能控制住一定会栽大跟头的,舅舅就是这样,得了一大笔横财乐极生悲,大病一场。

早上,良子兴奋地告诉他,今天上午佳士得有一个亚洲瓷器的拍卖,你是不是看看?张一鸣说好啊,于是两个人穿上衣服出门。

昨晚没有做爱,良子很想,但张一鸣说,没做成这单是不做的,做了会龌龊了生意。良子不敢恭维,她觉得小偷就是小偷,本来就是龌龊的事情还愣装什么美好。但她不说,她知道自己标上了一个非凡的人物,一个不同于任何扒手的真正佛爷。良子告诉他,可以走路过去,大约四十分钟。两个人就按照良子的手机导航走。良子觉得周边人都有钱,就对张一鸣说,你就顺手做一单,不就是几秒钟的事情?张一鸣瞪她,你怎么这么没出息,你是不是对见过的男人都想上床!良子吭哧了几句就不说了。拐过一个街道就到了佳士得总部,推门进去就觉得富丽堂皇。良子说,我要去下卫生间。回来后对张一鸣比画着,卫生间漂亮极了,真开眼了。

走到二楼,进了大厅,看见拍卖已经开始。张一鸣拉着良子坐在前面,他扭头朝右看,那一排举牌的人大都是中国人。良子要给他照相,张一鸣紧张地说,什么也不许拍,我不留下任何痕迹。看到一对清朝的盘子拍了一千四百万,两个中国人就这么较劲地举着牌子,喊着价,最后是那个女的赢了。张一鸣走出来,在大厅溜达着,他看见桌上有甜点还有饮料,就举着一杯茶水端详着左右两厅的展品。偶然,他听到有人说话提到了董强三的名字。

一个人边喝咖啡边对另一个人悄声说,董市长托人出手的是一个北宋定窑刻莲纹葵花式盘,估计折成人民币得一百多万元吧。另一个人笑笑说,还不定谁送他的呢。那人说,他来伦敦了,过几天找个机会吃顿饭吧,就在中国城找一家好的。两个人搭搭讪讪地走了。

这时,张一鸣蓦然看见良子跟一个中国人谈得火热,身子贴得也很近。张一鸣走过去岔开,对良子说,你找死呀,这个地方都是探子,你看看四周的摄像头。良子不甘心地说,我就要下手了,他口袋里东西很厚。张一鸣狠狠地说,你要是再这样,我们就分手。良子恼火地说,分手就分手,我不在乎你。

张一鸣愤然走出门,他有些茫然,不知道怎么走,因为这里的街道分叉很多,都是小马路。良子从后面赶上来,说,你跟我走。两个人在伦敦街头走着,良子愤慨地说,我看不惯这些有钱人,都是骗子。你以后不要带我到这里来,我也有自尊心。两人走累了,随便在街头的一家咖啡馆坐下,良子给张一鸣要了一杯英国茶,倒了些牛奶,撒了白糖,张一鸣抿了一口就说不爱喝,哪有中国茶喝得清心呀。良子陡然兴奋地说,我们去威斯敏斯特大教堂吧。张一鸣说,我不爱看十字架。良子不管那套,拉着张一鸣就拦住了一辆出租车,来到大教堂跟前。两个人排队买票走进去,良子紧紧靠住了张一鸣,张一鸣觉得里边这么宏伟,庄严得有些令人憋气。良子对张一鸣说,我们假装在这儿举行婚礼吧,就假装的。张一鸣看见良子的脸色很圣洁,看见她从口袋里拿出来一款表戴在他手腕上,对他说,你给我的戒指呢?张一鸣说,我哪有什么戒指呀。良子说,你随便转转,给我拿一个,我戴完了你再送回去。这时奏起了管风琴,整个教堂都在音乐声中颤抖。张一鸣无奈走了几步,在人群里转了转就回来了,给良子戴上了一枚白金戒指,大小正好。良子喜滋滋地戴上,深深亲吻了张一鸣,低低地说,我想嫁给你,我们不偷了。张一鸣问,你不偷能干什么呢?良子说,你喜欢老唱片,我们就做唱片生意。我看中了街口的一家小店,想盘过来。这时,那边的人群有些骚动,良子惶惶地说,你需要还给人家了,人家在找。良子摘下戒指递给张一鸣,有些恋恋不舍。张一鸣走过去,两分钟就回来了。良子惊讶地说,你出手就这么利落呀!

四

黄昏,在牛津街的首饰店里,张一鸣花了五百英镑给良子买了一枚白金戒指。在良子的带领下,张一鸣在考文公园旧货商场买了几张老唱片,都是老鹰乐队的。两个人手拉着手,路过一家咖啡店忽然听到Sinéad O'Connor沉静、迷人的歌声,张一鸣情不自禁伫立在那儿听了许久,他看见一个老人孤独地坐在咖啡馆里,看着外面的世界慢慢喝着茶。

张一鸣问良子,你父母做什么的?良子笑了,回答说,跟你几年,你第一次问我父母。张一鸣问,你是大学生吗?良子摇头,我要是大学生父母就不生气了,他们都是中学老师。张一鸣问,那你跟他们说你干什么呢?良子说,我说在一家旅游公司当导游。张一鸣撇嘴,他们信吗?良子低下头,我已经一年没有跟他们联系了。张一鸣问,为什么?良子抽泣了,说,不定哪天就进去了,免得他们为我担惊受怕的。

张一鸣不再问了,夕阳滚下来掉在云彩里,天空依旧很晴朗,没有暗淡下来的意思。明天就要和董强三等人一起出游,这就意味着一场较量。他觉得忐忑不安,有一种不祥的预感。他的预感很准确,觉得今天不出手就不再亮手,觉得这个人不能动,就一定要躲开他。都说扒手有瘾,不少人刚从监狱放出来就不老实,结果再次入牢。行里人说,扒手就跟抽大麻一样,一旦偷上了就罢不了手。张一鸣觉得自己越来越接近这个理论,他原来限制自己一个月偷三到四次,现在每个月已经上升到五到六次。舅舅告诉他,你一旦罢不了手就意味你离死不远了。

张一鸣在同行里没有人知道,但大家都传说有这么一个佛爷。张一鸣跟同行从来不来往,有一次海关的副关长丢了一份重要文件,公安局找同行的一个老佛爷通报必须找回来。没人能告诉张一鸣,也不知道佛爷是谁,就是在佛爷经常出没的地方贴了一张行里的便条,是一个行里人都能看懂的符号,这个符号就是一只手划上红叉。张一鸣按照规矩撕掉了表示看到,也表示没有拿。行里也有人吓唬他,放言到处找他,说他不交规矩费。张一鸣不理会,后来找他的人开始骂街了。张一鸣在某一天晚上与这个吓唬他的人擦肩而过,这个人觉得胳膊疼。低头一看,一条刀痕从胳膊划到手掌那儿,血渗出来。他疼得直叫唤,但怎么也想不出这个人是谁,印象是一个男人,瘦瘦的,穿着一件黑衣服,像是木炭。

转天早晨九点,在火车站附近的一家超市门口。张一鸣和良子按照旅行社的要求到了,看表早到了一刻钟。张一鸣把红色手提箱给良子说,你看着,我到隔壁买早点。

那是一家专门卖三明治的店,有落地的玻璃窗,张一鸣进去排着队,能看见良子在玻璃外边朝他招手。张一鸣看见一个中国人过来跟良子搭讪,同时他看见另外有一个中国人开始接近良子身边的箱子,那个箱子是他的,因为红色很扎眼。他觉得要出事,于是果断地奔出来,但自己的红箱子已经没了。良子还在跟那男人说话。张一鸣急着追赶,他拐过一个街口,看见一个男人拎着一个黑色箱子快步走进一家超市。他迅速判断一下,这个超市应该有三个门,他没有从正门跟进去而是从左边的门进去,看见那男人拎着黑箱子坐在超市角落里的咖啡桌上,正不慌不忙放下黑箱子跟旁边一个人嘀咕着,然后去柜台买东西。张一鸣走过去坐在黑箱子跟前,他知道这个黑箱子里面套着自己的红箱子。这套活是舅舅最早教他的,而且套得必须快。他过去顺手把黑箱子用刀子划开,露出了自己的红箱子。他把红箱子迅速拉到旁边一个女人脚下,这时候那男人已经端着咖啡走过来,他看见黑箱子依旧戳在那儿。张一鸣笑呵呵地对他说，我是国家安全局的张明，我好像见过你呀。那男人见张一鸣一愣，用广东话说，我不认识你呀。张一鸣靠近他说，我认识你呀，你在我们安全局挂上号了，你偷过安全局刘局长的东西，现在正到处找你呢。那男人拔腿想走，张一鸣说，我先走，我把我的红箱子拿走，你三分钟后再出去，兴许能保你。说完从女人脚下拉走红箱子，那男人想喊，可觉得腿有些麻，低下头看见自己的裤腿在流血。他卷开裤子，看见自己两条腿都是刀痕，很深。

张一鸣拖着红箱子走回超市门口，见良子正沮丧地站在那儿。张一鸣过去拍了拍她，良子看见他就哽咽着说，我就是一个放鹰的，怎么被鹰啄了呢。张一鸣说，他跟你说话的时候，另一个人就开始动了。这是老套子，你却上当了。正说着，有人喊他和良子的名字。张一鸣对良子说，我那箱子里放着很多东西，光刀子就十几种，丢了我就什么也干不了了。

这时，一个叫张建新的旅行社的人过来和张一鸣、良子对着名单，说，两辆车，你们和另外三个坐后面那辆白色的。张一鸣问，前面那黑色的呢？张建新好奇地看着张一鸣，你在哪儿看见黑色的了？张一鸣笑着指了指，在拐弯的地方。张建新点点头，够厉害，你连拐弯都能看到。那辆车是领导坐的，牛呀。有人告诉我，要我学会给领导点烟，让我一定去买打火机。张一鸣试探地问，什么领导？张建新不屑地说，就是一个小市长，还以为自己怎么样呢。

车到了莎士比亚故居，张一鸣看见黑色车上的人下来逛街，董强三被人簇拥着进了一家服装店。张一鸣问张建新，莎士比亚的家怎么没有牌子呀，谁知道是不是？张建新说，你愿意照相你就照，以前进去不要钱，现在中国人来多了进去要花钱的。张一鸣在莎士比亚故居前让良子照相，他看见董强三出来，胳膊那儿始终夹着一个黑色小包，紧紧的。旁边那个紧跟着的人就是在飞机上跟他聊天的，手里什么也没拿，就是举着一把伞。张一鸣才知道刚才还是晴天现在竟然下雨了，良子也打开一把伞。良子过来说，是不是凑过去？张一鸣摇头，他不想在莎士比亚跟前下手，觉得有些亵渎老人家。想到这儿，他扑哧笑了。

两辆车相继朝湖区开，在一个小镇停下来休息吃饭。张建新坐在张一鸣跟前叨叨着，这个领导真难伺候，不大的官弄得跟大爷似的。西餐不能吃，这哪儿有中餐馆呀。张一鸣安慰着，他愿意花钱你就给他花呗，哪儿贵朝哪儿领，吃几次就含糊了。张建新笑了，说，他才不怕贵呢，昨天我带他去芭比瑞工厂店，花了四万多英镑，连眼睛都不眨。张一鸣问，是刷卡吗？张建新羡慕地说，我看了是中国银行的，额度相当高呀，一千多万呢。你说，一个小市长就有这么大的能量，我离开中国十年了，真是想不到的事情总是在发生。你知道伦敦市长吗，就骑着自行车上下班，谁理睬他呀。他到宾馆，还让我找保险柜，要存他的包。宾馆里哪儿有保险柜给客人用呀，我说没有，他就骂我。你说，我现在都是英国人了也不能让他这么骂呀，可我要是骂他，我饭碗也没有了，你知道现在在伦敦当导游不好做的。我也有老婆孩子，哪儿哪儿都花钱，我又不能得罪他。张一鸣说，现在官员出来都限制了，他怎么能出来旅游呢。张建新嘘了一声，人家来是签合同的，其实半天就完了，剩下的还不就是玩儿呗。

五

张建新走了，张一鸣觉得有一股气在身体上流动，不知道怎么发泄出来。一行人到了湖区码头，岸边有很多的天鹅和野鸭，有些很悠闲地在湖中游着，有些在岸边匍着休息。上了游艇，张一鸣让良子在下边，他自己跑到船上边看湖畔的风景，其实他不想正面跟董强三见面。他看见湖畔有大片的草坪，小溪潺潺还有桃花树，偶尔还能见到小瀑布。

这时候，在飞机上和他闲聊的那人忽然走了上来，对张一鸣说，我们老大找你谈谈。张一鸣的心在收缩着，他不知道自己露出了什么破绽。走下来，看见董强三独自坐在一只船角落的椅子上，张一鸣走过去坐在对面，装着什么也不知道的神态。董强三看着张一鸣很久没有说话，张一鸣也不慌张，只是问叫他的那个人，谁是老大啊？董强三忽然发问，你认识我吗？张一鸣习惯地眯缝着眼睛，摇着头说，不认识。董强三把脑袋递过来，距离张一鸣很近，张一鸣能看见董强三脸上潜伏的一条条蓝色脉络。董强三不阴不阳地问，你叫什么名字？张一鸣脑袋在转，这时候良子走过来依偎在他身边，问，你碰见熟人了？张一鸣不高兴了，对董强三说，我没招您没惹您，您找我干什么？董强三客气了，声调低下不少，但还是问，你叫什么名字？张一鸣想编个什么名字，他口袋里有三个身份证，一个是北京的，一个是上海的，一个是深圳的，在网上都能查到。但张一鸣觉得不能用这些假名字，董强三肯定是发现了自己过去的什么事。他记起小坡问他在市政府食堂吃饭的事，肯定是有了他的录像，这个录像董强三肯定是看过的。张一鸣回答说，我叫张一鸣呀，怎么了？董强三陡地笑了，像是一个猎人看到了猎物，说，你在我的城市不知道我是谁吗？张一鸣也笑了，摆摆手说，真不知道您是谁，我怎么会在您的城市？董强三伸伸腰，舒服地靠在椅背上，说，我是你的市长。张一鸣愣了愣，不安地搓着手，毕恭毕敬地说，我真不知道您是市长，我在北京待得时间长。董强三说，你干什么工作的？张一鸣说，我做买卖的，有时候帮助海运公司做点儿货代。董强三懒洋洋地问，你到英国干什么来了？良子撅着小嘴说着，我们旅行结婚，这还看不出来吗？董强三有意无意瞥着良子，微笑着问，你叫什么名字？良子说，我不是你城市的人。董强三大笑着，张一鸣透过窗户看见一群湖鸟在水面上飞翔，划出一道道漂亮的水痕。

　　游艇继续在航行，张建新过来说还有十分钟就到岸边了。董强三似乎没有让张一鸣走的意思，心不在焉地问，你上过大学吗？张一鸣抿着嘴，说，省城财经学院呀，您看我能不能考公务员，在您手下干点儿什么？董强三打着哈欠，说，你是不是认识我手下的于秀山，他应该跟你是同学吧。张一鸣的血在凝固，看来董强三对他已经很了解。他说，是啊，我前不久还找他吃饭聊天呢。董强三拿起手机，旁若无人地打电话，是费局吗？我是董强三，你给我查查一个叫张一鸣的人，哪儿毕业的，在哪儿住，家里还有谁，干过什么工作,最关键有没有案底。五分钟后打给我,一分钟也不能耽误!董强三放下手机扔在桌子上,悠闲地呷着茶,眺望着窗外湖区的风景。张一鸣脸色紫青,他说,市长啊,您有什么权力调查我!董强三喊着我要抽烟,张建新忙过来举过打火机给董强三点上。良子气呼呼地说,败兴,我们是结婚来的,不是让你审查来的。很快对方就来了电话,怎么说的不知道,董强三起来对张一鸣悻悻地说,最好让我少看见你,你也别想打什么主意,你不知道我,可我能知道你的一切!

到了爱丁堡,张建新告诉张一鸣,人家那辆黑色的车自己走了,你就跟着我吧。张一鸣疑惑地问,为什么?张建新说,他们不去爱丁堡,要去曼城看足球了。在一个十分美丽的草坪道路岔口,张一鸣看见那辆黑色车拐走了,夕阳在云层里等待着什么,但云彩被夕阳染红了,像是在流血。

三天后的晚上,在伦敦的希思罗机场,张一鸣和良子在退税小房子里耽误了很久。在候机室里,张一鸣拉着良子转悠,说一定要找一个能喝面汤的地方。果然,在一个角落,一个滚动的日式餐厅里竟然有乌冬面。张一鸣连喝了两碗,说,总算是吃饱了。良子小声地说,我看见董强三这帮子王八蛋了。张一鸣扭头看了看,见董强三等人在那边椅子上坐着,空椅子上搁满了大包小包,都是在机场商场买的。张一鸣对良子说,一定不要让他们看见咱。良子不以为然地问,怎么会见不到呢,我们两个大活人。张一鸣说,少废话,你我都换装,坐在飞机后面,不要走动。

在乘客都快上完了的时候,张一鸣和良子悄然上了飞机,换了新装。瞬间,张一鸣看见董强三已经在公务舱里喝上啤酒了。在飞机上,后面有不少空位。良子找了一个空档就睡起来,张一鸣在那儿静静坐着,他盘算怎么下手,怎么能让已经有警惕性的董强三不知不觉。他知道回到自己城市是不能再下手了,董强三随时能动用力量调查他,包括他所进入过的所有摄像头。但在北京机场他做不到,但让他看不见自己,这是很难的。他贴不近董强三的身边,董强三胳膊里夹着的那个包就到不了手。他发现在伦敦游艇上,董强三周围的人就一直包围着他。张一鸣甚至怀疑在从北京去伦敦的飞机上,那个过来跟他搭讪的人是故意试探他的。他有些懊悔,低估了董强三。应该说在市政府食堂自己不该偷走他的信用卡,导致派出所的小坡找到他,引起了董强三的全面关注。在游艇上的对峙,那就是给他一个下马威。但是,张一鸣是一个弹簧,越逼近他就越反弹,他暗自发誓要把董强三拿下来。他知道那个包始终跟着他,是有重要东西的,不只是钱,或许还有别的,不是那么简单。他不惧怕挑战,他知道自己很有可能背水一战,但绝不会束手就擒。

他打开机舱窗户挡板,灰暗的机舱露出一缕光彩,看见外边天亮了。

六

出机场海关的卡子排着长长的队。董强三和手下一伙人已经顺利出关,然后走到行李那儿准备取行李。董强三的人告诉他,市长派人在机场口迎接了,因为这次合同签得比较顺畅。董强三舒了一口气,他看见自己夹的那个包还在,他其实有一个暗线牵在手里,只要动一动就能感觉到。他松懈下来,觉得担心的太多了,真是多余。张一鸣就是一个漂浮的人物在眼前动了动,他那天在游艇里看到对方怯怯的眼神,那一张大学生的脸还有些紧张和羞涩。他看见那女孩子很漂亮,乳房很坚实,眉宇间很风情,但并没有多少浪荡。

行李取出来了。他带着人走出来看见一些人捧着鲜花来迎接,这场面他很熟悉。

他是一个球迷,在曼城看了一场球赛,曼城主场对利物浦,董强三最想看的是曼城对巴萨。在曼城主场他享受贵宾待遇,坐在贵宾席上喝着啤酒,看见全场的沸腾,他就觉得自己像一只雄鹰在空中翱翔着。他觉得自己能主宰了,他小心翼翼地在副市长位置上干了七年,后来是常务副市长,再有三个月换届就应该提市长了。现在的市长会是市委书记,两个人是有默契的。但他也不安,因为这几年确实锋芒太露,手下的人越聚越多,很多人开始见他喊老大。有次被市长听见,市长私下对他说,你让这些人住口,这是害你小子。他阻止过,但那些人依旧喊他老大,因为他帮助手下人办了不少事,自然也会有人给他办事。

董强三上到了自己车上,他觉得北京太热,就让司机老张打开空调。车上只有他们两个人,董强三一般是不让别人坐自己车的,因为他会在车上打一些私密电话,他会脱鞋,会骂街骂娘。老张跟了他七年,是他最近的人。董强三的车开出了北京到了高速公路,他的心才放松下来,然后下意识地把自己的包打开,愕然发现包里几样东西不见了,包括自己小心翼翼放在里边的小本子。翻了翻,包被人割了一道口子,细长。除了小本子,还有没花出去的两千英镑。

董强三的冷汗下来了,那个小本子是绝对保密的,他记载着跟谁送礼的数目,虽然那些记载都是符号,但钱数是清楚的。他心跳加剧,两千英镑无所谓,但小本子的丢失让他心生恐惧。他不想记这些东西,可不记又不知道究竟给了谁,给了多少。他当时不想把小本子带出来,但就是习惯,他去哪儿都带着。因为随时想起来要记,然后随时翻看,寻思下一步该怎么走。这就跟炒股一样,每天不看股票行情就会心虚。他回想着在哪儿出了问题,可怎么回忆都觉得没有任何纰漏。在飞机上他还看到了那个小本子,他想起那个张一鸣,可他从飞机上下来就没有看到他,他也不可能接近自己。但很有可能就是他,他怎么就这么巧也到了英国,而且还跟自己一个团。

他打电话给费局,严厉地说,你找个茬口马上调查张一鸣,他跟着我去了英国,我的东西被偷,我怀疑就是他。一定要把我的东西拿回来,不要惊动任何人,我不管你采用什么办法!

此时,张一鸣和良子已经坐在回去的动车上。他看到了董强三包里的东西,特别是那个小本子。他就是在取行李那儿下的手,所有的人都盯着行李,张一鸣从后面凑过去用一个特制的小刀拉开了那个包,然后流出来那些东西。他回手抹了一层东西,迅速把那条刀口缝合住了。这层东西是特制出来的，也是张一鸣的绝活。因为刀口一旦拉开，就会往外流，很容易引起对方注意。他离开时走得很快，头也没回，他知道行李已经出来，轰隆的传送带声音像是奏鸣曲。

两千英镑给了良子，他对良子说，回到老家你就走，我们不再见面了。这是给你的分手费，你不要再找我了。良子吃惊地问，怎么了？张一鸣说，这是我最后一单，我很快会被他们带走。良子不解地说，没有人发现什么呀。张一鸣说，有人已经注意到我和你，你走得越远越好。良子湿润了眼睛，问，你就这么狠心甩开我？张一鸣说，我会坐牢，会有人朝死里整我，你离开我，你就会安全。说完，张一鸣拉起自己的红箱子就走，良子后面撕心裂肺地喊着，还没到站呢！

张一鸣呵斥着，到站就晚了，你下一站就下！

七

晚上，张一鸣给母亲洗脚，父亲出车回来看电视新闻。电视上一个小偷被几个妇女追着，然后把手里的包扔了，那几个妇女继续追，小偷没有扔的了就脱衣服。父亲骂着，你干脆脱光得了，小偷就得这个下场。张一鸣没有看屏幕，他心里作痛，觉得自己就是被父亲骂的那个人，舅舅进了大牢，父亲没有看过一次，说是罪有应得。

小坡带着两个人进来了。张一鸣笑呵呵地说，等我给我母亲洗完脚呀。母亲纳闷地问小坡，你们找我儿子？张一鸣说，没事儿，我去跟他们一起听听我从英国带回来的老唱片。

进了派出所，张一鸣稳稳坐下，小坡和几个同事围着他，小坡想跟他说点儿什么，但始终找不到说话的机会。

张一鸣看见一个年岁大的人走了进来，小坡几个人起来都朝他敬礼。张一鸣还坐着，那个人过来问，是张一鸣吗？张一鸣点点头，那个人笑呵呵地说，我姓费。张一鸣显得拘束，不知道说什么好。那个人说，去了英国？张一鸣语气平静地回答，是，刚回来。那个人对小坡说，你们都出去吧，把门给我关好。小坡几个人出去时，张一鸣看见小坡眼神很复杂，很多内容含在里边。

那个人拉了一把椅子坐在他跟前，问，是跟董市长在一个团？张一鸣说，凑巧了，我也不认识董市长。那个人说，你把你偷的东西拿回来，我们就算两清，你回家过日子。但有一条，那就是不能再偷东西，如果偷了我们就严惩不贷！张一鸣说，我不是小偷。那个人笑了，我是干什么的，你是不是小偷不是你说的。你在市政府食堂就敢下手偷东西，我看了录像，别人看不出来，我还看不出来吗？张一鸣梗着脖子没有说话，那个人把手机拿出来给张一鸣看，张一鸣看了看，放的是慢镜头，自己下手的动作虽然模糊，但要是细心还是能看出来。那个人说，你技术不错呀，老手了，是佛爷了吧？张一鸣说，你怎么证明我在伦敦偷了董市长的东西？那个人说，你不是在伦敦，你是在北京首都机场。我没有猜错的话是在取行李的时候，大家都注意行李了，你下手了。说着，那个人拿出一把小刀，你用的就是这个，在手指缝里夹着，很锋利，然后又用一种特殊胶水把刀口缝合了。说着，那个人用小刀比划着把张一鸣下衣口袋拉开，掉出来几枚英镑硬币。那个人说，我不如你，但我给你演示你是怎么做的。张一鸣说，怎么也得有证据吧，比如录像，比如证人。那个人说，这都好说。我们不说你这个了，就说你在市政府食堂那段就足够了。你也知道那张信用卡里有多少钱，判你几年不成问题。张一鸣说，那就判吧，我愿意承认，也愿意服刑。那个人恼了，你这是跟我对着干是吗？你非得让我对你下狠手！

张一鸣霍地站起来，你怎么会跟着这种人，一个贪官，一个早晚也跟我一样进大牢的人干，我看不起你！那个人愣了愣，扑哧笑了，你怎么知道人家是贪官，要进大牢？你说话要讲证据。张一鸣说，我已经把那个本子实名举报给中纪委，我在北京就寄去了。那个本子上就有他给谁谁的贿赂，还有谁谁给他的贿赂，其中就有你的！

那个人待在那儿，然后笑了，你知道我是谁？

张一鸣说,你是费局,他在游艇上就是给你打电话调查我。我已经跟中纪委说得很清楚了,他们找不到我,就到公安局找你费局,找到费局就找到我了。

那个人问,你还知道什么?

张一鸣喊着,小本子上都有了,你要问就问中纪委吧!

那个人灰着脸,然后慢慢蹲在地上。这时候小坡几个人闻声闯进来,他们惊呆了,看到张一鸣叉着腰站着,费局蹲着。

(原载《新华文摘》2014年第8期)

非常审问

凡一平

像昨天一样,看完本省新闻,万一光就把电视关了。他自觉地走进书房,将就在酸枝木的凳子上坐下。这是家里木质最差的凳子,平时都是用来垫脚的,现在坐上了肥厚的屁股。万一光的前面,是一块一米宽、两米长、八寸厚的桌板,再往前,是一把高大的椅子。桌板和椅子都是越南的黄花梨木做成的。所以说,比起黄花梨木的桌椅,酸枝木的凳子便是次品的家具了。他现在自觉自愿地坐在这张下等的凳子上,是有道理的,因为今晚他仍然是被审讯者。

审讯者不一会儿也走了进来,在黄花梨木的椅子上坐下。这是一个脸上涂满海藻泥的女人,看上去像一个鬼,把万一光吓了一跳。尽管,他知道这是他的夫人。

"你不能把这脸泥洗掉再进来吗?"万一光对夫人说,"好恐怖,你。"

夫人说:"刚涂上去不久,还没完全吸收呢。你又那么着急。再说,今天我以这个样子审你,看你怕不怕,说不说?昨天我对你的脸色太好了,你什么都没说。"

万一光觉得夫人言之有理,甚至智慧。确实,审讯是得加码和严厉了,不能再掉以轻心,如同儿戏。

昨天是审讯的开始。夫人扮演或充当省纪委的人,对万一光进行询问和审查。万一光也假设自己已经是被"双规"了的人,在假设成规定地点的书房里,考验自己在规定的时间内交不交代问题。

显然,夫人和他都没有进入角色。夫人太随意和马虎了。她嗑着瓜子,喝着燕窝羹,东一会儿问"你这些年到底收了人家多少钱",西一会儿说"我们家儿子在美国现在是早晨八点"。因为夫人的不认真,万一光也就紧张不起来。他无法进入假设的被"双规"的情景中去,无法把自己当成受审的人。夫人怎么看都像一个庸俗不堪而又富丽奢华的女人,这种低级趣味样子的女人充当纪委干部,来审一个老谋深算的男人和官员,实在是滑稽可笑。只有傻子才会承认收受贿赂和交代其他的腐败问题。

但夫人又是扮演或充当纪委干部的唯一人选。他需要她来审他,像纪委干部或检察官一样严肃认真地审他,和他斗智斗勇,磨炼他的心理素质、应变能力和承受力,以防万一突然某一天,他真的被"双规"了或直接进检察院了,但那时,他已经是一根老油条或一尊变形金刚了。

昨晚,审讯无果后,夫妻俩睡在一起。万一光对等待他"交税"的夫人忧心忡忡地说:"李美芬同志,我能不能提个要求?"夫人说:"什么要求?"

万一光说:"你审我的时候,能不能让我紧张、害怕?你刚才审我的时候,我一点儿都不紧张、害怕。"

夫人纳闷地说:"为什么你想要紧张、害怕?"

万一光说:"因为我一紧张、害怕,就有可能把事情说出来,露马脚,老实交代了。"

夫人还是纳闷,说:"不老实交代不是最好吗?我们要的就是不老实交代呀!"

万一光说:"我在你这里紧张、害怕,老实交代,都没事。因为这是预审,是演习,像防空演习、消防演习、抗震演习一样。等哪天我万一突然被'双规'或直接进检察院了,就不用紧张、害怕,不用老实交代了。这叫有备无患,防患于未然,懂不懂?"

夫人琢磨了一会儿,说:"明白了。"她看着对自己的期待无动于衷的丈夫,不得不用行动去提醒他。见丈夫还是麻木不仁,夫人说:"现在,你该满足我的要求了吧?"

万一光看着人老珠黄而又如狼似虎的夫人,心就打战,身就发抖,冷汗直冒。他说:"你审我的时候,我有这么紧张、害怕,就好了。"

夫人今天的样子的确令人害怕。万一光看了一眼后就不敢再看。他低着头,像一副要认罪的样子。

"准备好了吗?"夫人说。

"嗯。"

"那我开始审啦。"夫人说。她清了清嗓子,然后盯着肥头大耳的丈夫,突然拍案而起,"万一光!你肯定还有我不知道的钱,你到底藏到什么地方去啦?"

万一光一听,仰身跺脚,"哎呀,哪有这么问的,不能这么问呀!"

"我就是要问。我就怀疑你背着我,藏着钱!"

万一光不得不看了夫人一眼,"李美芬同志,你要记住,你现在是纪委干部,甚至是检察官,请问些有专业水准的问题,好不好?"

经丈夫提醒,夫人这才转换脑筋和角色。她酝酿和思考了一会儿,说:"万一光,我们党的政策,我先跟你讲清楚哦,就是坦白从宽,抗拒从严。那么,接下来我问你的问题,你要老实坦白交代。"

"好的。请问吧。"

"据我们所知,自你担任南河市安监局局长至今,在不到四年的时间内,你大肆收受矿老板、路桥老板、烟花爆竹老板等人的贿赂,实物不算,光现金,粗算一下,大概是三千五百万元。是不是这个数?"

"没有!我做官廉洁奉公,做人清清白白,从来没有做过贪赃枉法的事!"

"万一光,我说这个话是有证据的。对你收受这三千五百万的来龙去脉,我一清二楚。贿赂你的老板很多,我就摆几个大头的吧。隆昌矿业集团向北方,先后几次贿赂你,八百万,总有吧?奔腾路桥公司唐磊,你的拜把兄弟,少说也有六百万吧?光你爱人就收了他三百万。南锡冶炼韦东宁五百万,也是你爱人直接收的。这就一千九百万了。加上过年过节大大小小老板送的,有一千多万。总之,总共少不了三千五百万。这三千五百万呢,两千万已经转移到了国外,具体地说是美国。还有一千五百万,用塑料袋密封,藏在家里卧室木地板下、煤气罐里。说的都没错吧?"

万一光一面听一面哆嗦,最后缩成一团,像被扒光了衣服似的。对方的审问明确、具体,列举的行贿人和金额清楚、属实,比他自己记得还要细。

"万一光,别想抵赖了。抵赖是没有用的。只有坦白承认才是你唯一的出路!"

万一光"扑通"跪下,一面叩头一面说:"我坦白,我承认。我万一光对不起党,辜负了组织对我的培养重用。我马上把这三千五百万退回来,请求党和组织从轻处理我,给我一条生路!"

万一光的跪求先是引来对方哈哈大笑,然后遭到一顿呵斥:

"万一光,你真是一块软骨头,一个回合你就缴枪投降了。你这一承认,三千五百万哪,是要掉脑袋的,懂不懂?"

万一光抬起头,看着斥骂他的黑脸夫人,"我真把你当纪委干部或检察官了呀!"

"那就更不能承认了,笨蛋!"

"可是你列举的行贿人和钱款都是对的呀!"

夫人说:"那是因为我是你老婆。我知道你收了这么多钱。我审你,当然就说对了。"

"可是,万一纪委或检察院的确调查清楚我收了这么多钱呢?"

"那也可以抵赖!"

"怎么抵赖?"

"就说你谁的钱都没收!"

"可万一有人出卖我,供出我了呢?"

"那又怎么样?你就说他们陷害你。"

"可我的确收了他们的钱了呀?"

"我问你,"夫人说,"他们送你钱,是通过转账打过来的吗?不是吧?他们直接送你现金,没有第三个人在场吧?也没有偷偷录音录像吧?这些都不是,都没有,那你怕什么,慌什么?"

"这倒是,"万一光说,他有所心定,坐回凳子上,"还是老婆比我沉着冷静。"

"沉着冷静你个头,刚才你一承认,也把我吓坏和惹火了。"夫人说,"你掉脑袋了,我也跟着完蛋。那就苦了我们儿子了。"

"两千万在美国,够儿子花的了。"万一光说。

夫人忽然"哎呀"一声,像是碰到了棘手的问题。她看着丈夫,把丈夫当智囊或诸葛亮,说:"老万,就算他不供你不认,可是,这三千五百万,万一查出我们有,那也超出了我们的合法收入呀,也可以判你财产来源不明罪呀!怎么办?"

万一光抠着他的脑袋瓜子,半天也抠不出解脱的理由来。

"我说我炒股赚的,行吗?"夫人说。

"炒股?"万一光冷笑,"中国股市熊冠全球,百分之九十九的股民血本无归,就你赚钱?再说,官员炒股是非法的,家属炒也是禁止的。不能说是炒股赚的。"

"那怎么办?"

万一光摇摇头,"只能说是跟我的兄弟借的,这是没有办法的办法。"

"可你兄弟哪有钱借给你呀?你兄弟是干什么的?一个是红水河边养鱼的,还有一个,养羊的。先前找你借钱养鱼、养羊,你还不借呢。"

万一光说:"不是我不借,是你不给借。"

"总之你把你兄弟给得罪了。你哪还有兄弟呀?"

万一光冥想了半天,说:"铁杆儿哥们儿我还是有个把个的,比如向北方和唐磊。"

"我看最不可靠的就是向北方和唐磊他们两个!一有风吹草动,铁定是他们最先出卖你!"

"何以见得?"

"因为他们是猴精,是笑面虎!"

看着直言不讳的夫人,万一光说:"那怎么办?我收受向北方和唐磊的钱又是最多的。"

夫人咬牙切齿地说:"退给他们。"

万一光惊呆了,"你疯了?"

"没疯。"

"你舍得?"

"舍不得也要舍。保官还是次要的,保命第一!"

傍晚的东山佛塔下,万一光看到了一辆他眼熟的宝马越野车,像一条忠实的狗一样,轻快地来到他的面前。万一光指示这辆车与他的座驾停靠在一起。

向北方笑吟吟地从车里钻出来,一边碎步上前,一边热乎乎地叫唤:"万大哥好!"

万一光却出奇的冷静,对向北方说:"把你的车尾箱打开。"见对方迟疑,"打开!"

万一光接着打开了自己座驾的尾箱,从尾箱里拎出一个鼓出棱角的编织袋来,要往向北方的车尾箱放。

向北方似乎看出什么名堂，眼明手快地制止了万一光的行为。"大哥，你这是干什么？"

万一光说："这是你送给我的钱，退给你。"

"大哥，你开什么玩笑？"

"我不开玩笑。"

向北方抖抖被四只手握住的编织袋，"那这是什么意思？"

"退给你，就是这意思。"

向北方灵光一闪，"大哥，你这是考验我。是不是这意思？"

万一光说："你可以有这意思。但我没这意思。"

"大哥，那你就不够意思了。"向北方说，他佯装生气，"那我也不好意思跟你说。我没给你送过钱！"

"你说什么？"

"我没给你送过钱。从来没有！"

万一光也抖了抖被四只手控制住的编织袋，"那这是什么？"

向北方说："我只是给你送过腊肉和粽子。"

万一光说："行，我现在就是把腊肉和粽子退给你。"

向北方说："我连腊肉和粽子都没给你送过！"他放开压制万一光的手，迅速把车尾箱盖关上。"大哥，你还有事吗？没事我走了。"

万一光愣在那儿。向北方的车一溜烟跑得无影无踪了，他仍然在佛塔下愣着。退不回去的一袋钱吊在他的手上，的确像是一袋腊肉。

"佛祖啊，你可看见了，你给做个证明，我退钱了，是他向北方不要！"万一光面对佛塔，念念有词。

万一光和唐磊坐在南湖边上钓鱼，他们都钓得非常专注，但就是没有一条鱼上钩，仿佛湖里的鱼的智商均超过了岸上两个聪明绝顶的男人。两个男人的身边都各自放着一个加盖的水桶。万一光平静地说："小唐，待会儿走的时候，记得带走我这只桶。"唐磊说："万老大，何必呢，我不会要回您的桶的。我不仅不会要您的桶，而且我还新给您备了一桶，孝敬您呢。"万一光说："这不是孝敬我，是加害于我，知不知道？"唐磊说："万老大，天地良心，我唐磊绝对不做对不起您的事。您就放一百个心，一万个心吧！"万一光说："我不是不放心你，而是不放心纪委检察院。一旦露出破绽，纪委检察院是不会放过我的。"唐磊说："我们两人的事，只有天知、地知、您知、我知，只要您不说，我打死也不说，纪委检察院又怎么会知道呢？"万一光盯着唐磊，"你真能做到打死也不说？"唐磊被盯得脸红耳赤，昂起头，说："万老大，您如果不相信我，我就跳湖，证明给您看。现在就跳！"他站起来，"您信不信？不信，我跳了！"万一光见唐磊那么死心塌地，便拉住他，说："好老弟，坐下。钓鱼，钓鱼。"唐磊重新坐下，像一个洗清了叛徒嫌疑的江湖豪杰，如释重负地继续钓鱼。鱼还是没有上钩。万一光说："这样吧，我们打个赌怎么样？如果今天我先钓着鱼，你就把我的桶拿走。如果鱼先上你的渔钩，你什么也别拿，我也不强迫你，好吗？"唐磊说："我要是先钓着鱼，我这桶还是您的。"万一光说："一言为定。"话音刚落，只见唐磊的渔竿突然抖动起来。唐磊急忙抓紧渔竿，拉竿收线。不一会儿，一条红色的鲤鱼浮出水面，渐渐地被唐磊收获。唐磊双手举着鲤鱼，像举着燃烧的火把。他兴高采烈地吻了一下鱼，对鱼说："你真好！"

看着空手离去的获胜者唐磊，又看着两只装满钱的水桶，万一光非常难堪。他本来是退唐磊一桶钱的，结果不仅退不掉，又加收了一桶，这情形就像屋漏又遭连夜雨，或者像一个打算去劝别人戒毒的人，最后不仅无功而返，自己还染上了毒瘾。他沮丧地收起渔竿，发现渔钩居然没有鱼饵！究竟是自己忘记放鱼饵？还是放了鱼饵但是被狡猾的鱼安全地吃掉了？

"鱼呀，你能听见我说话吗？不是我不想做清官，我是想做个清官来的，是你不给我机会呀，是唐磊这个人不给我机会呀。做个清官，怎么就这么难呢？"

万一光的喟叹毫无反响，因为湖面清明如镜。

家里的木地板已经被撬得四分五裂，一只煤气罐也被切割成了两截。乍眼一看，仿佛家里遭过盗贼洗劫或反贪人员的搜查。好在万一光夫妇知道是怎么回事，他们从容镇定地看待乱七八糟的家。

万一光挽起袖子，抄起工具，开始修整破损的地板和煤气罐。这对电焊工出身又会木匠活儿的万一光并不难。再加上夫人积极配合，充当起助手，他们很快把退不回去的钱又码回原位，掩盖好。再把新增的钱又藏在他们认为安全的地方。这新增的钱包括了今年过年下属送的红包，厚薄不一。他们也懒得去数，连封包都没有拆，就藏了起来。全部弄好后，夫妻俩躺在木地板上，丈夫望着天花板，妻子看着丈夫。

"一光，当初我嫁给你的时候，你才是南河冶炼厂电焊车间的技术科科长。连你都想不到吧，现如今你能当上局长？"妻子说，眼神里透露着庆幸和欣赏。

"说明你旺夫。"丈夫淡淡地说。

"那当然。所以我们家这些钱财，有我的一半。"

"人生无常，世事难料，谁能保证这些钱财就是我们的？"

"只要我们人没事，这钱就是我们的。人在钱就在。"

"错。钱在，钱不在，人可以不在。这些钱一旦暴露，我是肯定不在了。"

"我也知道我们家这些钱很危险。我不也让你退掉一部分吗？你退不掉有什么办法。你说，你退钱给向北方唐磊他们，他们为什么不要呢？"

"那是因为我还在位子上。他们还得求我。"

"可哪天你不在位子上了呢？"

"不在位，那要看是什么情况不在位。是年龄到了不在位，还是年纪还轻，纪委检察院就让你不在位了。两者是有很大的不同的。"

"那你可得再想办法，保证年龄到了才不在位呀！来，我们继续审！"妻子说。她率先从地板上站起。

"今晚就算了吧？我累了。"丈夫说，这才看了一眼妻子。

"累也得审!现在累,是为了以后不累,为了下半辈子……为了我们还有下半辈子。"

妻子不由分说把丈夫拉了起来。

安监局纪检组长、办公室主任恭立在万一光面前,听候指示。

万一光把办公桌上数十个厚薄不一的红包轻轻一推,使红包离部下更近。这些红包让两个部下都很发愣。

"这些红包,是今年,有些是去年的,一些二层机构,趁我不备的时候塞给我的,"万一光解释说,"都是谁塞给我的,我记不清了,也不打算追究。干部能保护就尽量保护。但是这些红包我是不能要的。你们拿去,清点登记,然后归公。"

纪检组长和办公室主任于是当着局长的面,清点红包。万一光似乎嫌红包和钱钞扎眼,挥手让部下到一边去。他继续看报。打开的报纸像一扇屏风,几乎完全遮挡了看报的人。看报的人其实并没有真正在看报。他心不在焉,眼光时不时拐弯,偷偷地落在不远处将不再属于他的红包上。

昨天晚上的审讯,重点是每年下属送的礼金。这些礼金从单个来说,数额不多,少则两千,多则一万。但是集腋成裘,几百个红包加起来也有一百多万。每一个红包就是一个隐患。试想送红包的几百个人里面,起码有十个八个人总有一天会出事吧?谁会出事不知道,但出事的人,会供出给万一光局长送过礼吧?好,就从给你万一光送的小小红包突破,打开缺口。看你怎么办?

万一光再次将木地板撬开一角,把红包都翻出来,按厚薄、比例选了二三十个,打算第二天交出去。妻子很纳闷。万一光说:"我是按照概率来处置这些红包的。这几百个送红包的人里面,就算将来有十个人出事吧。这十个人是谁,现在都不知道。谁送我多少,我也不知道。不外乎一万的,五千的,两千的。好,我一万的退一点儿,五千的退一些,两千的退多一些。为什么这样退呢?送一万的少一点儿,我就退少一点儿。送五千的多一点儿,我就退多一点儿。送两千的最多,那我就退得最多。你张三说给我送过一万的红包,有呀!李四说给我送过五千,有呀!赵五马六说给我送过两千,有呀!但是,我都退出去了呀!充公了。办公室纪检组那里有登记,不信你们去查好了。"妻子当时听罢,情不自禁抱着丈夫,对着他的额头啵了一下,大赞丈夫聪明。

红包清点好了。一共二十八个。其中一万元三个,五千元十个,两千元十五个。二十八个红包共计人民币十一万元。

万一光对着敬仰他的两个手下,语重心长地说:"天地之间有杆秤,那秤砣是老百姓,秤杆子挑江山,当领导的就是定盘的星呀。"

纪检组长和办公室主任退出局长办公室,像两个刚接受老师辅导教育的学生,显得特别的乖巧。他们在走廊里边走边评价自己的局长——

"万局长的觉悟就是比我们高呀!高,实在是高!"纪检组长竖起拇指说。

"我觉得,"办公室主任说,"万局长今天的举动,是在打我们的耳光呀。"

"何以见得?"

"不瞒你说,这些个红包里面,有一个是我送的。"

"几千?"

办公室主任举起一巴掌:"五千。你呢?送几千?"

纪检组长瞪了一眼办公室主任,不吭声。

"你没送呀?你居然敢不送?"

纪检组长点点头。

办公室主任看着机敏的纪检组长,忽然意识到什么,扇了自己一记耳光,"我这张嘴,就是没你的严。"

纪检组长拍拍办公室主任的肩膀,"我耳背,你今天说的话,我一句也没听见。"

办公室主任这才放宽心。

林红艳今天死活都不让万一光回家,因为今天是她二十四岁生日。

但万一光无论如何都要回家,因为老婆在家等他。

在万一光为林红艳购买的爱巢里,两个恩爱的人第一次闹得不可开交。

林红艳说:"你今晚要是不留下来陪我,我就死给你看!"

万一光说:"你打算怎么个死法?"

林红艳拿起切蛋糕的刀,做了个切腕的假动作,"这是一种。"接着她走到窗前,拉开窗帘、玻璃窗,做了个翻越的姿势,"这是一种。"然后她望望吊灯,去厨房找来一根绳子,站上饭桌,将绳子绕住吊灯,扯实了做套打结,把头伸进绳套里,"这又是一种。"

万一光静静地观望着林红艳准备死亡的三种方式,冷淡地说:"这三种死法都太落俗套。你能不能死得创新一点儿?有想象力一些?"

气愤的林红艳从饭桌直接骑到万一光的肩膀上,揪住他的头发。"王八蛋,那我应该怎么死?你说!"

万一光说:"你让我回家想,想好再告诉你。"

"今天是我生日,你为什么非要回家?以前不是我生日,赶你都不回。这段时间三四天才来见我一次,扯上裤子就走。到底是为什么?"

"不能说,就是不能说。"

"你不说就别想回去!"

万一光见林红艳态度非常坚决,百般无奈,他央求她下来,然后说:"老婆现在每天晚上都要审我,我得回去接受审讯,行了吧?"

"你老婆为什么要审你?"

"因为我有罪。"

"我知道你有罪,罪大恶极。可你老婆不是检察官法官,为什么要审你?她有什么资格审你?"

"这是个秘密,亲爱的,"万一光说,他态度也缓和了,"现在暂时不能告诉你。总之,老婆的审讯很重要,非常重要。这关系到我的前途和命运,也关系到你的前途和命运。我只能告诉你到这一步了。"

正说着,万一光的手机响了,是夫人李美芬打来的。

夫人在电话里说:"万一光,这么晚了,你怎么还不回来?审讯时间到了。你想偷懒是不是?"

万一光说:"我有个重要接待。"

"什么接待比审讯重要?比你的命重要?你还想不想要命、保命?"

万一光忙不迭说:"好,我这就回去,马上回去。"

因为林红艳逼迫使用免提,万一光和他夫人的通话,林红艳全听见了。她尽管听得莫名其妙,但也没显得像之前那么蛮横了。

"你可是听见了,人命关天呀。你就放我回去吧。"万一光说,"来,抱抱。"

林红艳嘟着嘴,依依不舍地和万一光拥抱。忽然,她猛地咬了万一光的脖颈一口。

万一光疼得哇哇叫,推开林红艳。

"这是生日纪念。"林红艳说。

万一光走到更衣镜前,发现自己的脖颈上靠近下巴的地方,出现一个猩红又深刻的牙印。"这个,我回去怎么交代,你说!"

林红艳说:"你就说,被老鼠咬的。矿井里的大老鼠。你不是安监局局长吗?今天去矿山视察了。在一个废弃的矿井里,被大老鼠咬了。算是安全事故,工伤。"

万一光一个愣怔,忽然一笑,说:"就算我傻,你以为我老婆也傻呀?我老婆才不傻呢。"

万一光一进门,他脖子上的伤就被夫人李美芬发现了,因为贴在脖子上的药膏既白又大,还散发着异味,醒目而刺鼻。

李美芬问:"你脖子怎么啦?"

"今天听了领导四个小时报告,一动不动,脖子酸疼得厉害。"万一光自如地说,因为他早就编好了瞎话。

"什么领导，让你老实成这样？"

"当然是大领导，讲的又是反腐的问题。"

李美芬看着积劳成疾的丈夫，怜惜地说："那今晚就不审了，洗洗休息吧。"

万一光说："审，要审的！今晚我审你。来。"

夫妻俩各就各位。

万一光已换上检察官的制服，正襟危坐，他盯着一张自己熟悉得不能再熟悉的面孔，说："姓名。"

李美芬答："李美芬。"

"性别。"

"女。"

"年龄。"

"四十五岁。"

"你丈夫叫什么名字？"

"万一光。"

"知道为什么把你请到这里来吗？"

李美芬望望屋子的四周，滚瓜烂熟的陈设让她有些茫然。

"这里是检察院反贪局！"万一光强调说。

李美芬眨了眨眼，定下神来，说："不知道！"

"你丈夫万一光，因为贪污受贿，且数额特别巨大，正在接受审查。你是他的妻子，请你把你知道的你丈夫的贪污受贿情况，告诉我们。"万一光以检察官的口吻说自己。

"我什么都不知道。"李美芬说。她清醒地想，知道也不能说。

"李美芬，据行贿人某某、某某交代，你同样有受贿的行为。是不是事实？"

李美芬从容一笑，"某某、某某是谁呀？他、他为什么要对我行贿？我是普通妇女一个。"

"你本来是一个普通妇女，但自从你丈夫当了安监局局长后，你就不普通了。而且，我们对你的受贿情况一清二楚，之所以没有明确指出来，是想给你一次主动坦白、从轻惩处的机会。坦白从宽，抗拒从严，这政策你是知道的。"

李美芬缄默了一会儿，像是内心在挣扎和搏斗，"我坦白。"

万一光心头一紧。

"我没有收受任何人的贿赂，这就是我的坦白。"

万一光呼出一口气，想笑又没有笑，随即又绷紧了脸。"李美芬，我们现在告诉你，你丈夫万一光已经彻底交代了他和你共同受贿的犯罪事实。抵赖是没有用的。"

"那我现在也告诉你们，"李美芬挺直了腰杆说，"第一，我相信我丈夫。第二，我相信我丈夫相信我。第三，我们夫妻绝不会做出出卖对方的行为！"

万一光激动得拍起桌子，"好！"他迅速起立，走到对面拥抱起忠贞不贰的妻子。"你这样的女人，要是早生几十年，就是落入渣滓洞，也是江姐呀。"

难得被丈夫热烈拥抱的李美芬既兴奋又不适应，她扭捏地推开万一光，"不，我不能做对不起我丈夫的事情。"

"我就是你丈夫呀？"

李美芬指指万一光穿着的检察官制服，"那你把这身衣服脱掉，要不然，人家以为我有外遇呢。"

交完"税"，疲惫不堪的万一光刚入梦，就被妻子揪了起来，直接拖到书房改装的讯问室里。

光着膀子的万一光冷得打着哆嗦，请求妻子允许他穿上衣服。

李美芬拿着一枚圆镜，照向万一光已经没有药膏遮蔽的牙印，冷峻地说："这是什么？"

万一光一看牙印已经暴露，又不知道如何回应，索性闭嘴。

"说，说了有衣服穿。"

万一光宁可冻着，也不开口。

"不说是吧？我来说。我来揭穿你！"李美芬怒发冲冠，把镜子往边上一甩，然后拧着万一光脖颈上的肌肉。突起的肉块看上去就像饱含食物的嘴唇，将牙印高高地顶起。"这是牙印，对不对？人咬的，对不对？女人咬的，对不对？"

连珠炮似的发问都没能让万一光吭声，尽管他疼痛、寒冷、慌乱得龇牙咧嘴，但就只是呼气、吸气。

"跟我亲热的时候我就感觉不对，"李美芬说，"颈椎酸疼，膏药贴的该是这个地方吗？这是穴位吗？这是下巴！下巴为什么贴这个东西？我就纳闷了，啊？等你睡着我揭开一看，是牙印。哪来的牙印？你自己咬的？你咬得着吗你？别人咬你，别人为什么咬你？谁敢咬你？"

"老婆，你冷静，你慢慢听我说。"万一光说话了，他镇定了些，似乎是妻子的长串逼问为他赢得了思考应对的时间。"这不是牙印。"

"不是牙印是什么？"

"我拔火罐了。这是拔火罐留下的烙印。我这不是颈椎疼吗，确实疼，就去按摩的地方，本来想按摩来着，技师却建议我拔火罐，说是风寒引起的颈椎疼痛，拔火罐能祛风散寒。我就同意了。技师刚拔第一个火罐，没掌握好，就把我这地方烧坏了，起了水泡，大水泡。技师不敢再拔，再拔我也不让。然后痒啊，我就用手抠，用指甲掐，就抠烂了，掐出印子来了。"

李美芬听着丈夫的辩解，又看了看丈夫所谓的烙印。她半信半疑地松开了丈夫被拧住的肌肉。"你不是有重要接待吗？怎么有时间去按摩了？"

万一光见妻子的疑虑已经离真相较远了，他从容不迫，却故意看了看两边，生怕有人偷听的样子，然后把脸往前一凑，附着妻子的耳朵，还拿一只手挡在嘴边，悄悄地说："其实，我是陪领导去按摩的。重要领导。重要领导作完报告，他也颈椎疼了，我就陪他去按摩。正规按摩。"

"正规按摩算什么接待？还重要接待。"

"就算是接待领导一杯茶，只要是重要领导，都叫重要接待！懂吗？"

李美芬已经完全换了一种眼神看待丈夫，那是一种知错、负疚的眼神。看着冻得已经不住地打哆嗦的丈夫，她急忙把大衣脱下，披到丈夫身上。

披着红色印花女性外套的万一光,看上去就像一头血迹斑斑而躲过一劫的白熊。

"林红艳,你正经一点儿好不好?"万一光对大笑不止的林红艳说道。他抻抻检察官的制服,"我现在是万检察官!"

林红艳还是笑,她的笑声效果堪比小品演员高秀敏,但是音容笑貌依然能和孙俪媲美。孙俪是万一光最喜欢的女明星。正因为林红艳长得像孙俪,万一光才不顾一切追到了她。所谓的不顾一切,无非是大把大把地花钱,挖空心思去讨得林红艳的喜欢。他算了一下,这两年他花在林红艳身上的钱,至少也过了一千万。这一千万要是去随便玩儿玩儿,可以玩儿五千人次以上。从经济账和数目算,这是很不划算的。但是从虚荣心和质量层面衡量,又是值得的。一千万的一船煤矿和一千万的一颗钻石,就看你需要什么。万一光需要的是钻石。林红艳就是一颗钻石。她长得像孙俪,连声音都像。得到林红艳就相当于得到了他的女神。现在,他既不能丢掉这颗钻石,也不能丢掉自己的性命,所以,他必须审她。

"你这个样子,肥头大耳的,哪像个检察官呀?"林红艳说,"检察官有你这么肥头大耳的吗?"

"那是因为你头发长,见识短,"万一光说,"有没有,你现在就当有!我现在是省检察院检察官万一光,依法对你进行审问,请你配合!"

见万一光一脸持续的严肃,林红艳不得不收敛笑容,安定下来。"审吧。"

在对林红艳进行必要的辅导和例行询问之后,万一光正式审问林红艳:

"林红艳,你和万一光是什么关系?"

林红艳不假思索,"没有关系。我不认识他。"

万一光摆出一沓沓他和林红艳在国内外旅游度假的合影,"好好看看,照片上的人,难道不是你和万一光吗?"

林红艳一下子就招了,"我是他的情人。"

"愚蠢!大胆!"万一光大喊一声,"你怎么能这么说?你这么说我就死定了!你对我到底有没有感情?"

"有感情。"

"有感情还出卖我?"

林红艳说:"那我应该怎么说?照片摆在这儿。"她一脸的委屈。

"你就说……你就说……"万一光也没辙了,他挠挠头,"怎么说呢?这可是艳照呀!"

"我说照片是别人 PS 的。我还是不认识你。跟你没关系。"

"但是经过鉴定,照片是真的。"

"真假我都说不认识你。"

"这怎么可能?你以为检察官是你爸妈呀?儿女说什么父母都相信。"万一光说,他站起来,踱了踱步,"只能这样了。"

"怎么样?"

"把这些照片毁掉,全毁掉。"万一光说。他立刻收拢起桌上的照片,然后一张张开始撕。

看着万一光和自己的合影一张一张地变成碎片,林红艳的眼睛闪烁着泪花。

万一光终于注意到林红艳的伤感,"你怎么哭了?"

林红艳哭出了声。

万一光安慰说:"宝贝,别哭。我这么做,实属无奈。完全是为了你好,我好,大家好。当年,地下党员在得知被叛徒出卖的紧要关头,首先要做的第一件事,不都得毁掉重要的文件,为了不落入敌人的手中吗?"

林红艳抬起头,瞪着万一光,"谁出卖你了?现在。谁是叛徒?我吗?"

"我没说你。你怎么可能是叛徒呢?你是我最信任的人,最可爱的人,你就是《潜伏》里的翠萍啊!翠萍不是特务叛徒,但不等于身边没有特务叛徒。《潜伏》里有没有叛徒特务?你说?"

"你老婆才是叛徒特务，你要防就防她吧。"林红艳说。

万一光摆摆手，"老婆那一关已经经受考验，过关了，没问题。"

"你也是像审老婆一样审我的？"

"你们是我万一光生命中最重要的两个女人嘛。"万一光捋了捋林红艳的头发说。

林红艳看着狐假虎威而巧言令色的万一光，又忍俊不禁，"你这像是检察官说的话吗？"

万一光立即把制服脱掉，把林红艳搂在怀里，"我现在是幸福男人万一光，也是你生命中最重要的男人。是不是？"

林红艳说："能不是吗？"

看起来，今天的家庭审问是大大地变相了，升级了，或变本加厉了。

夫人李美芬仍然抓住万一光的牙印不放，追究牙印的来源。尽管万一光脖子上的牙印已经愈合消失了。

但夫人手上有牙印的照片，是发现牙印的那晚偷偷拍下的。最要命的是，夫人手里有从牙印里提取的 DNA 分析结论。DNA 是那天晚上，夫人给万一光搽药的时候，借机留下的棉签。她把照片和棉签交给了她在医院当医生的最交好的朋友吕敏。

吕敏利用自己的专业知识和职务便利，对照片和棉签上的 DNA 进行判断和检测分析，得出结论：一、照片上的伤痕不是拔火罐的烙印，而是人的牙印。二、棉签上的 DNA 是两个人的。其中一个为男性，另一个为女性。在告诉了好朋友李美芬结论后，吕敏说："美芬，想保护丈夫，就别张扬出去，别让你丈夫身败名裂。想保护家庭，不想离婚，也别张扬出去。狗急跳墙，男人跟狗其实也是一样的。总之，别闹得满城风雨，差不多就行了。"李美芬听了朋友的劝告后说："我和万一光结婚二十年，已经是绑在一条绳子上的蚂蚱，分不开的。但是，教训调皮捣蛋偷腥的蚂蚱，是必须的。我把握好分寸就是。"

此刻，李美芬把照片、DNA 分析报告单摆在丈夫面前，并复述了专家的话，然后接着说："毫无疑问，我们之间，出现了第三者，不客气地说，你有了外遇，养了小三。她是谁？"

万一光没有看咄咄逼人的妻子，却很硬气地说："你这是以什么样的身份审问我？"

李美芬说："你觉得我应该以什么样的身份审问你？妻子？还是检察官？"

万一光说："作为妻子，你偷拍丈夫，偷取丈夫DNA，猜疑丈夫，制造情敌，这是什么意思？有意思吗？我偷拍过你吗？跟踪过你吗？我提取过儿子的DNA去检测过是不是我的儿子吗？你这么做，是想闹家庭矛盾呢？还是闹家庭分裂呢？"

面对丈夫的反问或反击，李美芬一下子蒙了，"那，以检察官的身份呢？"

万一光说："这张照片和这份DNA报告不值一驳，我说这个牙印是你咬的，我老婆！我们吵架或恩爱时候的创伤，婚姻和爱情的创伤。至于DNA报告，这个报告……检察官没事干怎么的，查这种家庭纠纷鸡毛蒜皮的事情？这不是罪！检察官查的是犯罪、罪犯。对我们来说，要查就是贪污受贿罪！你要从这方面来审问我。啊？"

万一光企图转移审问的重心，像是成功了。只见夫人坐到审问者的位置上，并且穿上了制服。"经济问题都审问多少遍了，还问什么呀？"

"巩固。巩固成果。"万一光说，"这样吧，你给我来点儿狠的。"

"怎么个狠法？"

万一光没有回答妻子，只是去卧室客厅搬来了两个冬天取暖用的电炉，在被审问者座位的前后摆好，通上电。然后，他关掉空调的冷气，再坐到位子上。

看着在夏天烤火的丈夫，夫人莫名其妙。"你这是干什么？夏天烤火，神经病。"

前后两个各一千瓦的电炉，开足火力，炙烤着肥胖的万一光。

万一光开始出汗,大面积全方位地出汗。大排量的汗水从他的额头往下泻,像瀑布一样。他顾不得擦汗,催促夫人:"问呀!"

李美芬说:"万一光,据我们所知,你儿子已经移居美国,也就是说,你是个裸官。你已经把大量的资产转移到了国外。是不是事实?"

"不是事实。我儿子只是留学美国,拿的是全额奖学金。他学成还是要回来报效祖国的,他的榜样是钱学森、李四光。我妻子仍在中国,是个普通干部。我在国外没有资产。所以,我不是裸官。我不仅不是裸官,还是个清官。"

"根据纪委转过来的材料,你有三个部下,因为违纪受到了党纪政纪处分。他们供认,给你送过礼金,分别是一万元、五千元和两千元,请问,是不是事实?"

"是事实。"

"那你还说你是清官?"

"这些礼金,我都交给了局里的纪检组,存进了廉洁账户里。请你们去查。"

"你有没有挪用公款?"

"没有!"

"大吃大喝有没有?"

"没有!"

"公车超标,公车私用,有没有?"

"没有!"

万一光不间断地说着"没有",说到汗流浃背,口干舌燥。"我渴。"他说。

李美芬去拿水。

万一光看着妻子的背影,"加盐!"

夫人拿来了盐水,万一光一口一口地喝着,表情极其难看,看上去很难以下咽,像没病的人吃药,或像没有酒量的人豪饮。

"继续审。"万一光沙哑地说。

接下来,不管李美芬怎么审问,万一光的回答只有三个字:不知道!

　　李美芬见两个多小时的审问,从万一光嘴里掏出的不是"没有",就是"不知道"。她显得疲惫了,表扬丈夫说:"不错。坚强。今天就到这儿,睡觉吧。"

　　万一光屁股离开凳子,又马上坐下,"不,我不睡觉,不能睡觉!"

　　"你不困?"

　　"这不是困不困的问题。"万一光说。

　　"你不困,我可困了,"夫人说,她打了个长长的哈欠,"我去睡觉了。"

　　万一光制止夫人,"你也不能睡。"

　　"我为什么不能睡?"

　　"你睡了,我怎么办?"

　　夫人诧异地看着丈夫,"你爱睡不睡。我睡我的,好像我不是经常一个人睡似的,真是。"

　　万一光扯住迈腿走开的夫人,把她按回审问者的位置。

　　"你现在是纪委的人,我是被'双规'的官员,"万一光说,"所以,我不睡觉,你也是不能睡的。"

　　"纪委的人就不睡觉了?"

　　万一光说:"纪委的人去睡觉了,被'双规'的人一个人留在这儿,想不开跳楼,怎么办?纪委是要负责任的!"

　　"自绝于人民,畏罪自杀,纪委负什么责任?"

　　万一光用舌头上下舔了舔干裂的嘴唇,"看管不严,渎职责任该负吧?一个人在没有认罪之前,不明不白地死了,家属告不告?如果我这样死了,你告,还是不告?"

　　夫人说:"告。可是我真的很困。"

　　万一光说:"你可以不再审问,但是,你、我,都不能睡觉。你必须守着我。"

　　"我把你绑起来得了。"

　　"绑一个没有认罪的官员,那也是犯错误的。"

"又不审问,又不能睡觉,干吗呢?搞疲劳战?"夫人犯糊涂了。

"说对了!"万一光说,"正规战不行,就来疲劳战。你不认是吧?那就不让你睡觉,看谁熬得过谁?你熬不了了吧?想睡觉了吧?那就招吧,认了吧。招了认了,就让你睡觉。"

夫人说:"有这么审人的吗?"

万一光说:"防患于未然。你想,大热天用电炉烤我,热死我,我没认,是吧?喝盐水,越喝越渴,我也没招,是吧?那么好,现在不让我睡觉,困死我,看我招不招?"

夫人听明白了,说:"那就试试吧。"

夫妻俩开始疲劳战。两人面对面,起先都瞪着眼,看着对方。万一光仍被电炉前后烤着,快烤干了,因为他不再流汗。渴了,喝盐水,只能喝盐水。夫人呢,搬来一台电风扇,只对自己吹,喝的是咖啡。这显然不公平,但审讯者和被审讯者,本来就不是平等的关系。

虽然不平等,但是审问者很有人情,她不再板着脸孔,不说法律不讲大道理,而是打出温情牌。她和被审查者聊家常,谈人生。

"万一光同志,我现在仍称你同志哦。"李美芬说,喝了咖啡后的她来精神了。"你看哦,你从一个电焊工人,一步一步地,也没什么后台,靠自己的努力和奋斗,自学成才,成为一名安监局局长,的确是不容易。据我所知,你出身贫寒,是农民子弟。你哥哥和你弟弟现在都还是农民。你父亲母亲都还活着,多大年纪了?"

"我父亲八十七,母亲八十五。"万一光说,他恍恍惚惚,已经被李美芬导入情境中去了。

"身体都好吧?"

"好着呢。我父亲还能帮我哥哥养鱼,母亲还能帮我弟弟放羊。我兄弟本来是不让他们帮着干活儿的,但他们非要干,不干活儿身体就会出毛病。"

"父母健在,就是儿孙的福分啊。我的父母,已经去世了。过去日子苦,想孝敬他们,没能力。现在生活好了,亲人却不在了。

你比我幸福。"

"幸福不幸福,就看怎么理解。"

"你是怎么理解幸福的?"

"这主要看一个人的欲望。一个人的欲望太高了,永远满足不了,那他就不会觉得自己幸福。而一个人的欲望低呢,容易满足,甚至超过了他的预想,那他肯定会觉得自己幸福。所以,欲望的满足,就是幸福。"

"那你幸福吗?"

万一光缄默了一会儿,似乎沉浸在岁月的时光里,"我幸福过。"

"那是什么时候?"

"我在冶炼厂当工人的时候。那时候的我,多单纯呀,就想当劳模,多做贡献。再有,娶一个不是农村户口的姑娘做老婆就行。于是我努力工作和学习,有使不完的干劲儿。劳模当上了,还娶了厂长的女儿当老婆。那时候我觉得自己真是太幸福了,很伟大。"

"那你觉得你的现在不幸福吗?"

万一光叹了口气,"很纠结,有时候觉得自己是幸福的,有时候也觉得自己不幸。"

"幸福在哪里?不幸指的又是什么?"

"不知道。总之很纠结。这两种感觉缥缥缈缈,来得很快,去得也快,都抓不住。"万一光模棱两可地说。他的眼皮开始打架。

李美芬见万一光要睡的样子,"喂,你别睡呀。"

万一光已经睡了,而且坐着睡都能打呼噜。

"万一光同志,你不能睡!说好了不能睡觉!"

万一光只有呼噜声响应。李美芬只好走过去,用力推搡他,还是没用。夫人急中生智,用手捏住了他的鼻孔。

没法呼吸的万一光被迫醒了。

"你想睡觉,你就招吧。先招才能睡觉!"李美芬严厉地说,看来她是打算抛掉温情牌了。

"不招,我就是不招!"

"不睡觉你不招,要是有老虎凳,我给你坐老虎凳,看你招不招!"

"那是刑讯逼供,谅你也不敢!"

李美芬看了看墙上的时钟,"现在是半夜两点。我就不信你能挺到天亮。说好了哦,你再睡觉,就算招了。"

万一光昂首挺胸,说:"坚持就是胜利。坚持到天亮,就是胜利!"一喊口号,万一光就像打了强心剂似的,亢奋了。

他还真挺到了天亮,既不睡觉,也不招供。

李美芬说:"我佩服你,万一光。但是我知道你在说谎,只是拿你没办法。"

万一光得意地说:"人工审问对我是没用的了,这是土办法。除非使用高科技。"

李美芬一听,两只眼睛滴溜溜转动,像是丈夫的话提醒了她什么。

万一光郑重其事地对林红艳说:"红艳,今后一段时间我们暂时不能见面了。今天,是我们相见的最后一面。"

"是吗?"林红艳轻松地说,她继续玩儿手机上"天天爱消除"的游戏,像不把万一光的话当回事似的。

万一光把林红艳的手机夺过来,"我可是认真的。"

"上次你还说要跟我分手呢,结果呢,你只下到三楼,又上来了。"林红艳说,伸手想要回手机。

万一光当然不会把手机还给她。他按着林红艳的双肩,将她扳到他的正面,"看着我的眼睛。"

林红艳看见万一光的眼里是沉重的、痛苦的神情。"怎么啦?"

"老婆怀疑我,不是怀疑,是发现我有外遇了。"万一光说,"因为你生日那天,你咬我的那一口。"

"我不是为了故意让你老婆发现才咬你的,"林红艳诚恳地说,"我是对你又爱又恨。"

"我知道。我老婆现在在跟踪我。今天,我是把车停在科学会堂,再转乘6路公交车到朝阳路,再坐摩的,才来到这儿的。真的像地下党甩开特务跟踪一样,很恐怖。"

林红艳有好一会儿不说话,她拿捏万一光的手,看他的眼睛,像是在甄别万一光话语的真伪。"一段时间是多长?"

"两个月,三个月,也许更长,"万一光说,他看着天花板,叹了一声,"最近反腐的风声还特别紧,重庆有个区长,出事了。"他把视线转移到林红艳身上,"你看到了吧?"

林红艳是个灵敏的人,她甩开万一光的手,瞪眼说道:"你的意思是说,你是那个区长,我就是情妇,是不是?原来你不是担心你老婆发现,是害怕我举报你、害你、敲诈勒索你,是不是?是不是?"

万一光迟疑地说:"不是。"

"我和你所有的照片,艳照,不是被你亲手毁掉了吗?你还害怕什么?"林红艳说,她看看屋子,"这套房子,我的名字,你花钱买的。你要是觉得不保险,卖掉好了!我回老家去,隐姓埋名,或者去寺庙当尼姑。你放心当你的官吧!"

"我不是对你不放心,"万一光说,"我是对党、对法律不放心,现在从严治党,依法治国,官越来越不好当呀!现在的局势,像我这样有问题的官员,躲得过一时,躲得了一世吗?"

"你现在不是天天在家里练习审讯吗?连我你都拿来练了,怕什么?"

"百密一疏,"万一光说,"不怕一万,就怕万一。万一,万一光,你看我父母给我这名字起的,是福是祸?是凶是吉?唉,是福不是祸,是祸躲不过。逢凶化吉在人,能不能逢凶化吉,在天哪!"

林红艳看着情人长吁短叹,心中涌起爱怜,主动将万一光轻轻一推,"回去吧,早点儿回去。不见就不见,为了你,我能忍。我什么都能忍!"林红艳说,此刻,她已经泪花闪闪。

吻别是必要的。

别离的时候,万一光自信地说:"后会有期!"

忽然有一天,别开生面的审讯让万一光傻眼了。

夫人李美芬使用了测谎仪。

万一光走进书房改装的讯问室，发现多了一套仪器。这套仪器貌似医疗器械，而且夫人今天也不穿检察官的制服了，而是穿的白大褂，让他误以为进了医院的治疗室。"老婆，今天怎么突然要给我量血压、测心电图了？你怎么知道我最近压力很大、心力交瘁呢？"他开头还喜出望外地说。

李美芬说："你好好看看，仔细瞧瞧，这是测谎仪！而我，现在是测谎专家！"

万一光一下子就傻眼了。

"你不是说土办法对你没用了吗？我今天就用测谎仪来审你，看你过不过得了高科技这一关。"李美芬说，她摸摸测谎仪，像抚摸一条忠诚而又高贵的狗一样，"我看了资料，测谎仪的准确率在百分之九十九以上。只要人撒谎，这仪器就能测出来。而且，我研究操弄这玩意儿十多天了，也找了朋友做过试验，很准的，真的很准！"

万一光愣愣地、结结巴巴地说："你从哪儿……弄、弄来的这玩意儿？"

"这你别管，我有的是渠道，"李美芬说，她又摸了摸名犬一样的仪器，"美国产品，你尽管相信它好了。"

万一光还是懂一点儿英文的，他看了看测谎仪的英文说明书，知道了大概。何况，说明书是中英文对照。他心慌慌又好奇地看着夫人，"你确定要用它来审我？"

李美芬说："我确定。你如果过了测谎仪这一关，说明你已经百炼成钢，成变形金刚了。别说省纪委检察院，就是中纪委、美国的李昌钰来审你，审不出你是贪官不说，说不定还审定你是清官咧。"

万一光咬咬牙，说："那就挑战一下吧。"他坐下，吸气、呼气，让心跳恢复正常，"来吧。"

李美芬开始操纵仪器，她按照使用手册的说明，先后在万一光的胸膛、手臂、手指等部位粘贴电极片，缠上袖带，夹上夹子，把连接电极片、袖带、夹子和电子主机的管线理顺,然后启动开关。

显示器上很快显示出万一光的心电图、血压数据。

"你现在的心跳、血压是正常的。"李美芬说。

"那当然。"万一光说,他甚至有些得意。

"接下来,我会问你十个问题,"李美芬说,"你只需回答'是',或'不是'。明白了吗?"

万一光说:"明白。"

"那我们现在开始,"李美芬说,她不看万一光,而是看着显示器,"你是万一光吗?"

万一光说:"是。"

"在你当安监局局长期间,是不是收受过贿赂?"

"不是。"

"你儿子万小亿在美国留学,拿的是全额奖学金吗?"

"是。"

"你所有的收入,都是合法收入吗?"

"是。"

"你有二十套以上的房产吗?"

"不是。"

"你是一个好人吗?"

"是。"

"你有信仰吗?"

"是。"

"你幸福吗?"

"是,不是。"

"只能说'是',或者'不是'。"

"是。"

"你爱你的妻子吗?"

"是。"

"你有情人吗?"

"不是。"

十个问题问完了,也答完了。李美芬默默地看着显示器上显示的数据分析,木在那儿。

万一光却显得急不可耐,他凑过来,"怎么样?"

李美芬忽然声色俱厉:"你坐过去!"

万一光乖乖地回去坐好。他忐忑不安地看着夫人,像一条生怕被主人抛弃的老狗。

"万一光,我现在告诉你结果。"李美芬冷漠地貌似平静地说,"我问你十个问题,只有一个问题,你的回答是真实的,其余九个问题的回答,全是在撒谎。"

"哪个问题回答是真实的?"万一光说,"哦,我知道了,倒数第二个问题,你爱你的妻子吗?我回答,是!"看上去他反应很快。

李美芬说:"我问,你是万一光吗?你回答,是。万一光,你只有这一条没撒谎!"

万一光瞠目结舌,像一个心知肚明而又不服判决的原告或被告,蓦地站起来抗议,"这、这、这不对!这怎么可能?搞错了,肯定的冤假错案!"

李美芬说:"万一光,这台机器不会撒谎。这是测!谎!仪!高科技。"

"测谎仪不是只有百分之九十九的准确率吗?不是还有百分之一的误差吗?刚才的测试就是属于那百分之一。"

"万一光,我还以为你爱我。想不到你不仅不爱我,你还有情人。"李美芬说,她没有和丈夫纠缠仪器的准确率问题,"其实我也知道,你肯定有情人,只是不愿相信。"她眼睛湿润。她没有愤怒,只是难过。

面对刚正不阿的仪器,面对悲伤的妻子,万一光没有继续无谓地抵赖。他只是想挽救,尽可能地挽救家庭,挽救自己的仕途和生命。

他扑通给妻子跪下,打自己的脸。"老婆,我错了。我有过一个情人,但是我已经和她断了,彻底断了。我保证以后绝对不会再做对不起你的事,保证忠实婚姻,热爱家庭。现在的关键问题是,老婆,我们首先得保全我们不要被纪委检察院查,不被法院审判。人工审问我不怕,现在难对付的是这台机器,测谎仪,我们想想办法,怎么来对付它!老婆。"

面对丈夫的愧悔和哀求,李美芬心软了,"我没有办法,你想吧。"

"我们再来一遍好不好?"万一光说,"你再问我同样的问题,问多多的问题,一遍不行,再来一遍,十遍,一百遍,一千遍,我就不信斗不过它!"

"它是一台无情的机器,不是你老婆。"李美芬说。

"东边日出西边雨,道是无晴却有晴,"万一光说,"不是说吗,谎言重复一千遍就是真的了!"

李美芬眼看着丈夫像一条可怜虫一样地求饶、求生,想想自己何尝不是一条可怜虫。同病相怜。心动不如手动,她让机器复位,重复道:

"你是万一光吗?"

……

万一光最不希望、最忧心的事情还是发生了。

拉浪锌矿发生了矿难。

万一光接到报告后,第一时间赶到了离南河市一百公里远的崇山峻岭中的拉浪锌矿。他当然知道拉浪锌矿是隆昌矿业集团的一个子矿,子矿法人和集团董事长就是向北方——向他行贿最多的人。所以,他在半路就给向北方打电话:"北方,现在情况怎么样?"向北方在电话里说:"万大哥,我还在澳门呢。手气很背这趟。"万一光说:"拉浪锌矿发生矿难,你还不回来?赌什么赌!"向北方说:"矿难又不是第一次,经常发生的事情,我的总经理已经过去处理了。"万一光说:"今非昔比,人命关天,你立马给我回来!"

矿难性质初步断定是透水事故。透水原因是越界开采,冒险进入积水老空区下作业,造成井下掘进工作面与邻矿的积水采空区打透,导致特大水害。所谓特大,是指伤亡数三人以上。万一光一到拉浪锌矿，首先问隆昌矿业集团总经理贺波："死了多少人？"贺波说："现在捞出来的是七个，井下还有三十六个，生死不明。"万一光不敢怠慢，立即通过省政府报告了国务院。

国家安监局和省领导在七个小时后到达拉浪锌矿。领导们在听取汇报后，主要领导表态：这起事故是因拉浪锌矿拒不执行有关部门下达的停产指令，违法组织生产，越界开采，违章指挥、冒险作业造成的一起重大责任事故。相关的责任人，矿长、集团总经理、董事长，通通先给扣起来！再查他们究竟有没有保护伞？一查到底，绝不姑息！

坐在会议室里的万一光听得汗毛倒竖。他偷偷给向北方发短信：别回来了。向北方回复：万大哥，我已经在回来的路上了。半小时后到拉浪。万一光又发了一条短信：走！有多远走多远！

过了一天，向北方始终没有出现。万一光松了一口气。他想向北方应该是跑路了，走远了。

其实向北方并没有走远，他还在南河市。起初是万一光叫他走，他不愿意走。谁愿意抛弃亿万家财远走高飞呢？最主要的是，他相信万一光能罩住他。直到他从电视上看到对他的通缉令，他才决定跑路。但是已经晚了。

飞机场、火车站、公路关卡……到处张贴着印有他向北方照片的通缉令。通缉他的赏金高达十万元。

无路可逃的向北方想到了一个人和一个去处。

他敲开林红艳的门。

林红艳认识向北方，但还是很吃惊，"向总，你怎么知道我在这儿？"

向北方说："小嫂子，你这套房子是我选送的，我当然知道。"

林红艳说："不管是谁送的，你现在不能来我这儿。你还是走吧。你的事情我已经知道了。我看电视知道的。"

"可我已经没有地方可去了，小嫂子，"向北方说，"我出不了南河市，有家不能回，宾馆也不敢去住，电话不能打。只有到你这儿，躲一躲、避避风，等风头一过我就走。"

"万一光知道你来这儿吗?"

向北方摇摇头,"是万哥叫我跑路的,他可能以为我跑掉了。"

林红艳说:"那你更不能待在这儿了。你万哥会吃了我,你和他以后也做不成朋友了。"

向北方说:"请相信我,小嫂子。我这个人好色,但我好色是有原则的、有底线的,朋友的女人,我绝对不碰!"

林红艳说:"你如果是万哥的朋友,你就走吧,别连累他,也别待在我这儿。十万赏金我根本不想要,就当你没来过我这儿。"

向北方见林红艳赶他出门的态度十分坚决,顿时火起,"林美女,别把事做绝了。你知道我现在一出去,是什么结果吗?现在外面都是警察,我一出去,肯定就会被抓住。你知道我被抓住的后果吗?审问我的保护伞。我的保护伞是谁?是万一光。我和万一光的关系,是什么关系?是同盟关系,是日本和美国的关系。日本要打仗,美国不保护,肯定是要败的。他万一光如果不保护我,保护不了我,我就会去坐牢,甚至掉脑袋。我掉脑袋之前,保不准我要拉一个下水,拉一个垫背的!你是万一光的女人,给我提供庇护所是应该的。何况,"他对房屋指指点点,"这套房子是我送给万一光的,万一光把它送给了你。这套房子是我装修的,家具都是我买的。我总共花了三百多万。我就住几天,十来天,不可以吗?"

听罢向北方陈述利害,合理诉求,林红艳觉得再坚持把向北方推出去,既危险又不人道。

"你住吧。"她说。

安顿好向北方,林红艳进了卧室,关闭门窗后给万一光打电话。"一光,你快来呀。向北方在我这儿呢,住这儿不走了。"

已回到南河市,正在办公室办公的万一光吃惊不小,他像闻到噩耗一样,震怒地奔往林红艳的住所。

但是只到半路,万一光停下了。他跑进公共厕所想了半天,等公共厕所只有他一个人时,才给林红艳打电话。"红艳,我不过去了,过不去。你听好了,向北方既然在你那儿了,就让他暂时住吧。现在是这样,我们得有个预案,就是预防向北方万一被抓了,把我供出来。那么,你代表我,不,代表公安、检察院,审问向北方。狠狠地审,看他挺不挺得住,会不会出卖我!"

接下来的两天,万一光坐镇专门开的宾馆房间,遥控林红艳对向北方的审讯。他吩咐林红艳使用电炉拷问向北方,让他喝盐水,不让他睡觉。

结果还是令人满意的。向北方承认有罪,但是只字不提万一光。

然而万一光还是觉得不踏实,他打电话给林红艳,"最后一招,你对他使用美人计,看他过不过得了这一关。"

林红艳在电话里愤怒地说:"万一光,你卑鄙!你把我当什么人?妓女吗?我虽然是你包养的,但我不是妓女!你连自己的女人都舍得出让,你卑鄙不卑鄙?"

万一光申辩说:"我没把你当妓女。妓女向北方还不稀罕呢。我也不是让你真使用美人计,我的意思是你假装勾引他,看他有没有这方面的弱点,对美色把不把持得住,点到为止,他的弱点一暴露,你就制止他!记住,点到为止哦。"

林红艳还是不愿意,"现在审问人哪有用美人计的?电视剧里只有国民党审讯共产党才使用美人计。"

万一光说:"我主要是想全方位地考验向北方的意志力,看他的毅力坚不坚强,是不是可靠……"

林红艳那头挂掉了电话。

这天晚上洗澡,林红艳故意没有关实浴室的门,而是留了一条缝。洗澡水哗啦啦地流,声音和水汽不断地往外冒,蔓延到客厅,把向北方熏得有些飘然。他走到浴室的门口,本是想把门带严实了。但他还是把持不住,往里面偷看了一眼,又偷看了一眼。就是这两眼,让他欲火中烧,烧红了眼睛。林红艳的胴体就像剥了皮的嫩笋,在招惹和诱惑他。他像一头公牛闯了进去,二话不说就把林红艳抱住,啃这根嫩笋。

因为不说话,浴室又全是雾气,林红艳假装以为是万一光,

"一光,你怎么现在才来?"向北方以为林红艳误会了,他将计就计,继续不说话,无声地与林红艳亲热。林红艳欲从还拒,羞涩地说:"向北方在外面呢,看见不好。"向北方还是我行我素。"一光,听见没有?万一光!"林红艳大声地说话。向北方大胆地摸弄,他想只要把林红艳撩拨得欲仙欲死了,再露真身表明身份也不迟。先斩后奏,生米煮成熟饭了,只有接受现实,女人通常不都是这样吗?更何况他万一光的身体、器官,有哪一样比我向北方强?他万一光现在还算老几?现在是他万一光求我、怕我!他要保官、保命,就得付出代价,奉献他的女人。

林红艳觉得不能再让向北方深入了,再深入就不是计了,而是她林红艳节操和品德有问题了,是对万一光的背叛了。"向北方,我知道是你。"她沉着冷静地说,"放开我。"

向北方一个愣怔,他停止摸弄,但是没有放开林红艳,像是骑虎难下。

"到此为止,你现在放开我,我就不跟万一光说,就当什么事也没发生。"

向北方仍然固定着林红艳,不想善罢甘休的样子。

"向北方,把小嫂子从你嘴里说出来,你仍然是一条汉子!"

向北方咬牙切齿了好一会儿,才从嘴里蹦出一句话来,"小嫂子,对不起!"他慢慢地松开了林红艳,抱头离开浴室。

林红艳穿衣梳理后,也离开浴室,来到客厅。她端庄地坐在沙发上,与低头听电视的向北方保持恰当的距离。两人都沉默不语,像是矛盾已经解决但仍需时间修复良好关系的两国外交部长。

"小嫂子,我问你一句话,行不?"向北方突然开口说。

"你说。"

向北方说:"你为什么……洗澡不关门呢?"

林红艳说:"习惯了,因为平时都是我一个人住。今天忘了还有你住这儿。"

"那昨天、前几天,你怎么又关门呢?"

"因为昨天、前几天,我没有忘。"

"还有一个问题,小嫂子。"

"说吧。"

"你,其实明明知道不是万一光,是我向北方,为什么还允许我做不该做的事情?后来为什么又不允许我往下做更不该做的事情呢?"

林红艳说:"你这是两个问题。但是我只用一句话来回答你。那就是,你们男人都是禽兽!"

后来,林红艳又把"你们男人都是禽兽"这句话,在电话里跟万一光说了一遍。

万一光听明白了,"向北方这个王八蛋!"他大骂道,"你允许他到哪一步?是不是点到为止?"

"现在怎么办?"林红艳说,"是把他赶走,还是继续容留他在这儿?"

万一光说:"晚上睡觉的时候,你把卧室的门关好,反锁。"

"这不用你提醒,已经反锁了。"林红艳说。

万一光说:"再让他住几天。我想办法,一定把他送走!"

又过了两天,万一光给林红艳打电话,"红艳,把电话拿去给向北方接,我有话对他讲。"

林红艳从卧室来到客房,把手机交给向北方。"万一光的电话,叫你接。"

向北方战战兢兢地接电话,"万大哥。"

"北方呀,"万一光在电话里说,"这些天委屈你了。你小嫂子照顾你还好吗?"

万一光温暖的话语让向北方心头一热,差点儿流泪,他看了看转身回卧室的林红艳,提高声调说:"好!好!小嫂子人真不错!"

万一光说:"言归正传。是这样,现在航空、陆路,你不是走不通了吗?我这些天认真准备了一下,安排你从水路走。今晚就走。晚上九点,大街还热闹的时候,你趁机出来,到江滨路渔港码头,有人在那里等你。我会让林红艳给你准备一顶高尔夫帽,你戴上。"

向北方感激涕零。

晚上九点，向北方准时来到渔港码头。一个小光头向他迎了上来，将他带到一艘小电船上。

船上还有一个小平头。小平头指示向北方在船的中间坐下。小光头解开缆绳，登船撑船。

船只渐渐离岸。小光头和小平头一首一尾，把向北方夹在中间。向北方坐在一个硬物上，感觉屁股特别的冷，脊背也凉飕飕的。他摸了摸坐垫，再定睛一看，发现是一块石头。他很奇怪船上为什么会放一块石头？石头有什么用？再看两个护送他的人，面无表情，却目露杀机。他明白石头是干什么用的了，是把他干掉后沉尸用的。趁着离岸边还不太远，向北方一跃跳下河，往岸边游。

小平头和小光头驾船追逐。船首的小光头挥动着竹竿，不断地朝游动的向北方打，但总是差那么一点点，没打着。

基本每个星期八个小时的游泳锻炼救了向北方的命。他抢先一步游到岸边，爬上岸，然后拼命地跑。

小平头和小光头紧跟在向北方的后面追。湿漉漉的向北方盯着光明的方向，发疯地奔跑。朝着光明奔跑，这是他聪明于疯子的地方。他跑上了江滨大道。大道上灯红酒绿，车来人往，但却没有人理会两个杀气腾腾和一个落荒而逃的人。

向北方想起江滨公安分局就在不远处。他朝他本来要逃脱的地方跑去。

在离江滨公安分局大门两米远的地方，向北方停下不跑了。他回头看看追杀他的人，也在离他两三米的地方停下不追了。

向北方气喘吁吁地向要杀他的人招手，"你们过来呀？上来呀？"

小平头和小光头知道这是引诱他们入瓮的圈套，没有上前，但也没有离去。他们和向北方对峙着，像人狗对峙一样。

"是不是万一光这狗东西雇你们来杀我的？"向北方吼叫道，"我×他万一光八辈祖宗，我喂了他多少钱，喂肥他，最后还雇人来杀我！我自首！我宁肯自首，还可以多活几天。"

公安分局值班的门卫听到动静,出来叫道:"喊什么?知不知道这是公安局?"

向北方回身过去对门卫说:"我是隆昌矿业集团董事长向北方,我是来自首的。"

门卫看着向北方狼狈不堪的样子,说:"你找错方向了,这是南方,不是北方。"

向北方说:"有人要杀我,你看!"他回转身首,指引门卫。

小平头和小光头已经没了踪影。

没了脾气的门卫摇摇头,他返回值班室的时候,被向北方拉住。

门卫弓身抽手,想甩开向北方。

向北方只好狠狠地给了门卫一拳。

万一光是在作报告当中休息的间隙被检察院的人带走的。他从厕所出来,刚拉上裤子拉链,准备洗手的时候,两名检察官亮明身份后,夹住了他。

安监局的干部职工还在等着局长继续作报告,久等不来。最后上来一个人,是副局长。

副局长喜形于色地宣布:"今天的报告会很成功,很精彩,到此结束。散会!"

检察院的讯问室与家里私设的讯问室大相径庭,这是万一光没想到的。他坐进检察院讯问室的时候,首先观察的就是环境。这里的环境太简陋了,简陋到只有一张桌子和三把磨破了的椅子,以及一台旧电脑。

然而这又有什么关系?万一光才不在乎环境的好坏。他早就有准备了,已练出金刚之身了。

审问万一光的两名检察官态度相当的和蔼,男的给他递烟,女的给他倒水。

万一光喝了一口水。"这水味道不对。"他说。

男检察官转转自己的水杯，说："我们跟你喝的是同样的水。"

万一光说："你们怎么不给我上盐水？"

女检察官稍愣了愣，又回归温和的表情，她像是领会了万一光的语意，说："你是不是以为，我们接下来还会给你坐老虎凳？虽然你是一只老虎。"

万一光说："我不是老虎。"

男检察官说："你撒谎。"

万一光说："如果你们认为我撒谎，请上测谎仪。看我是不是撒谎？"

女检察官说："我们为什么要用测谎仪对你测谎？我们不需要。"

万一光说："不用测谎仪，那就不要凭空断定我撒谎。"

男检察官拿出一张SD卡，举起，说："我们有这张SD卡就够了。"他把SD卡插进电脑的插口，然后操动鼠标，点击播放。

已经转向万一光的电脑显示屏，开始显示向北方对万一光行贿的录影。

一次又一次，一笔又一笔，形音同步，触目惊心。

录影播完，万一光说："我抗议，这是伪造的！"

男检察官说："这是向北方亲自录的，他每次给你行贿的时候，使用的是隐蔽摄像器材。"他拿出一副眼镜，"具体地说，是眼镜形的摄像机。"他指着眼镜，"这是摄像头，这里装SD卡，这是充电插口。你有没有见向北方戴过这副眼镜？"

"向北方这个小杂种，每次戴这副眼镜的时候，我还以为他装斯文！原来是四眼狼啊。"万一光颓丧地说。

一年后，在南河监狱，万一光和向北方相遇了。此前，两人都曾预想，他们可能会在这所安全系数最高、设施最完善的重点监狱见面。他们还幻想过他们重逢的场景——厕所偶遇。仇人相见，分外眼红，万一光把向北方的头摁进马桶，而向北方则侧身狠狠踢打万一光的下体。一个雪卖友之恨，一个报杀朋之仇。总之，他们打得头破血流，你死我活。

但真正的相遇却出乎两人意料。他们竟然是在篮球场上相遇的。这天是国庆节,监狱举行庆祝活动。其中篮球比赛最引人注目。这是无期队对有期队争夺冠亚军的比赛。所谓无期队,就是队员都是被判处无期徒刑的囚犯,那么有期队自然就是被判处有期徒刑的罪犯组成的了。万一光是无期队的后卫,向北方是有期队的前锋。

万一光和向北方在列队进场的时候,都发现了对方。但是两人并没有互相打招呼,双方队员一对一握手的时候也没有握手。

正式比赛,两人不可避免地交锋了。你攻我防,我投他拦。两人的身体时不时接触、碰撞,都有犯规,但也只是技术上的犯规。

对万一光和向北方来说,胜负已经无所谓了。重要的是,两人似乎都已经放下前嫌,以诚相待了。

确实,比赛一结束,两人握了手。谁先主动也不重要了,重要的是,两人有一小段闲聊的机会。

他们坐在篮球架下,擦着汗。

"你瘦了。"向北方对万一光说。

"我比以前健康了。"万一光说。

向北方望望监狱大墙内的一切,说:"这所监狱还是不错的,新建的,设施完善,功能也多,要是再有一个游泳池就完美了。"

万一光说:"盖这所监狱的时候,我来检查过。盖这所监狱的建筑商还给我送过钱,我没要。就这监狱我没要,也数它质量最好。现在想想,我怎么知道我有一天要进这里来呢?从这一点来讲,我是有远见的,有先见之明。"他说完就笑了。

向北方也忍不住笑了。

这时候,来监狱视察的领导队伍经过万一光和向北方的眼前。他们一个个神采奕奕、满面笑容,而又来去匆匆。

万一光说:"你要是不检举我、招供我,我现在还在那领导队伍里。"

向北方说:"谁叫你雇人杀我。你不仁,我才不义。"

万一光长叹一声,"现在后悔都已经晚了。这个世界上哪里有后悔药卖呢?"

向北方说:"万哥,就是有卖,我们也买不起了。我们都输光了,赔光了。"

万一光见向北方垂头丧气,觉得自己不能在他面前表现挫败感和绝望,得体现希望和信心,于是说:"北方,过去我们曾经是朋友,现在,我们又是狱友、球友。来,我们携手努力改造,重新做人!好不好?"

两个满是汗味儿的臭男人互相击掌,共同发出"耶"的呼叫。

也是在同一天,在女子监狱,李美芬和林红艳也相遇了。她们是初次相见,却一见如故。

事情是这样的——国庆节,女子监狱也搞活动,领导们也要来视察。女子监狱的活动重点和高潮是文艺晚会。

能歌善舞的林红艳是晚会的绝对主角。她当主持、独唱、领舞,像明星一样光芒四射。

李美芬是晚会的化妆师。她开始给林红艳化妆的时候,并不确定眼前这个美丽的小女子是她丈夫的情人,只是预感。

等到林红艳上台演出了,她问林红艳的同伴:"这姑娘是怎么进来的?"

林红艳的同伴说:"窝藏通缉犯,与情夫合谋杀人。"

李美芬说:"她有没有跟你说过,她的情夫是万一光?"

同伴反问:"你怎么知道?"

等林红艳下场到了幕后,李美芬主动走过去,大大方方地说:"林红艳,我是李美芬,万一光的妻子。你好!"

林红艳愣怔了一下,回应说:"久仰。你好!"

两个互相忌恨的女人互致问候。

"我被判了十年。你呢?"李美芬说。

"也是十年。"林红艳说。

"但是你比我年轻。你出去才三十多,我却是五十多了。"

林红艳说:"你是姐,我是妹。"

李美芬说:"是呀,那还能怎么样?我们以后还是姐妹相称吧!"

"李姐,你恨我吗?"

"我恨过你。"

"我也妒忌过你。"

"妒忌我?我那么老,又丑!你年轻、漂亮,我妒忌你还差不多。"

"但是你有名分,我没有。"

李美芬挽起林红艳的手,亲切地说:"妹妹,妹妹呀,名分,就只是个名分呀。被一个人爱,那才是最重要的。"

这时候有人来催林红艳准备上场。

林红艳临上场,给李美芬留下了一句话:"李姐,曾经有过爱,也是值得的!"

接着,林红艳给众人留下了一首歌。唱歌之前,她说:"尊敬的各位领导,欢迎你们到女子监狱看望我们这些在改造中的犯人。下面,我为大家演唱一首彝族撒尼民歌——《远方的客人请你留下来》!"

树上果儿等人摘
等人摘
远方的客人请你留下来
丰润的谷穗迎风摆
期待人们割下来
割下来
远方的客人请你留下来
姑娘们赶着白色的羊群
踏着晚霞她们就要回来
要回来
远方的客人请你留下来
歌唱丰收的时光
歌唱繁荣的祖国

我们要为幸福尽情地歌唱
歌唱丰收的时光
歌唱繁荣的祖国
我们要为幸福尽情地歌唱

歌声甜美嘹亮,穿越女子监狱,飞扬在天空。

(原载《小说月报·原创版》2014 年第 8 期)

皆大欢喜

闵凡利

人要走运，屎壳郎都给你做蜜吃；走背运，放屁都打脚后跟。这不，郑礼的脚后跟被屁打了，并且，打得还不轻。

那天，郑礼早早下班回家做晚饭。他在县文化馆工作，是分管文艺创作的副馆长。说是副馆长，其实也没啥事可做。有什么创作任务，宣传部或局里的领导都一竿子捅到底，直接跟他分管的创作室里的人说了，或跟馆长说了，把他这一级给省略了。他在馆里一些人的眼里成了虚摆设了。

越这样，郑礼越天天准时到班上。文化馆一天两次签到。签过到后，该干什么干什么；没事的，可以早回去。看看时间，马上快五点了。郑礼就收拾一下,下班了。

郑礼先去菜市场买了点儿菜。老婆王香在烟草专卖局里做会计。夜里跟老婆亲热的时候,感觉老婆的口气厉害,就知道王香有胃火。天天大鱼大肉地吃,肠胃里还能没火?他买了二斤黄瓜、一斤西葫芦,心想:药补不如食补,多吃清淡的,对肠胃肯定好。

拎着买的菜,往家走。郑礼没注意到,他身后,跟着两个人。

进了家,放下包,看看时间,五点二十了。王香一般都是在五点四十回家。郑礼就开始去厨房做饭,洗了黄瓜,刷好盘子,刚切了一根黄瓜,门被敲响了。

看看表,才五点二十五。郑礼纳闷,王香不会回这么早啊。暗乐,王香回得早,他就可以歇歇了,正好看看爱看的体育频道。

他就忙去开门。

门口站着俩陌生人,一高一胖。胖的问:你是郑礼吗?

郑礼点点头。

胖的拿出个证件一亮:我是公安局刑侦大队的,叫胡威。

郑礼摇摇头:我不认识你们啊!

胡威问:你叫郑礼吗?

郑礼点点头。

胡威说:就是你了!跟我们走一趟!

去哪里?

公安局!

公安局?

嗯!

郑礼看看他的手,手上还沾着片薄黄瓜,就说:我的菜还没做好呢!

高个儿说:别做了,走吧!

郑礼拿过毛巾擦了把手,心想:我干什么都清清白白的。就说:好吧……

第一章

黄天检察长正在看下面报上来的材料。办公室的门被"咚咚"敲响了。听动静,是公诉科的吴龙科长。

看样子是有急事。一般没急事,敲门的响声不会这么急促,连内里喘息和肺叶怎么张开和吐纳的纹理都"看"得清清楚楚。这个老吴,四十多岁的人了,干什么还像毛头小伙子!曾批评他多次了,让他处事沉稳,别露声色,可他就是不长进。看来,人啊,江山易改,本性难移!

黄天头也没抬,说:进来吧。

门"啪"地被推开了。吴龙一阵风似的来到黄天检察长跟前说:黄检,不好了!

黄天抬眼看了一下吴龙,目光很冷,也很严峻,之后就低下头,继续看手中的材料。

吴龙知道自己有些冒失,悻悻地站在一旁。黄天好像没他存在似的,一直埋头在材料上。大约过了一根烟的工夫,才从材料上抬起头,看了眼在不停搓手的吴龙,喝了一口自己用桑叶、菊花、枸杞配制的保健茶,问:什么事?

吴龙科长向黄检察长又走近一步:郑礼在请律师,要告我们检察院呢!

黄天检察长抬头又看了一眼吴龙,问:怎么会这样?

吴龙说:咱们前段时间不是以涉嫌危害公共安全罪批捕郑礼吗?后来我们发现这案子证据不足,就及时改正了。可这个郑礼却抓住不放,非要起诉我们检察院渎职!

黄天看了看墙上挂着的一长串"全省检察院先进单位"、"全省优秀检察院"之类的奖牌,皱了皱眉头。他从桌上的烟盒里抽出一根细细的烟卷,拿在手里,吴龙忙从一旁拿起打火机,点上。

黄天长长地抽了一口烟,问:你们确定郑礼没罪吗?

吴龙点点头。

还能从其他地方找到别的有罪证据吗?

吴龙摇摇头。

黄天冷笑一声:我就不相信,他比清水还清!

吴龙苦笑一下:他的确比清水还清。

黄天不解,用目光望了望吴龙。

吴龙知道黄天目光里的意思。在他们所经手的案件中,只要是干部,闭着眼抓,抓哪个,不问大小,哪个都有事。这个郑礼没事,这不是太阳打西边出来了?!

吴龙说:黄检,这个郑礼是作家。

黄天脸色一变:作家?你们吃饱了没事撑的,抓作家干什么?我以前不是跟你们说过,对待作家、记者,还有一些掌握社会话语权的人物,要谨慎吗?

吴龙挠了下头,说:哎,说起来,这不是白局长安排的吗?你也知道啊!

白局长叫白胆豪,是县公安局局长。前段时间,他专门来检察院的时候对黄检说过,他近期要抓几个人,请检察院配合一下。之后给了黄天一张名单,上面就有郑礼这个名字。

公安、检察、司法、法院都是政法口,这些部门相互配合执法办案,彼此都有默契。白胆豪局长当时送来的这些名单,他看也没看,就直接转下面科室了。

黄天看也没看吴龙,问:作家,知道作家清贫,难道清贫就没事了?

吴龙摇摇头。

黄天拿过材料看了看:这不,还是个副馆长!

吴龙说:他这个副馆长,是如的(鲁南土语:不管事的意思。作者注)。

副馆长还是如的?你怎么知道?

我的一个朋友是馆长。你忘了,前段时间请咱们吃过饭的……

黄天皱皱眉头。

在"好运来"的那次。

嗯，我想起来了，是不是那个长得像潘长江的家伙？

吴龙说：你想起来了？是他，玩儿社会的那个。原来在乡镇一个企业里干厂长，厂子干趴窝了，不知咋回事，不光没处理，后来蛋子抽筋——上来了。听说他姑父是市里的一个领导。

黄检点点头。

吴龙说：你也知道，文化馆那是清水衙门，穷得尿醋都找不到泵口！

黄天说：那天，那个馆长请我们，又是海参又是鱼翅的，不像没钱的主！

吴龙说：自古以来，都是富了方丈穷了庙。文化馆再穷，还能穷馆长？再说了，哪个单位不是一把手说了算？文化馆里当然是馆长当家，那些副馆长，只有看的份！

黄天点点头，拿起资料看了看：这个白胆豪！你说你跟个穷写书的较什么真儿！真是没事干了！

吴龙说：这个郑礼在省内外文学界很有名，我看了一些他的作品，都是批判现实题材的，其中一篇是写公安局局长搞不正之风什么的，在文学界引起很大的反响。

黄天点点头。然后叹了口气：哎！你看，这事怎么办好？

不然，咱再找他谈谈？

谁找？我找？我就说，我们办案办错了？

哪能让你去找呢?！那样就什么退路也没有了。

那让谁？公、检、司、法，你说，找哪个合适？

吴龙摇摇头：都不行。

这次轮到黄天纳闷了：人，你想好找谁了？

吴龙点点头。

黄天知道吴龙在等着他问是谁。他偏不问。就又抽出一支细长的烟卷，点上了。

吴龙本以为黄检会问他的，故意等了一下。黄天吸了一口烟，然后看着冉冉升起的丝绦一样的烟雾，双眉紧锁，像是在等着吴龙的汇报。

吴龙在心里暗骂一声。具体骂的是什么，他也不知道。他低声跟黄天说：我想了，一把钥匙开一把锁。郑礼是干什么的？

黄天笑了一下，没回答。

吴龙接着说：郑礼是文化馆的副馆长，并且是搞创作的。

黄天在心里笑了一下，这家伙，进步了，学会声东击西欲擒故纵了。

吴龙说：世上的事，怪不得人们说，人生就是一出戏，社会就是大舞台。你看，前几天文化馆里的那个仇馆长请我们吃饭，让我们给他办点儿事。

黄天问：对了，那个仇馆长要办什么事来？

吴龙说：不就是一个案子的事吗？他手下的小弟，给抓起来了。咱们不是以涉嫌伤害罪把他批捕了吗？

黄天嗯了一声，想起来了。

吴龙说：现在他这个案子，公安那边已经转到我们这儿了。在我们公诉科呢！

黄天嗯了一声：你想让那个馆长出面？

吴龙点点头。

黄天也点点头。之后交代：你跟这个仇馆长说话艺术一点儿，有两个重点要把握住：第一，不能说我们办错了；第二，不是我们找他当说和人！

吴龙点点头：你和我想得一样。这个，我会处理好的！

黄天说：你去办吧。看吴龙走到门口，又把他叫住，安排道：记住，一切以大局为重！

吴龙点点头。之后走出去把门轻轻关上了。

看着刚刚合上的房门，黄天重重地拍了一下桌子！他想骂一句粗话，一时不知说哪句，只是说了一句：哼！

第二章

吴龙来到帝豪大酒店时，门口有一小伙子看吴龙下车，忙迎上来，问：你是检察院的吴科长吧？

吴龙看了一眼小伙子，点点头。

小伙子说他是文化馆办公室的，仇馆长让他在这儿等吴科长，一边说着一边在前边带路。

小伙子把吴科长领到贵宾楼，出了楼梯口，对吴龙说：仇馆长在718房间。

吴龙推开718房门，看到房间里只有两个人。一个是皮球一样的仇馆长，一个是长得很有风韵的女人。

仇馆长看吴龙进门，忙站起身"滚"过去握手：哎呀，吴科长，可把你盼来了！

吴龙落座。仇馆长接着安排上菜。

菜上来了，仇馆长问：吴科长，咱是喝点儿白的还是红的？说着用手指了下一旁椅子上放的两个纸袋：白的是五粮液，红的是拉菲。

吴龙说：哎呀，你弄得这么高档！我是开车来的，这段时间查酒驾查得厉害，白的咱就不喝了，喝点儿啤酒吧！

仇馆长把胸一拍：查着你的车，你跟我说，我去给你要！在善县地段，还没有哪个家伙不给我仇老大面子的！

吴龙笑了笑：那我以后，还少不了麻烦你仇馆长呢！既然你仇馆长这么说了，那，那咱们就整点儿红的吧！

仇馆长说：红酒是女人酒！咱们最好，把这瓶白的干了！

吴龙摆摆手：我们下午还都有工作，就喝点儿红酒吧。主要是咱们谈点儿事。

仇馆长说：那我就听你吴科长的！翠红，那你就把那瓶红酒开开吧。

叫翠红的女子开酒很熟练，拿过开瓶器，三两下就把拉菲打开了，并给两人都倒了酒。

酒倒好了，仇馆长说：三巡后我再给你介绍这位女士。来，咱们起一个。

吴龙端起酒杯，先闻了闻，然后晃了晃，醒了醒酒，之后跟仇馆长碰了杯。

仇馆长碰过杯子喝了一大口,然后看着杯子说:这个破酒,我不懂,为什么就值这么多钱?

吴龙笑了笑。吴龙清楚仇馆长之所以说这句话,目的是想告诉他这瓶酒有多值钱。他笑了笑,心想,要不给他点一句,他还以为我不领他的情呢。就说:这个酒已经把糖分提取了,你喝着不如咱的五粮液来劲儿,可它的价钱却是五粮液的好几倍呢!

仇馆长说:是啊是啊。然后又说:今天上午,我一接到你的电话,你知道我多高兴吗?

吴龙看了眼在一旁默默抿酒的女子,问仇馆长:还记得我怎么跟你说的吗?

咋能不记得呢?你说找个好说话的地方,就我们两个人。仇馆长说着指着一旁的女子说:我本来想喝三杯后给你介绍的,现在我给你介绍吧!这个呢,不是外人,是我的弟媳,马哈的老婆,王翠红。

吴龙对王翠红点点头。王翠红有些拘谨,就要上前给吴龙端酒。仇馆长在一旁说:你先别忙端,我们还没喝完三杯呢!说着又和吴龙喝了第二口。

之后又喝了第三口。仇馆长说:吴科长,我小弟马哈的事,你可要多多费心!

吴龙说:前几天咱们吃饭,那时案子还没转到我们公诉科。昨天才转过来的。案宗我全部看了。哎呀……说到这儿,吴龙看着仇馆长和那个叫王翠红的女子。

仇馆长在一旁轻描淡写地说:吴科长,不就是打架斗殴吗?又不是什么大不了的事!

吴龙笑了笑,哼了一声:要是一般的打架斗殴,那只是违反《治安管理处罚法》,能被检察院批捕吗?再说,马哈是有过案底的。并且,他是因为收保护费,这个有黑社会性质啊!

仇馆长哈哈一笑:什么黑社会,那都是人胡说。咱们这个没蛋子大的地方,哪有什么黑社会?马哈不就是想讹他们两个钱花,他们不给,马哈用刀子扎了他们大腿两下吗?没有多大的事!

吴龙知道,真得好好点点这个揣着明白装糊涂的仇馆长。他说:这个事你要是当小事,你就错了。第一,马哈拿刀子捅人,这本身就是暴力犯罪,和杀人是一个级别的,是属于严惩的八大犯罪的首罪。说起来,这些都还是小事,主要在是不是涉黑这方面。如果是涉黑,下一步,仇馆长,我说这句话也不怕你生气,就怕到时候你也不利索啊!

我能有啥不利索?我是咱们县文化馆的馆长,是共产党的干部,有近二十年党龄的老党员,说我涉黑,那不是笑话吗!

吴龙清楚这句话已如打蛇一样打到仇馆长的"七寸"了,就又说:你仇馆长是什么人,大家都知道。那天咱们吃过饭,我听黄检说,仇馆长这人直脾气,不曲里拐弯。

仇馆长说:我这人就这样,直筒子,直得张开嘴就能看到底。

吴龙笑了:那也太直了吧。

仇馆长也笑着说:我就这性格。说好,我会把头拔给你;说不好,行,那就骑驴看唱本,走着瞧!

王翠红在一旁插了句:是爱憎分明。

仇馆长说:对对对,爱憎分明,眼里揉不得沙子!

吴龙点点头:正因这样,所以我才答应你那一次的吃饭。你也知道,咱们都在这个小城,低头不见抬头见的,我就想,只要是在我职权范围内的,在不违反原则的情况下,我会酌情处理的!

仇馆长说:吴科长,我要的就是你这句话呢!说着,就对一旁的女子说:翠红,快给吴科长端酒!马哈以后的命运都在吴科长手里攥着呢!

翠红起身给吴龙端酒。吴龙象征性喝了三口,然后故意给仇馆长戴高帽:马哈这个罪可不轻啊,并且以前有过案底。但仇馆长出面了,这个事,在我的职权范围内,咱就按轻的来。

翠红说:吴科长,你是我们家的大恩人,我给你磕头了!说着急忙跪倒,要给吴龙磕头。

吴龙忙拉:咱们都乡里乡亲的,不要这样!

仇馆长说：吴科长，你不要拉，就让她磕。马哈这家伙，就是个猪脑子！

翠红说：是啊，吴科长，我家马哈啊，就是个猪脑子！

把翠红拉起，吴龙知道，他该说说今天来找仇馆长的事了。就说：来，咱喝酒。

刚才吴科长的话很给仇馆长长面子。仇馆长很高兴：好，我喝一大口。说着一口把半杯红酒干了。然后像喝白酒一样给吴龙亮亮杯底。

吴龙在心里暗笑，红酒可不是这么个喝法。红酒要浅喝慢品，不能牛饮。

吴科长说：仇馆长真是好酒量。对了，今天来，有点儿事，要仇馆长帮个忙！

仇馆长拍着胸脯：吴科长，有啥事，尽管吩咐。只要你兄弟能帮上的，肝脑涂地，在所不辞！

说起来也不是什么大事，就是关于你们文化馆郑礼副馆长的事。

那个刺头，我最烦他！仗着会写狗屁文章，谁都不放在眼里，上次活该把他抓错。咋就不把他关上三年两年？

我听说，最近他在找律师，想告我们检察院呢！

让他告去，一个穷酸文人，谅他也尿不了一丈二尺长的尿！

话可不能这么说，我听说，这个郑礼在省内外很知名呢！再说了，现在网络这么发达，他真写点儿什么在网络上一传，那就厨子拍腔——坏菜了！

王翠红在一旁说：是啊，吴科长说得对，作家和记者一样，掌握着话语权呢！

仇馆长皱起眉头：嗯，还真是这么回事呢！你说吧，吴科长，让我怎么办！

吴科长端起酒杯：来，咱喝酒！

仇馆长端起杯喝了一口。

吴科长说：这事，也不是什么大事，没必要弄得这么满城风雨的。现在这个社会,想找谁的事,谁还能真的没事?比如你仇馆长吧,真找你的事,你敢保证,你一点事儿都没有?

仇馆长赔着笑说:那是那是。你没听人家说,现在当官的,你要是全部抓,肯定有抓错的,要是隔一个抓一个,肯定有漏网的!

吴科长说:嗯,仇馆长是个明白人。

仇馆长伸着脸说:现在这社会,可不能一条道走到黑。咱别的不说,就咱这小县城,谁还用不着谁?你帮别人,也是等于帮你自己。你说我说得对不?

吴科长说:嗯。仇馆长真是个明白人!

仇馆长试探地问:不然,我找人收拾他一下?

吴科长摇摇头:那样就太暴力了。再说了,他告检察院是他的权利。但是,告了我们检察院,对他有什么好?

仇馆长说:就是。这不是标准的半熟(鲁南土语:二百五、半吊子的意思)吗?

吴科长说:就算他告赢了,顶多我们那些办案的同志挨点儿批评,最差的就是我们得不了市里的先进单位奖,我们的工资又不差一个,我们又都降不了职。

王翠红在一旁说:就是。

仇馆长说:郑礼这个人,和我在一块儿干,我们一直尿不到一壶去。我要说东,他偏着往西,回回把我气得肺叶子痛。我正想找人修理他一下呢!

吴科长轻描淡写地说:你劝劝他就是。告什么告,就是告赢了,他能得到多大的好?

仇馆长说:就是的,这样的人,真是不明白!好,你放心,我去劝劝他,别放着素静不素静,净找不自在!

吴科长说:哎呀,仇馆长,你真是个明白人啊!

仇馆长端起杯:吴科长,那马哈的事,你可要多费心了!来,咱们三个人,整一个……

第三章

郑礼看着仇馆长那皮球一样的身影，用鼻子哼了声。我告检察院是我的权利，你管得也太宽了吧！我告检察院，你知道我争的是什么？是理，是正义！是让他们不要这么随意想怎么着就怎么着！我一个写东西的，不偷不抢，不杀人不放火，我写的每一篇东西都是干净的、催人向上的、给社会提供正能量的。我这样遵纪守法的人，他们想抓就抓，想放就放，完了就完了，一点儿说法也不给，他们也太霸道了吧！我还有做人的尊严吗？

郑礼想到这儿又哼一下：我一说上告，他们就坐不住了？就差说客来了？这么做，他们不感到羞耻吗？他们是人民的检察官，他们是怎样行使职责的？他们对得起这个称谓吗？

想到这儿，郑礼在心里暗暗笑了：让我不要上告，让我顾全大局，什么是大局？难道我个人的荣誉和清白不是大局吗？

郑礼想，要想把这个官司打赢，看来，该再找郁晓说说了。

郁晓是郑礼的好友，现在是他们县城天平律师事务所的律师，很久前曾跟他学过写小说。前两年因为他一个小说版权的事，他们合作过。

他跟郁晓通了电话：郁晓，我出来了。我想找你说点儿事。

好啊，我这几天正为你着急呢！在哪儿见啊？

你说吧。

还是在咱们上次见面的"回到从前"吧。那儿环境很好，我挺喜欢那儿的。

好。

"回到从前"是一个在城郊的饭店，是在一个桃园里开的。郑礼到时郁晓已经到了。看到郑礼，郁晓吃了一惊：哎呀，这段时间没见，你瘦了！

郑礼说：你想想，我被他们抓起来半个多月，能不瘦吗？

郁晓问：他们打你了吗？

郑礼说：进那地方，还能不挨揍吗？这些王八蛋！

郁晓给郑礼倒了杯水：他们说你到底是犯了什么罪？

郑礼说：我也一头雾水。我也不知道我犯什么罪。

郁晓皱起眉头：这就蹊跷了。审你的人是怎么问你的？

郑礼说：他们让我想。

郁晓说：你把前因后果说一下，我就明白是咋回事了。

我从头给你说起吧。就是咱们上次见过面的第二天下午，我回家做晚饭。那是五点多吧，我刚切了一根黄瓜，门口有敲门声。是公安局刑侦大队的两个便衣。问我叫什么名字。我说叫郑礼。他们说找的就是你。让我跟他们去公安局。我当时想，我一直文明守法，怕啥！就跟他们去了。一到公安局，他们就把我送进预审科，过来几个人，让我交代问题。我说没什么可交代的啊，我就是一个作家。主审的那个家伙说：到我们这里来的，一进来都这么说，可后来不都是杀过人、放过火、强过奸、抢过劫、贪过污、受过贿吗？后来不都成为人民的罪人了吗？我说：我没杀过人，没放过火，没抢过劫，没强过奸，你说的贪污受贿，和我更是不沾边。第一我不够级别，第二我没机会。审我的那人说：看你的资料，你不是文化馆副馆长吗？我说：我就是个大头兵。我敢说，要查清廉的，我们文化馆在全市是第一。你们是不是想问为什么，那就是文化馆没钱。每次有活动问上面要点儿钱，到了我们单位，也不过是毛毛雨。那人说：怪不得说作家难缠，看来一点儿不假。我问：你们抓我，到底是我犯了什么事？做了什么案？审我的那个人说：我们没抓你，只是请你，是请你来帮我们调查问题的。我对他们说：好，如果问单位的事，我知道的不全面，你可以找我们的馆长；如果是写作的事，我略知一二；要是问我做什么犯啥事了，我可以对你们这么说：我非常讲卫生，就连随地吐痰都没有过。审我的家伙说：话不能说得这么绝对。我们办案的人员不喜欢用我们不喜欢用的方法让嫌疑人开口。我们喜欢让嫌疑人自己把他的事说出来，这样，你少受罪，我们也省力气，咱们双方都高兴。不然，咱们双方都不愉快。我们就这样摽上了。其实，我真的不知道我犯了什么事，后来我让他们提醒我犯了什么事，他们只是说：这个事还要提醒？你做的你知道。不止你知道，我们也掌握了。就是到现在，我还是不知道，我到底是犯了什么事。

他们刑讯逼供了吗？也就是说，他们打你了吗？

打倒是没打。预审科里都有监控。他们不光两天不给我饭吃，而且不让我睡觉。我一要打盹儿就有人过来把我弄醒。把我审了几天，就是那一句话，我做的事我知道，坦白了，就会从轻处理；抵抗，我们也一样定你的罪。我问：到底我犯了什么罪？你们说啊？你们不说，你们就是抓错我了，那样，我会上告的！我要追究你们的法律责任！审我的人就笑了：不掌握你的罪行也不会请你了。我们是在给你机会，别敬酒不吃吃罚酒。我问，我到底犯了什么？你们给我说清楚。如果我犯了，枪毙我我也无话可说。再说了，我一个写东西的，我深知什么是我该做的，什么是我不该做的！审我的人就说：不要以为你会写点儿狗屁文章就了不起。你们这样的穷酸都是下贱货。要没有你们这些人写的那些蛊惑人心的狗屁文章，社会还不会乱到这个地步，人们的道德还不会堕落到这个地步！知道我为什么不看一些书吗？就是怕被你们这些家伙把我们的精神污染了！我说：你们说的怎么像是在抬举我们作家啊？我们作家的文艺作品有这么大的作用吗？审我的家伙说：作家？放在以前，很受人尊重，可如今，骂人才说你是作家呢！我说：你说的那是一些所谓的作家。而真正的作家你知道他们写的是什么吗？他们是在用良心和正义感写作。他们是社会的良心，是社会的良知！另一个审我的家伙说：良知？我看是狗屎！是良知，你们就把我们公安写得那么差？你那不是在骂我们善县的公安吗？

我问他们看过我的作品吗？审我的家伙忙摇头说没看过。我说你们没看过怎么就知道我骂你们公安呢？知道我那个小说写的是什么吗？我那个小说写的是一种社会问题，不是针对哪一个人或哪一个单位。新闻和《焦点访谈》才针对现实中的人和事呢！我写的是文学作品。文学作品是虚构的。虚构，你们懂吗？审我的那个家伙说：虚构，不就是胡编乱造吗？你们作家是最阴险的，是最阴暗的了！屁本事没有，就知道指东说西，指桑骂槐，用你们的文字来达到你们那最丑恶的目的！我有些明白了，问他们：你们是不是因为我写的小说让你们感觉不舒服了，才抓我？审我的那个家伙说：不是跟你说了吗，不是抓，是请！再说了，你写的那些狗屁文章，你觉得能改变社会？现在就是在报纸电视上曝光的事，真正能管用吗？你别太天真了！说到这儿，郑礼端起杯子喝了口茶。

郁晓问：后来呢？

后来他们还是说不出子丑寅卯来。就是关着，晚上把我送到看守所里去，第二天一早再把我提过来审。

在看守所里，那些犯人打你了吗？

郑礼说：打了。说着掀开衣服，让郁晓看他身上的瘀伤，然后又让他看腿，腿上到处都是青紫的痕迹。

对了，这些，你都做伤残鉴定了吗？

我一出来，就去县医院做了伤残等级鉴定，并且我都让我老婆给我拍了照片了。我要上告，首先要第一手的资料。

郁晓说：嗯，这样对。审你的人最后怎么说的？

最后也没说什么。只是说：你先暂时回去，不要远离，我们会随时"请"你！

最后就把你放了？

郑礼点点头。

这是他们把你抓错了。不然他们不会这么对你说。

把我抓错了？我也以为把我抓错了。对了，我问一下，把我抓错了，他们公安和检察机关要受相应的什么处分？

如果是公安机关把你抓错了，这个好说。因为在办案期间，说找你了解一下案情，公民有配合公安机关侦破案件的义务，顶多就是给你赔礼道个歉，赔偿一些你的损失。而如果检察机关参与了，是检察机关让抓的你，那就是检察机关办错案了。这样，检察机关的责任就大了。检察机关本身就是对案件进行检查的，是预防公安办错案的。如果是检察机关弄错了，那就要牵扯到国家赔偿。不光牵扯到国家赔偿，而且检察机关不能评先进，职工的工资不能晋升。

郑礼说：当时，审我的时候，他们给我出示逮捕证了呢！这个事，我一定会告下去的！今天叫你来，就是想请你给我当律师呢！

郁晓点点头说：好，你放心，你这个律师，我当定了！

第四章

吴龙从外面刚回到办公室，还没放下包，内线电话响了，是黄检察长，他忙接了。

黄检劈头就问：什么时间回来的？

我刚进屋。

你到我办公室来。说完电话放下了。

吴龙看了话筒一会儿，然后放下电话。

吴龙敲敲门。门里说进来吧。

黄检看他进来了，问：怎么样？

吴龙走到他跟前，说：文广新局的鹿局长答应得很好，说他们近期会做郑礼的工作。

你把我说的事给鹿局长说了吗？

咋能不说呢！所以鹿局长积极性很高，说让我们放心，他会做的。

黄检长出一口气说：刚才公安局的白局长来电话，说郑礼去找律师了。律师叫郁晓。他们刚见过面。这个郁晓的业务很棒。他以前当过郑礼的代理律师。

吴龙说：白局长真不愧是干公安的，摸得这么清！

你别忘了，公安能监听。监控一个人，对他们来说，小菜一碟。

噢，我说呢。

还有，做郑礼的工作，要多管齐下，考虑得细一些。

嗯，我知道了。

对了，你找的那个仇馆长怎么说的？

吴龙说：昨天下午，仇馆长给我来电话了，说他已做过郑礼的工作。郑礼没说什么。仇馆长说，他再接着做。

黄检哼了声：一听这话就没戏。这个仇馆长，看来，是和这个郑礼关系不融洽。

吴龙点点头：那天吃饭时，从仇馆长的口气中，我能感觉出。你想啊，仇馆长是混社会的，他怎么能看得起一个写书的人呢！

这只能说明这个仇馆长愚蠢，是天下第一号的蠢球！黄检说，现在是什么社会，你一个小混混本来就很无知了，并且现在在文化馆干负责人，你再看不起文化人，不是愚蠢是什么？不要以为千军万马能赢得天下，有时一杆笔，比千军万马要强大得多！

吴龙点头附和说是。

黄检说：不要把希望放在这个仇馆长身上，你抽时间调动一下鹿局长，看他那边怎么说。

吴龙说：嗯，我想，适当时候，还得你出面。有时你一句话，够我跑几十趟的！

黄检点点头说：我说话，也得在恰当的时候。我如果现在出面，不是证明案子我们确确实实办错了吗？再说了，咱不能求着他们，一求他们，这就证明，我们被动了。一被动，就得处处求人，到那时候，我们的工作就难做了。

你放心，不到动老帅的时候，我是不会让你出面的。

鹿局长是个明白人。我跟他打过交道，并且，他还有些案底在我们这儿，你只要调动他，我想，事情会有转机的。

吴龙提出他的担心：就怕这个郑礼认死理，如果那样，难度就大了。

工作在人做。只要找准他的喜好和弱点，一切都会迎刃而解。咱们办理的这些案件，你说说，哪个不都是大案要案？最后，不都皆大欢喜了吗？

吴龙点点头。

所以这事，不能急，也不能不急，要把握火候。还有，适当时，要跟鹿局长说，让他把那些虚的东西，比如说先进个人了什么的东西，多给郑礼一些。

知道了。

我就不信，他郑礼还能一条道走到黑！

当天下午，鹿局长就找郑礼谈了。鹿局长先问了郑礼最近的创作情况。之后夸了一番，说他的工作做得扎实，目前全县的文艺创作已进入全面繁荣阶段，这都是他抓创作的结果。接着话题一转，说起他前段时间被抓的事，问到底是咋回事。

郑礼一五一十地说了。

鹿局长问：我有个疑问，检察院办案子，没有百分之二百的把握，他们是不敢去抓人的。他们既然抓了你，我想，你肯定是做了什么事。

郑礼一笑：我以我的人格担保，我从没办过什么违法的事。

那为什么抓你呢？

我也很纳闷儿。

这样他们不就是草菅人命吗？

我也不知道他们为什么这么做，是谁让他们这么做的。

鹿局长义愤填膺，猛地一拍桌子：他们太过分了！

郑礼看鹿局长动怒了，就把自己在看守所受的罪也都和盘托出了。

这群王八蛋，无缘无故抓人，他们也太嚣张了！鹿局长问，你想怎么办？不然，告他们！对于你的这件事，我给你保证，咱们局支持你维权！

谢谢鹿局长。我现在已找了律师。我想就这个事讨个说法。

鹿局长点点头：好，局里支持你！

谢谢局长！

你是我文广新局下属的工作人员，他们这样抓你，那是看不起我呢！

第五章

郑礼回到家,没想到王香早回了。王香一脸泪痕,看样子刚哭过。他就问:你怎么了?

王香说:他们欺负人!

郑礼问:咋回事?谁欺负你了?

王香前前后后地说了,是这次晋级职称的事。王香这次晋升的是注册会计师,本来这次无论按年限、按贡献、按学历,就是按职排辈也该是她。可没想到,最后公布名单,却是那个比她晚来两年,什么都不会的周会计。那个周会计说起来就有一样比王香强,人样子长得俊,风骚,据说,她和局长不清不白。

王香说:按什么说也不能是她的,这不是明显地欺负人嘛!

郑礼知道这事有着曲里拐弯,就劝老婆:你的硬件硬,不然,就再等一年。

再等一年,你说得怪轻巧,这一年里,你知道政策变不变?你知道明年就能是我?

郑礼不知说什么了,评职称就这样,一步金一步银。一步赶上了,步步都能赶上;一步赶不上,那就步步都晚半拍。以前工资差额还不是多大,只是三五十块钱;现在倒好,初级和中级就差四五百,中级和副高就是五六百,那副高和正高要超过八九百。不光工资,还有一些福利待遇,比如说他们文化馆吧,每年的烤火煤补助,按善县政策规定:初级的,一年补一千一百块钱,中级是一千三百元,而副高是一千七百元。三六九等,这就是差别!老婆的单位是烟草专卖局,他们的奖金那可不是一个小数目啊。有时,半年的奖金比他一年的工资都高!这可都是牵扯到真金白银的事,咋能怪老婆急呢!

郑礼建议:不然,你再给你们的政工科长意思一下?

就那个破人,胃口大得不得了!你知道多少能称他的心?

哎,就当是做生意,不就平衡了?

有东西我喂狗,也不给那号破人!并且,就是给送礼,他也不一定能办得成!

那谁能办得成?

这还用问,当然是一把手孙局长了!孙局长说了,准成!

郑礼说:我是给你使不上劲儿了!就你们那孙局长,牛得像螃蟹,油盐不进,别指望他能给你说话!

所以说生气啊!他把我的指标给他相好的了,你说,我还有机会吗?

要是有万一呢?

万一?哼,除非是太阳从西边出来!

王八蛋。王香在一旁狠狠地骂:王八蛋!

这时,郑礼的手机响了。看来电显示,是郁晓。郑礼接了。

郁晓说:你在哪儿啊?我想跟你见个面。

我在家。

我去你家。十分钟到!

不一会儿,门被敲响了。郑礼从他家的猫眼儿里向外看了下,是郁晓。郁晓像地下工作者似的,不停地向后看。

看着猫眼儿,郑礼长出一口气。原来王香安这个猫眼儿时,他还有很多意见。说,我们这么个家庭,不当官不当大款的,没人给你送礼,没人惦记你,没必要。王香说:安了这个东西,自有好处,首先,别人在明处,你在暗处,你可以偷偷观察别人而别人不知道。

郑礼说:功能我知道,我总是感觉,咱家不需要。

王香说:什么需要不需要,安一个也就五十块钱的事。你没看,大家的门上都有。

郑礼没跟老婆争辩,也就五十块钱的事,当时就安了,但心里说不出的别扭。只是,听到敲门声,他还是马上去开,很多次,王香都批评他,说他这样不安全。为什么安这个猫眼儿,花这个钱,就是为了保护咱们家的。你听到敲门声就去开门,这不说明咱花的这个钱作废了么!

郑礼知道,在城里生活和在乡村不一样。在城里,人们的文明素质高,谁要去他们家做客或串门,一般都事先打电话预约,没有贸然去的。那样一是不礼貌,二是去了也不一定能见到人。不像在他的农村老家,串门的多,门都不敲就进家了。有时弄得双方很尴尬。上一次,郑礼放进那两个来"请"他的人,就是因为没从猫眼儿里向外看,直接开门了。

郑礼开了门。郁晓进来了,一进门就说:现在,到处都有眼睛,在哪儿都不安全,所以就直接来你家了。

郑礼问:怎么回事?

郁晓说:你找我当律师的事,还跟谁说了吗?

郑礼摇摇头:我只说要找律师,没说要找你啊!

郁晓接过王香递过的凉茶,拧开盖子喝了一口:今天我的一个朋友找我说你这事,让我最好不要插手。我问他怎么知道我要插手?他说,你不是已经答应做郑礼的辩护律师了?我就故意装糊涂说,谁说的,我怎么不知道?那朋友说:你别装了。我真心告诉你,这事上头有人安排了,我们尽量不要过问。即使想参与也行,就是要使正劲儿,别使反力。我问什么是正劲儿?那朋友说:你是真不懂还是假不懂?我再告诉你一遍,正劲儿就是积极劝导郑礼不要在这事上纠缠了,纠缠久了,对谁都不好!

这是明显的威胁啊!

谁说不是呢?我今天来问问你,你找我做律师的事,真没给谁透露过吗?

郑礼摇了摇头。

郁晓唉了一声:看来,你被他们监控了。

什么,我被谁监控了?

想监控你的人。

你告诉我,那到底是谁啊?

你用笨脑子想想,谁有这个权力啊?

明白了。哎,我的这事,我也慢慢理清了,可能是因为我写那篇小说的事。

就是你写公安方面办案内幕的事？公安和黑社会勾结的事？

郑礼点点头：这两天，我前前后后都考虑了，在生活和工作中我一直谨小慎微，我可以拍着胸脯说，我是干净清白的，没做过什么对不起别人的事！

我感觉也是。可你写的是公安的事，那和检察部门有啥关系？

这也是我弄不明白的地方！

我明白了，只有一种解释。

什么解释？

官官相护。

郑礼点点头，看来，也只有这一种解释了。

你放心，你这个律师我是给你当定了！

那，谢谢你！

谢什么，你曾指导过我写作，是我的老师！再说了，我是一名律师，我有我的职业操守！

第六章

郑礼没想到局长到文化馆来视察了。早上一到办公室，仇馆长就对他说：任何人都不能远离，打扫卫生，今天鹿局长来咱馆里视察。

鹿局长几年不来一次，郑礼仔细想想，上次还是三年前局长刚上任的时候来馆里认门，平时从没来过。就是每年的节后拜年，都是副局长代表他来，局长也没来过啊！这次是怎么了？太阳打西边出来了？

郑礼也没往心里去。领导来有来的理由，不来有不来的原因。领导的事多，要开会，还要迎来送往，你下属的一个小单位，是没必要挂心里的。可今天说来文化馆视察，不知道是视察什么工作。

仇馆长皮球一样的身子在馆里滚来滚去，一会儿指挥办公室把门窗擦干净，一会儿又命令舞蹈科把办公桌上弄整齐，看他那样子,像是迎接皇上临幸。

郑礼的办公室比较凌乱。他一写起东西来,书籍资料什么的随手放。别人说他的办公室乱,可他却乱中有序,想用什么,伸手就拿。他常说:越是干净的办公室,越是没干活的。惹得仇馆长不高兴。其实,仇馆长就是个不干活的。

郑礼在整理桌上的书籍文件。领导安排了,不整理就是态度问题。仇馆长进门了。仇馆长就喜欢这样,从来不知尊重别人,进门直接进,也不敲门。在他心中,他是馆长,想进哪间就进哪间。仇馆长说:郑馆长,不要远离,鹿局长要找你谈创作的事。

郑礼头也没抬:我知道了。

上午九点半,鹿局长来了。这次来的人很多,前呼后拥的。鹿局长每个办公室地走。仇馆长就跟着介绍,这是谁谁谁,什么职务,工作如何。当然,说的都是官场上的套话。鹿局长就说这个我知道,是咱文化上的干将,以后要继续努力之类的话。

鹿局长来到郑礼办公室说:郑馆长的作品我读了一些,很受鼓舞和启发。然后握手去了仇馆长办公室。过了没一会儿,仇馆长过来叫郑礼:郑馆长,你去我办公室,鹿局长跟你说点儿事。

郑礼来到仇馆长办公室。办公室里只鹿局长一人。鹿局长先问了郑礼一些创作方面的事,接着话头一转:我知道,你在馆里受委屈了,仇馆长压着你,我批评他好多次了。

郑礼一笑:仇馆长对我很好啊。我们班子很团结的。

鹿局长笑了一声:怎么,跟我也使心眼子?

郑礼说:你是领导,哪能呢。再说了,仇馆长是馆长,我是协助他工作的!

哎,本来这个馆长该是你的,可上面的领导插手了,我就不好再坚持了。我现在正打算把他交流了呢!

郑礼没有说啥。

鹿局长接着说:仇馆长不懂业务,工作作风强硬。我说过他多次,文化馆是专业职能馆,不能拿着管理乡镇企业的那一套来治理。文化馆的人素质都很高,他们一人按一枝,你只要把任务安排下去,说什么时间要活儿,到时间他们都自会保质保量给你完成得好好的。不需要你隔三差五地敲打这个,敲打那个,那样适得其反。你是文化馆的老人,业务上你是大拿,为了咱们县的文化工作,你出了大力,我作为老大哥,谢谢你了!

一席话说得郑礼心里热乎乎的。

鹿局长知道自己的话起作用了,话锋一转:你的那个事怎样了?

郑礼问:什么事?是检察院抓我的事吗?

嗯!这些政法口的人,你看他们现在,想抓谁就抓谁,想整谁的事就整谁的事,到底谁给他们这么大的权力!

就是。郑礼说,抓了,打了,连个道歉的话也不说。

真是无法无天!

郑礼嗯了一声。

之后,鹿局长抽出一支烟,是苏烟,扔给郑礼一支。郑礼接过后又交给鹿局长:谢谢局长,我不用。

鹿局长点了烟,深吸一口:唉,气归气,再想一想,告了他们对咱们也没什么好处。搭了时间,搭了钱财,最后只为挣个虚面子。

郑礼点点头:局长说得对,可人活着是为什么?不就为了一口气吗?老话说:人争一口气,佛争一炷香,我不吃馍馍,争(蒸)的就是这口气!

鹿局长说:是啊,人就得争这口气。什么叫冻死迎风站,饿死不做贼,不就是争的这口气吗!

我气的是他们这些人到现在连句人话都不说!把我抓错了,你说抓错就是,他们连个道歉也不给我。

嗯,就是的。对就对,错就错。道个歉有什么?共产党的威信就是让这些家伙给败坏的!

律师我也找好了,这个事,我一定要告下去!不然,这口气我咽不下。

嗯。现在是法制社会,不能任由他们这些人胡作非为!

我想好了，我计划把这次案情往大上弄。

哈哈，咋个弄法？

我把案情的进展发布在网络、微信、博客上，我要让全国人民都知道！

这样做，是不是有点儿炒作了？

不炒作他们这些人能觉着吗？

这样做，是不是有点儿太过了？你别忘了，你也是咱们小城人，低头不见抬头见的！

你知道他们怎么折磨我吗？说到这儿，郑礼的眼泪哗地流了下来，他们比法西斯都有过之！他们把我弄到一个水池子里，让我吃拉都在池子里，我只要一闭眼，他们就用强光灯照我的眼！我在水池里整整待了七天啊！

鹿局长长出一口气：唉！

我拉尿都在水池里，喝也得喝水池里的水，那几天，我死的心都有了！

搁在谁身上，都会和你一样！太没人道了！

我什么也不要，就要一个理！告，我是告定了！

我是为你着想，我怕你胳膊拧不过大腿啊！

拧不过我也告，我就不信，共产党的天下，没有说理的地方！

有的，咋会没呢？你要相信党，相信组织！

党和组织我一直都相信，不然，我咋会入党呢！

对对对，你还是党员呢！

郑礼从仇馆长办公室出来没十分钟，鹿局长走了。临走时，鹿局长拍了两下郑礼的肩膀。郑礼清楚这两下暗示了什么。

看着鹿局长的小车离去的背影，郑礼用鼻子"哼"了一声。

第七章

吴龙心急如焚。从鹿局长那里反馈过来的信息，郑礼告检察院，已是王八吃秤砣——铁了心了。

吴龙清楚，这事他必须马上汇报给黄检。

黄检没在办公室。吴龙回到办公室，给黄检打了个电话。没接。不一会儿，黄检给他发回信息：在市里开会，下午回。什么事？

吴龙给他回了个信息：鹿局长来电话了，说事情不理想。

黄检接着给他发来信息：等我回去再说。

刚放下电话，办公室的门被敲响了。吴龙说了声请进。仇馆长皮球一样"滚"了进来。

吴龙一愣。仇馆长脸上觍着笑说：吴科长好！说着把手伸过来。

看着仇馆长那四喜丸子一样的脸，再看着伸过来那香肠一样的手，吴龙有一种反胃的感觉。吴科长象征性地握了一下，然后指了下一旁的沙发让仇馆长坐下。

仇馆长看了一下吴科长，屋里就他们两人，说：外面还有个人呢。我去叫一下。仇馆长出去了，不一会儿进来，身后跟的是那次在一块儿吃饭的王翠红。

王翠红一进门就给吴龙点头：吴科长好！

吴龙给她指了一下沙发。

王翠红坐下了，低着头，看着自己的脚尖。

马哈的案宗吴龙看了，说起来罪不轻，拿刀子捅人，并且是因为收保护费。吴龙说：仇馆长，案宗我看了，你们要有个心理准备。这个要是判，可判得不轻。

仇馆长和王翠红听了吓得脸都变了。王翠红嘤嘤地哭了。仇馆长从提包里拿出个红包放到吴科长桌上说：别人给我的茶叶票，别嫌少，一点儿小心意。

吴科长脸色一正：你这是干什么？这样不行，快收起来，这是违反原则的！

仇馆长说：这是我给你的，又不是她给你的，怕什么？再说了,是别人给我的茶叶票,是我给你的!

吴龙说:那也不行!这样可是违反纪律的!你快收起来,让别人看见不好!

仇馆长说:吴科长,见外了不是?咱们弟兄,谁跟谁啊!

吴龙说:说起来,我也爱结交朋友,都在一个小县城里,不是亲戚就是朋友。可我工作性质决定的,我必须得板起脸来工作,我是房顶上开门——六亲不能认啊!

仇馆长说:理解,咋能不理解呢?马哈的事,你多费心。我们也不要求你违反原则,只求你在法律允许的范围内,咱们按最低底线来!

哭哭啼啼的王翠红扑腾给吴龙跪下了,哭着说:吴科长,求求你了!

也许这样的事经多了,吴龙很淡定:你起来吧,这个事,是牵扯到法律的事。我只能这样跟你说,看他的案宗上所犯的罪行,不轻。哎,只要我能尽上力的,我会心里有数的!

仇馆长觍着笑说:吴科长,你只要心里有数就行!好。我相信你能办好。

吴龙问:你们馆里的那个郑礼的工作,现在做得怎么样了?

仇馆长骂道:这个王八蛋,我劝了他半天,他当时嘴上说不追究了,没想到,又找了律师,说是去市里告!这个口是心非的家伙!

吴龙说:让他去吧。他这样的人,不撞南墙他是不会回头的。这就是什么呢?

王翠红在一旁说:敬酒不吃吃罚酒!

仇馆长在一旁说:对对对,是敬酒不吃吃罚酒!

吴龙说:他根本不知道,咱们这么做,是整个儿地替他着想,为他好!

王翠红忙点头:是啊是啊!狗咬吕洞宾,不识好人心!

仇馆长说:我回去还得劝他,这不是不识好歹吗!

吴龙说:你劝他也要注意一下方式方法。你是领导,要平易近人,要塌下身子,不要下属说一句难听的,你就变脸,要学着有肚量!

仇馆长说:就是就是。我就是个火爆性子,哎,我改,我改!

吴龙说:马哈的这案子,我心里有数,你放心!虽然很严重,但没有死人,说起来也好处理。但有一样,我跟你说,出了门,你就不要说是我说的。

仇馆长把头伸过去问:是什么,你说,我马上就去做!

吴龙说:你回去还要去做受害方的工作,找人说和说和,赔个礼道个歉,适当给些钱。最好能让受害方在出庭的时候说是两人打架斗殴,这样,就不是刑事案件了,就是一般的民事纠纷了。明白了吗?

仇馆长把头点得如捣蒜,说:好好好!之后仇馆长又有点儿得寸进尺,说:你看这样好不,这案子在你这儿压下,不往法院报了,好不好?

什么?在我这儿压住?你以为我是总书记?告诉你,法律程序只要启动了,就要一直走下去!就像电脑的开机程序,只要启动了,直到开开机为止。

噢,我明白了。

现在和以前不一样了,现在办案都上网。你的案件就在网上挂着,上面的领导都看着呢。不像以前,案宗都是纸质的,抽走就抽走了,再补一份就是。现在都是透明办案,谁敢啊?你就是找检察长、公安局局长来,他们都不敢说把你这案子按下!不然,法律那不是儿戏了!

仇馆长忙点头说:是是是,吴科长说得对!法律是神圣的。不然我不就不光找你一人了!我知道,这个事,除了你吴科长,他们都帮不上忙呢!

吴龙说:你找的人再多,官再大,最后还都得归到我这里来。因为我是公诉科,我这里是代表国家出的公诉人!

我是法盲。你说得对!我是说,你在法律允许的范围内,适当地走底线。

这个嘛，是可以考虑的！

王翠红又一次跪下了，说：吴科长，求求你了！你是我们家的大恩人啊！

哎呀，怎么说着说着又跪下了。起来，你要不起来，我就不问马哈的案子了！

王翠红起来了。仇馆长说：吴科长，咱们上午在一块儿坐坐？

吴龙想还得等着给黄检汇报事情呢，忙推辞：不了，我下午还忙，改日吧！

仇馆长说：吃饭过河，过河吃饭。毛主席都说，革命不是请客，就是吃饭！走，饭店我已安排好了！

吴龙说：我去可以，但咱们要简单，不能喝酒！

行行行，听你的，你说咋办就咋办！仇馆长一口答应。

那这样吧，你说去哪个饭店，我一会儿过去就行了。

那，咱去锦宴吧。我在门口等着你！

好，说定了，一会儿见！

第八章

上告的信件，郑礼很快写好了。他又看了两遍，之后给郁晓打电话。

郁晓说：好。我马上去你家。

在等郁晓的空当，郑礼把上告信件的文本传到他的博客，并发表声明，他的所有信息，案件的进展，他都会第一时间在博客上公布。

郑礼接着在博客里发表请求书，请求政法战线上的文友，或从事律师行业的朋友，对这件案件进行关注并提供法律方面的帮助！没多大会儿，他的博客点击率超过百人。

留言也很多。其中有个叫"天下正道"的博友回信说：他是北京的一位律师，他会严密地跟踪关注此案的，并会在适当的时候提供帮助。

还有一家晚报的记者说他在适当的时候会来善县采访的!

郑礼的另一个文友,是一家网站论坛的坛主。他对郑礼说,他想把这个案件传到"天涯"、"西祠胡同"等一些著名的网站上去!

看着飙升的点击率,郑礼知道,他的"鸡蛋碰石头"一定会碰出声响的。

这时,门被敲响了。

打开门,让郑礼意想不到的,进来的是仇馆长。

看着一脸愕然的郑礼,仇馆长哈哈一笑:怎么,不让进门啊?

哪能呢?我在想,不年不节的,你咋来了?

到你郑馆长家讨顿酒喝,难道不可以吗?

我这里什么都有,可就是没酒啊!

话里明显不欢迎,仇馆长不傻,故意打哈哈:不给酒喝,讨杯水,总可以吧!

话已说到这份儿上,郑礼再说什么,那就撕破脸了。郑礼把原来开成一条缝的门开大了,让仇馆长进来了。

仇馆长进门的第一句话是惊呼:哎呀,这么多的书?我看,你家都比得上图书馆了!

我不抽烟不喝酒,唯一的爱好,就是买书读书!

干嘛的讲嘛,卖嘛的吆喝嘛。你是作家,是写书的,就得多看书,才能写出杰作!

郑礼用纸杯倒了杯水,端给仇馆长。

仇馆长说:郑馆长啊,今天来,我是来跟你说件事的!

郑礼说:公事还是私事?

仇馆长哈哈一笑:说起来,这事也是私事。

私事?

嗯。是为你好!

那,那是什么事?

郑馆长啊,这几年,咱们弟兄在一块儿搭班子,你没少帮我的忙。哥心里有数。哥是个粗人,有时说话不讲究个策略,你要原谅你哥啊!我也是为了咱们文化馆啊!

郑礼听了眉头一皱，心想：这个破人今天不会无缘无故来我家，我且看他如何表演。就笑了笑。

仇馆长看郑礼不说话，说：兄弟，你被检察院抓起来的事，我听说了，是误抓。再说了，公安、检察院办案，误抓是常事，是避免不了的。过去就过去了，咱一切向前看！再说了，咱们单位的先进、晋级、评职称什么的，只要我还在馆里，今年都有你的！

至此，郑礼明白了，仇馆长是来做说客的，便故意问：那，让我做什么啊？

仇馆长听郑礼说这句话，把大拇指给郑礼一竖：你真是明白人！你只要答应不再上告，我说的这几样，今年都有你的！

郑礼哈哈一笑：你是不是来给他们当说客的？

仇馆长没有正面回答，只是说：我只是看着你这个事也就是这么回事，想去了你心中的结，不就是误抓吗？什么大不了的事！

郑礼点点头。

仇馆长以为自己的话打动郑礼了，低声说：实不瞒你，近段时间咱文化系统可能要调整，我在不在文化馆都不好说，但有一样，我往上边推荐你了。

推荐我？推荐我什么？

鹿局长前两天问我，你们文化馆里的几个馆长和后备干部，按威信和工作能力，谁最适合做馆长？我推荐了你！那三个破人，不是人品有问题，就是没工作能力，还有的就是墙头上的草，一点儿主见都没有。像他们那样的，怎能当文化馆的一把手呢！

郑礼哈哈一笑：仇馆长，谢谢你的美意，我自己吃几碗干饭，我心里清楚。我就是个写东西的人，让我当这个副馆长，我就已很吃力了。再说，你以为馆长是谁想干就能干的吗？我跟你说，干馆长这样一把手的都得不是人！

不是人，是什么？

是神啊。郑礼想故意调笑一下仇馆长，接着说，心不狠，手不硬，没有杀爹的心，能干一把手？笑话！

仇馆长一听不高兴了：咋能这么说呢？我在咱们馆里，使什么手腕了？看看，咱们大家不是都很团结吗？

郑礼在心里暗笑，还团结呢，一个文化馆，大闺女的腚——四分五裂，到处起狼烟。跟不知道的外人说，还能骗住一些人，跟我说，这不是睁着两眼说瞎话吗？就说：是团结，你怎么说，馆里人就怎么干。

仇馆长说：郑馆长，你大哥我自认为对你还是说得过去的！上告这个事，就这样算了，杀人不过头点地。不就是争个理吗？现在，咱们局里和馆里都知道你是被误抓了，并且，你所得到的利益，不光没少，还有所增加。你说说，再上告，又搭时间又搭财力的，有意义吗？

郑礼说：你说的，的确是这么回事。过去有句俗语，叫冤死不告状！

对对对，就是这句话。这句话其实说得太对了！再说了，你这样的小事，还叫个事啊？

这样的事不叫事，那什么样的叫事？

你呀，写东西写迂腐了！这样的要叫事，那放屁不通也是个事！我告诉你，只要是不死人，什么事都是小事！

郑礼听了，有一种大梦方醒的感觉：原来是这样啊！

仇馆长说：早就这样了！你不在社会上混，不知其中缘由。现在，哪个事不这样？

郑礼点点头。

仇馆长的手机响了，他看了一眼，没接，关了。之后说：我还有事，你如果真一意孤行的话，最后会弄得人不人鬼不鬼，到时，可别怨你哥我没劝过你！

郑礼才想说什么。这时门响了。郑礼知道是谁来了，起身开门，是郁晓。

郁晓看屋里有人，一愣。

郑礼介绍：这是我们馆的仇馆长。这是……

郁晓没等郑礼介绍就上前握住仇馆长的手说：你不用介绍，仇馆长认识我，仇馆长以前在乡镇干，我给他处理过一次案子，仇馆长，咱们可是老相识了！

仇馆长忙说对对对！之后看了看手机上的时间说：局里还有个会，我就不待了，你们聊！说完"噔噔"地走了。

看着仇馆长的背影，郑礼问郁晓：你以前给仇馆长办过案子？

郁晓摇摇头。

那你怎么这么说？

我是担心这个仇馆长知道我的情况，故意跟他那样说的。

郑礼给郁晓竖了一下大拇指。

没办法，这是为了我们的这个案件顺利开展。我做律师，这样的事经多了，要是有人知道我在做你的律师，他们会千方百计来做我的工作，或用软硬兼施的手段逼我就范的！

郑礼叹了一口气。

没办法，这就是中国国情。郁晓说，现在，我们要做的就是在这些人没反应过来的时候快速出手，打他们个措手不及，不然，我们的工作就被动，就难开展。

郑礼点点头。

郁晓说：你们馆长是来劝你的吧？

郑礼笑了：许了我好多，都是我想要的，可我没答应。

郁晓说：看来，他们已经行动了啊……

第九章

黄检把吴龙叫到办公室，点上了一根烟，问：郑礼那个事，怎样了？

吴龙说：我给文广新局的鹿局长和文化馆的仇馆长说了，他们在做郑礼的工作。

工作做得怎样了？黄检拉着长腔问。

我调动了一下鹿局长和仇馆长，他们都找郑礼谈了，但最后具体是什么状况，还没反馈过来。

没反馈过来？我刚才接到市法院民庭办公室的电话，说郑礼已把诉状交到市法院了！也就是说，郑礼已在市法院把我们检察院告下了！你是学法律的，你说说，假如走法律程序，我们是赢是输？

吴龙小着声音说：当然是输了。

黄检猛地一拍桌子：这个事，现在已到什么地步了，你知道了吗？我听县委宣传部新闻科管网络的对我说，这个郑礼已在网上把他要告检察院的前因后果都贴出来了，现在在全国几个大网站上已成为热帖。

他把案件传到网上去了呀？吴龙有点儿意想不到。

让你办点儿这样的小事，你却办成这样，我都不知道，你是怎么工作的！

吴龙没想到黄检这么说，看来，自己这段时间的努力一点儿成绩也没有。他低下了头，问：我们现在怎么办？

怎么办，做工作。不能半遮半掩了，要尽快和郑礼接触，力争把这件事按下，消灭在萌芽状态！

再从哪儿入手？

你跟公安局的白局长联系，让他尽快查一下郑礼的社会关系，看看谁是他的死穴，谁能劝动郑礼，要找这样的人！还有，这次郑礼告我们检察院，你要给我查清楚，他找的谁当律师？是本地的，还是外地的。

吴龙说：我知道了。我马上去办！

郑礼没想到网上对他的案件这么关心，点击率飙升，很多网友表示支持。在这天晚上，有一个叫"亲亲朋友"的网友给他发来悄悄话，说：亲，这个事，你不要听那些人乱说，他们是"打酱油的"，是唯恐天下不乱的。这个事，不要认死理，见好就收。你一个人，一身都是理，都是正义，你也斗不过一个单位的！只要给你补偿，你受了委屈，得到了实惠，就可以收手了。不然，你最后会弄得人不人鬼不鬼。到那时，可没卖后悔药的啊！

郑礼给"亲亲朋友"回了信息：亲，多谢提醒。

"亲亲朋友"说：再有人来劝说你，你就跟他们讲条件，大胆开价!

郑礼说：我不会开价，我要的是个理。我要让他们认错！

"亲亲朋友"说：你要他们认错，说到底，你不就是要国家赔偿吗？就是赔偿，能赔你多少呢？亲，听我的，和他们讲条件，其他的，都是扯淡！

郑礼说：你是说，让我为了利益，放弃我所争的理？

"亲亲朋友"说：你争的理，归到最后，不就是利益吗？为什么不直接一些，少走那些弯路呢？

郑礼说：亲，我知道你为我好，可我还是接受不了你说的，谢谢你了！

打完最后一个字，郑礼又回过头来看了看"亲亲朋友"说的话，再换位一思考，他说得挺在理的！

昨天定好的，今天下午和郁晓见面。郑礼想，我得给郁晓打个电话，问一下，是到我家来还是去他的律师事务所。

郁晓接了，说他在外面，在忙另一个案子，回来后跟他联系。郑礼说好吧。

第二天郑礼去上班，一到办公室，就接到局办公室的电话，说让他去局里政工科开个会。郑礼纳闷：我是抓文艺创作的副馆长，又不是抓行政的，咋让我去参加政工科的会议？

他给仇馆长打了个电话。仇馆长说：让你去，你就去，你去有你去的原因。

郑礼去了局政工科。政工科科长和郑礼很熟，姓苏。苏科长看郑礼来了，说：郑馆长，让你来，是跟你说件事。我是代表局长来跟你说件事的。

郑礼问什么事？

苏科长说：我喜欢直来直去，咱就开门见山吧！

郑礼点点头。

苏科长说：是因你告检察院的事。这个事你自从把信息发到网上，在社会上引起很大反响。当然了，都是负面的。

郑礼说：检察院滥用人民和国家赋予它的权力，我当然要告它。在网站上我先贴出这个事，就是让公众们对这个事有个评判。我要的就是这个效果！

苏科长说：现在，咱们局从上到下都知道这事是检察院弄错了，都对你表示同情。可你这事一闹大，你知道对谁不利吗？

郑礼明明知道苏科长这话是什么意思，还是装着不知道摇摇头。

苏科长说：你真傻，对你不利！

对我不利？

是啊！你咋这么傻啊！苏科长低声说，今天找你谈话，我是代表组织跟你谈话，知道我为什么要代表组织吗？

郑礼这次可真不知道，摇摇头。

我把底都磕给你吧。检察院近期找咱们的局领导谈话了，意思是要把你的事消灭在萌芽状态。不然，他们要来咱们局查。咱们局是个穷局，不怕查。可他们要是故意整咱们局呢？你能保证，咱们局不被他们查出什么吗？

他们来查，是他们的工作，就是没我上告这个事，他们也不一定不来查。

你咋这么傻呢，他们这是逼咱们局呢。鹿局长对你的事很气愤，之前他一直对我说他支持你上告。可检察院给他暗示了，为了咱们局，为了咱们局的领导们不出事，今天这次谈话就是他安排的。鹿局长说了，只要你能做出牺牲，什么事都好商量。

郑礼明白是咋回事了。

苏科长说：鹿局长说了，你只要不再告了，有什么要求，只要是合理的，局里都可以考虑！

郑礼想跟苏科长说些话，猛一想，苏科长只是局长的传话筒，跟他说多了一点儿意义也没有。就说：你说的这些，我回去再想想。

苏科长点了点头。

郑礼回到家，接到郁晓的电话。郁晓问他有时间吗，想现在见面。

郑礼说：好。

郁晓说：就在"回到从前"吧。

郑礼赶到"回到从前"。郁晓先来了，要了一壶茶，慢慢品着。看郑礼来了，用手指了一下对面。郑礼坐下，端起面前已斟好的茶，小饮半口。

看郁晓如此，郑礼有种担心。他想给郁晓说说这几天的事。可郁晓没问。

两人都很沉默。郑礼清楚为什么了。他打破沉默：郁晓，有什么事，说吧。

郁晓对他笑了下：也没什么事，来，咱喝茶。说着又给郑礼满上了。

郑礼笑了：你不说我也知道，看样子，有人找你了。

郁晓笑了一下，没说是，也没说不是。

他们不让你插手这个案子？

郁晓点点头。

我知道，你原来的决心很大，而这次能令你在心里这么纠结，这人来头一定不小！

郁晓笑了笑，唉了一声。

郑礼说：我刚从局里回来，政工科的苏科长代表组织跟我谈话了。

郁晓说：当时，我们考虑问题太简单了。我们的领导找我谈话了。

你打电话的时候我就想到了。

郁晓说：唉，人就是个社会人，在一定的时候，就得做一下妥协。郑老师，我想，这个事，你要不然就做一下妥协？

郑礼摇摇头说：我知道，做一下妥协对我来说是有好处，可我就是想争一个理！他们这样做，难道就不该受到惩罚？

郁晓笑了：惩罚？他们是专门惩罚别人的，谁能惩罚他们？

郑礼苦笑一声。

郁晓说：领导说得很明白，我要再插手，就不要去上班了。还有，你找律师尽量不要在咱们这地面上找；要找，只有到外地找，最好到北京！

郑礼点点头。

郁晓说：我有一个朋友在北京做律师，是全国很有名的律师，不然，你找他吧，我再跟他说说。说着，郁晓给了他一张纸条，上面有一个电话。郁晓说：你跟他联系就是。

郑礼接过纸条，看了看：我考虑考虑吧……

第十章

郑礼回到家时，老婆王香正坐在电脑前写着什么，看他来了，问：你干什么去了？我正想给你打电话呢！

王香说这话时，脸上洋溢着红晕，职称一事的阴霾一扫而光。郑礼说：我和郁晓见面呢。有什么事？

王香问：你是不是还在忙上告的事？要我说，又搭时间又搭精力的，最后还弄一肚子气，不值得！咱不上告了！把诉状撤下来吧！

你以前不是支持我上告吗？

以前是以前，现在是现在。

你现在怎么变了？

我跟你说，今天我们单位老大找我谈话了，说我在单位工作业务强，并且任劳任怨，今年就把这个指标给我。但有一样，得让我做你的工作，保证你不要再上告了。

你答应了？

啊，答应了！

你怎么能答应呢？

我怎么能不答应呢！还有过不去的火焰山？你不就是想找一个平衡吗？

对，我就是在找一个平衡。

你看，平衡已经在那里了，主要就看你要不要了。我们单位给我晋会计师。晋了会计师，我就能多拿一级的工资。你又不是不知道我们单位的状况，一级我一年就能多领近两万！

这不是钱的事！

什么不是钱的事？你没有钱试试？这个家，要不是我的工资高，就指望你们文化馆里的那点儿吃财政的工资？你买房子，你照顾家里，亲戚朋友里里外外尊敬你，靠的啥？不就是我的工资吗？

这事和我上告不挨边儿。

怎么不挨边儿？老大跟我说了，你是我们系统的家属，你出了事，就等于是我们系统出了事。不光要处分你，还要处分我！

我和你们单位有什么关系。他这不是拉郎配吗！

你是我老公，你说有关系吗？

郑礼哎了一声：我知道了，他们真是无孔不入啊！为了达到目的，无所不用其极啊！

你知道就行！别犯你的倔脾气了！你斗不过他们的！

我不信他们就能一手遮天！

你别上纲上线了，不就是把你抓错了吗？受了一点儿委屈吗？不就是这么大的一点儿事吗？

对我来说是这么一点儿事。可对于他们来说，就不是这么一点儿事了！

你这么说，也太夸大了吧！天天写小说，把你写神经了！

他们是干什么的？他们是能办错案子的吗？没有确凿的证据，人是可以随便抓的吗？

我知道，你在里面受了他们的折磨。你看，给我这个职称名额，咱家一年能多进两三万，十年就是二十多万，为这二十万，你受那点儿罪，值！

你这个说法不对，你怎么能这么比呢？

不这样比，怎样比？就说现在的农民卖一个肾，你说才几个钱？不就是几万块钱吗？要是能拿到十万，那就是烧高香了！我说，你这比农民卖一个肾要强吧？

你呀，他们给你这么一点儿好处，一块带肉的骨头，就把你收买了吗？你就把尊严，还有你的正义感和道德感丢了吗？

喂喂喂，咱们别活得那么虚伪好不好？在你的作品中，你可以虚，可以要正义要道德；在实际生活中，咱还是现实点儿，好不，老公？

我难道不现实吗？我给我自己争一个理，争一口气，难道不现实吗？

现实。王香说，我问你，你光死要一口气，没饭吃，你怎么要理？他们能找这么多人来劝你，实际上，相当于已经给你认错了。你是农村来的，你不是常劝人：杀人不过头点地，没有什么过不去的火焰山。怎么，到你了，咋就变得这么别扭呢！

郑礼愤愤地对王香说：关于上告的事，这是我的事，我不需要你管！告，是一定的了！说着砰地摔上门，进书房了。王香在外面敲门，他也不理。王香敲了一会儿，不再敲了。之后，手机来信息了：老公，上告这事，难道我不气吗？你再想想，就是告，能告赢吗？你别忘了，你是一个人和一群人斗。就是告赢了，你也是失败的！你告不赢，更是失败的！失败你是必定的。与其这样，咱们为什么不见好就收呢？都做一下妥协，我们也许会收到更多的好处。老公，为了我，为了这个家，你再好好想想！求你了！

郑礼唉了一声。老婆说得在理，可他心里就是转不过这个弯儿。

郑礼打开电脑，把今天遇到的事写到网上。不一会儿，"亲亲朋友"给他发了个纸条：亲，你老婆说得对，这个事，从你决定走上告的路起，你就开始输了。你告赢了，也许给你一个说法，可你失去了从上到下所有劝过你的领导和朋友；你如果输了，结果会更惨！这个事，你别听那些瞎起哄的人胡说。你别忘了，他们是看热闹的，是"打酱油的"，真正的当事人，可是你自己啊！

"亲亲朋友"说得很专业又语重心长。郑礼看着，觉得"亲亲朋友"和那些满腔怒火的网友说的的确不是一回事，他就像一个兄长,在给他分析这个事件的走向和得失。他给"亲亲朋友"回了个纸条:亲,多谢你的直言,这个事,我再斟酌斟酌。

"亲亲朋友"很快给他回了纸条说:祝你有个最好的结局,皆大欢喜!

他回道:但愿吧。

吴科长来到黄检办公室时,脸上堆着笑。黄检一看吴科长的笑,就知道事情有转机,故意问:怎么样?

吴科长说:该找的人都找了,从反馈过来的信息看,郑礼的决心不像先前那样了。

黄检说:哪把钥匙开哪把锁,只要找对,就会纲举目张。还有,要找什么人来开这把锁,你首先要研究一下这个人是什么性格,软肋在哪儿。那个仇馆长和文广新局对他来说,他根本不当回事。第一,他没有当官的欲望,第二,他和仇馆长关系又顶。那个仇馆长就是说得唾沫能点灯,郑礼也根本不往眼皮里夹的。这就说明,你一开始就没找准这个文人的脾性!

吴科长忙点头说:对对对。我把他当作一般的官员来看待了。

黄检说:他不是一般的官员。他是作家,是掌握话语权的。这些人,你要是一下子拿不住他,就会被他所伤。他们在社会上有号召力,又会说又会写,他们手中的笔,有时比枪都厉害!再说现在网络这么发达,人们"仇官"、"仇富"心理这么严重,他的材料如果要在网上这么大面积地公开,我们检察院可就全世界闻名了,那样,可就吃不了兜着走了。好在,郑礼的博客,从一开始,我就让宣传部的人监管住了。

吴科长噢了一声,表示明白了。

让司法局的领导跟郑礼的律师谈话这一招不错。还有去烟草专卖局找他老婆都是高棋。你要乘胜追击,尽量尽快跟郑礼见面,签订个声明或谅解书什么的,争取让他尽快地把诉状撤回来。现在,他的诉状我让市法院给压着呢!

吴科长说:我给文广新局那边说了,他们对给郑礼的一些条件还想跟我讲价呢!

讲价？我们和他没有讲价的余地！这样，我一会儿就叫下边去封文广新局的账，让反贪局和反渎职局的人去，不给他们一点儿厉害，他们不知道马王爷长了三只眼！

嗯，这样好。鹿局长就会反过来求我们了！说着，吴科长给黄检竖了一下大拇指。

黄检说：你去吧，这个事争取尽早处理完！

第十一章

检察院来到文广新局封账时，鹿局长正在市局会议室开会，是业务会。财务科科长给他打电话，他还以为是一般的例行检查，也没在意。可过了一会儿，办公室主任又给他打电话，说是检察院的。他在官场上混了也不是一天两天了，这点儿小伎俩，瞒不了他的眼。之后他给黄检打电话。

黄检没接。

他知道，得专门去一趟县检察院了。

开过会，市局留鹿局长吃午饭。鹿局长忙摆手，就往回赶。在路上，好不容易跟黄检联系上了。

鹿局长说：黄检，在哪儿呢？中午我请你吃饭。

黄检说：我在外面呢！

鹿局长说：我知道，你老兄没出善县地面。中午请你吃饭，我四十分钟后到你办公室。

黄检说：你鹿局长好霸道啊，好吧，我争取尽快赶过去！

鹿局长在心里骂：我霸道，还不是跟你们检察院学的？就说：好，那就谢了。

鹿局长赶到检察院，黄检还没回来。他在黄检办公室门口等了会儿，黄检回来了。黄检高身材，白面皮，文质彬彬的，一看像个白面书生。可鹿局长知道,黄检这个人,内里有锦绣呢!

进了办公室,鹿局长按捺着内心的愤怒,说:黄检啊,咱们弟兄可不是一天两天了,咱可不带这么玩儿的啊!

黄检满脸无辜:鹿局长这话什么意思啊?

鹿局长笑着说:你们反贪局反渎职局去我们局查账,是什么意思?

黄检笑着说:我以为是什么事呢,原来你是为这事生气呢!我们这不是在执行县委县政府的决策,对各局室的账目进行清查嘛,怎么,你对这个有意见?

县委县政府的决定,我能有什么意见?我只是觉得,为什么先拿我们这个穷局开刀?

怎么,难道你们的账目有问题?你们的账面要做不好,那我可不好说话啊。我可不能知法犯法啊!当然了,小小不然的事,我还是可以出面说几句的!

鹿局长在心里暗骂王八蛋,但嘴上却软了:黄检,这么玩儿,没意思。你说吧,还需要我做什么?

鹿局长真是个明白人。让你干什么呢?我也不知道。

老哥,别打哑谜了,说吧,只要是我职权范围以内的,咱都好说!

你鹿局长太聪明了。怪不得大家夸你,最会见圈就跳的就是你啊!

黄检,你这是夸我还是埋汰我?我要是聪明,会混到文广新局去做局长?

这个位置好啊,怎么了,你不满意?

满意,我咋会不满意呢?在哪儿都是为人民服务!我说得对不?黄检?

黄检哈哈笑了:鹿局长,你真的是好聪明啊!这样吧,你不是问我有什么事吗?我有一个事,你一定得帮我!

什么事啊,说吧!

黄检用手指指墙上的表说:走,陪我去吃饭!

郑礼刚走进办公室,仇馆长进来了。仇馆长说:郑馆长,上面要求咱们馆报副高职称的名单,我给你报了。

郑礼说:我中级评上七八年了,不是一直说没指标吗?

仇馆长说:你发表那么多作品,早就够了!这个指标是我给你争取的!

郑礼说:那我谢谢仇馆长了!

仇馆长说:谢啥,自己弟兄,一块儿搁伙计,要是不互相帮衬,那还是人吗?

郑礼笑了笑。

仇馆长唯恐这话不到位,又说:郑馆长,大家在一起,就是相互捧场。你放心,我跟鹿局长说了,今年我们馆不给谁也得给郑馆长弄个副高。鹿局长表态了,你是我们县知名作家,是我们县的品牌,要重点爱护你这块牌子,如果人力资源局不给指标,他给你跑!

郑礼说:那我谢谢你和鹿局长了!

仇馆长说:都是一块儿的弟兄,应该的!再说了,当官长还是人情长?还是弟兄们的情意长啊!

郑礼点头:你说得对啊!

仇馆长用手拍拍他的肩膀,拍了两下,拍得很有内容,之后回办公室了。看着仇馆长的背影,郑礼从心里哼了一声。

打开电脑,郑礼发现昨天在网上发的信息下面跟满了评论。当然,有很多人都说让他坚定信心,胜利一定会属于他的:我们都在为你摇旗呐喊呢!不要怕,你身后有我们众网友呢。我们是你的坚强后盾!

"亲亲朋友"给他留了言:不要听那些人胡说,他们都是起哄的。你不要太认真,可趁这机会给自己多争取一些利益。只要你不出格,他们会答应你的。有一点你要记住,先不要上告。你一上告,他们知道你行动了,就什么都不给你了。

看后,郑礼回复了一条:真心谢谢你!朋友!

王香回来了，嘴里哼着歌。郑礼没理她，还是在打印机前打印着材料。

王香问：做饭了吗？

郑礼说：没呢，你做吧。

你在忙什么？王香说着走过来，她拿起郑礼打印出的文件一看，一把就给撕了，说：你这个人怎么回事？脑子被驴踢了！跟你说，见好就收，你怎么还打印这上告信？吃饱了没事撑的！

郑礼看了一眼王香说：我的事，不要你管！

我就管！你做人不能这么自私！不能光想着你自己不想这个家！你为了要那点儿可怜的虚名，丢了咱这个家！郑礼啊，你也不想想，人活着为了什么？你说说，就你那点儿虚名，管吃还是管喝？要不是我在单位工资领得多，你能吃穿这么鲜亮？

郑礼哼了一声。

王香说：当时你出这个事，我也很气愤，哪有这样欺负人的，让你受了那么多的罪，这不是莫须有吗？可现在和那时不一样了。因为他们已跟咱认错了，又采取方法来补偿咱。你看，我的职称，咱一分钱没花，这次领导就替我考虑了，如果我的职称能办成，并能兑现，光这个，你说咱家一年能进多少钱？你怎么一头扎进死胡同里了呢？

郑礼说：人各有志。我认为，做人要是光为了钱而不要尊严，那样的人生一点儿意义也没有！

狗屁！王香说，现在是什么社会？是物质社会，是金钱社会！你没钱，跟我谈什么尊严？有钱有尊严，没钱屁都不是！

你怎么变得这么粗俗？

我一直就这么俗！不像你，一直都生活在梦里！郑礼，你该醒醒了！与人方便，自己方便，跟他们斗，你斗不过他们的！你也不想想，你是一个，他们是一群；你在明处，他们在暗处。老公，我知道你的心里是怎么想的，你知道吗，这个社会不是你想象中的样子！

郑礼低下头,之后把头抬起来说:我相信,这个社会还有正义,有公理,还有公正!你不要劝我了,我知道,你被他们洗脑了!

王香气得一拍书桌:郑礼,我告诉你,你要是再这么执迷不悟,我,我,我就跟你离婚!

郑礼说:离就离,谁怕谁!

王香大骂:郑礼,你是个标准的混蛋!!!

第十二章

郑礼把今天和王香吵架的事发到网上。很多网友说,他们的策反工作做得好哇!

"亲亲朋友"也在,只是"哎、哎"地发了几个感叹号。

郑礼就给"亲亲朋友"发纸条:亲,你看,我是坚持还是不坚持呢?

不一会儿"亲亲朋友"给他发过来纸条:你这种状况我早就想到了。你是想听我的真话还是假话,还是心里话呢?

郑礼问:真话怎么说?假话怎么说?心里话又是怎么说?

"亲亲朋友"说:真话就是让你坚持你自己的选择;假话就是让你坚持住,不要放弃,直到胜利为止;心里话呢,也是我跟你说过的,适可而止,见好就收。然后跟他们谈判,给自己争取利益的最大化。你做一下妥协,他们做一下补偿,双方各取所需,你又给了很多人面子,这样会皆大欢喜,并且,通过这件事,你还能接触到一大堆的朋友,何乐而不为呢!

郑礼说:你说得有道理。

"亲亲朋友"说:其实,这事也不算个事,又没死人。没死人的事就不算个事。说到底,你是面子上接受不了。你怕给你的声誉造成坏影响。现在,你们单位和领导都知道你是被冤枉的,就不存在坏影响了。你心里的结,就是那几天,你在里面所受的折磨。

是啊,那都不是人受的啊,你不知道,他们太没人性了!

"亲亲朋友"说：不然，为什么那么多贪官污吏，只要进去了，就全竹筒里倒豆子？

郑礼说是啊，你说我受这个罪，冤不冤？

那就让他们补偿！就是告了，你赢了，只赢个面子，什么都得不到。想想，亏不？

嗯，是亏！

那就别书生气了，现实一点儿，多要点儿利益。现在这社会，只认利益。你看，美国的斯诺登，就是因为有正义感，揭露了美国，现在，不还困在俄罗斯？

嗯，是啊。

现在这时代，不光现在，以前也是，谁正义，谁就会死在追求正义的路上！

你说得太精辟了。哎！

看你现在的状态，我知道你的对立面在急等着想和你谈，你现在一定要把握住时机！不然，机不可失，时不再来啊！

嗯，我知道了。郑礼想了想，又打了四个字：谢谢你了！

"亲亲朋友"说：快去做吧。你一定能争取到你想要的东西！

郑礼想，他得跟郁晓说说他的想法，就拨了郁晓的电话。郁晓没接。过了有两小时，才打过来，说：我刚才在法院开庭呢。有什么事吗？

郑礼说：我上告的事想再跟你商量商量。

郁晓想了一下说：好吧。我不能去你那里，你那里被监控了，你来我办公室吧！

郑礼说好。

郑礼赶到郁晓办公室，郁晓早把茶倒好等他了。

郑礼说：郁晓，我想和他们谈。

郁晓很吃惊：咋了，不打算告了？

郑礼知道真话不能跟郁晓说，就笑着点点头。

郁晓说：哎呀，北京的律师我都给你联系好了。

郑礼说：那你替我先谢谢人家。

郁晓长出一口气，笑了笑：原来信誓旦旦的，现在怎么打退堂鼓了？

郑礼笑了笑：也没打退堂鼓，只是，现在想明白了。

郁晓说：你怎么跟他们谈？

郑礼说：我想听听你怎么说。我找谁谈，怎么跟他们讲条件！

郁晓点点头：依我说，谁劝的你，你就去找谁。

郑礼说：劝我的人可多了，你看，我们馆的仇馆长、鹿局长，我老婆，你不是还劝过我吗？还有网上的网友。

网上的网友？

是的，郑礼看着郁晓又笑了笑，说：我感觉，这也是他们劝我的人！

郁晓点了点头：就在这几个人中找。你看，我不行吧，你老婆也不行，网上的网友明明知道是他们的人，你也抓不着他们。除了这几个，剩下的就只有仇馆长和鹿局长了。

郑礼点点头。

那你就找仇馆长或鹿局长。这个事，你找鹿局长不好，要找仇馆长。他不是劝你劝得挺起劲儿吗？不是去过你家吗？

郑礼嗯了声。

依我说，就从仇馆长入手吧，让他牵线。当然，在一块儿谈的时候，你最好能让鹿局长也在场。这样，你所要求的条件也能让鹿局长听到。

郑礼点点头，两眼直视着郁晓，说：到时候，最好你也出面。

我出面？我看，就没必要了吧？

你去很有必要。有些话，不好从我嘴里说出来。

你是说，我去，充当你的传话筒？

郑礼点点头。

郁晓想了想说：这样吧，我得看时间，看你定的时间，如果不冲突，我一定参与，好吗？

郑礼说好。

吴龙科长知道，事情已到这个地步了，必须要跟黄检说了。

今天黄检在办公室。吴科长敲开黄检的门。

黄检问：怎么样了？

吴龙说：郑礼这个人有点儿倔。

黄检骂了一句：写东西的都是这坏脾气，一条道走到黑！

吴龙说：我让一个人把他劝得差不多了。

谁啊？

一个网友。

嗯，有时候，网友比老婆和领导更入心。黄检点点头，好。

吴龙说：看网上这个朋友反馈过来的信息，郑礼的态度有了很大的转变，有可能最近要和我们谈。我想请示你，他要跟我们谈，我们怎么答应他？

黄检说：按以前的办。他所要的利益，让文广新局和他们馆来赔偿。他所争取的，也就是，一是要争取位置；二是要补助，或职称什么的，还有就是一些补偿。这些，你都让文广新局给处理。你跟鹿局长说就是了。

吴龙有些不好意思：我说，有些不合适吧？

黄检想了想，叹了口气：好吧，我来跟鹿局长说。

吴龙问：那，那个仇馆长求的那个事，怎么办？

黄检问：什么事？

吴龙说：就是他的朋友马哈刺人的事，现在已到往法院呈报的时间了。

黄检说：被刺的人那边的工作做了吗？

吴龙说：做了，私下找人道歉了，给了封口钱。被刺的伤者写了谅解书。

黄检说：如果这样，那你看着办吧。记住，这些事一定要办稳妥，别留后遗症！

吴龙点头：那我知道了。

黄检说：这个仇馆长，我知道，他有些背景。现在先不要惊动他,忙完这段时间,下一步再好好收拾他!共产党的天下,决不能容许这些人胡来!

吴龙说:嗯,我知道了!

第十三章

见面商谈是在友好的气氛中进行的。

当然,是酒场,是在善县最高档的酒店大总统五星酒店。

仇馆长约的场。来的有仇馆长、鹿局长、郁晓,还有吴龙科长和黄检。

做主陪的是鹿局长。主宾是郑礼。副主宾是黄检。

酒场的气氛开始很热烈。

鹿局长先致开场词:今天这个场,说起来,我们应该感谢我们的作家郑礼。郑礼为我们县争得很多的声誉。他的作品,大气磅礴,直面现实,有着非同寻常的现实意义。可是呢,前段时间出了件不愉快的事,当然了,我不说大家也都知道。其实啊,这件事啊,郑作家没错,检察院也没错。大家要问,错到底在哪里呢?我只能说是误会。误会是最大的错!今天大家聚在一块儿,把话说开,也都不要摽劲儿了,跟误会争对错,是没有任何意义的。现在社会讲和谐,以和为贵,咱们和和气气化干戈为玉帛,对你们双方,对我们大家都好!

大家说是是是。仇馆长说:鹿局长说得对。简直是太对了!

鹿局长说:那我们现在就请黄检察长说几句。

黄检本来不打算说什么的,鹿局长把他推出来了,他不说,就显得有些被动了。黄检做事不喜欢被动,就说:今天非常高兴能参加这个酒场。刚才鹿局长说了,这是个误会。其实呢,说是误会就是误会,说不是误会也不是误会。检察院办事,都是钉是钉铆是铆,不能有半点儿差错的。再说了,我黄某人能有污点,检察院不能有。检察院要是有了,权威也就被人质疑了。当然,在生活中,误会无处不在。但无论怎么样,我们在座的各位,都要维护法律的尊严和权威。维护它，就是在维护我们的国家！

仇馆长说：太对了，法律是神圣不可侵犯的。我们都要带头自觉地维护它，维护它的尊严和神圣！

黄检看了一眼仇馆长说：郑礼是我很尊重的一个作家，写了很多高质量的作品，鹿局长，不管郑礼提出什么条件和要求，我建议，你都一定要尽力满足！

鹿局长听了心里不高兴，本来我是来给你们调和的，你这么一说，我怎么成了郑礼的对手了！但鹿局长有小辫子在检察院抓着，不好当面反驳，就笑着打哈哈：那当然，只要是郑礼提的要求，我们文广新局能做的，会尽力做好！

吴科长看了看郑礼，看了看郁晓，再看看仇馆长，说：今天来的都不是外人，今天说的话，哪儿说哪儿了，大家不要往外传。谁传出去谁负责。接着话头一转，开门见山：郑老师，你说吧，把你的想法说出来，咱们好商讨。

郑礼说：我这个人呢，写东西行，说话可不行。这样吧，我有什么要求，让郁律师，也是我的"亲亲朋友"替我说吧。

郁晓脸一红。他没有想到郑礼知道了他就是那个"亲亲朋友"。他咳嗽了一声，就红着脸把郑礼在没进酒场之前交代他的话说了出来，就三条：一是检察院赔礼道歉，并在报刊上进行声明；二是赔偿他的荣誉损失十万元；三是给他足够的创作时间写东西。

黄检听了没吭声，用眼看了看鹿局长。鹿局长把话接过来：这样吧，今天，黄检能来，并且我刚才又跟你说了那些，也就等于给你道歉了。在报刊上声明检察院办错案子了，全国还没一个这样的呢，我看就不必了吧。我的意思是说，咱在你的个人利益上多给你倾斜倾斜，用这个抵声明，好不好？

郑礼不动声色地问：怎么抵？

鹿局长想说，被吴龙科长用手制止住了。吴科长说：这样吧，你不是今年评副高职称吗？你老婆不是今年也评职称吗？你们两人评职称带兑现的事，我们检察院给跑，行不？我想，只要你们的职称一兑现，一人一月多领个五百块钱不在话下吧？你们一人一年就能多领六七千，两个人就一万多了吧？你说的十万块钱那不就是六七年的事？

郑礼说：评职称是我们应该评的，我作品发表的量已经到了，再说，按自然晋级，我的年限早已超了！

吴科长说：评，你是应该评的。可你能保证，你一定能评上吗？

郑礼知道吴科长话里的意思，就说：这个我不好说。

吴科长说：我是说，我敢保证，你能评上并被聘上。

黄检说：这个你可以放心，我会差人给你跑的。

鹿局长说：郑礼，你心里有疙瘩。这样吧，我把什么话都说开，仇馆长今天也在这里，你们单位评选先进和考核，你呢，一定是先进和优秀。这个咱先定了。你想要创作假的事，更好说，你想上班就上班，不想上班就不上班，时间随你安排。你只要给仇馆长写一张申请创作假的请假条子，交给仇馆长就行。

郑礼还想说什么，黄检一摆手制止住郑礼，说：郑作家，看你这么爽快，我也给你爽快一回，你听我说，你找一万块钱的车旅费和吃饭的发票，交给仇馆长，我再想法让他们给你处理一万块钱的单子，怎么样？

郑礼听了，用眼冷冷地看着黄检。

怎么，嫌少？黄检说，那就准备两万。定了，就两万！不能再多了，怎么样？

郑礼哈哈笑了。大家都把眼睛盯向郑礼。郑礼问：你们这么给我优惠，你们想跟我要什么？

大家都把提起的心放了下来。郁晓看郑礼说出这句话，长出了一口气，眼里露出惊喜的神情。

黄检说：我们的条件很简单。

郑礼用眼睛盯着黄检。

吴龙说：是这样的，你去市法院把你的诉状撤下来，把网上你挂的这个案子删除掉。还有，我们得给你一个是否批捕的处理决定。

郑礼说：我没犯罪怎么还要决定？

吴龙说：这是往上报用的，必须要，要你的签字。

郑礼问：我怎么签？

吴龙说：承认有罪，但不追究你的法律责任。

郑礼说：我没罪，让我怎么承认？

吴龙解释：假如不写你有罪，我们不是办错案子了吗？这样做，对咱们都好。你必须要签字！

郑礼看了看郁晓，郁晓给他点点头，意思是说这样可以接受。

郑礼哈哈笑了。大家面面相觑。

鹿局长就在一旁打圆场：其实世上的事就是这样，没有什么大不了，关键是我们都把它当回事，一当回事就是事了。即便有时候有事了，大家坐下来，还有解决不了的事？就说咱们现在的钓鱼岛问题，也是一样。

大家都说对对对。

鹿局长说：主要的是，大家都要学会妥协。在家里，学会跟父母妥协；在单位，学会跟领导妥协；在社会上，学会跟强者妥协。只有这样，才会常乐。

仇馆长听了带头鼓起掌来：局长，你说得太经典了！

吴龙也说：鹿局长归纳得太精辟了！

郑礼说：你说的诉状，我可以撤下来；你说网上挂的帖子，我也可以删除掉。

吴龙说：但最主要的，你要签字。

郑礼问：就是签字承认我有罪？

吴科长点了点头：也可以这么说。不然，我们不好走程序。

郑礼问：你们是为了走程序？可你们为我想了吗？如果我签字承认自己有罪，组织上怎么可能给我先进给我职称？忙乎一场，我不是竹篮子打水吗？

仇馆长拍胸脯说：不会的，我以人格担保。

郑礼说：人格？

仇馆长大约意识到自己的人格担保不了，就说：以我们在座的各位领导的人格一起为你担保！

郑礼笑说：如果人格可以担保，你们就不用让我签字认罪了。

吴科长问鹿局长：鹿局长您看，是不是可以给郑作家先办了？

鹿局长笑了笑，说：郑礼同志的工作成绩和业务水平都明摆着，先进、副高，都是应该的，仇馆长，是不是？

仇馆长点头说：是是是。

吴科长笑问郑礼：郑作家，放心了吧？

郑礼摇头说：不好意思，我复述一下程序好不好？鹿局长和仇馆长开恩，先给我先进、副高职，工资先涨到我卡上。然后检察院再给我一份处罚决定，认定我有罪，但免予起诉。我就在处罚决定上签字。然后皆大欢喜。对不对？

众人都作皆大欢喜状。

郑礼又说：可是我有一点儿担心，组织上依据我签字认可的有罪处罚决定，再给我处分，降职降薪甚至开除公职都有可能啊！

黄检一巴掌拍到桌面上，但在最后一瞬间收住了，没发出巨响，但还是把大家都吓了一跳。黄检脸上努力笑着说：怎么可能？郑作家你放心，鹿局长办事，怎么可能这样言而无信！

郑礼冷笑。

看郑礼冷笑，大家都不说话了。他们心知肚明，郑礼的担心不无道理。以前清清白白都给抓进去了，签字认罪，摊个行政处分还不是小菜一碟？

郑礼扭头问郁晓：作为我的律师，您看我是不是也该要一个签字？

郁晓眉头一皱：什么签字？

郑礼说：一个让我放心的签字，真正皆大欢喜的签字。我将写一份关于本次事件前因后果的说明，然后请各位领导签字。

郁晓摇头说：这不可能吧？

郑礼说：很简单啊，就一份情况说明，说明我本来无罪，但为了维护检察院的荣誉和法律的尊严，自愿在有罪的处罚决定上签字。各位领导只需要在说明上签字，就皆大欢喜了。

郁晓苦笑。仇馆长忍不住了，高声说：郑作家你当领导都是傻子？你拿我们的签字说明往网上一放，我们不都被你卖了？

郑礼笑道：仇馆长，我郑礼是那样的人吗？

郑礼自己都觉得荒唐,忍不住要笑,好不容易忍住了,又补了一句:我以人格担保!

说完,忍不住了,只好干笑了两声。

但所有人的脸色都绷着,都知道事情成了死结:都要拿住对方,又都不想被对方拿住。因为当事各方没有最基本的信任。人格无法担保,官衔也无法担保。

接着是长时间的冷场,包间里气氛压抑紧张,似乎听得见心跳的声音。

突然,黄检又一巴掌拍到桌面上,这回发出一声巨响,连带一串餐具的碰撞声。

黄检站起身来,很奇怪没有发火,依然一副笑脸,面向所有人举起杯:对不起,我还有工作处理,先告辞了。杯中净?郑作家您随意。签不签字,您也随意。

说完,一饮而尽,拱拱手,大步走出包间。

郑礼放下杯子,也要告辞,被郁晓拉住了。郁晓请他再想想:作为朋友,我还是希望你以后的日子幸福安康。

郁晓的表情满含忧虑。话外的意思很明白,黄检明摆着发怒了,他很替郑礼的未来担心。黄检拥有司法权力,想要办了他,有的是办法,小菜一碟啊。

郑礼握住了郁晓的手,摇了摇,表示感谢。然后面向其他各位点了点头,说:很感谢各位领导替我操心。实话告诉大家,就是为了自我保护,我才不敢躲在这阴暗角落里和人交易。我要的安全,只能在光天化日之下才能得到。我一不贪二不腐,我就愿意在光天化日之下站着。光天化日,是我最好的保护。我知道今天是什么日子,现在是什么时代,我就不信谁能够一手遮天。

郑礼向门外走去。

看着郑礼的背影消失,听着郑礼的脚步声在走廊里回响,余者面面相觑。

(原载《当代》2014 年第 6 期)

讨债人

哲贵

一、今天放她走,以后想抓住就难了

"林老板,那个女人又来了。"金亮从门口进来,站在林乃界身边说。

那天下午三点左右,林乃界坐在车间工作台前,低着头,左手拿着一只眼镜框,右手拿着一把锉刀,"吱——吱——"工人做的眼镜框有毛边,出厂前被检验出来,他要一一用锉刀磨光滑。他做得很投入,没听见。金亮说第二遍时,他听见了,故意不回答。

"这次恕老子不接待了。"

但他分明感觉到手在颤抖,用的力气也大

了。"吱——吱——"金亮说第三遍时,他心里叹一口气,把锉刀放下来,抬头看了金亮一眼。

"那个女人又来了。"金亮哈着身子,又轻声说了一次。

"知道了,我耳朵还没聋。"林乃界突然提高声音,对金亮吼了一句。金亮还是哈着身子,一脸不安。林乃界马上意识到不应该对金亮吼,金亮只是他聘请来的经理,对他吼有什么用?他放轻声音说,"她在哪里?"

"在你办公室。"金亮说。

林乃界站起来,看了看车间,又到仓库看了一下,慢慢朝办公室走去。办公室在另一座房子的二楼,中间有一个小道坦,林乃界看见道坦里多了一辆银灰色的奔驰车。他低头快走几步,金亮一声不响地跟在后面,林乃界进了办公室,他恭敬地站在门外。

"林老板,又来麻烦你了。"林乃界刚进办公室,沙发上一个四十岁模样的女人站起来。她个头不高,但身材很匀称;穿一身黑色套裙,露出胸前一片白嫩的肉;挎一个褐色LV包,右手拿着手机和奔驰车的钥匙;脸上绽满笑容。她就是赵来来,高明眼镜厂的老板娘。

"怎么可以这样说,你看得上我的工厂,是我们的光荣。"进了办公室后,林乃界的身子也像金亮一样哈起来,说出的话,完全违背他的意愿。

"林老板真是一个会讲话的人,怪不得生意做得这么好。"赵来来说。

"有什么事只管吩咐。"

"我用了很多配件厂的镜框,还是你工厂的质量最好。"

"赵总客气了,这次要多少副?"

"一万副。"

"好的。"林乃界不敢看她的眼睛,更不敢看她裸露的前胸,眼睛极快地朝她的方向瞥一下,扭头朝门外走,刚跨出门,又回头说,"我这就去办。"

"辛苦林老板了。"她笑着说。

"给赵总泡一杯茶。"林乃界对站在门外的金亮说。

"马上。"金亮点头说。

林乃界走进仓库,找了两个编织袋,开始给赵来来装眼镜框,并认真检查每一捆镜框是否存在纰漏。装到一半,他突然骂了一句:"林乃界,你难道就这么软蛋?这样太让他们得寸进尺了。你不能对他们那么好。"

林乃界站起身,从仓库来到他的工作台,抓了几捆不合格的眼镜框放进编织袋,数了数,又放进几捆。

停了一下,他又犹豫了,听见心里另一个声音:"林乃界,你怎么可以把不合格的产品给别人?你平时就是这样做人的?不行,别人可以不仁,你不能不义。"

林乃界把几捆不合格的眼镜框拿出来,又从工作台走回仓库。

出了仓库,他也下了一个决心,无论如何,这次要向赵来来开口,他不能替他们白干,他白干没关系,他六十来个工人不能白干,他要发工资,他还要交货款,要付厂房的租金,要付电费,要付水费。另外,更要交治安费、工商管理费、环境保护费、卫生管理费,等等等等。

林乃界把两袋眼镜框搬到赵来来的奔驰车边,喊一声"金亮",金亮从二楼冒出头来,说:"林老板,让我来。"

林乃界对他摆摆手,他还是从楼上跑了下来。赵来来听见声音,跟着金亮从二楼下来。到了道坦,她打开汽车后备厢,笑着对林乃界说:"辛苦林老板了!"

"应该的。"林乃界弯腰去搬袋子。

"让我来,让我来。"金亮抢着抱起另一个袋子。

装好车后,金亮盖上后备厢,哈着身子,站在林乃界身后。赵来来打开车门,回头看了看林乃界,笑着说:"谢谢林老板了。"

说完,她低头要钻进车里。

林乃界一阵尿急,忍不住拍了下手,咳嗽一声,急急地说:"赵总,请你等一下。"

"怎么了,林老板是不是舍不得我走?"赵来来把头从车里拔出来,笑着问他。

"你能不能把我这里的账结一下。"

赵来来脸上的笑容僵硬了一下,接着就消失了。她一手紧紧抓住车门,另一手紧紧抓住车顶。

说出这句话后,林乃界好像做了对不起赵来来的事,搓着双手,喃喃地说:"你也知道,自从去年发生美国次贷危机后,马上演变成全球经济危机,我的小工厂也受到影响,订单少了,客户跑了,工厂已连续亏损半年,再亏下去就要倒闭了。"说到这里,林乃界停了一下,苦笑着说:"如果不到山穷水尽的地步,我也不会向你开口,不信你可以问一问他。"林乃界指指身后的金亮。

"确实是这样的,林老板说的都是实情。"金亮身体哈得愈发厉害,眼睛瞄着赵来来。

赵来来的眼睛没看金亮,她好像已缓过神来,嘴角挂着轻蔑的微笑,把头抬起来,眼睛傲慢地斜看着林乃界。

林乃界心里"咯噔"一下,他突然想到胡可去副所长——那个身材矮矬、腰子脸上堆满肉的男人,他来工厂检查就是这副神态。那次他带着两个手下来查下脚料的税。信河街的眼镜配件厂都没有报下脚料的税,这是行业里公开的秘密,为什么突然来查呢?林乃界问他,他根本不搭理,两个手下一个拍照片,一个拿账本,很快撤离工厂。他们离开后,林乃界叫金亮去了解,胡可去有没有去其他眼镜配件厂查下脚料的税,金亮很快就把情况反馈给林乃界,胡可去没有去其他眼镜配件厂,同时,金亮带回一个更重要的信息:昨天工厂来了一个进货的客人,名字叫赵来来,是胡可去的老婆大人。林乃界第二天就让金亮把货款退还给赵来来。退还货款后,胡可去那边没了动静,林乃界的心却依然吊着,因为账本在胡可去手上,胡可去随时可以宰他。没办法,林乃界通过朋友陈上水,找到胡可去,请他喝了一顿酒,胡可去才把账本还给他。从那以后,赵来来到工厂拿货再没给过钱。

但这一次,林乃界把心横下来了,抬头逼视着赵来来,他觉得头晕,喉咙发干,产生撒腿逃跑的念头,他顿了顿,说:"实在是不好意思啊!"

"林老板怎么这样说呢!欠债还钱是天经地义的事情啊!"赵来来反倒笑着安慰林乃界说。停了一下,她又开口,"这样吧!今天我没准备,先给你写个欠条怎么样?"

金亮在背后咳嗽了一声,林乃界只当没听见,说:"当然可以,那就请赵总一起去一趟财务室,看一下账单。"林乃界说。

"不用了,我相信林老板。"赵来来说。

"你去财务室结一下账。"林乃界转身对金亮说,金亮对他眨了眨眼睛,林乃界还是没理他,说,"快去。"

金亮跑着去财务室,很快又跑回来,手里拿着一张纸条和一支笔,递给赵来来说:"一共是五十一万两千元。"

赵来来接过纸条和笔,贴在车窗玻璃上,歪歪斜斜地写了一行字:

　　今欠恒光眼镜配件厂货款共计五十一万两千元人民币。欠款人:高明眼镜厂赵来来

落款日期是 2008 年 9 月 10 日。

"林老板,你看这样可以吗?"写完后,她把笔和欠条递给林乃界。

"麻烦赵总再按一个指印。"林乃界把金亮带来的印泥递给她。

赵来来笑了笑,听话地在上面按了食指的指印。

林乃界小心地把欠条折好,放在钱包里,停了一下,又对赵来来说:"如果可以的话,我想明天去你公司结账。"

"当然欢迎啊。"赵来来笑着说。

赵来来离开后,林乃界转身对一直哈着身子的金亮说:"你刚才咳嗽了?"

"是的。"

"还眨眼了?"

"是的。"

"是不是有什么话要对我说?"

"我觉得应该让赵来来把欠款结清才对,今天放她走,以后想抓住就难了。"

"你是说这张欠条没用?"

"我觉得咱们错过了最好的机会。"

"不会吧,这可是真凭实据啊。"林乃界又从钱包里拿出欠条,念了一遍,确认无误。他又看了看金亮,说,"再说,这样拦截住一个女人讨债,跟流氓有什么区别?"

"我知道林老板是好人。"金亮说。

这时,林乃界的手机响了,是陈上水打来的,约林乃界晚上去东海渔村喝酒,林乃界问都叫了谁,陈上水说已叫了苏海啸和诸葛妮。

二、把钱放我担保公司,包你比做企业赚钱

晚上六点半,林乃界赶到东海渔村5号包厢。东海渔村是信河街一家老牌酒店,特色是海鲜鲜活,酒店一个股东是渔民,会把东海海鲜以最快的速度送到酒店,经常有活的黄鱼、兔鱼、墨鱼、子梅鱼等,别的酒店很少见到。林乃界他们是这家酒店的常客。

"乳沟来了。"林乃界一跨进包厢,苏海啸就叫起来,一边对服务员说,"上热菜。"

"苏海啸,你能不能文明一点儿?"诸葛妮说。

"我是实事求是嘛,他的名字叫'奶界',不就是乳沟吗?"苏海啸笑哈哈地说。

"你真是为老不尊,到了这个年龄,还是没成型。"诸葛妮拍拍身边一个座位。林乃界在她身边坐下来。

"哈哈,今天你终于迟到了。"陈上水笑着对林乃界说。

林乃界是个很守时的人,约好六点钟,肯定会提前十分钟到。几个朋友中,陈上水最不守时,他总是对林乃界说,凡事不要太认真,也不能太认真,"差不多"就可以了,只要快乐就好。这就像

他现在每天早上去健身馆，做的套路跟林乃界一样，数量却比林乃界少一半，林乃界身上还保持着六块腹肌，他只剩下突出的一块。林乃界当然不能接受这个观点，"差不多"是个什么概念呢？是不是马马虎虎的意思？是不是睁一只眼闭一只眼的意思？是不是模模糊糊的意思？是不是放弃底线的意思？这个观点在林乃界身上行不通，他是做眼镜配件的，每一个配件都有标准，差一点点也不行，另外，林乃界做了三十来年的眼镜配件生意，从来没拖欠过别人一分钱，他到客户那里进原材料，一般是三个月结一次款，有时他资金周转不过来，会到陈上水的担保公司借贷一个礼拜，陈上水对他说，你跟客户都是几十年的关系，拖延一个礼拜有什么关系？林乃界知道跟客户说一下对方也能理解，可他觉得亏欠对方，他还是愿意向陈上水借贷给利息，这样心里没负担。陈上水每次都说他这是认死理，自己跟自己过不去。林乃界也认为自己有点儿认死理，但这样做心里轻松，酒也能多喝几杯。这有什么不好？

林乃界就把下午的事情跟大家说了。

"你这下可真是彻底得罪胡可去了。"陈上水说。

"反正这个工厂我也开不下去了，晚上迟到，就是跟工厂的经理商量这个事。"林乃界还记得，上次就是陈上水找人帮他解的围。

"得罪怎么了，狗生的，难道一个副所长就一手遮天了？怕他个鸟？"苏海啸说。

"老苏你开了三十来年的健身馆，也算一个在生意场上滚打过的人，怎么还说出这么幼稚的话来？我们做生意的人，哪个部门得罪得起？"陈上水说。

"我的健身馆从来不吃这一套，不是也开了三十来年？"苏海啸说。

"你健身馆的客户来来去去也就是我们几个喜欢练健美的老朋友，你可以关起门来做生意。而林乃界的眼镜配件厂不行，诸葛妮的按摩店也不行，我的担保公司更不行。"陈上水恨铁不成钢地看着苏海啸，"你不能因为自己天真单纯，就觉得全世界跟你一样天真单纯。"

"我就天真单纯了,怎么样?如果让我碰到这样的事,我就用我的方式来处理,一分钱也不会让他欠。他如果找我的碴儿,我就去找他的碴儿。他跟我来白的,我就用黑的来对付。"苏海啸的声音高了起来。

"所以你老苏开了三十来年的健身馆,到现在还是健身馆,一点儿也没发展。"陈上水说。

"我不发展又怎样?天天晚上有酒喝,天天早上可以在健身馆健身。这样的日子就是我想要的。"苏海啸说。

"这也是你老苏让我羡慕的地方啊,你是个彻底的乐观主义者。"陈上水叹了一口气。

"我知道你的意思,你说我乐观过头,是个癫人。"苏海啸说。

"我可没这么说。"陈上水连忙摆手说,"我的意思是,我是一个悲观主义者,对这个社会现状很灰心。"

"对社会现状不满,你站出来斗争嘛,如果都像你这样遇事就找人摆平,不是白白助长那些贪官污吏的气焰吗?这个社会现状还能得到改变吗?"苏海啸说。

"我没这个能力。"陈上水苦笑了一下,对苏海啸说,"这个任务只能交代给你。"

"你也不用挖苦我,我别的没有,至少身上还有这把老骨头。"苏海啸拍了拍胸脯。朋友里,他身材最魁梧,脾气最大。他在社会上有一套,一般的政府人员也不敢去惹他。

见他这么说,陈上水没有再开腔。

每次喝酒,陈上水跟苏海啸都会拌嘴,这已成习惯,拌嘴能喝更多酒,胃口也好很多。

菜陆续上来,他们还是老习惯,先喝葡萄酒。葡萄酒的品种经常变,早一段时间是国产的长城,后来一段时间喝各种进口葡萄酒,这段时间又开始喝国产葡萄酒,是新疆的一个牌子,叫西域干红。说起这个新疆的葡萄酒还有一个故事,林乃界一个办眼镜配件厂的朋友去讨债,钱没讨回来,讨回一仓库葡萄酒。他知道林乃界喜欢喝酒,送了几箱给他尝尝味道,林乃界觉得不错,也为支持那个朋友，就买了五十箱，存起来慢慢喝。他们的习惯是每个人先喝一瓶葡萄酒，喝完后每人再喝两瓶冰啤酒，不喝到晕晕乎乎的程度，谁也不愿站起来。诸葛妮总结他们是醉生梦死，林乃界觉得比较准确。从他的角度看，确实有用酒精麻醉自己的意思，至少喝酒的过程可以让他放松，让他暂时不去想工厂里的事情。

　　林乃界喝酒的习惯是从办眼镜配件厂开始的。他原来跟苏海啸和陈上水都是信河街业余健美队队员，参加过省里比赛，拿过团体第四名。那时大家都没喝酒的爱好。从办眼镜配件厂的第一天起，林乃界就开始喝酒，刚开始喝白酒，后来喝啤酒，每天睡前都要灌得一躺下就昏睡过去才行，否则的话，他会失眠，没安全感，老是担心工厂被查封。这些年，他多少也算赚了点儿钱，可他的安全感却越来越差，每天晚上都要靠酒精来麻醉。

　　一瓶葡萄酒快喝完时，陈上水问林乃界："你真把工厂关了？"

　　"每月亏损越来越大，经济危机的影响越来越深，看来形势一时半会儿好不起来，趁早关门，还能留点儿养老的本钱。"林乃界说。

　　"以后有什么打算？"陈上水问。

　　"五十多岁的人，过一天算不算，还要什么打算。"林乃界说。

　　"可你关了工厂，等于断了水源，即使手头有一笔养老金，也是无源之水，坐吃山空啊。"陈上水说。

　　"我没想那么多。"林乃界说。

　　"要不这样吧，"陈上水把瓶里所有的葡萄酒倒进杯子里，跟林乃界碰了一下，两人各喝了一半，他接着说，"你把多出来的钱放我担保公司，我包你比办企业赚钱。"

　　"乳沟，你别听陈上水的话，我听说最近有人跑路了，你如果把钱放他公司，说不定哪天他也蒸发了，你找谁要钱去？"苏海啸插话说。

　　"苏海啸你还是人吗？"陈上水突然生气起来，看着苏海啸说，"你怎么能说出这样的话？我们还是三十年的朋友吗？"

　　"你看你看，一句玩笑话就当真了。"见陈上水真生气了，苏海啸的口气马上软下来。

"你知道苏海啸那张破嘴是说不出好话来的。"诸葛妮也出来打圆场,她把酒杯举起来,说,"喝酒喝酒,大家一起干一杯。"

干完后,陈上水放下酒杯,看了看大家,最后又看了看苏海啸说:"这样的玩笑开不得,我们是三十年的朋友,连我们这样的朋友都说我跑路了,还有谁敢跟我做生意?"

"这里不是没有外人吗,兄弟间开个玩笑嘛,别那么小心眼儿,我是没钱,如果有闲钱,也会放你公司。"苏海啸说。

"这才像句人话。"见他这么说,陈上水也笑了起来。

大家开始换喝啤酒。苏海啸叫服务员端来八瓶冰镇喜力。

"工厂关门,那些机器怎么处理?"喝了两杯啤酒后,诸葛妮问林乃界。

"低价卖给我的经理金亮,下午就是跟他谈这个事。"林乃界说。

"他接手工厂?"陈上水看了看林乃界,又说,"那接下来还不得被胡可去整死。"

"他找了一个隐蔽的地方,马上会把机器搬过去,什么手续也不办,照样把生意做起来。"林乃界说。

"那不是黑工厂吗?"陈上水说。

"现在黑工厂比白工厂赚钱啊,什么税也不用缴,金亮很多老乡都是这么干的,都发了财了。"林乃界说。

"狗生的,这世道不是黑白颠倒了吗?走正道的人破产,走歪道的人发财。"苏海啸突然厉声骂道,骂完后,他看看林乃界和诸葛妮,口气又缓和了下来,说,"你关了工厂也好,赶快跟诸葛妮去民政局领证,两个人住在一起,我和陈坏水也去讨一杯喜酒喝。"

"老苏,我哪里又得罪你了,你把我名字也改了?"陈上水说。

"'上水'就是'下水','下水'就是'坏水',反正都不是什么好东西。"苏海啸笑着说。

"他怎么会跟我结婚呢?"诸葛妮哀怨地看了林乃界一眼。

"这就是你林乃界的不是了,诸葛妮等了你这么多年,从你结婚等到离婚，现在都等到退休了，你还想怎么样？"苏海啸说。

"你们别想多了，是我配不上她。"林乃界说。

"别假惺惺，你心里从来就没有我。"诸葛妮的声音突然高起来，她喝一瓶葡萄酒后就进入状态了，这种状态能维持很久，好几次他们三个都醉了，她没事。

"怎么会没有你呢？"林乃界有点儿委屈。

"既然心里有我，为什么一碰到我就不能做那事？"诸葛妮说。

诸葛妮这么说，让林乃界无地自容。诸葛妮是他第一个女朋友。他喜欢她，她也喜欢他。可是，他一跟她上床就阳痿，他以为自己这方面有问题，去信河街人民医院检查，没查出什么问题，后来他碰到别的女人，试了试，居然行了。他跟诸葛妮说了这事，诸葛妮掴了他一巴掌，什么话也没说。那个"居然行了"的女人后来成了他老婆。五年后，他老婆想扩大规模，办眼镜厂，林乃界不想办，一个眼镜配件厂已让他喘不过气来，再办一个眼镜厂等于自寻死路，再说，如果办了眼镜厂，其他眼镜厂就不会再到他的眼镜配件厂进货。他老婆骂他死脑壳，眼镜厂可以跟他一个男同学合办，不让别人知道就是了。林乃界最后没同意。他老婆自作主张跟男同学合办了眼镜厂，不久后跟林乃界离了婚，跟那个男同学做了夫妻。

陈上水看看林乃界，又看看诸葛妮，分析说："当年可能是他太爱你的原因吧！现在肯定行的。"

"现在他更看不上我，嫌弃我开按摩店肮脏，碰都不愿碰。"诸葛妮越说越生气，眼睛瞪着林乃界，问他说，"林乃界，你说一句真心话，是不是这样？"

"怎么会呢！"林乃界轻轻说完，低头喝酒。

三、你拖了我们的后腿，我可以把你抓起来

林乃界原本想第二天去赵来来公司结账，结果没去成。

昨晚回家后，林乃界冲了个澡，一躺到床上就睡到凌晨三点。

这时醒来真不是时候，起床太早，躺着又睡不着，他干脆爬起来，就着虾干再灌半瓶葡萄酒，晕乎乎爬回床上继续睡。嗯哼！这次睡踏实了。

早上七点钟他被金亮的电话声叫醒，金亮在电话那头喊："林老板你快来，我们工厂被偷了。"

林乃界的脑袋本来昏昏沉沉的，一听这事就醒了，第一个反应是："我马上来工厂。"

他从床上跳起来，去卫生间撒了一泡尿。刷牙。用冷水洗了脸。要出门时，肚子有点儿隐隐的疼，上卫生间拉了一泡屎，才开着桑塔纳汽车去工厂。

半个钟头后，林乃界赶到工厂，金亮满脸焦急地站在门口，看见林乃界，像看到救星一样，很远就把身子哈起来，嘴里叫着："林老板，林老板。"

金亮是安徽人，十八岁来信河街打工，待过皮鞋厂、打火机厂、眼镜厂、服装厂，做过保安、仓库管理员、推销员、酒店领班、眼镜厂车间主任，短的两个月，长的四五年。到林乃界眼镜配件厂当经理四年多，别看他总是哈着腰，对人一副诚惶诚恐的样子，心里比林乃界明白得多。

林乃界把车停好，问金亮说："怎么会出这种事？你不是安排人值班了吗？"

"是安排人值班了，值班的人被盗贼五花大绑起来，还戴上了黑头套。"金亮说。

"什么东西被偷？你查看过吗？"林乃界问。

"查看过了，偷走一些铜材和半成品镜框。"金亮看了他一眼，接着说，"我估算了一下损失，价值两万多元"。

"搬走那么多东西，难道你们一点儿也没觉察？"林乃界问。

"我确实一点儿动静没听到。"金亮哈着身子，哭丧着脸，抬头看着林乃界，说，"林老板，这事你看怎么办？"

"我能怎么办？报警了没有？让警察来处理。"林乃界知道报警也没用，以前工厂也被偷过，警察来了，立了案，把他叫到派出所做了一个多钟头谈话笔录,后来什么音讯也没有。

"还没报警。"金亮轻声地说。

"那还等什么?"林乃界拿出手机,拨通110,报上工厂地址,简单说了失窃的事。挂断电话后,林乃界故意不看身边的金亮,而是转头去看工厂。

严格说起来,从今天起,这家工厂已不属于林乃界。这一点林乃界是在来工厂的路上才猛然意识到的,他昨天跟金亮谈妥,也签了协议,半卖半送地把工厂所有机器转让给金亮,金亮分两笔付给他三十万,第一笔十五万已于昨天下午签完协议后转到他的账号。金亮提出第二笔十五万在三个月内付清,林乃界本来不同意,他卖掉工厂,无非图个清静,欠着一笔账,难免生出事端来,可金亮向他求情,请他看在这四年多鞍前马后为他做事的份上,宽限他一段时间。金亮这么说,触动了林乃界的感情。三年前,有个工人喝醉酒砸坏一台机器,林乃界扣了他五百元。那个工人第二次喝醉酒后,拿着一把水果刀冲进办公室,林乃界没有思想准备,他扣工人五百元只是一个意思,工人毁坏一台机器可是好几万元,工人应该感激他才对,哪想到会拿刀来杀他,当时傻在那里,一动不动。金亮恰好站在他身边,看见这个情形,飞扑到林乃界身上,那把水果刀插在他肩上。那次林乃界也报了警,警察来之前,那个工人跑了,派出所找林乃界去谈话,做了笔录,立了案,最后不了了之。虽然金亮的伤口不是要害部位,但林乃界记住了金亮的恩情,如果不是金亮那一扑,那把水果刀可能插到他胸前。从那以后,林乃界对他另眼相看,逢年过节,会另外塞个红包给他。更难得的是,金亮从没提过额外要求,依然尽心尽职地为林乃界办事。这也正是他的聪明之处,他腰哈得越低,林乃界越是不能轻看他。还有一点,林乃界深知办一个工厂不容易,要办一个证件齐全的白工厂不容易,办一个无牌无证的黑工厂更不容易。办白工厂要应付各类政府机构的人员,要小心翼翼把他们伺候好,不能有一点儿差池,稍一疏忽,就可能倾家荡产。办黑工厂要躲避各类政府机构人员,跟他们打游击,不能让他们知道,更不能让他们逮到,无论被哪个机构逮到,都会被罚款罚到破产。何况金亮是在这种经济低谷的时刻接手工厂,除了政策危险,又增加一份经济危险。林乃界更能理解金亮刚接手工厂,需要一笔启动资金,如果他把所有积蓄都给了林乃界,等于关掉所有机器的电源。所以,他最后同意了金亮的请求,金亮也很感激,他一再对林乃界说,等他缓过气来,一定尽快把另一半款项还上。但今天林乃界的生气不在这里,他一到工厂,就知道金亮叫他来的意思,金亮摸透了他的脾气,知道他肯定不会报警,看到这种情况后,肯定会再从三十万里减去一笔钱。不过,金亮这次打错算盘了,林乃界这次选择了报警,他要给金亮一个态度,从今天起,工厂无论发生什么事,都跟他无关。

大概过了十五分钟,一辆闪着警灯的警车驶进工厂,在道坦停定,下来一白一黑两个警察。白的又矮又肥,脸上堆满肉,把眼睛挤成一条缝,走路和说话都有沉重的喘气声;黑的又高又瘦,走动时,两只裤筒空空洞洞地飘荡。白警察林乃界认识,是管辖这一块的片儿警,林乃界前几次报警都是他来处理的;黑警察面生,可能刚调来。白警察脸色严峻地走到林乃界面前,用眼白看了他一眼,重重地喘了一口气,说:"怎么又是你的工厂?"

如果在以前,林乃界看见警察,脸上早早就会堆满笑容,但他今天跟这家工厂已没关系,不用换上虚假的笑容来讨好警察。他见白警察这么问,本想说,你问我我问谁?他的话还没出口,金亮哈着腰,拿出四包早就准备好的中华烟,每人递两包,白警察眼睛没看一下就收了,黑警察犹豫了一下,见白警察收了,他也伸手接了,放进长裤口袋里。金亮赔着笑脸说:"给所长添麻烦了,先抽一根烟。"

对所有来工厂的检查人员都称所长,这招是金亮教林乃界的。林乃界以前没那么多讲究,称姓陈的警察叫陈警察,称姓李的税务官叫李税务,称姓王的工商管理员叫王工商,称姓吴的环保所执法人员叫吴环保,被叫的人个个表情傲慢,从鼻孔里冷冷地哼一声。金亮对他说,他有一次去看守所探望一个关在里面的朋友,发现朋友对所有的警察都叫所长,被叫的警察很受用。他做推销员时,对所有客人都叫老总，被叫的人即使没照顾生意也会笑脸相迎；在酒店当领班时，对所有客人都称领导，没有一个客人不是愉快地答应。林乃界听了金亮的话，后来都以所长相称，对方的态度固然有很大的好转，当然，这跟他从不让这些人走空趟也有关系。他原来没想过给这些人送礼物，觉得每年缴纳了那么多税，他们理应为他的工厂服务，金亮来了之后给他算了一笔账，一年送出五百包的中华香烟就了不得了，不过两万多元，而只要把税务专管员伺候高兴了，税收定额往下挪一挪，工厂一年就可以多出十来万利润。林乃界听了他的话，每年的税收果然少缴了十来万。

接过烟后，白警察的脸色缓和下来，看了林乃界和金亮一眼，喘一口粗气，说："怎么回事？"

金亮就把事情经过介绍了一遍。

"工厂装监控了吗？"白警察问。

"装了，但摄像头昨晚被那伙强盗给砸了。"金亮说。

"昨晚值班的人呢？"白警察又问。

"在的在的，昨晚被五花大绑起来，弄个半死，现在在宿舍休息。"金亮说。

"你去把他喊来。"

"好的，我这就去。"金亮说完就往工人宿舍跑。

道坦里剩下林乃界和两个警察，工人们远远站在车间门口，小声议论着什么。白警察等了一会儿，见林乃界没动静，就从自己口袋里摸出两根香烟，递一根给黑警察，黑警察马上从上衣口袋里掏出一次性打火机，先给白警察点上，再把自己的点上。白警察猛吸一口烟，声音突然停顿住，过了好一会儿，两股白烟从他鼻孔里直射而出，直扑林乃界身上。林乃界不吸烟，闻到烟味就难受，他晃了晃身体，还是没躲开白警察射来的烟味，烟味把昨晚还未完全消退的酒气勾引了上来，他胸口一阵恶心，皱了皱眉头，看见白警察对他嘲弄地笑了一下，忍不住开口问道："这次能破案吗？"

"你说呢？"白警察看了他一眼，阴阳怪气地说。

"我怎么知道？"林乃界说。

"不知道你问什么?"白警察的声音高起来,呵斥道。

"你们警察不是专管破案的吗?"林乃界的声音也高起来,挑衅地瞪着他说,"出了事情不问警察问谁?"

"我还没问你呢!你倒问起我们来了。"白警察把烟蒂往地上一扔,把脸一拉,冷冷地看着林乃界。

金亮带着一个人匆匆赶来,推了推林乃界,对白警察说:"所长你别生气,林老板是个直性子的人,你多包涵。"金亮赶紧把那个人推到黑警察面前,说,"他就是昨晚值班的人。"

"什么包涵不包涵,别跟老子来这套。"白警察眼睛瞥了瞥道坦,挥了挥手,转头对黑警察说,"把他们都带回所里。"

黑警察叫林乃界他们上车。金亮和那个工人看看林乃界,林乃界没动,他们也没动。黑警察转头看了看白警察,可能是犹豫要不要伸手拉林乃界。

"我为什么要跟你们去派出所?"林乃界说。

"去做谈话笔录。"黑警察说。

"做谈话笔录可以,但你们得告诉我,这个案子能不能破,如果不能破我去做什么谈话笔录?"林乃界说。

"这是程序。"黑警察说。

"我不要程序,我要结果。"林乃界说。

"你到底想要什么样的结果?"白警察厉声问道。

"所长你先别生气,有话慢慢说。"金亮赶忙说。

"别跟我所长长所长短的,我跟你慢慢说什么?"白警察看也不看金亮。

"我要你们破一次案,我缴了那么多税,你们一个案也没破,你们觉得这样合理吗?"林乃界这次没有提高声调,他一字一顿地说。

"你这个死也不晓得躺下去的家伙,我没治你的罪,你反倒要求起我来了。"白警察气极之后,反而冷冷地笑起来。

"工厂被盗,莫非你却要把我抓起来不行?"林乃界也冷冷地笑了一声,反问道。

"把你抓起来怎么了?"白警察向前走了两步,指着林乃界的脸说。

"我想问一问,你凭哪一条王法把我抓起来?"林乃界说。

"就凭你破坏了我们派出所良好的治安记录。"白警察说。

白警察的话把林乃界搞糊涂了,他说:"你们的治安记录关我什么事?"

白警察腮帮一鼓,说:"如果不出你这个案子,我们派出所这个月的治安考评就是良好,你工厂一出事,我们所的治安考评就不是良好,你说我该不该把你抓起来?"

林乃界一听,气得全身发抖,一时说不出话来。金亮见形势不对,马上对白警察说:"所长,我们不报案了,我们不报案了行不行?"

"你想报案就报案,说不报案就不报案,派出所是你们家开的?"白警察斜了金亮一眼说。

"不能因为我们工厂的小事影响派出所考评的大事,这个道理我们是懂的。"金亮讨好地笑起来,对白警察说,"我们真的不报案了。"

白警察又瞥了林乃界一眼,慢悠悠地说:"不报案也可以,你们写一张证明,就说没有发生过盗窃,工厂什么也没损失。"

"我写,我写。"金亮担心林乃界又跟警察吵起来,拉他到办公室,伏在桌子上,写了一张证明,又拿了两条中华烟,跑下楼去。

林乃界坐在办公室里一句话也没说。

过了十分钟,金亮上来,林乃界看了他一眼,缓缓地出了一口气,说:"你就从那十五万里再减掉两万吧!"

"谢谢林老板!"金亮哈着腰说。

四、林老板,欠你的钱我一定会还

第三天上午十点,林乃界开车去找赵来来。他特意去理了个发,从今天起,他跟眼镜行业正式脱离关系,跟让他担惊受怕的工厂也没了任何关联。他现在是个自由人,开始新的人生,虽然还不知道以后的人生怎么走,但有一点可以肯定,那就是跟以前的人生不一样。出门前,他仔细检查了钱包里的欠条,可别小看这张纸条,它价值五十一万两千元人民币啊。诸葛妮知道他今天要去讨债,昨晚不放心,打来电话,问他一个人去能不能搞得定,他说他跟赵来来说好了的,手里握有她亲笔写的欠条,难道她还能反悔不成?诸葛妮说她不是担心赵来来反悔,而是担心林乃界一个人单枪匹马,势单力薄,如果她一起去,遇到什么事情,起码有个商量。林乃界觉得不可能遇到什么事,赵来来亲口答应他的事,如果他带诸葛妮一起去,反倒显得过于兴师动众。诸葛妮见他这么说,也就没再说什么。

高明眼镜厂跟他原来的工厂在一个工业区。信河街的产业特点非常鲜明,跟眼镜有关的企业都聚拢在一个工业区,分工很细,像林乃界原来的眼镜配件厂只生产镜框一个配件,其他配件都不生产。眼镜厂不生产配件,需要什么配件就到各个配件厂进货,这就要求各个工厂之间距离不能太远,否则运营成本太高。林乃界开车经过原来的工厂时,发现工厂已搬空,像被人掏走了五脏六腑,留下一个破败的空壳。这让林乃界有点儿心酸,有种莫名其妙的失落感。昨天还焕发着一派生机的工厂,一夜之间变成了废墟。

到了高明眼镜厂,林乃界把车泊好,问门卫赵总在哪里,门卫告诉他,赵总在三楼的总经理室。林乃界到了三楼办公室门口,看见赵来来侧坐在办公桌后面,她前面站着一个穿西装的中年男人,低着头,听她说话:"对方跑路不跑路我不管,是死是活我不管,你用什么办法我也不管,我只管你把这笔货款追回来。"

赵来来的口气依然缓慢,但林乃界听得出来,她口气里透出一股寒气,像尖刀一样刺过来。林乃界觉得来得不是时候,想退出来,等那个人走后再进去。但赵来来已看见他,她的脸色迟疑了一下,笑容随即绽在脸上,从椅子里站起来,对林乃界说:"林老板真是稀客,请进来坐。"

说过后,她又转头看了看那个穿西装的中年男人,改用柔和的口气说:"先这样吧,这件事就拜托你了。"

那个人站着没动,还想说什么。赵来来没有让他开口,把脸一沉,挥了挥手,用一种严厉的声调说:"出去。"

那个人低头出去后,赵来来把脸转过来,满脸笑容地看着林乃界,请他在办公桌对面的一张沙发上坐下来,她站起来给林乃界倒绿茶。在她倒绿茶的过程中,林乃界抬头打量了一下办公室,最里面是一个书柜,书柜里摆的不是书,而是各种各样的眼镜。书柜边上有一棵发财树。再前面就是她坐的黑皮靠椅。靠椅前面是一张黑色办公桌,桌上有一台电脑、一部电话和一盆君子兰。办公桌前面是两张小椅子。小椅子过来是一张玻璃茶几。茶几再过来就是沙发。沙发边上有两盆万年青。办公室不大,但收拾得很干净,有一股女人香水的味道。

"让林老板见笑了。"赵来来用一次性纸杯泡了一杯绿茶放在林乃界前面的茶几上,在小椅子上坐下来,说,"林老板喝茶。"

林乃界端着茶杯,正在思考怎么把钱包里那张欠条拿出来,赵来来又先开口了,说:"听说林老板把工厂关了?"

"是的。"林乃界觉得她的消息真灵通,点点头说,"今年以来一直亏,一个月比一个月厉害,我撑了半年多,实在是撑不住了,只好当逃兵。"

"林老板不做眼镜配件实在太可惜了。"赵来来一脸惋惜地说,"我进过很多配件厂的货,比较起来,林老板生产的配件质量最好,我听说每一个配件都要经过林老板的验收。"

"赵总过奖了。"林乃界嘴里这么说,心里却很受用,他不是一个很有自信的人,但有两点很自负:一是身材,他身上有六块明显的腹肌,这是他多年练健美的成果。二是他生产的镜框,他绝对不允许有一个不合格的镜框流出工厂。

"这也不是我一个人的看法,我问了办眼镜厂的其他同行,大家一致公认你的产品好,他们说你本身就是这方面的专家,所有模具都是你设计的。"赵来来继续说。

林乃界心里越发地受用,头有点儿晕乎乎的,脸颊发烫。他觉得如果顺着这个话题继续聊下去,这将可能是他有史以来最享受的一次谈话,会有意想不到的高潮出现。但他的脑子还没有完全发昏,知道今天来这里的目的。他看了一眼赵来来,尽量把话题拉回到他想要的轨道上来。

"可是,做得好有什么用,经济危机再加上各种税收,一下就把我的工厂压垮了。"

"是啊,"赵来来看了林乃界一眼,点头说,"生意越来越难做,你刚才也听到了,我这里又有一个顾客拿了货款跑路了。"

"赵总是大企业,又有后台支持,自然能够应对。"林乃界奉承地说。他觉得在开口向对方讨债前,最好先捧一捧对方,把对方捧得越高,就越不容易下台。这一点他也是从金亮那里学来的。

"让林老板笑话了,我的工厂算什么大企业,只不过是小打小闹,赚一份工资钱而已。"说到这里,她的身子朝林乃界这边靠近一些,压低声音说,"不瞒林老板说,我连这个月给工人发工资的钱还没着落呢,你看看,这两天急得上火,脸上都出痘痘了。"

林乃界心里一惊,他明白自己在引导话题方面根本不是赵来来的对手,她始终掌握着话题的方向盘。他发现,跟赵来来说越多的话,他就越发不好意思把钱包里的欠条拿出来,她都说工资发不出了,自己还好意思向她要债吗?但林乃界知道赵来来说的是假象,经济危机对她的工厂肯定有影响,但影响肯定不会很大,因为她有一个当税务所副所长的老公,可以拿别人的货不给钱,这样的生意谁不会做?这样的工厂怎么会发不出工资?她只不过是故意哭穷,做样子给他看。他当然不会上当。别看她长得这么美丽,说话声音这么温柔,可林乃界一想到她的老公,就觉得她所有外表都是假的,她跟老公一唱一和,到他工厂拿了那么多货,她也算是办工厂的人,知道办工厂的难处,为什么不能替别人想想呢?这么想后,林乃界觉得再也没什么好犹豫的了,也没什么不好意思的了,这时要果断出手,不要优柔寡断。想定后,他接口说:"赵总真会开玩笑,整个工业区谁不知道你的工厂最赚钱。"

"那都是别人瞎传的,林老板怎么也信?"赵来来说。

"我当然信。"林乃界笑了一下,继续说,"我听说赵总去所有的配件厂拿货都不给钱。"

赵来来大概没想到林乃界会说出这样的话,愣了一下,一时答不上话来。林乃界觉得机会来了,掏出钱包,拿出那张欠条,看了看,递给赵来来,说:"我的工厂也关闭了,以后就靠这笔钱养老了,希望赵总能把这笔账结了。"

"好的,欠林老板的账我一定会还。"赵来来已经回过神来,拿着欠条,对林乃界笑了一下说。

赵来来的态度出乎林乃界的意料,她答应得太爽快了,爽快得让林乃界觉得不真实,让他怀疑自己是不是太小人了,怎么能把赵来来想得那么坏。她不是一口就答应还钱了嘛,这让林乃界愧疚了,他真心地对赵来来说:"如果我有做得不对的地方,请赵总多包涵。"

"林老板怎么这样说呢,欠债还钱是天经地义的事。"赵来来脸上的笑容淡定地溢开来,看着林乃界,话锋一转,"可我目前真是周转不过来,这样吧,你再宽限我一段时间,等我缓过气来,一定双手捧上。"

林乃界的心一凉,知道高兴得太早了。这时,他看见赵来来要将欠条收起来,便"嚯"地一下从沙发里站起来,从她手里夺过欠条,说:"宽限一段时间可以,但你得给我一个确定日期。"

"这个真没法确定,我唯一能确定的,就是资金一旦周转过来,马上还你的债。"赵来来并不在意林乃界从她手里夺走欠条,依然笑着说。

林乃界现在知道自己把这事想得太简单了,今天想把这笔债讨回来是不可能了。他甚至感觉出来,赵来来压根儿就没想还这笔钱,但不明说,她说要等她的资金周转过来,这是什么概念?什么时候算周转过来?林乃界知道再说下去也不会有什么结果,得赶紧回去想别的对策。这么想后,他就把那张欠条收回钱包里,转头对赵来来说:"既然这样,我过两天再来。"

赵来来笑着站起来,说:"其实你不用辛苦地跑来跑去,有钱后我会第一时间通知你。"

"还是我来吧。"林乃界说。

"好吧,你愿意来,我当然欢迎。"赵来来笑着说。

五、只要你肯来,我每天管饭

当天晚上,林乃界约陈上水、苏海啸和诸葛妮到东海渔村喝酒,也让他们帮忙出主意。他们听了之后,一致认为赵来来想赖账,她不是没钱,而是根本没想还钱。确定这一点后,问题的焦点就集中在用什么方法才能把那五十一万两千元要回来。

苏海啸最先出主意,他说叫几个社会上的人去工厂闹一闹,砸掉几块玻璃,拿刀吓唬吓唬,她就得乖乖把钱还回来。陈上水对苏海啸的主意很不以为然,觉得层次太低,他出了两个主意:一是让林乃界背着床铺,每天到赵来来办公室打地铺,直到她还货款为止。二是擒贼先擒王,胡可去是赵来来的后台,他是国家工作人员,多少会有所顾忌,拿着欠条直接找他把事情解决了。诸葛妮也提供了一种方案,她说现在欠债的人是爷,被欠的人是孙子,想把钱讨回来,得用点儿策略,她有一个女同学叫项美丽,是赵来来的闺密,她可以让项美丽跟赵来来打个招呼,走人情路线。

四种方案里,林乃界比较认可诸葛妮说的人情路线,这种方式最温和,最符合他的性格。其次是陈上水提供的方案,如果朋友打过招呼后赵来来依然不给钱,拿着欠条去找胡可去也不失为一种办法,他们毕竟是夫妻,胡可去又是公职人员,事情闹大了对他影响不好。不过,不到迫不得已,林乃界不想去找胡可去,他不想再见到他,更不想跟他有任何来往。苏海啸提供的方案林乃界不能接受,他痛恨胡可去及派出所的警察,认为他们的行为跟强盗无疑,如果接受了苏海啸的方案,他跟胡可去和警察又有什么区别?最不能让林乃界接受的,当然是去赵来来办公室打地铺,他是讨债,又不是讨饭,干什么弄得那么没尊严?

陈上水也认可诸葛妮的方案,他说先试试,如果行不通,再去找胡可去也不迟。苏海啸对陈上水和诸葛妮的软弱很不屑，他说跟那些狗生的讲什么人情，如果他们还有人情的话，怎么可能做出这种事来？既然他们是土匪，我们就要用更土匪的办法对付，不能委曲求全。陈上水见苏海啸这么说，冷笑了一下，问你是不是把自己想得太强大了，人家的后台是政府，你凭什么跟政府斗？苏海啸白了他一眼，说，有什么了不得，大不了拼个鱼死网破嘛。林乃界知道他们再说下去又会斗起嘴来，赶紧转移话题，让诸葛妮先跟项美丽联系，有消息再通知他。

第三天下午，诸葛妮给林乃界打来电话，说："项美丽回话了，让你去一趟赵来来的工厂。"

林乃界问她："是现在去吗？"

"是现在。"诸葛妮说。停了一下，又说，"我跟你一起去吧。"

林乃界想了一下，觉得也好，有了项美丽的关系，诸葛妮和赵来来之间就有了一种纽带，说起话来会亲近一些。挂完电话后，他开车去按摩店接诸葛妮。

诸葛妮开的叫魔境按摩店，里面有几十个专业技师，男女都有，有几个是从中医大学毕业的，拥有特级技师职称。但林乃界也知道，按摩店里有一批完全不会按摩的女技师，这些女技师经常换，每来一批，诸葛妮便安排特级技师对她们进行一个礼拜的突击培训，然后挂牌上岗。林乃界知道这些女技师是做什么工作的，他和苏海啸都是按摩店的小股东，为了这个事情，苏海啸还开他的玩笑，说，乳沟，你不是自称从不做违法的事情吗？林乃界也笑着对苏海啸说，跟你做了这么多年的朋友，不知不觉中便同流合污了。林乃界知道苏海啸是在嘲笑他平时的迂腐，他的内心其实也矛盾，知道这么做是违法的，却有一种隐秘的兴奋，有一种在别人背后偷吃东西的快乐。但他几乎不去按摩店，也很少去诸葛妮家。诸葛妮倒是常来他家，给他洗衣服、换被单、打扫房间，也在他家留宿，他做过各种努力和尝试，很遗憾，就是不行。在这件事上，诸葛妮对他心里有气——为什么跟别的女人行，跟她就不行呢？林乃界觉得愧疚，对不起诸葛妮，他也想努力表现，总是屡战屡败。

林乃界在离按摩店一百米远的路口停下车，打电话叫诸葛妮出来。他每次都这样。过了十五分钟，他看见诸葛妮朝这边走来。很显然，她做了精心打扮，齐耳的短发刚刚修剪过，画了眉，涂了口红，脸上扑了淡淡的粉，戴一对银耳坠；穿一身紫色旗袍，黄色披肩；手挎黑色小皮包，脚穿黑色高跟鞋。诸葛妮从小皮肤就好，又白又细。虽然没有生育过，身材却像一朵开放了的花，看起来比实际年龄要小十岁。上车后，诸葛妮瞥了林乃界一眼，说："听说赵来来是美女？"

一听这话，林乃界就知道她今天为什么要打扮成这样了，她个性要强，做什么事都想赢，林乃界是唯一给她失败感的人，也正是这样，她更是把林乃界看成一件私人物品，如果林乃界跟别的女人多说一句话，她心里会不高兴。林乃界用淡淡的口气说："还可以吧！"

"我跟她比，谁美一些？"她紧接着问。

"当然是你。"林乃界说。

开出一段路后，诸葛妮又问林乃界："我这身打扮不会给你丢人吧？"

"还行。"林乃界敷衍地说。

"你这个人怎么回事，别人为你的事尽心尽力，你连一句好听的话都不会说吗？"诸葛妮生气地说。

"是挺漂亮！"林乃界只好又看她一眼。

"有没有一点儿心动？"诸葛妮问。

"有。"林乃界心里叹了一口气，目光盯着前方，装出专心开车的样子。

"你不用担心。"停了一会儿，诸葛妮又说，"我的同学项美丽说她跟赵来来的关系很铁，她说赵来来接了她的电话后，答应一定想办法解决。"

"通过上次的接触，我感觉到赵来来不会轻易还贷款的。"林乃界说。

"或许赵来来看在项美丽的面子上也说不定。"诸葛妮说。

"现在也只能死马当作活马医了。"林乃界说。

说话间,他们到了高明眼镜厂,泊好车子后,林乃界问门卫,赵总在不在,门卫说在办公室。林乃界领着诸葛妮来到三楼。赵来来没在办公室。林乃界到隔壁财务室问一个小姑娘,她说赵总刚才还在,可能去车间了,问他找赵总有什么事,林乃界说跟赵总约好下午来谈事。她说你等一等,掏出手机要打,还没拨出去,就看见赵来来从走廊走过来。她首先看见林乃界,主动笑着打招呼说:"林老板好!"

"赵总好!"林乃界谢了那个小姑娘,转身跟赵来来打了一声招呼。

"你好!"赵来来也笑着跟诸葛妮点点头,又转头问林乃界说,"这位是?"

"我是项美丽的同学,叫诸葛妮。"诸葛妮说。

"你好你好,"赵来来连忙伸出手,握住诸葛妮的手,说,"我早就听项美丽说起你,今天终于见到了,快进我的办公室。"赵来来拉着诸葛妮的手,进了办公室。林乃界跟在她们身后。

进了办公室后,赵来来请诸葛妮和林乃界坐在沙发里,用搪瓷杯泡了两杯绿茶。然后,她才在沙发前的椅子坐下。林乃界能感受到,赵来来的神态似乎比上一次更加从容,笑容里带着一丝淡淡的嘲讽,说话轻声轻气,声音像从鼻腔里发出来,却有一种无形的气度和力量,好像一切都在掌控之中。诸葛妮脸上也一直挂着笑容,说话时,把头仰起来,眼睛一直盯着赵来来。一开始,她们试探地说着客气话,话题都围绕着项美丽,各自说与项美丽的关系,看谁的关系更铁。通过她们的谈话,林乃界才知道项美丽是信河街银行一个处长,主要负责贷款发放。

赵来来给他们的茶杯续第三次水时,诸葛妮笑着对赵来来说:"不用再续水了,时间不早了,我们谈谈那笔贷款的事吧。"

"好啊,项美丽交代我一定要把这件事办好。"赵来来也笑着说。

"那就谢谢了。"诸葛妮说。

"这事应该我谢你们才对,本来早就该给你们货款的。"赵来来转头看了林乃界一眼,慢慢地说,"我上次就跟你说过,最近工厂的资金实在是周转不过来,请你再等一段时间,我说的都是实情,工厂现在确实没钱,可项美丽打电话来,我们是好朋友,这个面子我不能不给。放下电话后,我想了很久,终于想出一个两全其美的办法,你看这样行不行:五十一万两千元的货款先放我这里,就当是入了我工厂的股份,你觉得怎么样?"

"我不要股份,只要货款,我连工厂都关闭了,还要股份干什么呢?"林乃界想也没想地说。

"问题是我现在真的没钱。"赵来来摊了摊双手。

"我不相信你没钱。"林乃界说。

"如果林老板不相信,我也没办法。"赵来来笑着说。

"那你说说看,入股后有什么好处?"诸葛妮问赵来来。

"老实说,工厂目前这个情况,我也说不出有什么好处。"赵来来笑着对诸葛妮说。

"既然没有好处,凭什么要别人入股?"诸葛妮的声音高了起来。

"我只是给项美丽一个交代。"赵来来还是微笑着,嘴唇颤抖了两下。

"我们要这样的交代干什么?我们要的是货款。"诸葛妮说。

"我现在确实没钱。"赵来来看了诸葛妮一眼,眼睛低了下去。

"现在没钱也没关系,你说个确切的还钱日期也行。"诸葛妮说。

"这个我也说不上来。"赵来来说。

"我听出来了。"诸葛妮冷笑了两声,看着赵来来说,"你分明是想赖账。"

"我没有赖账。"赵来来说。

"没赖账你就给钱。"诸葛妮说。

"我现在确实没钱。"赵来来说。

"不给你就是赖账。"诸葛妮说。

这时，财务室的小姑娘走进来，拿着一叠发票让赵来来签字，赵来来看了一眼，把笔一扔，突然尖声说道："你没看见我现在有事吗？出去出去。"

小姑娘吓得脸色全白，转身跑了出去。

"我现在确实没钱，你们逼我也没用。"赵来来很快把情绪调整过来，看看诸葛妮，又看看林乃界，轻轻地说。

"我也没逼你，只要你说一个确切的还款日期。"林乃界说。

"这个我真说不好，如果随便说个日期，到时做不到，岂不成了一个不讲信用的人。"赵来来的情绪完全正常了，笑着对林乃界说。

"那我以后只能每天来你工厂了。"林乃界说。

赵来来笑了笑，妩媚地说："只要林老板肯来，我每天管饭。"

"真不要脸。"诸葛妮一听赵来来这句话，"曙"地一下从沙发里站起来，见林乃界还坐着，冷笑着说，"你是不是要留在这里吃饭？"

林乃界也站起来。

"林老板，欢迎你入股来我工厂上班。"赵来来慢慢地站起来，笑着对林乃界说。

"真是臭不要脸。"诸葛妮骂了一句，大步走出门去。林乃界赶紧跟出去。

六、你去告啊，有本事去告老子啊

诸葛妮认为林乃界再也不能去找赵来来讨债了。赵来来的态度很明显，她根本没准备给林乃界货款，入股只不过是一个幌子，一种托词，如果入股后林乃界每天都去赵来来工厂上班，她可能会人财两空。所以，她现在支持陈上水提供的方案，擒贼先擒王——去税务所找胡可去要债。

那天晚上，他们四个人又在东海渔村商量这件事，大家意见一致，赵来来是一块经过千锤百炼的牛皮糖，刀砍不断，水泼不进，想从她那里讨回货款的可能性等于零，接下来应该把目标转向胡可去。现在摆在面前的一个问题是谁陪林乃界去找胡可去？四个人里，对付胡可去这样的政府工作人员，陈上水经验最为丰富，问题是陈上水跟胡可去打过交道，有共同的朋友，不太方便出面。苏海啸倒愿意去，可林乃界觉得他不合适，苏海啸性格暴躁，一句话不合，说不定就会打起来，这次目的是讨债，可以吵，可以闹，但绝对不能打架，一打架就会惊动派出所，派出所的人不可能为林乃界说话，到时候钱没讨回来，人却进去了。诸葛妮也表示愿意陪林乃界去，但林乃界觉得她去的利弊对半分，她去的话，对吵闹有好处，可以把声势造大，但她不会控制情绪，情绪来了，把握不住分寸，反而坏事。想来想去，林乃界决定一个人去。

第二天上午，林乃界开车到税务所，没有见到胡可去，他在二楼办公室的门关着，去向牌上写着"不在岗"。林乃界问税务所里的人，才知道他上午去企业检查。没有碰到胡可去，林乃界发现心里反倒轻松了一下，他暗暗地骂了自己一句："林乃界，你真是个贱货，现在工厂不办了，你还怕个鸟？"

老实说，林乃界心里还真是有点儿怵胡可去，论年龄，胡可去比他小，论个子，他比胡可去高，论身材，他比胡可去好，但他为什么怵胡可去呢？他觉得不外是两个原因：一是胡可去的神态，每次胡可去到他的眼镜配件厂（胡可去很少来，最多平均一年一次），踱着方步，一脸傲慢的表情，高仰着头，眯着眼睛，从来没用正眼看过他。每一次来，都是在车间看看，到财务室看看，什么话也不说。胡可去没说话，反倒让他害怕，不知道胡可去心里的想法。二是胡可去那一身制服，那身深蓝色的制服代表着权力，这种权力可以决定他工厂的生死存亡，这让他每次看见这身制服，就会手脚发软，喘气吃力，有一种大难临头的感觉。当然，也不仅仅是胡可去穿的制服，包括警察穿的制服，工商管理员穿的制服，环境监察人员穿的制服，消防员穿的制服，所有制服对他都有一种震慑力，让他自卑，让他恐慌，让他没有安全感。这种心理已深入骨髓，他办工厂的时候怕他们，现在不办工厂了，阴影还是不能除去。

不过，林乃界现在的心态毕竟跟办工厂时不同，他在心里说："林乃界，你要记住一点，胡可去现在不能把你怎么样了，他就是当局长也管不着你了。他现在欠你货款，应该他怕你才对。"

这么想后，林乃界胆子也壮起来。既然来了，没有退回去的道理。他走到一楼，一楼有个服务台，服务台里坐着一个穿制服的女孩子，大概二十出头的年纪，戴一副木框眼镜，是今年最流行的款式。林乃界瞥了一眼，就断定她这副镜框不是信河街生产的，他原来的工厂做不出这么好的镜框，其他工厂更做不出。那个女孩子低头入迷地看着电脑。林乃界在角落里找个座位坐下来，坐了大概十五分钟，那个女孩子一直对着电脑，不时发出几声压抑住的笑声。他对自己说："林乃界，你不能这样被动地等下去啊，你是来讨债，又不是来讨饭，胡可去不在，你可以打手机给他嘛。"

林乃界认为这个想法很对，也符合他讨债人的身份，凭什么在这里傻等呀？要主动出击才对嘛。他站起来，走到服务台前，连问那个女孩子三声"你好"。第一声她没搭理林乃界，第二声她说"等一下"，林乃界等了五分钟左右，见她对着电脑笑了两次，叫了第三声，她才把头抬起来，看了林乃界一眼，皱着眉头问他，你有什么事？林乃界说，你能不能告诉我胡可去副所长的手机号，我找他有急事。她警惕地看了林乃界一眼，说，我们领导的手机号是不能随便给外人的。林乃界灵机一动，说，我是高明眼镜厂的，找胡可去副所长真有急事。见林乃界说是高明眼镜厂的，女孩子的神情马上就放松了，说，胡所长上午去企业检查了。林乃界说，我知道，只想问他什么时候回来。那个女孩子不再多问，极快地把胡可去的手机号报给林乃界，又低头去看电脑。

林乃界拿了手机号，走出一楼，来到税务所外的马路上，做了几次深呼吸后，拨了胡可去的手机，第一个拨过去，没接，第二个，也没接，第三个，还是没接。林乃界知道，像胡可去这样的政府工作人员，一般是不接陌生电话号的。又过了十五分钟，林乃界拨了第四个，铃声响了六下，话筒那头传来低缓的声音："嗯？"

尽管林乃界已做好心理准备，听见这个声音时，心里还是颤抖了一下,不由自主地把腰哈下来,喉咙发干,声音发颤:"是胡可去所长吗?"

"你是哪位?"胡可去问。

从声音里,林乃界仿佛看见胡可去正高仰着头,眯着眼睛,一副高傲的表情,好像到他工厂检查一样。林乃界猛地明白过来,他跟胡可去的关系已发生了根本性的变化,他是债权人,胡可去是债务人,严格说起来,他现在的地位比胡可去高,应该胡可去对他哈着腰才对。想明白后,他把身子直起来,清了清喉咙,说:"我是林乃界。"

"谁?"

"林乃界。"

"林乃界是谁?"

"我是恒光眼镜配件厂的林乃界。"

"哪个恒光眼镜配件厂的林乃界?"

对话到这里,林乃界发现自己的腰又不知不觉哈了下来。狗生的胡可去根本没有把他放在眼里,不但没记住他的名字,连他工厂的名字也没记住。胡可去根本就把他当作一堆臭狗屎,这大大出乎林乃界的意料,也大大地打击了他的自尊心。他能够感觉到胡可去的傲慢从手机那头传输过来,压得他膝盖骨发软,拿手机的手发抖,他几乎是带着恳求的声调说:"我跟你一起吃过饭的。"

"喔?"胡可去犹豫地应了一声,仿佛在想什么时候一起吃过饭。过了一会儿才问,"你有什么事?"

"我在你单位,你什么时候能回来。"林乃界说。

"你电话里说吧,我现在有事。"胡可去的声音显得很不耐烦。

"我想跟你碰一下。"林乃界说。

"我现在没空。"

林乃界听见手机里传来一阵"嘟嘟嘟"的声音,他先是觉得被人当胸擂了一拳,然后被孤零零地抛弃在一个空寂的地方,四周一点儿声音也没有。

也不知站了多久,林乃界才回过神来,双腿沉重地走向汽车。

坐进车里,大口大口地喘气,身体慢慢恢复力气后,他才发动汽车开回家。

在家楼下的面馆里吃了一碗不知味道的鱼丸面,林乃界快步走回家,躺在客厅的沙发里,越想越不是滋味:"丢人,林乃界你太丢人了,人家欠了你的钱,还不把你当人看。"

过了一会儿,他又喃喃自语:"不行,不能就这么便宜胡可去这个孙子,老子一定要讨回这笔债。"

相对于胡可去,林乃界认为赵来来的态度比较容易让他接受,他当然也知道赵来来可能埋藏得更深,可是,无论怎么说,赵来来还是笑脸相迎,泡茶、让座,基本礼数都做到了。胡可去太目中无人了。他觉得这事情远远没有结束。

当天下午三点钟,林乃界又来到税务所,看见胡可去办公室的门关着,去向牌显示"不在岗"。林乃界没再打他手机,回到汽车里,他下了决心,一定要等到胡可去。

可是,当天下午胡可去没回单位。林乃界没气馁。他反倒认为今天下午没碰到胡可去更好,因为他发现,等待胡可去的过程,就是在心里一点点瓦解胡可去的过程,他原来觉得胡可去和他所供职的单位充满神秘感和权威感,现在他就在胡可去的老巢,不过如此嘛,来来往往的人,也没有三头六臂。接下来,他进一步地想,胡可去没回办公室,说明他上午的电话是起作用的,胡可去的傲慢是伪装的,其实是一只纸老虎,一接到他的电话,连单位也不敢回来了。

这一点猜测,林乃界在第二天上午得到更进一步的巩固。他又等了一个上午,胡可去的人影还是没在单位出现。他回家吃了中饭,下午又回到税务所守候。

第二天下午三点刚过,胡可去终于出现了,他开着一辆绿色路虎越野车,这车林乃界见过,他有时去眼镜配件厂检查就开这辆车。林乃界看着他把车开进车库,然后从车里滑下来,手里拿着一包东西,他把那包东西夹在腋下,弓着身子,眼睛四下看,好像在找什么人,又好像刚做了什么坏事担心被人看见,脸上挂着不自然的笑容,想笑却又不知该对谁笑的样子。林乃界一看,用手掌拍了一下大腿,快活得差一点儿笑出声来,嘴里骂道:"胡可去,老子今天终于看清你这孙子了。"

眼前这个胡可去完全是一个鬼鬼祟祟的家伙,他以前傲慢的神态哪里去了呢?林乃界的结论是:这才是胡可去的真面目,他只有到企业去,见了林乃界这样的人,才换上另一副面孔。

林乃界坐在汽车里没有动,看着胡可去弓着身子走进一楼,看见他爬上楼梯,到了二楼的走廊,来到他办公室门口,掏出钥匙,开门进去。林乃界又盯着那扇开着的门看了十五分钟,没有看见胡可去再出来。他掏出怀里的钱包看了看里面的欠条,拔了车钥匙,开了车门,双脚稳稳地站在地上后,回身锁好车门,然后才一步一步地朝胡可去的办公室走去。

到了胡可去的办公室,他直接走进去,看见胡可去正在看电脑,脸上有不同的颜色闪过。他故意咳嗽了一声,指名道姓地叫一声:"胡可去。"

胡可去听到叫声后,右手的食指在鼠标上按了一下,脸色一白,抬头看了林乃界一眼,脸上的神情一愣,问道:"你是?"

"我是恒光眼镜配件厂的林乃界。"胡可去办公桌前有一张椅子,林乃界暂时不想坐,他正好可以俯视胡可去。这种感觉很好。

"你找我有什么事?"胡可去的声音迟疑又轻微,他似乎想起昨天那个电话了,问完后,把两手缩回胸前,极快地握了一下。

林乃界看见胡可去的右眼皮抽搐了一下,咽了一下口水,又干咳了一声。哈哈,他紧张了,狗生的胡可去也会紧张,他平时不是一副盛气凌人的样子吗?现在软蛋了吧?被踩住尾巴了吧?林乃界知道自己开局良好,打了胡可去一个措手不及,乱了他的阵脚,他表面不动声色,内心一阵狂喜。这时不能手软。他眼睛盯着胡可去说:"我是来讨债的。"

"讨债?"胡可去看了看林乃界,摇了摇头,说,"讨什么债?"

"你一共拿了我工厂五十一万两千元的货款,我现在工厂不办了,要把这笔债讨回来。"林乃界说。

"我欠你货款？你有没有弄错？"胡可去问。

"没有弄错，我这里有你老婆赵来来写的欠条。"林乃界掏出钱包里的欠条给胡可去看。在心里想，现在证据确凿，看你怎么说？

胡可去眼睛瞥了下那张欠条，又拿到眼前仔细辨看。

"不会错的，上面按的是你老婆的手指印，不信你可以打电话问一下。"林乃界说。

让他没想到的是，胡可去并没有给赵来来打电话，看过后，他脸上的神情反倒坦然了下来，继而把脸拉长，冷冷地把那张欠条递回给林乃界说："这是赵来来的事，有事你去找她。"

"赵来来是你老婆，她的工厂就是你的工厂，我已经找过她了，她不还钱，我当然来找你了。"林乃界故意提高声音。他想让税务所的人都听见，让大家都知道胡可去欠他的货款，让胡可去无路可退。

"我跟她没有关系，你不要来找我。"胡可去的声音也高起来。

"怎么会没关系呢？"林乃界现在不怕胡可去声音高，这恰恰是他希望的。他也跟着把声音再提高一些，"赵来来是你老婆，我不找你找谁？"

"她不是我老婆。"胡可去突然笑起来。

"你骗老百姓呢？"林乃界被他笑得心虚，但事已至此，只能硬着头皮说，"整个工业区的人都知道你们是夫妻，你却说赵来来不是你老婆。"

"我说不是就不是。"胡可去虽然还坐在座位里，但他的脑袋已高仰起来，眼睛眯起来，斜看着林乃界，"你现在可以出去了，我还有事。"

"我不会出去的。"林乃界说，"你别想一句话就把我打发走。"说完，林乃界干脆在他办公桌前的椅子上坐下来。

"你想干什么？"胡可去身体先往林乃界这边靠了靠，又朝后仰去，突然站起来，脸上的笑容已收，厉声喝道，"难道想在我这里闹事？我看你是找错地方了。"

"除了讨债，我没想干别的。"林乃界说。胡可去刚才的那一声厉喝,他心里还是颤抖了一下,有一股模模糊糊的东西冲上脑袋。他又有点儿尿急了。另外一点,他喊叫了这么多声,税务所里没有一个人到胡可去办公室来。

"我跟你说过,赵来来跟我没关系,讨债别找我。"胡可去一字一顿地说。

"我不信。"林乃界说。

"你爱信不信,给我滚出去。"胡可去说。

"你不还钱我就不走。"林乃界说。

"好吧!好吧!老子今天踩到狗屎了,被一只癞皮狗缠上。"胡可去又冷冷地笑了两声,说,"既然这样,老子索性让你死个明白吧。"说完,他从抽屉里翻出一个绿色的本子丢给林乃界。

林乃界看了看,是一本离婚证书,翻开来一看,上面是胡可去和赵来来的照片,他又看了一眼,嘴里又干又苦,嘴皮蠕动了一下:"这怎么可能?"

"现在滚吧。"胡可去用鄙夷的眼神看着他。

林乃界觉得被人一拳打倒在地,他挣扎着从椅子上站起来,不敢抬头看胡可去,艰难地走出办公室。

七、林老板,税务所来抓我啦

这一次打击,让林乃界丧失了再见胡可去的勇气,他在心里说:"太丢人了,林乃界你这回丢人丢大了,钱讨不回来也就算了,把人彻底丢尽了,以后怎么活呀?"

回家后,他把自己关了一个礼拜。诸葛妮要来他家,他不开门。陈上水请他喝酒,他不去。连苏海啸叫他去健身馆也不去,苏海啸在电话里问他:"乳沟,到底遇到什么情况,能让你停下坚持三十几年的健身?"

"只是有点儿累了,休息几天就好。"林乃界说。这是他的真心话,从胡可去办公室出来后,他基本上放弃这笔货款了。他觉得尊严扫地,这一次是完全被打倒在地,再也爬不起来了。这一个礼拜,他在家"舔伤口"的同时,也想明白了一个道理——工厂都不办了,还执着于那一笔货款干什么?是那笔钱重要?还是做人的尊严重要?当然是尊严重要。这些天,他也逐渐想开了,反正手头还有一笔余钱,再加上金亮欠的十三万,下半辈子的生活能过下去就行,何苦为了那笔钱弄得灰头土脸?想是这么想,但他不能想起胡可去那鄙夷的眼神,一想就会掴自己一耳光。

七天后,诸葛妮约大家去东海渔村喝酒,林乃界才肯出门。他知道这是诸葛妮专门为他安排的。

酒桌上,大家问林乃界货款的事,他不开口,只是低头喝酒。问得多了,他满了一杯酒,举起来敬大家说:"以后别再说那货款的事,我多谢朋友们了。"

见他这么说,诸葛妮倒是不问了,陈上水和苏海啸却不肯放过,他只好回答说:"那笔货款我不要了。"

"你有毛病呀?自己的钱为什么不要?你不去,我替你去讨。"苏海啸说完后,又半开玩笑半认真地补充一句,"讨回来的钱你我对半分。"

"你也别去了。"林乃界说。

"为什么?你不让我去一定要说出道理来。"苏海啸说。

"总之,我不要就是了,你也别问。"林乃界有点儿生气地说。

见林乃界真生气了,诸葛妮出来打圆场,举起酒杯说:"好了,不说这个话题,大家喝酒。"

又喝了一会儿,就在一瓶葡萄酒快喝完时,陈上水试探地问了他一句:"你是不是遇到什么委屈了?"

林乃界一听,心里一酸,眼眶一红,鼻翼扇了扇,差点儿掉下眼泪来。他控制一下情绪,停了停,喝了一大口酒,看了他们一眼,说:"太丢人了。"

"怎么了?有什么事你说出来。"陈上水说。

林乃界又看了一眼他们,把找胡可去讨债的经过说了。说完后,他举起手想掴自己一巴掌,想想又忍住了。在朋友面前掴自己的耳光,也不是一件光彩的事。他想了想,又说了一句:"真是太丢人了。"

"不对呀。"喝了一杯酒后,陈上水看着林乃界说,"我前天晚上跟税务局的朋友吃饭,他还说起早两天跟胡可去夫妇吃饭的事。"

"你还等什么呀?快打电话问问税务局的朋友。"苏海啸催他说。

"我这不是正准备打嘛。"陈上水掏出手机,给税务局的朋友打电话。

电话接通了,陈上水对电话那头说,他刚听说一个消息,胡可去跟老婆离婚了?对方说没有哇,他早几天还到胡可去和赵来来家里吃饭,他们一点儿没有分开的迹象。陈上水说有人都看见他们的离婚证了,陈上水这么一说,电话那头就笑了起来,说,那是假的,是信河街一个独特的现象,信河街很多家庭结构是一方在政府机关上班,另一方在办工厂或者做生意,有些家庭就去办了离婚证,一是从法律上脱离两方的关系,万一出事,可以保全一方;二是办了离婚证,做生意那一方办事方便,譬如去银行贷款就不用夫妻双方到场。大概胡可去他们也是这种情况。

放下电话后,陈上水看看大家,大家也都看着他。苏海啸突然感叹说:"陈坏水啊,我对不起你。"

"怎么了?"陈上水问。

"我一直以为你是天底下最坏的人,没想到还有人比你更坏。"苏海啸说。

"你这是骂我还是夸我?"陈上水说。

"当然是夸你啦,同时祝贺你终于摘掉人品最差的桂冠。"苏海啸笑着说。

"彼此彼此。"陈上水笑着说,"如果我的人品不行,你跟我交了这么多年的朋友,也不见得好到哪里去。"

"你们不要打情骂俏了。"诸葛妮不得不打断他们的话,对他们说,"一起帮林乃界想想办法吧。"

"对对对,这事不能就这么算了。"苏海啸说。

"你是什么意见?"陈上水问林乃界。

"当然不能就这样算了。"诸葛妮抢过话头，断然地说，"这两个人都不是好东西，那个女的更坏，一看就是个狐狸精。"

"对，一定要跟他们干到底。"苏海啸附和道。

"老苏你别瞎起哄，我们先听听林乃界怎么说。"陈上水说。

"怎么叫瞎起哄？我这是表明态度，坚决跟这帮畜生战斗到底。"苏海啸说。

陈上水不理苏海啸，转头去问林乃界说："你觉得呢？"

林乃界也不知道说什么好，他一直低着头，刚才听到假离婚证的事情后，他没有愤怒，他以前也听说过这种事，只是当时没有跟胡可去联系起来而已。老实说，他心有不甘，可不是么？脑子里不时会浮现出胡可去那鄙夷的眼神，忍不住想掴自己的耳光，如果彻底心死，还会去想这些事吗？可是，他心里又想，即使知道他们是假离婚又能怎么样呢？还是放弃吧！少惹他们，就算从来没有那笔货款。所以，他们在谈话时，林乃界只是低头默默地喝酒，见陈上水这么问，他也没抬头，只低低地说了一声："还是算了吧！"

"不行，不能这么算了，一想起那个狐狸精我就来气。"林乃界话刚说完，诸葛妮马上接口说，"大不了来个鱼死网破。"

"就是，不能就这么算了。"苏海啸说。

"能把他们怎么样呢？你想来个鱼死网破，到时候我们倒成了他们餐桌上的鱼。"林乃界停了停，看了诸葛妮一眼，说，"我已经想明白了，这事就算了。到此为止。"

林乃界把话说完，所有人都没再说话。包厢好像空了。过了一段时间，诸葛妮刚想开口说话，林乃界的手机突然尖叫起来，他拿出来一看，是金亮打来的，一接通，金亮就在电话那头带着哭腔说："林老板，你快救救我，胡可去带领税务所的人把我的工厂封了。"

林乃界看了一下时间，已是晚上九点十分，他说："什么时候的事？"

"就在刚才。"金亮说。

"刚才？"林乃界问。

"是的。我们白天怕检查，都是在晚上偷偷开工，没想到还是被他们瞄上了。林老板，胡可去这次来是有针对性的，一般像我这样的'三无工厂'，要查也是工商，他肯定是有意的。"换了一口气，金亮又说，"求林老板救救我，我还欠林老板十三万呢，工厂被封，叫我拿什么还？"

林乃界听得出来，金亮打电话向他求救，也有威胁的意思，如果他不出手相助，那十三万元也可能泡汤。不过，林乃界没有生气，他只是对金亮说："我也想帮你，可我没这个能力啊。"

"我知道林老板认识的人多，一定能帮我，我也只有林老板一个人可以找了。"金亮说。

林乃界想一口把金亮回绝了，他真的没办法。可他又想起金亮替他挨的那一刀，心一软，改口说："既然这样，你也别太焦急，我们一起想一想。"

"我就知道林老板不会见死不救的，我知道林老板有办法的。"金亮在电话那头拼命说。

林乃界仿佛看见金亮在电话那头不停哈腰的模样。放下电话后，林乃界看了看大家，摇了摇头，叹了一口气。

"我倒想到了一个办法。"陈上水这时突然开口。

"陈坏水你想到什么坏点子了？"苏海啸说。

陈上水没理苏海啸，他看了林乃界一眼。林乃界正低头喝一口酒。他就转过身子，在诸葛妮耳朵边说了几句，问她说："你觉得行不行？"

"只要能出这口气，你怎么说我就怎么做。"诸葛妮说。

"你们商量什么？说出来让我听听。"苏海啸急忙把头和身子伸过来。

"这事暂时对你保密。"陈上水坐正身子说。

"你这个陈坏水，居然对我打埋伏？"苏海啸生气地说。

"你话太多，担心你泄漏出去。"陈上水说。

"喊，我知道你这个陈坏水也想不出什么好点子，我也不稀罕听。"苏海啸不屑地说。

"这样最好。"陈上水宽容地笑笑，转头对林乃界说，"你和金亮的事就交给我,你到时去拿钱就行。"

林乃界将信将疑地看着他,又转头看了看诸葛妮。他们一副很有把握的样子。

陈上水见他这样,笑了笑,说:"这样吧!你如果过意不去,也给你一个补偿的机会,货款拿回来后,就放在我公司里拿利息。"

林乃界还是没动。

"接下来的事情交给我和陈上水就行了。"诸葛妮见林乃界还是没表示,坚持说,"你什么也不用管。"

"还是算了吧。"林乃界说。

"这事你就不要管了,我一定要整一整那个狐狸精。"诸葛妮也不管林乃界的意见了,口气坚决地对陈上水下命令,"这事就这么定了。"

八、胡所长,这次让你看一个东西

三天后的中午,陈上水跑到林乃界家,把一盘光碟交给他。他拿着外表光秃秃的光盘,问陈上水说:"这是什么?"

陈上水神秘地说:"你看看就知道了。"

林乃界打开电脑,把光盘放进去,很快,电脑屏幕里出现了一个特殊画面:一个男人,赤条条地躺在一张床上,一个同样赤条条的女孩给他做按摩。过了一会儿,那个男人猛虎一样爬到那个女孩身上。

林乃界第一眼就认出来,那个男人是胡可去。他一言不发地把这段视频看完。看完后,他才转头看陈上水。

"这个胡可去还是挺厉害的。"陈上水说,笑容微妙。

林乃界知道陈上水指的是什么,这句话戳到他的痛处了,一时说不出话来。陈上水马上就意识到说错话了,改口说:"看他做那事的样子,跟畜生有什么区别。"

林乃界摇了摇头,想了想,对陈上水说:"这到底是怎么回事?"

"这是我设的一个局。"陈上水笑了笑,身子朝林乃界靠了靠,说,"那天晚上喝酒分手后,我第二天早上就给税务局的朋友通了一个电话,税务局的朋友也是我担保公司的股东,我交代的事他基本都能办好,我叫他约胡可去一起喝酒,朋友问我约胡可去有什么事,我说没事,就是喝个酒。我放下电话不久,朋友就回电了,说已经跟胡可去约好了,我就把预订好的酒店包厢发给他。那天晚上,胡可去和我的朋友准时来喝酒,我跟胡可去只喝过一次酒,他没认出我,我什么闲话也不说,放下身段,一口一个胡所长,不停地向他敬酒。当他喝到六七分醉意时,我把他们两个带到诸葛妮的魔境按摩店。诸葛妮早有准备,让人带胡可去去包厢,随即派一个次日就要离开的按摩女进去服务。诸葛妮事先在包厢装了摄像头,把胡可去的所作所为全部拍摄下来。我把他们送走后,诸葛妮就把拍摄下来的视频交给我,今早,我找人做成了光盘,喏,就是你刚才看到的。"

说到这里,陈上水故意停下来,看着林乃界,说:"我的事做完了,接下来该轮到你登场了。"

"你要我做什么?"林乃界问。

"你找胡可去啊,他看了这段视频后,你无论提什么要求他都不敢不答应。"陈上水得意地说。

林乃界看了看陈上水,又回头看了看电脑里的视频,有一瞬间,一股快意油然而生,他在心里想:"这一次终于铁证如山了,胡可去,看你能往哪里逃?"

但是,他很快又怀疑起来,胡可去是什么人?他是政府工作人员,是国家的人,不会简单地就被一段视频吓住的,弄不好,看了这段视频后,打电话把警察叫来,说他敲诈勒索,反而把他抓进去。这么想后,他又看了看陈上水说:"我看这事就算了吧。"

"你这人怎么回事?"陈上水说,"我和诸葛妮辛辛苦苦为了什么?为了你这事,我这次算是彻底得罪了胡可去,而你却随随便便说了一句'算了',好吧,既然你这么说,算我操错了这份心,以后你的事情我也不管了,我把这个光盘交给诸葛妮,让她去处理,反正所有的费用都是她出的。"

"我不是这个意思。"见陈上水这么说,林乃界也觉得对不起,他看了看陈上水说,"你让我再想想。"

"还有什么好想的?我知道你怕伤了尊严,可这都什么时候了,你还端着身段,酸不酸啊。"

林乃界承认陈上水说中要害了,但陈上水说要把光盘交给诸葛妮处理更让他担心,他知道诸葛妮的脾气,她心里对赵来来有气,一定会拿着光盘去找赵来来,她一找赵来来,事情就闹大了,必定把魔境按摩店不正当经营也抖出来,不但货款没讨回来,可能还有牢狱之灾。所以,他对陈上水说:"还是让我来吧。"

"这就对了。"陈上水说。接着,他又补充一句,"还有一点你要记住,胡可去肯定会向你要原始视频,你就告诉他,只要他把货款给你,并且保证不再去查金亮的工厂,你马上就会把原始视频快递给他。"

"我知道了。"林乃界说,"这件事真不知道该怎么感谢你。"

"你说什么话,我们是兄弟嘛。"

林乃界要留陈上水吃中饭,陈上水说他去年投资了一个楼盘,这两天碰到一点儿小麻烦,要赶过去看看,中饭就不在这里吃了,等讨回货款后,再请他去东海渔村喝酒,林乃界说那是必须的。

陈上水走后,林乃界又把光盘看了一遍,看了一半,觉得看不下去,拿出光盘,用一个纸袋包起来,放进口袋。然后,去厨房下了一碗面,吃完后,已是下午一点多。他有午睡的习惯,漱口后,上床眯了一下,醒来时已两点半。他起床后,洗了一把脸,出门前,再检查一遍钱包里的欠条和口袋里的光盘。

到达税务所,是三点十五分,林乃界把车泊好,抬头看见二楼胡可去的办公室开着门。他又在车里坐了十五分钟,脑子里问题翻滚,考虑怎么面对胡可去?考虑怎么跟胡可去开口?怎么把光盘给他看?如果他报警怎么办?他如果有其他意想不到的举动怎么办?林乃界想象不出来。总之,他心里没底,从中午到现在一直在犹豫,一直在去和不去之间徘徊。但背后似乎又有一股力量在推着他，一个声音不停地对他说："林乃界，你难道真的不是一个男人了吗？你不是一直仇恨胡可去吗？难道就不能像个男人一样跟他战斗一次？就当是最后一次也行。"

林乃界终于还是走下车，他又检查一下钱包里的欠条和口袋里的光盘，缓慢地朝胡可去的办公室走去。

到了胡可去的办公室，胡可去正趴在电脑前，脸上有各种色彩闪过，电脑里发出打斗的声音。胡可去沉浸在电脑里，并没注意到有人进他的办公室。林乃界走到差不多是他上次站过的位置，犹豫了一下，叫了一声："胡所长。"

胡可去把头抬起来，看了林乃界一眼，脸上的表情诧异了一下，随即一变，满脸怒气，高声喝道："你又来干什么？"

"这次让你看一个东西。"林乃界说。

"不要给我看欠条，你们的事跟我无关。"胡可去不耐烦地对林乃界挥挥手。

"这次不是欠条，是这个东西。"说着，林乃界从口袋里摸出光盘，双手递给胡可去。

"警告你，不要在我这里搞什么花招，派出所就在隔壁，我一个电话，他们就飞过来。"胡可去看着林乃界，威胁说。

"我知道胡所长已经饶我一次，这次不敢。"林乃界说。他这时倒有点儿迫不及待了，很想看看胡可去看了光盘后的表现。

胡可去迟疑地看了林乃界一眼，伸手接过光盘，先关了原来的屏幕，把光盘放进电脑。

胡可去在弄电脑，林乃界就在他办公桌前面的椅子坐下来。很快，他就发现，胡可去的脸色一变，巨大的汗珠从他的头发里钻出来，滑过他那又胖又黑的脸颊。电脑里发出的声音让他颤抖了一下，他立即伸手把声音调小。调小声音后，他突然站起来，林乃界不知道他要干什么，坐着没动，见他从座位站起来，快步走到门口，把门关上，反锁起来，又快步回到座位，眼睛一眨不眨地瞪着电脑屏幕。林乃界不知道胡可去现在的心情，他能看见的只是胡可去的脸色，他的脸色越来越严峻。林乃界坐在他对面，中间隔着一张办公桌,一直盯着他的眼睛,他瞳孔里不断闪过一些模糊的影像。他的脸色越来越吓人,原本圆滚多肉的两个腮帮,这时变成了方块,嘴唇紧抿着,鼻孔张大,眉毛上升,目露凶光,大口大口地喘气。林乃界知道,这是暴风雨的前奏,天上乌云滚滚,地下万物噤声。他要发脾气了,要爆发了,他的双手原来交叉放在胸前,现在一手叉在腰上,一手放在桌面,紧握着拳,微微地颤抖。突然,他站了起来,一句话没说,紧握拳头,朝林乃界扑来。林乃界虽有心理准备,还是吓了一跳,急忙从椅子上跳起来,两手伸直,十指叉开,身体往后连退两步,嘴里说:"你要干什么?"

让林乃界万万没有想到的是,胡可去冲到他面前,抓着林乃界的双手,"扑通"一声,双膝着地,看着林乃界,说:"大哥,救救我。"

林乃界没见过这阵势,惊得连忙说:"胡所长,你这是干什么?"

"如果我以前有做得不对的地方,请大哥包涵。"胡可去说。

"别这样,有什么话起来说。"胡可去这么一跪,大大出乎林乃界的意料,他心里没有一丝快感,也没有一点儿大仇得报的快乐。相反,却有一种失落,一个以前想起来就让他心里发怵的人突然跪在面前,让他慌乱。

"有什么条件你只管提,我一定满足你,只求大哥救我一命。"胡可去说。

林乃界又拉了一次胡可去,他还是不起来,只好说:"我只有两点要求:一、还我货款,二、放过金亮。"

"没问题,我马上就办。"胡可去一口应了。

"你现在可以起来了吧?"林乃界问。

"还不行,大哥还要答应我一个请求。"胡可去说。

"你说。"林乃界说。

"我知道你一定还有原始视频,请你把原始视频也给我。"胡可去说。

林乃界觉得陈上水真是料事如神,他说:"放心,只要你相信我,把事情办妥,我马上把原始视频快递给你。"

"我当然相信大哥。"胡可去说,"我现在就让赵来来把钱转给你。"

"你现在总可以站起来了吧。"林乃界说完,用力把胡可去拉起来。

胡可去站起来后,用力推着林乃界,让他坐在自己的座位里,他坐在林乃界刚才坐的椅子上。然后,让林乃界把银行账号报给他,他给赵来来打电话,叫赵来来马上去银行,把那笔货款汇给林乃界。赵来来在电话里问他怎么回事,他呵斥说,叫你汇你就汇,问那么多干什么。五分钟后,林乃界的手机叫了一声,他掏出来看了一下,是银行发来的信息,有一笔五十一万两千元的款已汇入他的账号。林乃界对胡可去说:"钱收到了。"

"金亮的工厂我以后不会再查,你叫他放心好了。"胡可去说。

"我替金亮谢谢你。"林乃界说。

"大哥怎么对我说这种客气话,以后无论什么事,你只管跟我说,我一定办妥。"

"谢谢,我这就回去,把原始视频快递给你。"林乃界边说边往办公室外边走。

"要不我跟大哥一起去拿。"胡可去说。

"说实话,原始视频也不在我手里,但我保证马上快递给你。"林乃界知道他不相信自己。这也正常。

"我相信,完全相信。"胡可去哈着腰说。

林乃界走到门口,胡可去快走一步,替他开了门。林乃界快步走到楼下,钻进汽车,马上发动起来,逃一样离开税务所。半路上,他给陈上水打了一个电话:"办妥了,你把原始视频快递给胡可去。"

"好的。"陈上水在电话那头笑了一下,说,"你这次找回尊严了吧?"

林乃界没有回陈上水的话就挂了手机,他没觉得找回了尊严,恰恰相反,他对胡可去下午的表现很失望,完全不是他心目中应该有的样子。

九、陈上水不见了

林乃界到家后，给诸葛妮打了一个电话，说了下午的事，诸葛妮听到赵来来被胡可去训斥一事，快活地笑起来说："哼，这个狐狸精终于人财两失了，看她还敢不敢再勾引人？"

林乃界知道她话里的意思，只当没听到，说："过两天请陈上水喝酒，这事多亏了他。"

"陈上水当然要感谢的。"她接着又说，"你难道就不该谢谢我吗？"

"我知道你也出了很大的力。"林乃界说。

"知道就好，你想怎么感谢我？"诸葛妮挑逗地说。

"你说怎么感谢我就怎么感谢喽。"林乃界说。

"这话可是你说的，要记住。"诸葛妮说。

"我记在心里了。"林乃界知道诸葛妮对他好，但诸葛妮应该有更好的人生。林乃界老婆跟他离婚后，诸葛妮对他说，林乃界，你这下总可以跟我结婚了吧？但林乃界还是没跟她结婚，怎么结呀？一碰到诸葛妮他就性无能，让他怎么面对？以后怎么跟她生活？他一直劝诸葛妮找一个好男人嫁了，诸葛妮偏偏不听，她对林乃界说，除非你再找一个女人结婚，否则的话，我就跟你耗到死。林乃界也想过再找一个女人结婚，这样一来，诸葛妮也就死了这条心了。可是，他又不忍心这么做，他知道诸葛妮是真的喜欢他，真想跟他在一起，他如果再次跟别人结婚，诸葛妮一定会伤心。最主要的是，她未必就会结婚，她的性格，林乃界是知道的。

傍晚，林乃界接到金亮的电话："林老板，你太厉害了。"

"怎么了？"林乃界知道金亮指的是什么。

"刚才胡可去副所长亲自来我的工厂，说不处罚我了。"金亮说。

"那真是太阳从西边出来了。"林乃界笑着说。

"我知道是林老板救了我一命，真不知该怎么感谢你。"金亮说。

"你不用感谢我,我是帮我那十三万元。"林乃界说。

"林老板放心,我一定会尽快还你的。"金亮说。

"那就好。"说完后,林乃界本想挂电话,突然又说了一句,"金亮,你以后不用总是哈着腰。"

"嗯?"金亮似乎没听明白,说,"林老板你说什么?"

"哦,没什么,税务这一关过了,更要注意工商那一边!"说完,林乃界就把电话挂了。

放下电话后,林乃界愣了半天,他也想不明白,为什么会叫金亮以后"不用总是哈着腰",他的本性,当然是不会屈从于任何势力,可是,他办工厂这三十来年,不是一直在哈腰求人吗?有时,他为了被陈上水他们嘲讽的"尊严",犯了倔脾气,可冲动的后果是什么?最后还不是要向对方赔礼道歉,还要通过朋友的关系,请对方喝酒。陈上水总是说他"幼稚",有时想想,他也承认。可是,他心里总是不甘,自己一个老老实实的企业主,一心钻研技术,该缴纳的费用一笔没缺,为什么不能站直了做人和做事呢?弄到最后,还是关门了事。他一直哈着腰做人做事,有什么资格叫金亮站直了呢?现在这样的世道,金亮能站直吗?

林乃界的晚饭在家里吃的,菜是早上从菜场带回来的。他昨天晚上没喝酒,今早六点钟醒来,洗漱之后,喝一杯牛奶,吃三个鸡蛋,七点出门,去苏海啸的健身馆锻炼。九点从健身馆出来,经过菜场,看到子梅鱼和赤虾很新鲜,就买一些回来放在冰箱。晚餐烧了四个菜:一个油冬菜,一个芹菜炒牛肉,另外两个就是子梅鱼和赤虾。他开了一瓶西域干红葡萄酒,一个人自酌自饮。喝完后,他立即整理厨房。然后刷牙、洗澡。一切弄妥当后,差不多八点半。上床后,打开电视,没看两分钟就睡着了。

诸葛妮夜里十二点到他家。他配了一把钥匙给诸葛妮,她想什么时候来就什么时候来。诸葛妮一般都是夜里十二点钟以后来,按摩店主要是夜里营业,十二点正是高潮。

诸葛妮带来四个下酒菜:一个鸭掌,一个海丝,一个牛肉,一个盐水花生。都是林乃界喜欢的下酒小菜。她把林乃界从床上拉起来，两个人又喝了一瓶西域干红葡萄酒。喝完之后，林乃界刷牙后重新上床，诸葛妮去卫生间冲澡。冲澡后，她躺在林乃界身边，过了一会儿，问林乃界说："睡着了吗？"

"没。"林乃界说。

"你在想什么？"诸葛妮问。

"什么也没想。"林乃界说。

"怎么会什么也没想？"诸葛妮说。

"那你说我应该在想什么？"林乃界问。

"你看过胡可去那个视频吧？"诸葛妮的手爬到他的身上来，林乃界躺着没动，但他能感觉到诸葛妮的身体。

"我看过。"林乃界说。

"你有什么感觉？"诸葛妮问。

"我没有感觉。"林乃界说。

但是，他这时发现身体有感觉了，诸葛妮已经把他的衣服脱光，在诸葛妮的抚摩下，他产生了一种欲望，热热的，硬硬的。他喘气粗了起来，清晰地听见心脏跳动的声音，有种幸福就要来临的感觉。但他没有着急，在等待最佳时机。诸葛妮似乎也感觉到他的变化，手上的动作更加温柔，轻声地呼叫着林乃界的名字。慢慢地，林乃界觉得身体燃烧起来了，他猛地翻过身子，雄壮地骑在诸葛妮身上。就在这个关键时刻，他悲伤地发现，又不行了。他把头一歪，栽倒在床上。诸葛妮不甘心，手又爬过来，他把被子一卷，转过身去。听见诸葛妮在他身后叹了一口气，他在心里叹了一口气。

又过了两天，下午，陈上水打电话给林乃界，问他在哪里，林乃界说在家里。陈上水说我现在就去你家。

半个钟头后，陈上水来到林乃界家，两个人刚在沙发坐下来，林乃界说："正想约你晚上一起去东海渔村喝酒呢。"

"喝酒的事再说，先办我们上次说过的事。"陈上水说。

"什么事？"林乃界一时没想起来。

"就是你把钱存我担保公司的事啊,"陈上水不满地看了林乃界一眼,说,"你不是答应我帮你讨回货款后,把余钱存我公司吗?"

"我真的答应过?"林乃界说。

"你这人真是的,你不是一直标榜自己讲信用吗?"陈上水皱了皱眉头,说,"不会对朋友说话不算数吧?"

"我确实没想起来。"林乃界说。

陈上水声音突然一转,说:"你要知道,我这是在帮你,两分的月息,去哪里赚这么高的利润?"

"你让我再想想。"林乃界说。

"还想什么?"陈上水说。

"正因为利息太高,我觉得这事有风险。"林乃界实话实说。

"我们三十多年的朋友白做了?你难道还不相信我吗?"陈上水说。

"不是不相信你。"林乃界看了陈上水一眼,说,"我是不相信自己。"

"那你更应该相信我,这个世界上,除了我,你还能相信谁?你出了事情,哪一次不是我出面帮你?"陈上水说。

陈上水说得没错。林乃界出了事,确实都是他出面斡旋,每次请客喝酒,都是他冲锋陷阵。他这么一说,林乃界就不好再说什么了,"我手头没多少钱。"

"有多少?"陈上水问。

"大概有两百万。"林乃界说。

"两百万就两百万,虽然少了点儿,但你每月可以拿到四万利息,比你办眼镜配件厂好多了。"说完后,陈上水站起来,把公司的账号写给林乃界说,"我还有事,先走了,你等会儿去银行把钱转过去。"

陈上水走到门口时,林乃界才又想起说:"晚上喝酒怎么样?"

"喝酒的事过两天再说。"他一边往外走,一边对林乃界说,"你马上把钱转过去,早一天就多一天利息。"

半个钟头后,林乃界接到陈上水的电话:"钱转了吗?"

"还没。"林乃界说。

"快点儿啊。"陈上水催促说。

"好的,我马上就去银行。"

"转过来后,给我打个电话,我叫财务开张证明给你。"陈上水说。

挂了电话,林乃界去楼下的银行把钱转给陈上水的公司。从银行出来,他给陈上水打了一个手机,陈上水说:"好的,我马上叫财务查一下,有什么问题,我再跟你联系。"

林乃界挂断手机时,看了下时间,是下午四点。

那天下午,林乃界没有接到陈上水的电话。第二天也没有。到第三天下午,林乃界打他的手机,已经关机。再打,还是关机。再打,依然关机。他给苏海啸打手机,对方正在通话。再打还是通话。这时,诸葛妮的电话打来了,问他这两天有没有见到陈上水,林乃界就把前天的事跟她说了。诸葛妮说糟了,陈上水也到她那里拿了一百万,今天好多人向她打听陈上水的去向,电话没有人接,手机关机,有人怀疑他跑路了。林乃界说不会吧,这么多年的朋友,即使要跑路,也要说一声。诸葛妮说但愿如此。跟诸葛妮通完电话后,林乃界再给苏海啸打手机,通了,没接,他想,苏海啸难道也跑路了?正这么想,苏海啸打过来了,他开口就说:"林乃界,狗生的陈坏水拿了我五十万跑路了。"

林乃界问他说:"你怎么知道?"

"有人查了航班,他从上海转机去了荷兰。"苏海啸说。

"会不会是去荷兰办事?他不是有亲戚在那边吗?"林乃界说。

"你怎么还这么善良,我了解过,陈坏水经济出了大问题,他用担保公司的钱去投资一个楼盘,那个楼盘的手续被房管局卡住,他做不通工作,担保公司的窟窿又填不起来,干脆跑路了。"苏海啸说。

"他至少应该跟我们说一声。"林乃界说。

"我早就看出他是个坏水,这狗生的如果再让我碰见,我会将他的脖子扭断。"苏海啸狠狠地说。

"我们是朋友啊。"林乃界说。

"没有朋友了。"苏海啸停了一会儿说,"其实我早知道他的经济问题,一直想把钱拿回来,可是,朋友一场,不能火上浇油,就当这五十万送给他吧!"

林乃界没有告诉苏海啸自己的事,挂断电话后,诸葛妮又打来电话,说:"陈上水真的跑路了。"

"我知道了。"林乃界平静地说。

可能是林乃界的声音太平静了,诸葛妮问他说:"你没事吧?"

"我没事。"林乃界说。

"想开一点儿,我一会儿就去你家。"诸葛妮说。

"你管自己忙,"林乃界说,"我真没事。"

"我一会儿就到。"诸葛妮说。

放下电话后,林乃界看了下时间,已经下午六点。他进了厨房,先把电饭锅开起来煮饭,然后把冰箱里早上买来的菜一个个拿出来烧。当他把饭菜都烧好,诸葛妮刚好到他家。他们开了一瓶西域干红葡萄酒。两个人再没提陈上水的事。

吃完后,两个人一起洗碗。洗完后,一起坐在客厅的沙发上看电视。看到十点钟,林乃界先进卧室,去卫生间冲了澡,躺在床上。接着,诸葛妮也进来,也去卫生间冲了澡。两人躺在床上也没说话。

大约过了十分钟,林乃界说了一句:"我现在什么也没有了。"

诸葛妮把身体转过来,对他说:"你不是还有我吗?"

林乃界对她笑了一下,诸葛妮顺势钻进他怀里。摸他。亲他。刚开始,林乃界一动不动。不知不觉中,他翻身骑到诸葛妮身上,诸葛妮突然要断气一样尖叫起来:"哦天呐!哦天呐!林乃界,你行了,你行了。"

林乃界没有回话,紧紧地抱着诸葛妮,身体一下接一下地犁向她。

(原载《十月》2014 年第 2 期)

人　罪

王十月

　　二十年后，已经成为法官的陈责我，将要主审小贩陈责我故意杀人案。

　　这桩案子，从案发起就成了新闻热点，因这案子的犯罪嫌疑人是小商贩，而被害者是城管员。监控录像和人证均指证，小贩陈责我无证占道经营，城管执法时，将小贩陈责我的三轮车没收了。小贩陈责我当然不干，这是他吃饭的家什，他抱着三轮车不撒手。于是城管就动了粗，混乱中，一根铝管敲破了小贩陈责我的头，三轮车自然被没收了。后来，小贩陈责我数次去城管队讨要三轮车未果，于是拿了平时削水果的尖刀，趁城管队在外执法时，偷袭了一名城管队员。一刀，从该城管队员的后腰刺入，致肾脏破裂,抢救无效死亡。小贩陈责我束手就擒。

因这案子特殊,本地电视台、报社记者蜂拥而至,网络上也是微博、帖子满天飞。官方媒体的报道多是陈述事实,并采访了受害人家属,对犯罪嫌疑人小贩陈责我进行了必要的谴责。案发之初,网络上一片叫好之声,认为城管打人在先,小贩杀人在后,虽有罪,但不至于死。微博大V们自然不会错过这大好机会,纷纷发表看法,赚了不少粉丝。后来网络上就此事的看法形成了两派,两派之间上纲上线,乱成一锅粥。很快,城管方面公布,据监控显示,当日在混乱中拿铝管打破陈责我头的并非受害城管,而是一名"临时工","临时工"现已被开除。"临时工"的说法在网络上又引来了疯狂的"吐槽",但监控显示,受害人并未动手,这是不容抹黑的事实。

因这案子的特殊性,城管队员的家底和小贩陈责我的历史,均被"人肉"得七七八八。

被害的城管队员姓吴名用,和梁山好汉"智多星"同名同姓。吴用一年前大学毕业,经媒体调查和网友"人肉",没调查出有特殊背景,并非如事发之初传言的那样是某位领导的亲戚。城管部门在网站公布的吴用家庭背景情况,应该说是少有的情况属实。吴用家在这座城市的城乡接合部,虽是非农业户口,家里的日子却不宽裕。吴用的父母都是曾经的国企工人,20世纪90年代末,在国企改革的大潮中失业,成了"下岗工人"。吴用的父母下岗后,做过多种职业。后来,吴父进了出租车公司,算是有了稳定的收入;吴母没找到工作,就在离家不远的菜场外面摆小摊卖袜子、内裤,是城管清理的对象。吴用大学毕业后,恰逢区城管中队招聘事业编制工作人员,他参加了考试,以笔试第一名的成绩进入面试;面试有惊无险,他成为了一名城管。吴用成为城管后,他母亲很高兴,说再也不用怕城管抓了,咱家就出了个城管。吴用却发脾气了,他觉得这事很吊诡,儿子当城管,母亲当小贩。他对母亲说他现在工作了,工资不低,加上父亲开出租车的收入,日子比上不足,比下有余。吴用劝母亲不要再去摆地摊了,吴母却说她还干得动,儿子还要结婚呢,还要买房子呢,到处都要花钱,她还没有到可以享清福的年龄。吴用生气了,说妈妈这样做让他好为难,好没面子。吴母沉默了许久,说,你觉得妈妈摆地摊丢你脸了,给你添乱了,妈妈不摆了。吴母没有再摆地摊,吴用心里却难受了。在过去的岁月里,是母亲摆地摊供他上完初中上高中,上完高中上大学的。吴用上班后,从不敢让同事们知道,他母亲曾经是摆地摊的。他也非常反感同事们在执法时对小摊贩们动粗。他总是会想到自己的母亲。

城管部门的工作人员,大体可分为上中下三等。上等人是市局、区局和中队的领导,各科科长、副科长、科员,他们是公务员身份,很大一部分是军转干部。他们不用上街执法,上班也不穿制服,是城管部门的决策者。中等人,就是吴用这样的城管。他们多是大学本科毕业后,通过事业编制招考进来的。当然,也有不少是通过关系调进来的,是这个"长"那个"长"的亲戚。参加工作后,吴用很少去执法现场,除非遇到强拆违章建筑,他们才会出现在现场。下等人是协管员,也就是所谓的"临时工",其实他们不是临时工,是合同工。这类人员干的都是城管执法中的脏活、累活,工资低、地位低、职业不稳定。他们爱在执法时捞点儿外快补贴工资之不足,没收的水果什么的,就瓜分了。协管员没有执法资格,按法律规定,他们出队,要有吴用这样的城管带队。但现实是,吴用这样的城管,大多数时间是坐在办公室的。因此案发前,参与围殴小贩陈责我的城管中没有吴用。因为围殴事件被人用手机拍了传到网上,在城管队内部也引起了争议。吴用在会议上言辞颇为激烈地批评了协管员。有人看不惯,就骂他站着说话不腰痛,胳膊肘往外拐。还有人说,说得轻松,你上街试试?吴用被将了一军,说上街就上街。他真上了街,本意是要给协管员作表率,让他们明白什么叫文明执法的。出街的第三天,他在执法中遇到了难题,队员围住了一名用三轮车推了水果卖的女子,要没收那女子的三轮车。女子不肯。如果在往日,城管队员会动粗,但吴用没有让队员动粗,他和女子讲道理,长篇大论,引来许多人围观与讥笑。口干舌燥后,他的耐心渐渐失去。他挥挥手,让城管队员们强行执法，常见的一幕重演。混乱中，他感觉到腰部刺痛，然后就倒在了血泊中，人们尖叫、四散逃离。倒地的吴用看见了手执尖刀茫然而立的小贩陈责我，陈责我的背后，是一轮苍白的太阳。在临死前的那一瞬，城管吴用眼前浮现了母亲被城管围住抢东西的情形，那是他少年时的记忆。然后，他感觉自己变轻了，飞离了地面。他看见自己满身血污倒在地上。他死了。他是那么年轻，正准备结婚，女友怀了孕，婚期定在这年的五月一日……

媒体采访了吴用的家人，还有他的未婚妻。被害人的情况被调查清楚之后，无论是电视、报纸，还是网络上，一边倒地开始谴责小贩陈责我。

小贩陈责我的情况，很快也被媒体调查得底朝天。

小贩陈责我来自一个以贫穷和喀斯特地貌著称的省份。他高中毕业没考上大学，在家学木匠。早些年，在家给人打家具，有一技在身，日子过得还行。婚后生一女，未拿到二胎准生证又生了个儿子，因计生罚款，日子过得就紧巴了。后来他出门打工，在家具厂做木工，工资供子女读书不成问题。做了十多年木工，长期和天那水、粉尘之类的东西打交道，慢慢就经常性头晕眼花、四肢无力，记忆也一日不如一日，四十岁的人，实在有了老态。他开始没有在意，后来实在挨不住了，去医院一查，慢性中度苯中毒。这病没得治，只能养，首先是不能再接触苯。去工厂讨说法自然是不可能的，这些年，他在一家又一家厂子里打工，最后病发时的那家厂，他才干了两个月，无法认定是哪家厂的责任。工厂出于人道，给了他一点儿慰问金，他千恩万谢，没想到去打官司。再不能打工，家境自然是越发艰难，女儿正读高三，说什么也不肯再上学，辍学来到南方打工，进了一家电子厂。儿子读高一，也不想读了。小贩陈责我指着儿子骂，说他这辈子最大的遗憾是没考上大学。当年，小贩陈责我的成绩好、会读书是在学校出了名的，村里人都认为他会考上大学，他父母也以为他们家会因儿子而改换门庭，谁知放榜了，他却名落孙山。他给女儿取名一鸣，儿子取名一飞，是希望两个孩子一鸣惊人，一飞冲天。现在，女儿没指望了，儿子是断不能再辍学的。儿子读书用功,和父亲一样会读书,在县城一中成绩名列前茅,只要不出意外,上"一本"是很有希望的。为了一家人的生计,也为了儿子将来上大学的开支,小贩陈责我买了辆三轮车,清晨从水果批发市场进水果,夫妻二人分头零售。收入还可以,就是要防城管,得眼观六路,耳听八方,随时做好跑的准备。他身体不好,反应相对迟钝,经常被抓,好不容易赚点儿钱,被抓一次,一个月就算是白干了。一年下来,他妻子一次也没被抓过,他却被抓了三次。他也想做点儿别的,但没找到合适的营生,这样一做就是三年。眼看今年儿子要高考,没承想,刚买的三轮车又被没收了。数次去讨要未果,回到家,老婆又数落他,骂他笨,别人都跑得脱,为何单单你这死猪跑不脱?他心里有气,谁也没想到,平常老实巴交的人,却干出了这惊天血案。后来据他交代,他本是想扎一刀就跑,并没想要人的命。事发后,他并没有表现出积极的认罪态度,而是认为城管该杀。当他得知被害人是刚毕业的大学生,特别是得知被害人的母亲也曾经是小贩后,他蹲在地上号啕痛哭。他的态度转变了,他说他没有别的想法,只求速死。最大的愿望,是伏法前能见到儿子的大学录取通知书。小贩陈责我的情况被公布之后,网络上对他的同情之声又多了起来。因此,要求严惩凶手的声音渐渐没那么激烈了,而道正律师事务所的律师韦工之认为,小贩陈责我并不是事件的元凶,元凶应该是我们这个社会。韦工之律师还宣布,他将为小贩陈责我提供法律援助。而另外一个事实,却被城管部门隐瞒了起来。小贩陈责我在案发前两天,曾到城管队讨要他的三轮车,遭到了城管队员的羞辱,几个城管员轮流扇了他耳光,还将他绑在烈日下晒了一个小时,并扬言让他滚出这城市,否则见一次打一次。小贩陈责我后来只求速死,在受审时并未提及这一情节,甚至对他的律师也没有提起。

案子就这么个情况。审理起来不会有太多的意外与难度。凶手认罪态度虽好,但没有可供减刑的情节。社会上虽然有对凶手酌情轻判的呼声,但城管局要求严惩凶手的呼声更高。作为本案的主审法官,只要依法办案,择日开庭,然后根据控辩双方的证据,依法量刑，本不会成为什么烦扰。但这案子，对于法官陈责我来说，却是天大的烦恼。因为在二十年前，他曾经犯下的一桩罪孽与这案子关系密切。自从这案子出来后，他就悬着一颗心，变得紧张而敏感，就像坐在随时会爆炸的火药桶上，他却想不出阻止爆炸的办法来。

自这案子被炒得沸沸扬扬后，法官陈责我的生活就被严重扰乱了。他谋得了一个学习机会，离开了一段时间。回来时，媒体有了新的兴奋点，这桩案子已然被人淡忘。本以为事情就这样过去了，没想到，公安结案，检察院提起公诉，法院居然指定他来主审这案子。他知道，并不是领导有意为难他，只是领导没有考虑他的感受。接到卷宗，他的头就开始痛。心事重重的他，本想找领导谈一谈，希望能换名法官来主审。他的理由自然是站得住脚的，作为法官，审一名和自己同名同姓的杀人犯，怎么着都觉得别扭，他相信领导会充分考虑他的感受。这些年来，他在法院工作尽职尽责，就像他的名字一样，认为责任在我，理当尽心。他自觉是名好法官，当年本科毕业，考研时他选了法学，而且考上了著名的学府。硕士毕业后，他成为了法律工作者，到如今，成为区法院的法官。他时常扪心自问，觉得自己对得起胸前的这枚徽章。但是这次情况不一样了……他放下卷宗，拿起电话，想给领导打电话，看领导有没有时间。拿起电话，他想到了另外一个问题，这么多年来，他未曾见过小贩陈责我，小贩陈责我却未曾从他的脑海里消逝过。也许，他想，这案子由他来主审，在量刑时，小贩陈责我或许可判无期或者死缓；换一名法官，小贩陈责我也许会被判死刑。问题是，如果由他来主审……这案子虽淡出了公众视线，一旦开庭，定然再度成为公众关注的焦点，到时，他这个和案犯同名的主审法官，就有可能也成为公众的焦点……想到网上那神出鬼没的"人肉"，他感觉这手中的电话有千斤重。终于，他将电话放下，他告诉自己：每临大事有静气。这七个字，是舅舅送他的，他请了书法家将这七个字写了，就悬在办公桌后面的墙上。

法官陈责我点上一支烟，深吸了一口。他是区法院著名的烟枪。二十年前,刚走进大学的陈责我,就开始了他的吸烟生涯。大一……法官陈责我站在窗边,深吸一口烟,看着窗外。窗外是热闹而繁华的都市,阳光耀眼,他站在阴凉的办公室看着外面的世界。他知道,此刻,就在下面的街道上,还有无数小贩陈责我、打工仔陈责我、农民工陈责我……他们在街头讨生活,在工厂的流水线上讨生活,在建筑工地挥汗如雨讨生活……而他,法官陈责我,却站在这蓝色的玻璃幕墙后面,吹着空调吸着烟,如同看一个与己无关的世界一样,看着这苦难众生。法官陈责我的内心涌起了不安。他也是农民的儿子,许多年前,如果不是一纸录取通知书将他送进大学,然后考研,现在,他将是那烈日下苦难众生中的一员。如果事情只是这样简单,一切还好办,他可以站在这里,发一些感慨,然后本着一名法官的良知秉公办案,做一名优秀的法官,并对这苦难众生保持应有的悲悯与同情。法官陈责我接连吸了两支烟。他想到了在家乡的舅舅。他想,现在,他应该做的,是保持冷静。在法官陈责我四十岁的生命中,如果说要选一个对他影响最深远的人,一定是他的舅舅。法官陈责我曾经对舅舅说过:生我者父母,育我者舅舅。

　　法官陈责我的舅舅陈庚银教了一辈子书,他教过小学、初中、高中,当过初级中学的校长,也当过高级中学的校长,后来在县第一中学校长的位置上退休。陈庚银育人多矣!他教过的学生,有在北京当高官的,有成为亿万富豪的,有科学家,也有文学家,当然,还有更多默默无闻的小民百姓。他不苟言笑,作风正派,为人师表。在他六十岁生日,也就是他离任县一中校长退休享清福的那年,一位在深圳经营集团公司的学生李总,回县城给陈庚银办了个"陈庚银先生投身教育四十年恳谈会",并捐出了一笔钱,在县一中设了"陈庚银奖学金",企业家每年拿出二十万元奖励那些寒门学子。李总这样做的原因,是他这个曾经的寒门学子,当年因成绩不好被老师看不起时,陈庚银鼓励了他。那次恳谈会,陈门弟子,有头有脸的来了数十号。陈庚银无意官场,两袖清风。这是他给人的印象。在法官陈责我的童年,舅舅就是他的偶像,是一个无所不能的人，他家遇到难题，小到揭不开锅，大到没钱上学，父母亲首先想到的就是找舅舅解决。

如今，退休在家的陈庚银，生活过得云淡风轻，比神仙还快活。每天和几个老朋友写诗填词，相互唱和。这些唱和的诗词发表在省内省外、国内国外的一些汉诗杂志上。他因此还结交了一些国外的诗友，日本的、美国的、新加坡的……还应邀参加过一些国际国内的汉诗会议。他的晚年生活丰富多彩。他育有一子一女，子女都在北京工作，是很有前途的官员。子女接他们老两口去北京生活，他们去住了两个月，死活不住了，说受不了北京的空气。他有时间就带着老伴四处采风，退休这些年，走遍了大江南北，每到一处，总有学生鞍前马后接待陪伴。刚退休时的失落与空虚，很快被另一种自由自在的快乐所代替。他被学生尊敬，每每斯时，他会感慨万千：桃李不言，下自成蹊。在退休前，他并未觉得自己是个多么成功的老师；可退休后，他真切感受到了。那次恳谈会上，他的学生们动情地回忆起过往岁月中老师对他们的关爱，而他，却差不多都忘了。事后他对老伴说，当初他也只是尽了老师的本分，并未给过这些学生什么特殊的关爱，如果有，无非是夸某个学生的作文写得好，拿到班上念了，作了范文，这学生日后成了作家，就认作他是人生路上的伯乐了；某个学生成绩并不好，他依旧鼓励了，安慰说条条大路通罗马，上不了大学一样可以成才，结果，这学生闯广东，成了大企业家，就记得老师的恩情……都是这样的点点滴滴。这已被他遗忘了的点滴，汇集在一起，就将陈庚银作为一名教师的崇高形象给描画了出来。在那之前，他心里还是有隐痛的，那是他心头的一根刺，他尽量不去触碰它。退休后，弟子们对他的礼遇，让他渐渐忘了那根刺的存在。也许是老了，老了，许多的事就忘了。如果不是外甥的一个电话，他差不多真的忘记了。法官陈责我在电话里问舅舅身体好吗，退休后开心快乐吗，什么时候再来南方走走……

这个外甥，和他的儿女一样，是陈庚银的骄傲。陈庚银兄妹二人，本来都是城里人。"文化大革命"期间，妹妹陈春梅响应号召，热情如火上山下乡,投身到社会主义新农村的建设中去。妹妹那时是真心扎根新农村,自愿接受贫下中农再教育的。为了表明决心之坚定,她不顾陈庚银的反对,义无反顾地嫁给了她下乡的生产队一个赵姓小伙子。小伙子长得好,浓眉大眼,憨厚老实。婚后没多久,妹妹生了个女儿;隔一年,生了儿子,取名赵城。后来,知青陆续回城了,他妹妹却永远扎根在了农村。后来的漫长岁月中,陈春梅的人生目标就是逃离农村。她对农村的反感,就像当初她对农村的热爱一样真切而炽热。这让她那老实的农民丈夫很是不满,夫妻二人渐渐冷漠,大吵三六九,小吵天天有。离婚在那个时代几乎是不可能的事,于是,陈春梅渐渐接受了这人生的现实,将梦想寄托在儿子赵城身上。在那时,农家子弟跳农门的唯一出路是高考,于是,赵城从小就知道他是肩负重任的,他不可能留在农村,他要读书,上大学,成为城里人。赵城上高中时,他舅舅在县一中当教务主任。母亲将赵城交给了他舅舅,对他舅舅说,孩子交给你了,无论如何,得让他上大学。赵城读书用功,成绩也好。舅舅亲自监督他的学习,老师知道他是主任的外甥,也是格外关照。赵城读高二那年,他母亲得了肺病,吐血吐得厉害。赵城回家看望母亲,母亲很生气,不让他在身边,让他回到学校去。母亲说你要真有孝心,就拿着北大清华的录取通知书给我看。赵城读高三时,母亲的病越发重了。赵城高考时,母亲住在县医院。赵城心里牵挂母亲,没法用心读书,高考放榜,他落榜了。

陈庚银很长时间不敢把这结果告诉妹妹,害怕妹妹接受不了,给她的病情雪上加霜。但妹妹却猜到了。妹妹猜到了,她并不甘心,她对陈庚银说,我不管,你给我想办法。陈庚银看着妹妹,答应说他去想办法。陈庚银想到了办法。他压下了一个叫陈责我的孩子的录取通知书。他了解到,这个陈责我家里穷得叮当响,祖宗八辈都是农民。他本来想选一个赵姓学生,这样,孩子将来虽然改了名,却不用改姓。但这年考上的赵姓学生就一个,那学生有亲戚在政府公干,他没敢动,就选了这姓陈的,将来外甥不姓赵,姓陈,随母亲姓,也说得过去。他动用关系,将外甥赵城变成了陈责我。

那会儿,户籍管理很混乱,将外甥变身陈责我没费多大周折。妹妹看着录取通知书和儿子未来的身份证明,长长叹了一口气,拉着陈庚银的手,说,难为你了,孩子你帮我看好。妹妹就这样走了。陈庚银那时并未太多去想那个叫陈责我的孩子,没去想过那孩子未来会经历怎样的人生。他当时想的只是怎样将事情做得滴水不漏,神不知鬼不觉。当赵城接到陈责我的通知书和陈责我的身份证明时,茫然不知所措。舅舅对他说,陈责我家里穷,考上了没钱去读,舅舅给了他家一笔钱,他将这名额让了出来。

这事一晃过去二十年了,外甥变成陈责我去大学报到的那段时间,陈庚银提心吊胆的。一年过去了,两年过去了……四年过去后,已经变成陈责我的外甥大学毕业了,事情依然神不知鬼不觉,陈庚银这才放下心来,并且开始去打听那个真正的陈责我。他悄悄打听到,陈责我学了木匠,结了婚,小日子过得还成。于是,他心里就获得了安慰。外甥陈责我本科毕业后回到县城,和他有过一番长谈。外甥在感谢舅舅为他的人生作了重要铺垫的同时,也谈到了他的困惑与不安。他谈初到大学时的不适应,他在上大一时就得知了真相,那个陈责我并非如舅舅所说的没钱上大学。他用了一年时间,才习惯了自己叫陈责我。他说他学会了抽烟,不敢与人交流,同学们都恋爱了,他不敢恋爱。他说他经常会梦见那个陈责我……他的痛苦,让舅舅的心情格外沉重。舅舅安慰他不要东想西想,工作了就好。但外甥说他不想工作,他想考研,他要自己考一次,这样才会求得心安。舅舅支持他,不仅是精神上,还有经济上。法官陈责我的大学和研究生的学业,都是舅舅资助完成的。外甥成功了,考上了名牌大学法学专业的研究生。后来,外甥的人生一帆风顺,结婚,生子,当法官。他知道,外甥已经淡忘了过去,这让他甚感欣慰。

陈庚银没有想到,在他安享晚年时,会接到这个电话。他听外甥在电话里问了一大堆无关紧要的问题,就知道外甥一定是有重要的事,于是问有什么事。法官陈责我沉默了许久,终于将小贩陈责我的案子大致说了,也说了社会上的关注与反映。陈庚银沉默了许久,问法官陈责我有什么想法。法官陈责我说他想主审,这样,合议庭他可以说上话,裁定时可以量刑轻点。他说这个案子裁定死刑和死缓都是说得通的。法官陈责我说这样也算他赎罪了。陈庚银让外甥继续说。法官陈责我说,可是这案子太敏感,到时肯定有许多媒体旁听。我这法官陈责我,主审凶犯陈责我,肯定会被媒体当作新闻焦点,我怕……

陈庚银沉默了。许久,陈庚银说,你现在的一切来之不易。舅舅老了,退休了。你表哥表姐,都是有身份有地位的人……再说了,杀人偿命,欠债还钱,这是天经地义的事……

法官陈责我说,我明白了。舅舅,您保重身体。

挂了电话,陈庚银许久未回过神来,他发现,手心里全是汗水,胳膊软得提不起一丝劲儿,两条腿也发软。他软在沙发上,摸出一块糖含在嘴里。缓过来后,陈庚银决定去乡下一趟,他要去看看那个凶犯陈责我的家。知己知彼,百战不殆。他隐约有不好的预感,有了害怕。这害怕,甚至比当年调包时还来得强烈。

陈庚银次日就去了青山镇。青山镇镇委书记是他的学生,若在往日,陈庚银去青山镇,定会先给书记打电话。这次他谁也没有告诉,只说出去会个朋友,甚至连老伴也不知道他去了青山镇。陈庚银租了辆车,来到了三十公里外的青山镇。他知道陈责我的家在青山镇的烟村。许多年前,他将自己的外甥变成陈责我后,曾悄悄来过这里,他甚至远远地注视过陈责我。那时的陈责我已经从高考失利中走出来,他接受了这一现实,正在学木匠。当时,陈庚银只是远远地看着陈责我,这个学生他是熟悉的,品学兼优,成绩不算年级最好的,但也在前三十名之列,以当时县一中的教学水准,这样的成绩,只要临考发挥正常,上大学是没有问题的。当时的陈庚银听说陈责我在专心学木匠,心头的不安平静了许多。"神不知,鬼不觉。"他想。从此,他再没有来过烟村。此番前来,转眼二十年过去了,当年正值盛年的陈庚银,如今已是一头霜白。走近烟村,心里的胆怯与不安却愈发强烈。他想凭记忆找到陈责我的家,但眼前的景象,没有丝毫记忆中的样子。司机问了路,先是寻到烟村,再问陈责我的家。本以为不好打听,这么大个村子,这样一个不起眼的小人物。在进烟村的路口有座桥,桥头有个小市集,一家店前的凉棚里,几个老人在打麻将。陈庚银让司机停车,他下去打听陈责我的家,不想老人们个个知道陈责我,知道他杀了人。见陈庚银似干部模样,就问陈庚银找陈责我什么事。

您老是陈责我的亲戚吗?

陈庚银说不是不是,受朋友之托来他家看看。打牌的都停下了手中的牌,说,您是为陈责我的官司来的?您是市里的干部?陈庚银说,我像个干部样子么?老人说像,一看就像。陈庚银说,有干部出门坐出租车的么?老人说,你这叫微服私访!不论陈庚银怎样解释,村里人就认定了他是来微服私访的干部。硬拉了陈庚银坐下,他们都有话要对领导说。陈庚银就坐下,听人七嘴八舌说起陈责我来。说陈责我的家不用去啦,家里什么都没有,一家人都出门打工了,有个儿子在市一中读书,也不回家的,家门口都长了草。陈庚银就问陈责我村里再没有亲人么?有人就说至亲没有,叔伯亲戚倒有,也多在外打工。

这位领导,你说陈责我会被枪毙么?老人问。

陈庚银说这个不清楚,要看法院怎么判。

你是领导,能给法院说说么?陈责我是好人呢,打小就是好孩子,心软得很,鸡都未曾杀过,怎么就狠下心来杀人了?

还不是被逼的。你说他这样的人都杀人了,那得有多大的委屈。

我看陈责我死不了,要不领导怎么会下来微服私访呢?

一个老大爷,看上去是读过几年书的,说,要不我们写封请愿信,村里人都给摁上手印,求政府法外开恩,不要杀陈责我。

陈庚银的心里起了波澜。他想到依稀记忆中那个瘦小的学生陈责我。他想,也许,是要对外甥说一说,能保陈责我不死,就力保吧。正这样想着,一个老人压低了嗓音,说,这个领导,我还有一桩秘密。陈庚银问什么秘密。那老人说,我们村里人都晓得,陈责我这娃儿,是很会读书的,听说,当时他是考上了大学的,结果名额被别人给霸占去了。老人的话一出口，陈庚银的胳膊开始发抖，两条腿软得不行。他忙从口袋里掏出了一块糖含在嘴里。陈庚银有低血糖的毛病，平时饿过头了就爱犯，有时激动了、害怕了、突然受刺激了，都会犯低血糖。含了一块糖，缓过来了一点儿。说话的声音打颤，好不容易稳定了情绪。老人们说领导你这是怎么啦？陈庚银说老毛病，低血糖。就有人去倒了一杯开水给陈庚银喝。陈庚银见那开水杯黑乎乎的，沾满了一层油垢，接过放在一边，没有喝。说，无凭无据的事，可不能瞎传。老人就说凭据是没有，只是有人这样传言。陈庚银说，不信谣，不传谣。老人说是的是的。老人们的话题，就从陈责我的身上扯到了村里的化工厂，说化工厂开到了家门口，过去湖里的水能直接喝，现在连鱼都不长了，让领导一定要过问。陈庚银听他们说着，心里却是乱七八糟的。真是没有不透风的墙，只说当年那事做得神不知鬼不觉，怎么村里有这样的传言？陈庚银越发不安起来，问清了陈责我的家，一个老人说，说得再清楚你也是找不到的，我给你带路吧。陈庚银表示了感谢，请那老人上了车，在老人的带领下，去了陈责我的家。路虽不远，果然不好找，东拐西弯，到一个路口，车再没法走了。老人带陈庚银从小路走，路两边全是齐腰深的艾蒿，一人多高的苦竹，把路封得只有一点儿缝。走了足有两百米，才到陈责我的家门口。三间平房，屋顶已塌了，门前的稻场上长满黄芦苦竹，邻居家的一群鸡，扑棱棱乱窜，然后发出惊恐的叫声。带路的老人说黄鼠狼都成精了。陈庚银在陈责我的家门口待了一会儿，走到门前的走廊，从门缝和窗户里往里瞄，堂屋里乱七八糟堆了些农具，房间里只有一张床，积了厚厚的尘土，看来是久未住人。陈庚银说他家不是有个儿子在读书么，也不回来的？老人说，他儿子叫陈一飞，在一中读书，放假就去他爹那里打短工，几年没见他们了。陈庚银心里说不出的苦涩与惶恐。离开烟村时，陈庚银想，若不是给外甥调了包，现在，坐在大城市办公室里的该是这个陈责我，而家徒四壁外出打工的该是现在的法官陈责我了。

　　回城时他一路无语，闭目坐在车上，脑子里想着的是现在该怎么办，是帮陈责我一把还是不帮？要帮，又该怎么帮；要不帮……唉！陈庚银长叹一声，要不帮，陈庚银想，也许就不该多此一举来烟村。眼不见，心不烦，也没这么多不安。但又一想，来还是有收获的，烟村人居然传言陈责我高考被人调了包，是村里人的猜测，还是听到了什么风声？若是猜测还好，若是听到风声，那风声又从何而来呢？他开始回想当年办事的经过，当年他是教务主任，他确信，在他之前，没有人看到过陈责我的录取通知书。问题出在什么环节呢？给外甥办假户籍证明时漏了风？那时户籍管理混乱，他只是求了在派出所的朋友就给办妥了，那朋友和他也是有交情的，而且拿了他的好处，断不会朝外说。何况，那朋友死了几年了，如今死无对证。理不出头绪来，胡思乱想间，车进了城区，经过市一中门口，陈庚银想到了陈责我的儿子陈一飞，他下车，让司机走了，他去找现任的校长。现任校长也是他的学生，大学毕业后回校任教，在陈庚银一手栽培下，四十岁就坐到了本市第一中学校长的位置。见到老校长突然到来，现任校长慌得又是请坐又是倒茶。闲聊几句，现任校长就问老师怎么突然来了，有什么事么？陈庚银说也没什么事，就是来看看，又问到"陈庚银奖学金"今年准备给哪些人。现任校长说名单还没有定下来，定下来了，和往年一样，是定会将名单和资料都报给老校长审阅的。陈庚银笑笑说他都退休了，不在其位不问其政。现任校长说一定要请老校长审阅的，没有老校长，就没有这份奖学金，每年拿到奖学金的孩子，一辈子都忘不了您的恩情。陈庚银想着，要不要问问陈一飞的事，不问，心里不安；问了，又恐节外生枝。现任校长看出老师来是有事的，就问老师还有什么指示。陈庚银想了想，说有个学生叫陈一飞的，不知你熟不熟。现任校长一脸不安，以为这学生是老校长的亲戚，解释说学生太多。陈庚银说他只是随便问问。听说这孩子的父亲出了事，在南方，杀了人。现任校长拿起电话，将教务主任叫了过来。主任见老校长在，免不了一番问好。现任校长就问陈一飞是哪个班，主任说是高三（5）班。现任校长说你把5班的班主任叫来。一会儿，班主任来了，打过招呼，现任校长问起陈一飞的情况。班主任叹一口气，说，这孩子成绩好，也用功，在年级五百名学生里，能排前三十。以我们学校往年的高考情况来看，不出意外，能上一本。可惜，他爸出事了，他的成绩掉下去了不少。上次模拟考试，掉到年级一百多名了。老校长，您要不要见见这个孩子？陈庚银说不用了，别打扰孩子，他也是听说了这事，今天路过学校，就进来问一问。班主任走后，陈庚银对现任校长说，今年的头等奖学金，考虑一下这孩子。八千块钱，也许帮不了这孩子什么，但对他是个安慰与鼓励。现任校长说老校长的指示一定坚决执行。陈庚银说，不是指示，只是建议，这孩子与我无亲无故的，我只是觉得，我们的奖学金，不能只奖励学习最拔尖的孩子，也要扶持家庭困难的孩子。

离开学校，陈庚银没有打车，缓缓往回走。办了这件事，他心里的不安略略减轻了两成。他想，如果这孩子今年考不上，明年复读的费用得想办法给他解决。若是上了大学，需要资助，到时给"陈庚银奖学金"的出资人李总打个电话，让他资助一下。这样一想，心里的不安又减轻了三成。回到家，他给法官陈责我打电话，问说话方便不。法官陈责我说方便。陈庚银就将他这天办的事简明扼要地说了，归结为三点。一是小贩陈责我的家境困难；二是烟村有关于顶包的传言，要小心；三是，他决定给小贩陈责我的儿子一等奖学金，并让李总资助他上完大学。虽然他们当初有错在先，但现在这样补救，也算是仁至义尽了，让外甥不要有什么心理上的负担。至于如何选择，陈庚银说，你自己看着办吧。

但这看着办却最是为难。在给舅舅打电话的时候，法官陈责我其实已有了选择。只是，他对自己的选择有些不安，希望舅舅的电话能为自己找到一些缓解不安的借口。现在，他有了这借口，虽则不那么充分。整件事，舅舅是直接责任人，他这个法官是受益者。舅舅完全是为了他才这样做的，如果事情曝光，舅舅的晚年将不可避免受到巨大影响，舅舅的儿女都是有身份的人，仕途顺风顺水，前程不可限量。人要知恩报恩，断不可因此就出卖了舅舅。"我不入地狱谁入地狱！"法官陈责我突然想到这句话，觉得自己的选择很有些悲壮。但他又清醒地意识到，这样的悲壮，若换了小贩陈责我的角度来看,是多么地罪恶与虚伪。"难得糊涂。"他又想到了一句古训。何况,就算他主审,一切还是以事实为依据,以法律为准绳,未必就能给小贩陈责我最轻的量刑。站在受害者吴用家属的角度来看,若他将小贩陈责我轻判了,那又是另一种不公。何况……他又想到了一个何况,何况舅舅已决定了给小贩陈责我的儿子奖学金,还要资助他读完大学。"仁至义尽。"他想到了舅舅用的词。

我不入地狱谁入地狱。

难得糊涂。

仁至义尽。

这三个理由,让他的心安定了不少,紧锁的愁眉终于舒展了。他想到今天下午四点,要去参加儿子赵天一的家长会。

家长会从来都是妻子杜梅去参加的,陈责我从未去过,他甚至不清楚儿子读小学一年级几班。妻子出差了,今天下午的航班回来,赶不上家长会。法官陈责我本不想参加的,但儿子听说没有家长去开会,眼泪就出来了。法官陈责我心软了,说参加,怎么不参加?儿子听说爸爸要参加他的家长会,兴奋得跳了起来。儿子说坐在他前面的刘诗诗总说她老爸是最帅的,他不服,说他爸才是最帅的。上次家长会,两人就约好了,都让爸爸来参加,比比谁的爸爸更帅。但上次法官陈责我没去,刘诗诗就羞了赵天一,说赵天一的爸爸是害怕比不过才不敢来的。这次,一定要让刘诗诗知道我老爸才是最帅的。赵天一说。法官陈责我揉着儿子的头发,笑着说,这么小就知道拼爹。人家拼谁爹有本事,你们倒好,拼谁爹长得帅。儿子说拼谁的爹有本事咱拼不过人家。这一说,法官陈责我倒无语了。儿子就读的小学是本市最好的小学,非学段生要进这学校,插班费已涨到十万了。儿子同学的爹们高官大款如云,他一个小小的副处长算得了什么。

法官陈责我三十一岁才有这孩子。三十一岁的男子,在城里并不能算大龄,但若是在老家,却实在不小了。陈责我将儿子看得宝贝。不能让儿子输在起跑线上。他这样对妻子杜梅说。杜梅并不这样看,杜梅认为,孩子的童年就该快快乐乐,无拘无束。杜梅反对给儿子报这个班那个班。在这一点上,两人的观念是截然相反的,但谁也说服不了谁。妻子在城里长大,家境优渥,大学毕业后出国留学,回国后分配进报社,年龄比陈责我小,但两年前就当上了报社社会新闻部的主任。论知名度,她是名记。论级别,她是正处。杜梅的人生到目前为止顺风顺水,她的成长环境,注定了她无法理解陈责我这样的农家子弟跳出农门的艰辛。何况,法官陈责我是通过非法手段获取的这一切,而这一切,已成为压在他心头的一块巨石,压得他喘不过气来,却又不能对人言明。他对杜梅说人生好比爬山,有的人生来就坐在山顶了,有的人是从山半腰开始爬,但还有更多的人,是从山沟沟里开始往上爬的。杜梅反驳说人生为什么是爬山?人生为什么一定要爬到山顶?就在山沟沟里待着不也是很好?山沟沟里有山沟沟里的风景。人生重要的是过程。法官陈责我说,你这是站着说话不腰疼,什么时候,你去山沟沟里生活一段时间就知道了。杜梅的理念,是让儿子心智健全地发展,快乐健康是第一位的。而法官陈责我,却希望儿子将来能出人头地。法官陈责我有一句话,没敢对杜梅讲,他想说,他这辈子,靠不能见光的手段获得了所谓的成功,他希望儿子靠自己的努力获得他应有的一切。

法官陈责我提前下班,到儿子就读的学校开家长会。他先找到了一年级的教室,然后向老师打听,问赵天一同学在哪个班。老师说,你是来参加家长会的么?法官陈责我说是。老师脸上现出了鄙夷,说,孩子上几班都不知道?法官陈责我的脸上就露出了不安,说工作忙,每次都是他妈妈来参加的。老师告诉了他,一年级(3)班。法官陈责我找到了一年级(3)班,家长会还没有开始,班里已经坐了不少家长,都搬了个小板凳,坐在孩子的课桌边。法官陈责我进去,还在寻找儿子,儿子早看见他了,跳起来喊,老爸,我在这里。法官陈责我走到儿子身边。儿子大声喊,刘诗诗,我爸来了!叫刘诗诗的女生,努着骄傲的小嘴,看着法官陈责我,一脸不屑,说,你爸这么瘦,才没我爸帅呢。赵天一说,一会儿你爸来了,让大家评评,看谁的爸帅。法官陈责我摸着儿子的头,脸上青一阵红一阵的，说哪有你这样的，你们要比谁的学习成绩好。正说着，刘诗诗跳了起来。从门口进来一位男人，刘诗诗对赵天一说，哼，我爸来了。法官陈责我一见，心里扑通就乱了。刘诗诗的爸爸过来牵了女儿的手。见了陈责我，笑眯眯地说，责我，你也来开家长会呀。法官陈责我说，刘庭，这是您的女儿呀！真可爱。又说您还亲自来参加家长会呀。刘庭长说女儿下了命令，说今天要和同学比看谁的爸爸帅，不敢不来。刘诗诗就说，爸，他就是赵天一的爸爸，就是他要和你比谁更帅。刘庭呵呵笑了起来，说当然是他帅啦。法官陈责我红着脸说，刘庭……刘庭长说，责我啊，来这里，我们只有一个身份，孩子的家长。又说，你姓陈，怎么孩子倒姓赵呢？随他妈妈姓么？我记得，你爱人叫杜梅，是南国日报的大记者嘛。法官陈责我惶然道，我随母亲姓的，到孩子这一辈，又随我父亲姓了。正说着话，老师进来了。两人都端坐，听老师讲话。

一堂家长会下来，外面已是暮色四起。法官陈责我和刘庭长打了招呼，随刘庭长后面出了学校。在回家的车上，儿子不高兴了，说明明你比刘诗诗的爸爸长得帅。法官陈责我说做人要低调一点儿嘛，谦虚是美德。回到家，杜梅刚到家没多会儿，保姆已做好了饭在等。法官陈责我问了杜梅采访是否顺利。法官陈责我心疼妻子，说你都是主任了，这样的新闻，让下面的年轻记者去跑就是。杜梅说她是带了年轻记者去的，但这样重大的选题，她还是想到一线。法官陈责我说，我是担心你的安全。老公的担心，让杜梅心里觉得很温暖。两人当年认识也是因为工作，当时是法官陈责我第一次当主审法官，那桩案子在社会上引起的争议不小。杜梅那时是报社社会新闻部的首席记者，来旁听庭审，并采访了法官陈责我。就这样，他们有了联系。应该说，是杜梅主动约法官陈责我的，约了两次，杜梅对法官陈责我说，事不过三，我约你两次，下次该你约我了。第三次，是法官陈责我约的杜梅。他们见面，谈得最多的，是对社会热点问题的看法。杜梅长期跑社会新闻，见多了底层人的不易与艰辛，这些，是她之前的人生所未曾经历的。她出生在干部家庭，父母都在政府部门工作，母亲职务不高，在处长的位置上退休，父亲如今还是在职的正厅。杜梅从前知道民生多艰大多来自于书本，没想到，社会的现实远远超出她的想象。她因此总是饱含激情，为那受侮辱、受损害者鼓与呼。她的情感立场，与来自农家的法官陈责我很是相投。法官陈责我因为自身背负了这不为人知的罪恶，一直努力做一名好法官。两人交往越多，越觉得意气相投，慢慢变成了相爱。他们的恋情公开后，法官陈责我第一次去见未来的岳父母。杜梅的母亲不同意女儿嫁个乡下来的，杜梅的父亲问杜梅喜欢陈责我什么。杜梅的父亲认为法官陈责我过于拘谨，不是个成大事的人。杜梅对父亲说，她看中法官陈责我身上有一种少见的赎罪意识。她对父亲说，中国人很少有原罪感，而法官陈责我的身上有。她因此认为，这是个深沉的人，是个有情怀的人，值得她去爱。杜梅的父亲让杜梅举例说明，杜梅就举了个例子。当时她采访了一则新闻，有位老人在路边晕倒了，来往经过的路人，没有一个人施以援手，哪怕是打电话报警或者叫120。后来，老人就这样错过了救治的时机，死了。杜梅在她主持的版面上展开了大讨论，许多学者、名人和普通百姓通过她主持的这个平台，纷纷指责那些冷漠者。杜梅当时也采访了法官陈责我，问他对此有什么看法。法官陈责我却认为，那些冷漠的路人虽然不可原谅，但谁也没有权利去指责他们，因为我们每个人都有可能成为那冷漠路人中的一员，我们没有理由将自己撇在一边，站在道德的高度去指责别人，我们无非是道德上的运气比那些路人好了一点儿而已。杜梅对父亲说，她很为陈责我的观点而震撼。之前，她一直以为，如果自己是那个路人，定会施以援手的。可是法官陈责我告诉她，她的这种以为只是一种假设。她对父亲说，陈责我推荐她看了美国哲学家杜威的《人的问题》，这本书里就有关于"道理的运气"的论述。杜梅的父亲看着女儿在叙述这些时脸上飞扬的骄傲，知道女儿是深爱上了这个男人，他说他尊重女儿的选择。

　　严格来说，这是法官陈责我的初恋。大学期间，他不敢恋爱，总觉得自己是个小偷，偷了别人的东西，害怕东窗事发，因此将自己封闭了起来。研究生时，他努力学习，想摆脱小偷的阴影。直到杜梅出现，杜梅的主动，让他品尝到了恋爱的感觉，组成家庭后，他才渐渐将过去的历史淡忘。父亲在他读研时去世，家乡除了舅舅，再没有至亲的人。杜梅在婚后，随法官陈责我去过一次他的故乡，那是在清明，去给法官陈责我的父母扫墓。法官陈责我衣锦荣归，叔伯亲戚们轮流请他们吃饭。杜梅奇怪，问法官陈责我的叔伯们怎么都姓赵。法官陈责我解释，说他是随母亲姓的。之后，法官陈责我再没回过故乡。他不敢回故乡，他了解杜梅，这现实社会少有的理想主义者。法官陈责我不敢想，如果杜梅知道了他的过去，会有怎样的后果。

越是害怕鬼越出鬼。吃饭时，杜梅突然问起了小贩陈责我的杀人案，她听说检察院已经提起公诉了，问这案子是哪个法官主审，什么时候开庭，她到时好跟进。法官陈责我含混地说具体情况不太清楚，又说，你呀，吃饭都在谈工作。跑了几天不累么？我给你说桩好玩儿的事。于是说了儿子带着他和同学拼爹的事。杜梅笑出了眼泪。但法官陈责我并未能将话题扯开。杜梅笑过后，又问到了小贩陈责我杀人案。法官陈责我说这样的案子多如牛毛，事情过去这么久了，你干吗纠缠这事不放？杜梅认真地说，你这样说，那我可得给你这大法官上课了。这些年，有多少新闻，刚出来时，全国媒体一窝蜂报道，一阵风后，人们不再关心，媒体不再关注，于是成了烂尾新闻，那些案子淡出人们的视线不了了之。我对同事说，与其抓许多新闻又让它烂尾，不如一条新闻跟到底。法官陈责我说，我说不过你。杜梅说，你是说不过理，道理的理。又说，再说了，这桩新闻，我更无法回避。那个杀人小贩，居然和你同名同姓，又是来自一个县，看到他，我总想到你。你们都是从农村出来的，你因为读书改变了命运，如果你没考上大学，也许他的命运，就是你的命运。我觉得，从这个角度，也可将这新闻深挖一下。

这话听得法官陈责我背后直冒冷汗，好在杜梅没有继续这个话题。

次日上班，法官陈责我去找院长，他对院长说明来意。他说作为一名法官，坐在上面审一个和自己同名同姓的人，心里总觉得怪怪的。院长表示理解，但能否另换法官，也不是他一句话的事，要党组开会商定。法官陈责我说这案子到时肯定有许多媒体关注，他是怕到时媒体发现法官陈责我主审杀人凶犯陈责我，然后用来做新闻，把一桩严肃的事情弄成娱乐新闻。法官陈责我说，再说了，我和那个陈责我是同乡，怕到时有人说闲话。院长安慰说身正不怕影子斜，同名同姓的人多了。院长举例说明，说就拿他的名字张军来讲，全国没有一万个张军也有八千，咱们法院就判过叫张军的死刑犯；同乡人就更多了，又不是直系亲属，你害怕什么呢？院长盯着法官陈责我，法官陈责我感觉院长的目光前所未有地锐利，仿佛能穿透他的内心。法官陈责我慌忙说他自然不怕什么，只是不想给法院惹事。院长说他会提出来议一议，但他对法官陈责我办案挑肥拣瘦有些不满。法官陈责我见领导这样，也不敢再说什么。本来，这样的事，也不是大事，只要和领导沟通好，理由说得过去，换一下也是无可无不可的。法官陈责我没想到，这样一桩在平时并不难办的事，却遇到了麻烦。快下班时，院长打电话给法官陈责我，说上午开会时，把这事拿来议了，几位领导都说没这个必要，而且每个法官手上都有一大堆案子。法官陈责我感觉到前途一片黑暗。他想不明白，这么小一桩事，院长为何要驳他面子。抽了两支烟，他想明白了，这主审法官不好当，一方面，这案子社会关注度高，民意摆在那里，而另一方面，城管部门的压力也在那里。既然这案子已经到了他手上，又没有要回避的理由，自然就没必要换人主审了。法官陈责我调阅了小贩陈责我凶杀案的卷宗。可他怎么也集中不了精神去看。看到那一页页按着红色手印的口供，他的脑子里浮现出来的，却是自己戴了手铐接受审问的情形。

  法官陈责我从卷宗中拿出小贩陈责我的照片，那照片是在预审时留下的。一张正面照，一张左侧照，一张右侧照，背景布上还标有身高。法官陈责我看着小贩陈责我，那是一个黑瘦的男人，眼窝深陷，胡子拉碴，看上去一点儿也不像四十岁的人，倒像是六十有余了。这样的脸，法官陈责我是无比熟悉的。这是一张典型的中国农民的脸，在他的家乡，他的堂兄弟们，他的叔叔伯伯们，都有一张这样的脸；他的父亲，也曾经拥有过这样一张脸。脸上写着贫穷与艰辛，却又有着铁一样的坚硬。但这张脸，又是法官陈责我陌生的脸。他试图从这张脸上，回想起当年同学时的情形。当初，小贩陈责我读一班。一班是快班，也就是现在学校常设的重点班，快班集中的是学习成绩最优秀的孩子，也是老师们为了高考升学而精心打造的集体。而如今的法官陈责我，当年的赵城，他的成绩按中考分数，离快班还是有点儿差距，读三班，是普通班。赵城的母亲曾求她哥陈庚银，让儿子进快班。但陈庚银说赵城去了快班跟不上，这样只会让他感到自卑，打击他的学习积极性，与其让他在快班里当最后一名，不如让他在一个普通班里名列前茅。这叫宁为鸡头，不做凤尾。虽然不在同一个班，三年高中，赵城和陈责我还是有过几次接触的。两人谈不上友谊，但这么多年来，当年的赵城，如今的法官陈责我，却一直记得当年那个清秀而寡言的陈责我，记得他和陈责我的几次为数不多的交往。最深刻的，当是高一那年，他们代表市一中去参加本地区六县市的中学生作文比赛，一起去了古城，看到了古城那如同长城一样的城墙。在比赛的前一天，他们几个来自一中的学生一起去逛公园，公园里马戏班子搭了大篷，据说一位气功大师要表演眼皮挑水。他们看了海报，都想进去看，但看一场要两毛钱，他和陈责我舍不得，没进去看。另外三位同学，每人掏了两毛钱去看，他和陈责我在外面等。两人都没说话，他坐在公园水边的一块石头上，陈责我坐在另外一块石头上。他们等了二十分钟，进去看眼皮挑水的三位同学出来了。陈责我说不早了，回晚了老师该说了。于是五人往回走，一路上，看了眼皮挑水的同学，兴奋地描绘着眼皮挑水的气功如何神奇。在公园出口，又见到一群人围着看热闹，这次是不要钱的，五个同学都挤了进去看。原来是个十来岁的男孩和一个看上去七八岁的女孩在表演，男孩右手拿一把尖刀，扎在自己的左手腕上，刀穿破手腕，鲜血四溢，他脸上现出痛苦的表情。女孩拿出了一种粉状的药，迅速敷在男孩的手腕上，男孩抽出了刀，女孩拿一块手帕，将那受伤的手腕系好。女孩就拿了一个托盘，向看热闹的要钱。看热闹的转眼散得没几个人了，赵城和同学们要走，却见陈责我呆呆地站在那里。赵城拉他的手说咱们走。陈责我却突然从口袋里掏出了五毛钱，放在那女孩的托盘里。陈责我的眼里，泪水打着转。回去的路上，陈责我再没有说话。许多年来，曾经的赵城，现在的法官陈责我，经常回想起这一幕。在大学四年的无数个夜晚，大学生陈责我总会想起那个在乡下的陈责我，会想起陈责我眼里饱含着泪水的那一幕。读研时，研究生陈责我也会想起另外一个陈责我，那时，研究生陈责我已然想不起来他的同学陈责我的模样了，但那一双饱含泪水的眼，却依然那样地清晰，只要一闭上眼，他就能看到。后来，当法官陈责我在外面看到那些农民工时，也会偶尔想到陈责我，想到那已然模糊的形象，和那一双含着泪水的眼。如今，法官陈责我盯着手中的照片，照片上那一双眼里再没有了泪花，也没有……那双眼，是那样地空洞，什么都没有。

茫然。只有茫然。

法官陈责我长叹了一口气。想，二十年过去了，他还能认出我来吗？如果改天在法庭相见，他是否会认出，穿着威严的法官袍，端坐在主审法官位上的那个人，是他当年的同学？如果他认出来了，他会说什么呢？也许他认不出来了。二十年，两个人的改变都太大了，如果在大街上遇见小贩陈责我，法官陈责我断然不会认出他来的。他不会认出我的。法官陈责我想。但是，他知道主审他的法官也叫陈责我，会一点儿都不起疑心吗？

法官陈责我盯着照片中的小贩陈责我的眼睛，他突然看见，照片中的陈责我眼珠子转动了一下，他眼里不再是茫然与空洞，而是射出了锐利的寒光。照片从他手中跌落在办公桌上。许久他才确定，刚才是眼花了。他重新拿起了小贩陈责我的照片，盯着小贩陈责我的眼睛看。果然，照片中的陈责我，眼珠一动不动，就在他安心地将照片放进档案里的那一瞬，他发现，照片中的陈责我，嘴角突然泛起了一丝嘲讽，他甚至听到了冷冷的笑声。这一次，他强令自己镇定下来，再次死死盯着那照片，直到照片在他的手中老老实实，眼珠不转，嘴角不动，确定是一张没有生命的照片后，才将照片收进卷宗,将卷宗锁进档案柜。他又点上一支烟。无论如何,不能主审这案子,他想,二十年来担惊受怕、刻苦求学、努力工作才换来的这一切,不能付诸东流。他无法想象,成为小贩的陈责我经历过怎样的日子。但是,怎样才能推掉这案子呢?他陷入了苦思。他甚至想到了制造一次意外,比如车祸。可是谁又能保证,他能在车祸中恰到好处地受伤呢?

他还没有想到办法,杜梅却得知了这案子由他主审的消息。睡觉前,杜梅不满地说韦工之今天给她打电话了。案子早定下来是你主审,为啥不说一声?杜梅问。法官陈责我说,这是我的工作,有必要对你一一汇报吗?杜梅盯着法官陈责我,看了足有十秒钟,像看陌生人。法官陈责我说,你盯着我看什么?杜梅说你有事瞒着我。法官陈责我说,我能有什么事瞒着你?我能有什么事瞒得住你这个以善于调查著称的大记者?杜梅说你越这样说,我越觉得你有事瞒着我。从恋爱到现在,你从来没有用这样的语气和我说过话。法官陈责我故作轻松地说,什么大事,不就是要由我主审这小贩杀人的案子么,我本想今晚对你说的,没想你先知道消息了。杜梅还是那样盯着他,他却闭上了眼,将背留给了杜梅。杜梅从刚才的强势转为了温柔,从背后轻轻环住法官陈责我,说,老公,有什么事,我们一起担。杜梅的温存,让法官陈责我的内心略略平静了一点儿。杜梅在法官陈责我的耳根处亲吻着,法官陈责我转过身,将妻子搂在怀里,说,我有点儿累,早点儿睡。话是这样说,他却根本睡不着,脑子里翻江倒海。

到了凌晨,见杜梅睡着了,法官陈责我悄悄起床,呆坐在客厅里,也不开灯,点了烟,一支接一支地抽。抽到第四支的时候,杜梅出现在了客厅,也没说话,只是坐在他身边,轻轻偎在他怀里。那一瞬间,法官陈责我有了一种患难夫妻的感觉。法官陈责我将余下的半支烟摁灭,说回去睡吧。杜梅说睡不着,就这样坐一会儿,挺好。又说,老公,不管你遇到什么难事,你要记得,我是你老婆,我们是一家人,我永远和你站在一起。

法官陈责我无言地搂着杜梅的肩。

杜梅意识到她老公遇到了棘手的事，但她并没有想到会是怎样的事。她心里所怀疑的，是法官陈责我遇到了另外的麻烦，比如收受贿赂被纪委盯上了。他所处的位置，本来就是有诸多诱惑的。但她很快就否定了。她知道，法官陈责我是个在物质上要求不高的人，他总是说现在的生活来之不易，很知足。不是经济问题，那么就是情感问题了。想到这里，杜梅的心里像打翻了五味瓶。她经常出差，加班做版到很晚，并不是个合格的妻子。想到这里，她越发觉得，事情会是出在这方面。这也是她最不能容忍的，她故意做出温柔的样子，希望以此来打败她假想中的情敌。她不知道，在她这样猜想时，法官陈责我却在想着，这件事要不要告诉杜梅。将真相告诉杜梅的冲动，在他们结婚后的这几年，一直折磨着法官陈责我。他害怕杜梅知道真相后离他而去，这害怕，让他心里紧绷了一根弦，绷得要断了，他快要崩溃了。他不止一次想，把真相说出来吧，然后让杜梅来选择。说出来了，他就不会这样难受了。他想，杜梅会原谅他的。但他很快又否定了这样的想法，觉得这是对杜梅的不公平，将压力转到杜梅的身上是自私的表现。他就一直在这样的犹豫中否定再否定。但每次，他最后的选择，都是继续瞒着杜梅。

杜梅在这天上午接到韦工之的电话。韦工之问杜梅这两天有没有时间，他想和杜梅见一面。杜梅问韦工之有什么事，韦工之嬉皮笑脸地说没事就不能请你这大记者吃饭吗？我新发现了一家意大利餐厅，食物很可口，特别是比萨做得很有特色，又便宜，环境还好。韦工之还记得她大学时最喜欢吃比萨。杜梅问还约了谁。韦工之说请你一个不行吗？不敢来，怕我吃了你？杜梅说不定谁吃了谁呢，只是今天要值班做版。韦工之就问明天晚上如何。杜梅说你真是想请我么？有什么事？韦工之说他有料要给大记者报。于是就将这案子的事说了，说他已拿到了法庭寄出的开庭通知，这也就意味着，在十日内将开庭审理。韦工之还说，这案子的主审法官是陈责我。韦工之说有重要的事想和杜梅谈。她不知道韦工之究竟想和她谈什么。

韦工之是小贩陈责我的代理律师,自然是为了小贩陈责我的利益最大化。而作为一直跟踪这案子的记者,杜梅采访过小贩陈责我两次,每次采访,都给她留下了深刻印象。她总是觉得,这个人,和她的生命,有着某种说不清道不明的关系。她从来没有这样牵挂过她的采访对象。她甚至觉得,在这件事上,她的立场是有问题的。小贩陈责我固然有可怜之处,但站在受害者的角度,那可是一条年轻而鲜活的生命,是那个家庭两位老人全部的希望所在,还有吴用的未婚妻。后来她想,也许是因为,这个杀人凶手和她深爱的老公同名同姓,又来自同一个地方的缘故吧。但她又否定了这样的想法,小贩陈责我和她的爱人是两个世界的人,是完全不可类比的人。在她的记者生涯中,她采访过各种罪犯,也采访过数不清的底层人,但这个陈责我给她完全不一样的感觉。采访过他后,她就忘不了。她后来也去采访了受害者吴用的父母,还有吴用的未婚妻,看到吴用的未婚妻,想到她肚子里的孩子,同为女性的她,心底里升起无限的同情。但她却觉得,小贩陈责我是悲剧的制造者,同时也是一个更大的悲剧。

而谁才该为这悲剧负责?

是否消灭了小贩陈责我的肉体,就能还死者一个公道?

从这个意义上来说,她和韦工之,现在是有着共同目标的。但她对韦工之好不起来,她觉得,韦工之城府太深,满嘴没一句真话,让人捉摸不透。

杜梅和韦工之是大学同学,大学毕业后,杜梅出国,韦工之改了方向读研,成了律师。大学期间,韦工之是追过杜梅的,被拒绝后,马上改变目标,将杜梅的室友追到手了。这一点,也让杜梅很不能接受,觉得韦工之是在向她示威。这还是次要的,主要是杜梅觉得韦工之这人太能说了,她喜欢沉静的人,觉得男人要是太能说,就显得没分量。当然,这是她大学那会儿看人的标准,很难说这标准是对还是错。后来她成了记者,跑政法线,两人才再有了联系。韦工之是本城有名的大状,这有名,倒不是说韦工之在律师界有什么地位,而是这人特别能折腾,在媒体上出镜比较多。比如这次,他就是第一个站出来,要为小贩陈责我提供法律援助的律师,因此没少在报纸和电视上露面。

因业务关系,报纸有时要针对某件案件,采访一些法律界的专家,杜梅就会给韦工之打电话。知道杜梅嫁了法官,韦工之曾约杜梅和法官陈责我一起出来吃饭。法官陈责我对韦工之的印象很不好。杜梅问为什么,杜梅说韦工之为弱势者提供法律援助,还是很了不起的,社会需要这样的人。法官陈责我冷笑,没有说为什么。只说,这样的人你还是少和他来往。杜梅认为是老公有偏见。但两人的来往,止于君子之交。想着这些往事,杜梅终于入睡了。早上醒来时,法官陈责我已去上班,保姆也送儿子去学校了。洗漱时,杜梅发现,眼袋浮肿了起来,黑黑的,镜中的她,已然有了沧桑。从前并不爱化妆的她,现在不化妆就不能出门了。

韦工之约好中午开车到报社楼下接她,十一点四十分,韦工之的短信到了,说他的车到了报社楼下。杜梅简单补了下妆,黑眼圈依然是隐约可见。不管了,下楼。韦工之开一辆广本,候在了楼下。开国产车,在律师这一行里是少见的,显得有些寒酸,但和韦工之示人的形象还是比较契合的。见杜梅下来,他开了前排的车门,盯着杜梅看了一眼,看得杜梅心里很乱,以为韦工之看到她的黑眼圈儿了。韦工之说,你越发漂亮了。明知韦工之嘴甜,杜梅心里却依然是高兴的,昨晚的不快就一扫而光了。韦工之说,知道你喜欢吃比萨,发现了一家店的比萨不错,就想到了你。杜梅说,这话你留着哄小姑娘吧。

并不远,几分钟的车程就到了。果然环境很清静,是杜梅喜欢的格调。吃什么倒是次要的。大学时,她喜欢吃比萨,现在,倒未见得还有这样的喜好了。知道韦工之约她,也不会真的是为了介绍美食。果然,在等候食物的时候,韦工之就谈到,说他昨天去见了他的当事人小贩陈责我。韦工之说完,喝了一口苏打水,眼针尖一样盯着杜梅。杜梅说你今天怎么了,看我的眼神怪怪的。比萨上来,韦工之没有回答杜梅的问话,说,你尝尝,是不是味道很特别。两人专心吃东西。一块比萨饼被消灭得差不多后,韦工之拿湿纸巾抹了嘴。显然，他是准备切入正题了。杜梅玩儿着手中的刀叉，反复切割着一小块比萨，等韦工之说话。韦工之说，我就不绕弯子了，昨天我见了我的当事人，陈责我。我告诉他，案子，马上要开庭了。你猜他怎么说？他说谢谢我为他辩护，但是他希望能获死刑。他说一想到那被他杀死的城管还那么年轻，比他儿子大不了几岁，他就觉得自己该死。杜梅说，我上次采访他时，他就这样说。韦工之说，可是我告诉他，他不会死，肯定不会死。因为，这次他案子的主审法官，也叫陈责我。韦工之说完，盯着杜梅。杜梅停下了手中的刀叉，抬头看着韦工之。韦工之说，我告诉陈责我，说这个审他的法官，不仅和他同名同姓，而且还是来自同一个县。杜梅的手忽然有些软。她想到了昨晚老公的反常。现在看着韦工之的眼睛，感觉韦工之是个老练的猎手，而她，是他无处可逃的猎物。

　　韦工之说，陈责我，当然，是我的当事人陈责我，听我这样说后，有那么一阵子，是显得很激动的。他的眼里，分明有火苗在跳跃，但是很快，他眼里的火苗又暗了下去。后来，我再问他什么，他都不回答了。韦工之说完，又喝了一口水。杜梅一言不发。过了好一会儿，韦工之说，你不想问我什么？杜梅说，问什么？韦工之说，没什么，我就是随便问问，这比萨饼怎么样，是不是很特别？杜梅说是很特别。韦工之用故作轻松的语气转移了话题，问杜梅平时爱看什么电视节目，他说有档相亲节目很火，他平时喜欢看。杜梅说她也看的，两人聊了几句相亲节目，杜梅说，要不你也报名去相亲节目，你这样的钻石王老五，一去肯定很受欢迎。韦工之说算了吧，他又不是高富帅，首轮估计就被灭得七七八八了。又说他除了爱看相亲节目，就是看电视剧，这一段时间，全是抗日神剧，还不如之前一些古装戏好看。又说前几天还在看《包青天》，里面一个案子，狸猫换太子，很有意思。韦工之建议杜梅看看。杜梅应付着。韦工之说，你一定要看。杜梅说，看过的。韦工之说，看过的再看看，常看常新啊。看你很累的样子，昨晚没休息好吧。杜梅说是没睡好。韦工之说，那我早点儿送你回去，中午你再休息一会儿。韦工之说着就买了单。上车后,他问杜梅是回单位还是回家。杜梅说回单位。在去报社的路上,韦工之突然又问了一句,你老公也是1974年出生的吧?杜梅说,你怎么知道他是1974年生的?韦工之说,法院的网站上有他的介绍。很快到了报社,韦工之说,注意休息。

看着韦工之的车绝尘而去,杜梅突然觉得,今天和韦工之这饭吃得极其古怪。回到办公室时,杜梅还在想,韦工之说,"你老公也是1974年出生的吧?"为什么用也是?那就是说,还有谁是1974年出生的。谁呢?自然不会是韦工之,韦工之和杜梅的年龄相仿。陈责我!小贩陈责我!杜梅的心里闪过这个名字时,感觉到了无边的寒冷。她上网查有关小贩陈责我的信息,还有她的采访记录。没有小贩陈责我的年龄信息,但是她从采访记录里,找到了一条信息:小贩陈责我,1992年高考落榜,回家学木匠。杜梅又查了她老公法官陈责我的简历,她老公法官陈责我,正是1992年考上大学的。杜梅没有勇气再去多想,但脑子却止不住地飞速运转。调查记者形成的职业本能,让她很快理清了问题的关键:

小贩陈责我,法官陈责我,来自同一个地方,同一年高考。

又想到韦工之吃饭时,反复提到的狸猫换太子。杜梅感觉这世界无边的寒冷。

陈责我,杜梅想,这本是个极少见的名字。又想到老公这两天来的表现,她已经看到了问题的所在,虽然,真相是什么,这两个陈责我的背后,到底隐藏着什么,她无从知晓,只是一种隐约的猜测。杜梅是个不喜欢绕弯子的人,她想,这一切,只有请老公来解释了。这样的问题,显然不适合在家里谈,她不希望真相暴露在儿子面前。因此她给法官陈责我发了一条短信,约他下班后在咖啡馆见面。这家咖啡馆,是他们恋爱时常来的地方。她和他,曾私下里称这咖啡馆为"爱之小屋"。选择爱之小屋,并没有什么太多的想法,只是想到约法官陈责我时,脑子里冒出的第一个地方。小屋。老地方。小小的包间,灯光恰到好处,这是滋长爱情的地方。杜梅先到,点了两杯蓝山。这是她喜欢的咖啡,酸、苦、甘、醇完美融合。而法官陈责我其实更喜欢喝茶。法官陈责我曾经说他不明白,都是咖啡,为什么价钱相差那么远?他不明白拿铁和摩卡有什么区别,他甚至喝不出速溶咖啡和现磨咖啡有什么不同。等候法官陈责我的时候,杜梅的心情平静了许多。她甚至回想了许多两人在这里的美好回忆。他们的第一次约会就是在这里。是她约他。喝咖啡时,法官陈责我为了显示优雅,拿了咖啡杯里的小勺,舀了咖啡一勺一勺往嘴里送。她笑了,提醒法官陈责我,说这样喝咖啡不雅,会被人笑话的。后来他们恋爱了,她经常会拿这事来打趣。她并不知道,法官陈责我很在意这件事,因为这件事,显出了他和她出身的差距。杜梅记得,当时法官陈责我说他就是个农民的儿子,不懂得喝咖啡。杜梅喜欢的,其实正是他身上的这份朴实。但这甜美的回忆并未持续多久。法官陈责我来了。法官陈责我坐下之后,用狐疑的目光看着妻子,问,今天是什么日子?杜梅说,不是什么日子,普通的日子,也许,会是终生难忘的日子。她补充了一句。许久没来这里了。法官陈责我有些内疚地说,多年过去了,这里居然没有变化,还是原来的样子。

　　两杯咖啡上来后,杜梅说,我是直性子,约你来,是有事和你谈。法官陈责我笑着说,什么事要到这里谈,家里不能谈么?杜梅说,不能。语言冰冷,脸上没有一丝笑意。法官陈责我说,什么事,你说。杜梅说,今天中午,韦工之约我吃饭了。法官陈责我说,这不是什么大事,虽说我不喜欢韦工之。杜梅说,韦工之给我讲了一个故事。法官陈责我问,什么故事?杜梅说,狸猫换太子。法官陈责我脸上的笑一下子就僵了。他强装镇定地说,哦,小时候就听过,包公案的故事。杜梅说,韦工之前天见了陈责我,不是你,是陈责我,那个小贩。杜梅又说,1992年,你和陈责我就读于同一所学校。后来,你们两个,一个考上了大学,一个回家当起了木匠。也就是说,在当时,你们班上,或者说你们年级,有两个陈责我。法官陈责我不敢看杜梅直视他的眼睛,慌乱地低下了头。杜梅继续说,可是小贩陈责我却说,他们年级只有他一个陈责我。杜梅还要说什么,法官陈责我打断了她的话。

你不要说了。法官陈责我说。

沉默之后，法官陈责我向妻子说出了真相。

这真相，本来是杜梅隐约的怀疑，她希望的不是这个结果，而是陈责我给她一个合理的解释，或者说，一个听上去合理的解释。可是法官陈责我告诉她的，却是她最不希望听到的结果。事实像一块生铁，硬硬地摆在了面前。摆在她面前的，是由此引发的一连串问题。这么多年，她一直生活在谎言之中。她的爱人，她孩子的父亲，原来不姓陈，而姓赵。她想到当年儿子出生时，他说要让儿子姓赵，姓回他父亲的姓，因为他是随母亲姓的。他还对她讲起了在他的记忆中，母亲是如何强势，父亲是如何沉默而懦弱。这一切，原来都是谎言。现在，律师韦工之知道了真相，或者说，他怀疑这里有问题，所以才会约她谈。接下来的问题是，她该怎么办？虽然说眼前这个人欺骗了她，骗了她这么多年，但她爱他，这是事实。每个人都会有不为人知的历史。法官陈责我隐瞒了他的过去，那么她呢？她何尝没有向他隐瞒过她的过去？在遇到法官陈责我之前，她爱过，无望之爱，对方有地位，有身份，有家室。她到国外留学，是想让自己逃离。这段历史，她从未对任何人说起。那位当年她深爱过的人，如今位高权重。这不是问题，问题是，她该怎么办？

法官陈责我说，这些年，我一直生活在痛苦之中，胸口像压了一块巨石，说出来了，反倒好了。该来的迟早会来，让暴风雨来得更猛烈些。

法官陈责我说他的前途，他的命运，还有这个家庭的命运，还有他舅舅的命运，现在都掌握在杜梅的手中。

杜梅冷静地说出了一句：还有陈责我的命运。

杜梅离开了"爱之小屋"。她没有回答法官陈责我他们该怎么办，因为她也不知道该如何回答。走在大街上，只记得，她起身的时候，法官陈责我又说了一句：还有儿子的命运。杜梅这时很想找个人来倾诉，将这沉重的压力转移与释放，但她找不到这样的人。法官陈责我不放心她，结账后追了出来，跟在她身后，呆呆地走。

杜梅拦了辆的士,将法官陈责我扔在了身后。师傅问她去哪儿,她愣了一下,说朝前直走。走到前面红绿灯口,师傅问去哪儿,她说不要问,一直走。她的泪水就不争气地流下来了。许多年了,自和那个人分手后,她再没有哭过。师傅拉着她游车河,师傅知道,这个女人遇上了伤心的事。这样的客人他见得多了。走了足有半小时,师傅又问去哪里。她想到了能去的地方,那是她的家。她告诉了师傅她要去的地方。那是她成长的地方,但她已经很少回去了。这些年来,为了她的新家,为了孩子,为了工作,除了节假日和父母亲的生日,她已经很少回这里。父母看到女儿突然回来,脸上溢起了意外的欣喜。可是很快,他们就发现了不对劲。杜梅刚哭过。母亲问她是怎么了,是不是和陈责我吵架了。杜梅说不是。她回了房间,这是她过去的房间,出嫁后,父母一直为她保留着。她反锁了门,趴在床上,却再也流不出泪来。

手机响起来了,她没看是谁的电话,直接关了机。第二天起来,对着镜中面容憔悴的样子,她平静了心情,精心化了妆。她是个要强的人,断不可让手下那些小姑娘小伙子们看出她哭过。到报社,她显得有些兴奋地和同事打招呼,开选题会。她不知道,这种刻意装出来的兴奋却泄露了秘密。手下的小姑娘,一位她很欣赏的叫冰儿的记者小声问,一姐,你怎么啦?她睁大眼说,没怎么啊,我哪儿不对劲吗?冰儿说,哪儿都不对劲。冰儿这句话,就像一根针,将她故意装起来的强大轻轻一扎,就泄气了。另一个叫胜男的记者问,一姐,听说小贩陈责我刺死城管的案子马上要开庭审理了,这事谁来跟?她突然控制不住自己的情绪,说你们谁爱跟谁去跟。记者们相互对望,不知道他们的一姐从哪里受了刺激。她意识到自己情绪不对,平静了一下,说对不起,我刚才……这案子,从前是谁跟的,现在还谁跟。胜男说,之前是一姐你和冰儿跟的。她沉默了一会儿,想,跟还是不跟,自己跟,会多些主动权。可是想到又要去面对自己不想面对的"那个人"——她在心里,将法官陈责我称之为"那个人"了——她又不知该如何处置。

要不,还是一姐你和冰儿跟?胜男问。

她说先这样吧,不是还有几天才开庭么。

开完会,她有些不知所措。手机响了,韦工之短信问她,后天他将再次去见他的当事人陈责我,问杜梅有没有兴趣一起去。如果有,他可以想办法安排。杜梅没有回。过了几分钟,韦工之的短信又来了。还是刚才那条重复发来的。杜梅依然没有回。又过了几分钟,韦工之的电话打了过来,却不是打她的手机,而是办公电话。她一接,是韦工之的声音。韦工之问杜梅方便接电话不。杜梅说什么事你讲。韦工之说刚给你发短信了。杜梅说手机放一边,没听见。韦工之大约听出杜梅声音有点儿哑,他知道,昨天他约杜梅说的话起作用了。他故意关切地问杜梅怎么了?生病了吗?杜梅说有点儿感冒,不碍事。韦工之就将短信上说的话重复了一遍,问杜梅有没有兴趣。杜梅还没有回答,韦工之说,你应该去。你一定要去。要是没时间,那我联系你手下的小姑娘也行。上次跟你一起跑这案子的,叫冰儿吧,我有她的手机号。

韦工之将杜梅逼到了绝路上,她无路可退。现在事情还是可控的,如果冰儿去,一切将失去控制。杜梅答应了韦工之。挂断电话,她想到了刚才脑子里冒出的那个词——控制。她的心里隐隐生痛。

控制。控制什么?为什么控制?

她不清楚。她还没想好这件事该如何处置,她要站在怎样的立场来处置。她现在想到的,是将事情控制在自己手中,将知情者的范围控制得越小越好。后来,当一切都已成往事,杜梅回想起这一瞬间她心里的感受时,她知道,她不过是另一个法官陈责我。当然,这是后来的事。而这一整天,杜梅心神不宁,她不停地看手机,她其实在等待法官陈责我给她打电话。她想告诉法官陈责我韦工之约她的事。她想和法官陈责我分析一下韦工之究竟想干什么。直到下班,法官陈责我的电话也没有来。她没有回家,也没有回娘家,不想再让父母为她的事操心,就在报社旁的宾馆里开了房。晚上依然没有等到法官陈责我的电话,这让她不禁有些担心。她了解法官陈责我,毕竟共同生活了这么多年。若在平时,不管是他的错还是杜梅的错,只要杜梅生气了,总是他先道歉认错的。可是这次,他犯了如此大的错,一整天过去了,居然都没有个电话给她。若是他不好意思开口,也会让儿子给她打电话。她想打电话回去问问儿子,想想,还是没打。她想,这个韦工之,约她去见小贩陈责我究竟是什么用意。

谜底第二天就揭开了。第二天,杜梅和韦工之去见了小贩陈责我。这是杜梅第三次见小贩陈责我。隔着会面室的铁窗,小贩陈责我剃了光头,身穿蓝底白条纹的囚服。他看上去比杜梅第一次见他时精神要好。第一次见小贩陈责我时,他差不多就是一根呆木头,脸如死灰。而这次,他的脸上多了几许平静,他似乎抱定了速死的决心,对韦工之为他打官司表示了感激,但是他说他有罪,只有一死才能赎他的罪。对于一个不配合,不求生只求死的当事人,韦工之用上了激将法。韦工之对小贩陈责我说,死是很容易的事,但死了就赎得了罪吗?活着,然后每天活在忏悔中,才是更需要勇气的事。但这激将法对小贩陈责我并不管用。他说他不想活了,现在每一天他都活得很痛苦,一想到那个被他杀死的孩子他就想死。韦工之说你死了,你老婆孩子怎么办?小贩陈责我说他不死也是坐一辈子的牢,也帮不上老婆孩子什么,只会成为他们的拖累。韦工之没有再和小贩陈责我谈这个话题,而是暗示小贩陈责我,这次的主审法官,和他同名同姓的这个陈责我,据他调查所知,和小贩陈责我是同一年毕业于同一所中学的。韦工之让小贩陈责我回忆有没有这样一位同校同学。小贩陈责我说没有。韦工之又说,据我所知,你当时读高中时是班上的尖子生,结果却连普通大学都没有考上。如果你当时考上了,你的人生将从此不同。韦工之相信,这样的暗示,足以让小贩陈责我抓到救命稻草。但是小贩陈责我却摇了摇头,说他当时没有考好,这是命。探视结束,杜梅没有和小贩陈责我说话。但韦工之的每一句问话,如钉子一样,一根根钉在她的心里。她不清楚韦工之想干什么,但看着只求速死的小贩陈责我,杜梅并不觉得他可怜,倒觉出了自己的渺小。回城的路上,韦工之问杜梅怎么看他的当事人。杜梅没有说话。韦工之说,你今天看上去很憔悴。杜梅还是没有说话。韦工之说,你是聪明人,该知道,你现在要做出选择了。没有等杜梅回答,韦工之对杜梅说出了他的分析。韦工之说,如果我没分析错,我的当事人陈责我当年考上了大学,而你的老公,法官陈责我李代桃僵,冒充他上了大学。如果我分析得没有错,我还相信,这件事,你老公一直瞒着你。但是昨天,他告诉了你真相。

见杜梅没有回答。韦工之说,也许,怎么选择你现在还没有想好。如果我的当事人当年被人冒名上大学的事曝光,相信,会在社会上引起极大反响,也会引起主审法官和合议庭的同情,我有百分之九十的把握,我的当事人不会被判处死刑,而会是无期或者死缓。而这样一来,你老公的前途就毁了,你的家庭就毁了,甚至于你的一生也毁了。韦工之说,现在,受害者吴用的家属,在检察院提起刑事附带民事的诉讼,起诉了我的当事人陈责我,请求二十万元的经济赔偿。你知道,城管吴用是家里的独子,他父母年事已高,未来的生活应该有个保障。以我的当事人陈责我的经济现状,如果让他赔偿,别说二十万,就是两万,都是不可能的事,赔偿只会将这个家庭逼入绝境。韦工之说他是想给杜梅夫妻俩一个赎罪的机会,替他的当事人赔偿那二十万。韦工之告诉杜梅,他并不想害她。他说他的当事人抱了必死的心,他是想帮她。最后他说,你们家的大法官对我似乎比较反感,我想找个机会,我们坐下来好好聊聊,改善改善关系。如果你不反对,明天晚上,金潮酒店,我订好了房间。

一路上都是韦工之在说。杜梅明白韦工之想干什么。韦工之的提议,未尝不是可行的解决方案。只是,这样一来,她杜梅就不再干净了。杜梅最终做出了决定,她不想成为帮凶,也不想将她爱过的老公送上审判台。她知道,许多年来,老公内心是痛苦的,他一直在忏悔,他立志做一名好法官,其实就是在赎罪。杜梅现在能做出的选择就是退出,置身事外。因此,当韦工之再次来电话,确认是否可以约到法官陈责我晚上见面时,杜梅说,要约你自己约,我累了,不想掺和你们的事。韦工之说,你不来也好,但你得帮我约你老公,我把地址发给你。

韦工之将地址发给了杜梅。杜梅终是将地址发给了法官陈责我。

法官陈责我接到短信,马上给杜梅回了电话。这条短信,让法官陈责我在绝望之中又看到了希望,如一个溺水的人,在即将淹没之时抓到了救命稻草。这两天,他如同经历了千年一样长久。刚开始,妻子逼他和盘托出真相后,他急得如热锅上的蚂蚁。他知道,妻子不会原谅他。他知道,这些年来,用尽心机维护的一切都将失去。地位,名誉,财富,家庭,甚至包括他已退休的舅舅那安宁的晚年……也许,他将从此一无所有,成为小贩陈责我式的人物。他的心里有过恐惧、害怕。当他冷静下来,他开始分析,杜梅是爱他的,虽然她是个敢言的记者,但他相信,杜梅不会将他送上审判台。这样一想,他的心中亮起了希望。可是他又想到,是韦工之提醒杜梅的,那么,韦工之就成了另一个知情者。想到韦工之,法官陈责我就绝望了。他后悔,当初韦工之通过杜梅想和他搞好关系,他没给韦工之面子。因为那时他想当一名好法官,想用自己努力的工作来赎罪。他知道,沾上了韦工之,他就休想干净了。果然,后来韦工之又找过他,那是他主审的一桩案子,被告是本城有名的富豪公子,而韦工之是富豪公子律师团的一员。韦工之想约他见面,他说有什么事你到我的办公室里来聊,作为本案的主审法官,私下里和原被告的律师见面,都是法律所不允许的。想到这里,法官陈责我知道,现在,他的命运,不是掌握在妻子手中,而是掌握在韦工之手中。他就想,罢了,该来的,迟早会来。这样想时,反倒平静了。这时,他想到了小贩陈责我。他甚至想去看看他。

但是杜梅却在这时突然来信息了。虽说只是一个地址。杜梅来信息,就说明杜梅舍不下他们这么多年的情分。他马上给杜梅回了电话,他的声音都在发抖,但杜梅却很冷静。杜梅只是冷冷地告诉他,有人约他今晚在这个地方见面。法官陈责我问是谁,杜梅说你去了就知道了,然后就挂了电话。法官陈责我没想到,约他见面的是韦工之。小包间,就他们两个人。韦工之见到法官陈责我,脸上堆起了笑,过来和他握手。又说这里是他朋友开的酒店,说话方便。菜早已点好,茶也泡好了。韦工之吩咐服务员,没有他的招呼不要进来。韦工之递给法官陈责我烟。法官陈责我接过。韦工之又给他点烟,法官陈责我说自己来。抽了两口烟,韦工之说,咱们用不着绕弯子了。韦工之于是将他所知道的事摊开来说了。法官陈责我说,韦律师,你约我来,就是告诉我这件事的么?我不否认。我也做好了接受审查的准备。韦工之却笑了起来,说,陈法官你错怪我了,我约你来,不是想害你,是想帮你。我和杜梅是同学,我们又是朋友,我怎么会害你呢。

帮我?法官陈责我说,怎么帮?

韦工之将他的想法说了。他说这件事,杜梅不说,他不说,他的当事人不说,就没有人知道。而杜梅作为法官陈责我的妻子,没有往外说的道理,而他的当事人,他自然有办法让他不说。韦工之说,城管吴用的父母,提起了刑事附带民事的诉讼。而以他的当事人的经济状况,断然是拿不出一分钱来的。因此他的想法,这笔钱,由法官陈责我出,当然,他不会告诉任何人,这笔钱是法官陈责我出的,而是他的当事人小贩陈责我所出。这样一来,他的当事人就会和他达成共识,而受害者的家属也能得到赔偿。受害者的家属得到经济补偿之后,将不再那么强烈地要求对小贩陈责我处以极刑。小贩陈责我在经济如此困难的情况下,依然愿意进行民事的赔偿,虽然不能视作立功表现,但应该能赢得合议庭的同情。这样,就会出现一个皆大欢喜的局面,受害者家属得到了经济赔偿,他的当事人也有可能轻判,法官陈责我也会继续当他的大法官。

法官陈责我问,那,韦律师,你又能得到什么?

韦工之呵呵笑了起来,说,我当然也是赢家,首先,我为我的当事人争取了最低的刑期,这桩案子将被广泛报道。最重要的是,从此,我和陈法官就是好朋友了。

当真是山重水复疑无路,柳暗花明又一村。法官陈责我突然发现,这世界依然是美好的。只是……陈责我想到,作为主审法官,和受审的罪犯同名,这案子到时会有媒体旁听,杜梅这边或许没事，难保别的媒体不会嗅到什么信息。法官陈责我的担忧，是他这些天来一直忧心如焚却找不到解决方法的问题。韦工之沉默了一会儿，说，你不能想办法退出这个案子么？法官陈责我说，没办法，开庭通知都已下发了，我也找领导谈过，但没有一个合理的、必须的理由回避。韦工之想了想，说，小事一桩，如果原告方提出你和被告是亲戚关系，就可以合理合法申请让你回避了。法官陈责我说，可是，我和被告并不是亲戚关系，而且，这样也容易节外生枝。韦工之笑道，陈大法官，你怎么聪明一世糊涂一时，你和我的当事人不是亲戚关系，可是你和我，当事人的代理律师，咱们是亲戚关系。韦工之这样一说，法官陈责我会心一笑，如释重负。韦工之说，这件事交给我来办。果然，法院很快收到了城管吴用家属的代理律师提出的申请，指出此案的主审法官陈责我和小贩陈责我的代理律师韦工之关系亲密，申请主审法官陈责我回避。

  法官陈责我没有将他和韦工之谋划好的事透露给杜梅，杜梅也没有问。法官陈责我给杜梅打过电话，希望杜梅能回家来住，说儿子想妈妈了。杜梅冷冷地以她很忙为借口挂了电话。因换了主审法官，开庭往后延了几天。这期间，法官陈责我想过接杜梅回家，但一想，还是等案子开完庭，一切风平浪静之后再说。他知道，现在杜梅在气头上，等她气消了就好了。法官陈责我每天晚上都让儿子给杜梅打电话，他要用亲情打动杜梅。当然，他告诉儿子，妈妈出差了。他知道，无论如何，杜梅是舍不下儿子的。再说了，杜梅没有将这事曝出来，并且帮韦工之约他，就说明，杜梅还是帮他的。一日夫妻百日恩，没有什么大不了的。法官陈责我就想到了一句老话，船到桥头自然直。这期间，法官陈责我的舅舅陈庚银来过几次电话，陈庚银不放心外甥，害怕他在这阴沟里翻船。陈庚银问法官陈责我要不要他帮忙，说他还是有许多关系可以动用的，他儿子的关系，还有他那些弟子的关系。法官陈责我告诉他，一切马上要过去了。陈庚银说这样他就放心了。

  杜梅在案子开庭那天才知道，法官陈责我不再是这案子的主审法官。在那之前，她还在为法官陈责我揪着心。那天的庭审，她没有去旁听，而是将采访任务交给了她的心腹记者冰儿，她一直在办公室里等着冰儿回来。她是从冰儿的叙述中，知道案子不是她老公主审的。那一瞬间，她有过那么一丝释然，心头放下了一块石头，却又压上了另一块石头。她不知道老公用了什么法子回避了这桩官司，但她知道，在这件事情上，她也是有罪的。案子并没有当庭宣判。冰儿写好了稿子，杜梅在审稿时进行了一些修改，将冰儿那纯客观的报道，改得有了一些倾向性，明显有为小贩陈责我说话的倾向，并追问造成小贩陈责我悲剧背后的社会原因。做完这一切，她的心里获得了些许安慰。等候宣判的那几天，杜梅每天都在祈祷。她知道，如果小贩陈责我被判了死刑，她将一辈子不得安宁。同事们在议论这案子的结果时，大多倾向于会判无期或者死缓。没承想，就在等候法庭宣判这案子期间，本市却出了一桩血案，一名男子在派出所行凶杀死了三名警察。这案子一时间成为了新的热点，看似不相关的事，却影响了小贩陈责我杀死城管案的最终判决。小贩陈责我一审被判处死刑，并赔偿死者家属人民币十万元。小贩陈责我服从一审判决，没有提起上诉。事后，据了解内情的人说，本来合议庭拟定的结果，更倾向于让小贩陈责我赔偿死者家属二十万元，然后判处死缓，但后来的杀警案，改变了这一结果。上面有指示，要对这一类的案件从重从严判处。

这样的结果与意外，让法官陈责我的内心颇为沉重。事后，韦工之约法官陈责我一起吃饭，他开导法官陈责我，说这事也不能怪谁，大家都尽心了，谁知突然会出个杀警案呢。韦工之知道杜梅还没有原谅法官陈责我，就说，要不要我给你们当说客？法官陈责我感激地说，这件事多亏了韦律师从中周旋，结果虽然有些遗憾，但也算是能接受的。韦工之于是当着法官陈责我的面，给杜梅打了电话，说他现在就和法官陈责我一块儿吃饭呢，说法官陈责我现在情绪很低落呀，希望杜梅宽慰他，劝杜梅回家。杜梅在电话里冷冷地说，你告诉他，该回家的时候，我自然会回家的。

这段时间以来，杜梅陷入了更深的痛苦之中，法官陈责我为自己找到了安慰的借口，但这借口，在杜梅心里却过不了关。她认为,是她害死了小贩陈责我,虽说她不是直接凶手,但她参与了作案,算得上是帮凶。她无法原谅自己,虽然说她也试图原谅自己,原谅法官陈责我。她甚至想过补救,如果她有这勇气,将法官陈责我的丑闻曝光,也许,案件还会有转机,这件事一定会再次成为社会热点,也会影响到小贩陈责我的死刑复核。如果她有勇气这样做,她早就做了。但她没有。她有自责的勇气,有自省的精神,却不敢迈出那实质性的一步。这些天来,她就在这两难之间徘徊,今天是决定补救的信念占了上风,她甚至都写好了一篇报道。但第二天,当她面对着写好的报道,终是没有发出去的勇气,在电脑上删除了。删除后她又开始自责,后悔。这样的反复,让她不堪重负,她崩溃了。她用酒精麻醉自己,每天晚上下班后,请部门的小记者们吃宵夜,喝酒。小记者们知道她许久没有回家了,以为是夫妻感情上出了问题,却不知如何安慰她。回到宾馆,她依然睡不着,抽烟,嘴唇上起了一层泡。她无数次地回想起和法官陈责我相识相爱、结婚生子、共同生活的那许多日日夜夜。如果不是这件事,法官陈责我是她理想的爱人,没有不良嗜好,正直、顾家,虽然少了些浪漫,但给人感觉实在可靠。可是现在,一想到她深爱的人原来是披着别人的外衣,他公正的背后,原来有着如此不堪的过往,她就觉得恶心。如果只是恶心法官陈责我,她还没那么难受,她难受的,是现在的这个她。这个她,与她理想中的杜梅,原来差距如此之大。她一直以为自己是个正直的人,是个敢于追求真相的人,原来,她远没有自己想象中的那样高大与美好,她像恶心法官陈责我一样恶心自己。现在,杜梅突然明白了,当年法官陈责我之所以提到道德的运气这一命题,不过是在为自己的黑历史作自我辩解。

杜梅无法用道德的运气来为自己辩护。终于,在她生命的第三十六年,她明白了,她不是勇者,她一直在逃避。法官陈责我给她打过电话,也去求过她父母。他希望妻子能回家。但她一直无法面对这一切,直到小贩陈责我的死刑复核下来。小贩陈责我被执行死刑的那一天,杜梅心里的那种反复与纠缠依然没有结束。但她知道,一切都迟了。也许,她能用"道德的运气"来为法官陈责我开脱，却无法为自己寻得开脱。小贩陈责我被执行死刑的第二天，杜梅回到了久别的家。现在，她对这个家感到无比陌生，对消瘦了不少的法官陈责我，也感到无比陌生。她的消瘦，也让法官陈责我感到了内疚。法官陈责我说，梅梅，回来了，回来就好，过去的，就让它过去吧。法官陈责我张开双臂，将杜梅拥在怀里。杜梅哭了。许久以来，她痛，她醉，但是她不哭。法官陈责我说，不哭，咱不哭。杜梅还是哭，杜梅哭着说，陈责我死了，是我们杀死了他。法官陈责我抱着杜梅的手，就僵硬了。许久，他说，是我杀死了他，与你无关。杜梅将法官陈责我推开，然后从包里掏出一纸离婚协议，她对法官陈责我说，我们离婚吧。

法官陈责我接到杜梅短信说她今晚回家时，他兴奋不已，给关心着他婚姻危机的舅舅打了电话，报告了这一喜讯。他还提前回到家，下厨做了杜梅喜欢吃的菜。他以为，一切都过去了。虽然夫妻间出现了伤痕，但他相信，时间会淡忘一切的。没想到，杜梅回来，却是让他在离婚协议上签字的。接过离婚协议，法官陈责我的脸一下子变成青黑色。他理解杜梅，知道这是杜梅深思后的结果。许久，他说，今晚我下厨做了几个菜，都是你喜欢吃的，本来是为迎接你回家的，好聚好散，一家人最后吃顿饭吧。杜梅说，不用了，你仔细看看，如果没有异议，明天就去民政局把手续办了。法官陈责我失落地说，我尊重你的选择。杜梅说，我把孩子留给你，因为我没有资格做个好妈妈，我希望，你能做个好父亲。

从民政局出来，杜梅回单位交了辞职书。社长吃惊地问杜梅，干得好好的，为什么突然辞职？杜梅疲倦地说她不是个合格的记者，她没有资格再做记者了。社长问杜梅，准备调到什么单位去？找好了接收单位没？杜梅说她是辞职，不是调动。社长说，这年头，大家都削尖脑袋往体制内走，不像90年代，都下海，你这是为什么？

杜梅说，换个活法。

杜梅的父母听说女儿离婚，而且还办了辞职，除了生气，也没有什么办法。父亲问杜梅，打算干什么去？杜梅说她想出去走走。

父亲问杜梅想去哪里走走。杜梅说没有目标,走到哪里算哪里。父亲说,哪天走累了就回家,这里是你永远的大后方。

杜梅抱着父亲哭了。

杜梅在离开这座城市之前,去看望了小贩陈责我的妻子。那个黑瘦的女人依然在卖水果。杜梅采访过她,但她并未认出杜梅来。杜梅远远地看着她,心里却慌得不行,不敢上去和她打招呼。后来,杜梅取了五千元钱,假装买水果,将装有钱的信封放在小贩陈责我妻子的水果车上。杜梅提上水果快步走开,可她走了没多远,听见背后有人在大声叫,转过身,就看到跑得气喘吁吁的小贩陈责我的妻子,那个黑瘦的女人,手里举着那装有钱的信封,大声喊,老板,你的钱!那一瞬间,杜梅无地自容,深为自己用钱来求得良心安慰的行为感到可耻。杜梅还去看望了城管吴用的家人,吴用的父亲依然在开出租车。吴用的母亲被这巨大的悲伤击倒了,自儿子死后,吴母就一直卧病在床。她倒是认出了杜梅是来采访过的记者,和杜梅说起儿子,细数儿子在家里的欢乐细节,眼泪无声地流淌。杜梅问起吴用的女友。吴用的母亲终是哭出了声来。在她断续的哭诉中,杜梅知道,吴用的女朋友,本是想将孩子生下来的,可她的家人不同意,她坚持了几天,去做了人流。两家人,就再没有了往来。

杜梅越发觉得自己罪孽深重。她无法再在这城市待下去,哪怕一天,她都会窒息。她再次想到了逃,就像当年,她决定离开那个她深爱着、却不得不离开的男人那样。那次她逃到了国外,而这次,她失去了方向,只是想逃,却不知逃向何方。她在火车站随意买了一张车票,去到了一个陌生的地方。然后再从一个陌生的地方,去到另一个陌生的地方。她走了很远,也走了很久。但她依然无法让自己的灵魂获得安妥。后来,她去了法官陈责我的家乡,也去了离法官陈责我的家二十里之外的小贩陈责我的家。她看到了那些走三个小时山路去上学的孩子。她想,许多年前,法官陈责我和小贩陈责我上学时比他们还要苦吧。她在法官陈责我的家乡,听到了许多关于法官陈责我的传说,在他们村的小学,法官陈责我一直是老师激励孩子们的典范。而在小贩陈责我的家乡，她听说陈责我的儿子高考落榜后出去打工了。她到过小贩陈责我的家，那三间破败的房子，门前的苦竹黄芦，让她的内心无比凄凉。她去了小贩陈责我的坟头，坟头已长出了鲜嫩的苦艾。站在他的坟前，她深深地弯下了腰。旷野无声，落日西沉，一只乌鸦落在远处的树上，看着这陌生的女子。她知道，这辈子，她都无法赎清自己的罪。她为自己一直在逃避而感到羞愧万分。她想明白了，这样的逃离，不是她想要的活法。她用手机拍了一张小贩陈责我坟头的照片，发给法官陈责我。这是他们离婚后，她第一次联系他。而他曾给她发过几次短信，她都没有回复。他给她打电话，她也从来没有接过。

就在杜梅发来短信的这天，法官陈责我刚审结了一桩重要的案子。因为开庭，他的手机一直关机。宣判后，他去赴了一个重要的约会。宴请他的，是这天审结案子的被告方，而从中牵线的，是律师韦工之。法官陈责我喝了许多酒，从前他是不喝酒的，自从和杜梅离婚后，他开始喝酒了。并不是因为内心痛苦而酗酒，而是应酬多了起来。过去，这类应酬他都会推掉的，但现在他推不掉了。酒后，律师韦工之开车送法官陈责我回家。路上，韦工之给了法官陈责我一张卡。法官陈责我说，你这是干什么？韦律师说，这是刘总的一点儿心意。法官陈责我说，韦律师，我是欠你一个人情，可是，我还你这么多次了，该还清了，往后，我们还是各走各的道吧。韦律师笑道，陈法官这说的是什么话？什么人情不人情的，说这话太见外了。咱们的合作这才刚刚开始呢，往后，还会有更多合作的机会。法官陈责我长叹一声，没有再说什么。回到家，才记起来开手机。他收到了杜梅发来的短信——那张夕阳下长满荒草的土堆。

法官陈责我回短信问：这是什么？

杜梅回：

陈责我之墓。

（原载《江南》2014 年第 5 期）